HEYNE <

W0337788

JULIANE MICHEL

Fräulein Wünsche

und die Wunder ihrer Zeit

ROMAN

WILHELM HEYNE VERLAG
MÜNCHEN

Sollte diese Publikation Links auf Webseiten Dritter enthalten, so übernehmen wir für deren Inhalte keine Haftung, da wir uns diese nicht zu eigen machen, sondern lediglich auf deren Stand zum Zeitpunkt der Erstveröffentlichung verweisen.

Editorische Notiz

Im historischen Kontext dieses Romans verwenden die Figuren auch rassistische Wörter und Konzepte, die zu der dargestellten Zeit üblich waren.

MIX
Papier aus verantwortungsvollen Quellen
FSC® C014496
FSC www.fsc.org

Penguin Random House Verlagsgruppe FSC® N001967

Originalausgabe 10/2022
Copyright © 2022 dieser Ausgabe
by Wilhelm Heyne Verlag, München,
in der Penguin Random House Verlagsgruppe GmbH,
Neumarkter Str. 28, 81673 München
Redaktion: Friederike Arnold
Printed in Germany
Umschlaggestaltung: t.mutzenbach design
unter Verwendung von Arcangel (Joanna Czogala);
Ullsteinbild (ullstein bild/Leber); Shutterstock.com
(rangizzz, normallens, Pixel-Shot)
Satz: Leingärtner, Nabburg
Druck und Bindung: GGP Media GmbH. Pößneck
ISBN: 978-3-453-42584-2

www.heyne.de

PROLOG

Juni 1946

Kohlenstaub kitzelte ihr in der Nase. Karin lag auf dem rumpelnden Laster und hoffte, dass sie nicht die falsche Entscheidung getroffen hatte. Immer weiter weg von zu Hause ging die Fahrt. Um in der dunklen Nacht nicht sofort erkannt zu werden, hatte sie ein graues Kopftuch um ihre blonden Zöpfe gebunden. Ihre wenigen Habseligkeiten steckten in ihrem Rucksack, die Kleidung trug sie auf dem Leib. So abgemagert, wie sie war, fielen die übereinandergezogenen Röcke und Pullover unter ihrem schwarzen Wintermantel überhaupt nicht auf.

Der nächtliche Himmel riss auf, und auf einmal konnte sie die Sterne erkennen. Egal, was auf der Erde passierte, es funkelten immer die gleichen Sterne. Da war der Polarstern und dort der Große Wagen. Ihre Mutter hatte sie ihr gezeigt, damals, als man noch keine Angst zu haben brauchte, es könnten Bomben auf einen herabfallen.

Jetzt glich der Himmel wieder einer endlosen Weite und einem großen Versprechen.

Neben ihr lagen drei Jungs. Sie kannten sich nicht, hatten aber dasselbe Ziel: die amerikanische Zone.

Karin war sechzehn Jahre alt und wollte eine Zukunft haben, wenn der Krieg ihr schon die Kindheit genommen hatte. Sie hatte es nicht mehr ausgehalten. Stück für Stück hatten die Russen ihr alles kaputt gemacht. Sie durfte noch nicht mal mehr in die Schule gehen, nur weil sie sich geweigert hatte, Russisch anstelle von Französisch zu lernen. Russisch war eine schreckliche Sprache. Der Klang erinnerte sie immer wieder an den Tag, an dem ihre Oma erschossen worden war.

Karin wollte auch nicht in die FDJ, schon wieder so ein Verein, der die Jugend belügt, hatte ihr Vater gesagt. Sie wollte mit ihm zusammen die Buchhandlung wiederaufbauen, inmitten von Geschichten und Versprechungen auf eine bessere Zukunft leben. Doch auch die Buchhandlung hatten die Russen ihnen weggenommen. Jetzt arbeitete ihr Vater als Maurer. Und Opa war noch immer im Lager, ohne Aussicht auf ein Gerichtsverfahren, während auf seinen zusammengeflickten Druckmaschinen Propaganda der sowjetischen Militäradministration gedruckt wurde.

Nach dem Schulrauswurf hatte Karin erst einmal auf dem Land den Jungbauern beim Pflügen helfen müssen. Endlich raus aus der Steinwüste. Nur zu essen gab es dort leider auch nicht genug.

Dort hatte sie von dieser Fluchtmöglichkeit gehört. Sie hoffte, nach Frankfurt am Main zu ihrer Tante Elvira zu gelangen und dort aufs Gymnasium gehen zu können. Sie wollte lernen, mehr von der Welt erfahren. Und wenn sie dann nach Leipzig zurückkehren würde, hätte ihr Vater sicher längst eine neue Buchhandlung aufgemacht. So lautete der Plan, an den Karin sich klammerte, während der Laster Richtung Grenze fuhr.

Ein Klopfen schreckte sie aus ihren Gedanken. Das vereinbarte Signal, sich unter den leeren Säcken zu verstecken. Der Staub nahm ihr den Atem, auf einmal musste sie an die Gasmaskenübungen beim BDM denken. Rasch fingerte sie ein Taschentuch aus der Jacke, hielt es sich vor den Mund und atmete flach.

Eine Kuh muhte, der Laster holperte über Kopfsteinpflaster, dann war es wieder still. Karin bekam keine Luft mehr, wollte die Säcke zur Seite reißen, durfte nicht.

Da, ein zweifaches Klopfen. Zeit abzuspringen. Sie kroch hervor, einer der Jungs ließ sich leise fallen, sie folgte ihm. Der nächste Junge traf beinahe ihren Kopf.

Im silbernen Mondschein schlichen sie über die Felder. Frische Heugarben dufteten süßlich, ein Bach gluckerte, hinter einem Busch ragte ein weißes Schild empor.

Ende der russischen Zone. Durchgang und Durchfahrt verboten stand unter den kyrillischen Buchstaben, die Karin zwar lesen konnte, aber nicht verstehen wollte.

Sie grinsten sich an, Karin nahm Anlauf und flog voller Zuversicht über den Bach in die Zukunft.

Ihr Fuß knickte um, stechende Schmerzen fuhren ihr ins Bein, und sie musste innehalten.

Die anderen verschwanden schon in einem Wald, sie humpelte hinterher. *Border Zone. Grenze amerikanischer Sektor* war hier aufs Schild gepinselt worden. Die trockenen Blätter auf dem Waldboden knirschten. Einer der Jungen stoppte und hielt sich die Hand ans Ohr. Alle verharrten und lauschten. Jetzt vernahm auch Karin leise Motorengeräusche.

Die Jungs stoben in alle Richtungen davon, und Karin konnte mit dem verknacksten Fuß nicht mithalten. Kalte Angst erfasste sie. Schritt für Schritt schlich sie vorwärts. Da, wieder Motorengeräusche.

»Stopp! Stehen bleiben«, rief eine männliche Stimme. Karin versteckte sich wie Winnetou hinter einem Baum. Auf einmal tauchte eine Waffe vor ihrem Gesicht auf. Vor Schreck bekam sie keine Luft mehr. Ein Mann packte sie hart am Arm und drückte sie gegen den Baum.

Er trug eine grüne Uniform und auf dem Kopf einen dunklen Helm mit gelben Streifen. In der Mitte prangte ein großes C mit einem roten Blitz. *United States Constabulary* las Karin. Ein Amerikaner. So ein Mist.

»Interzonenpass?«, fragte er mit deutlichem Akzent und zielte noch immer auf ihr Gesicht. Sie schüttelte den Kopf. Seine Augen konnte sie unter dem Helm nicht erkennen, nur den leichten Sonnenbrand auf der Nase. Ob er sie erschießen würde? Bloß nicht zugeben, dass sie aus der sowjetischen Zone stammte, sie wollte nicht zurückgeschickt werden. Den Russen war es nur recht, wenn die Deutschen ihre Zone verließen, in jedem Flüchtling sahen sie einen Faschisten, der beim Aufbau einer sozialistischen Gesellschaft nur im Weg gewesen wäre. Aber willkommen waren sie in den anderen Besatzungszonen deswegen nicht, überall gab es zu wenig Lebensmittel und Wohnraum.

Er griff nach ihrem Rucksack, öffnete ihn. Neben Wäsche und Lebensmitteln hatte sie einen Band Rilke-Gedichte dabei. Ihr Herz trommelte in ihrer Brust, und sie bekam kaum noch Luft. Was, wenn er hineinschaute? Sie hatte ihren Personalausweis zwischen die letzten Seiten geklebt.

Anstatt das Buch zurückzulegen oder auszuschütteln, blätterte er interessiert die Seiten durch. Wieso musste sie ausgerechnet an einen Soldaten geraten, der Gedichte mochte? Schon hielt er die letzte Seite zwischen seinen Fingern, befühlte, was sich dort verbarg, und klappte ein Taschenmesser auf.

Sie taumelte, ihr wurde schwindelig vor Angst. Was würde jetzt mit ihr geschehen?

Ein Blick auf die kyrillischen Buchstaben genügte. Der Amerikaner zerrte sie am Arm durch den Wald. Dabei hatte sie sich solche Hoffnungen gemacht, als Leipzig letztes Jahr von der US-Army eingenommen worden war. Sogar Opas englische Sherlock-Holmes-Bücher hatte sie gelesen, um ihr Englisch aufzupolieren.

Und dann hatten sie die Stadt an die Russen übergeben.

Auf einem Feldweg wartete ein Jeep, die drei Jungs saßen mit hängenden Köpfen auf der Rückbank. Karin musste sich zwischen sie quetschen. Wenigstens bekam sie den Rilke zurück.

»Bücher filzen sie immer«, raunte ihr ein Junge zu. »Besser, man hat gar keine Papiere dabei.«

»Am besten ist es, man wird gar nicht erst geschnappt«, flüsterte der andere.

»Das nächste Mal probiere ich es bei den Briten«, meinte der dritte. »Die Tommy's sollen nicht so streng sein.«

Aber Karin war sich nicht sicher, ob sie das noch einmal durchmachen wollte. Sie zitterte am ganzen Körper, nicht vor Kälte, sondern vor Angst. Wie konnte sie nur so unvernünftig sein und sich in die Nähe von Soldaten begeben, sie wusste doch, dass die Besatzer die Zonengrenzen kontrollierten. Ihr war, als ob sie wieder den Wodka riechen würde, und auf einmal musste sie sich übergeben.

Verhöre und Formulare, dann wurde sie zu vielen anderen Mädchen in einen Raum gesperrt, wusch sich an einem Eimer und bekam Brot zu essen. Nach zwei Tagen wurde sie zusammen mit anderen Jugendlichen zum Grenzübergang Bebra-Eisenach gebracht. Hinter dem Grenzbalken warteten bereits die schwarz gekleideten sowjetischen Grenzsoldaten.

Wieder wurde Karin vor Angst und schlechten Erinnerungen übel, aber dieses Mal schaffte sie es, sich zu beherrschen. Damit sie sie ohne Probleme passieren ließen, gab sie den sowjetischen Soldaten ihre gesamten Ersparnisse. Für den Rückweg brauchte sie mehrere Tage, fuhr bei Bauern auf Pferdewagen mit oder kletterte auf die übervollen Züge.

Als sie endlich wieder zu Hause in der Karl-Liebknecht-Straße eintraf, saß ihre jüngere Schwester Vera lesend am Küchentisch.

»Du bist wieder zurück!« Sie fiel ihr stürmisch um den Hals. »Wie kannst du nur abhauen, ich hatte solche Angst um dich.«

»Mir passiert schon nichts, Unkraut vergeht nicht.« Karin wusch sich die Hände, und als sie sich setzte, fiel eine schwere Last von ihr ab.

»Was liest du?«, fragte sie Vera neugierig.

»Vom Winde verweht.« Vera hielt das verkohlte Buch hoch,

das Karin nach der Bombardierung zwischen den Trümmern ihrer Wohnung gefunden hatte.

»Findest du nicht, dass du mit vierzehn noch ein bisschen zu jung dafür bist?«

»Ich liebe Scarlett O'Hara«, sagte Vera.

»Ich hasse Amerikaner«, antwortete Karin.

1

DAS HERZ ALLER DINGE

Silvester 1949

Noch ein Tag, und das neue Jahrzehnt begann. Endlich kamen neue Zeiten, und endlich würde Karin da sein, wo sie immer sein wollte: bei ihrem Vater in der Buchhandlung, umgeben von Büchern, Menschen und Geschichten, die sie so sehr liebte. Nur, dass diese Buchhandlung sich nicht in Leipzig, sondern in Frankfurt am Main befand. Auf dem Weg dorthin folgte sie ihm mit dem Handkarren vorbei an leer geräumten Bombenkratern, vereinzelt wieder aufgebauten Häusern und riesigen Kinoplakaten mit Reklame für *Der dritte Mann.*

Hatte das nicht Graham Greene geschrieben? Sie reckte den Kopf, um die Ankündigung auf dem Plakat besser lesen zu können. Für einen Moment achtete sie nicht mehr auf den Weg und prallte gegen einen Passanten. Der Griff des Karrens stieß ihr in den Rücken, und sie blickte verärgert hoch.

Ein GI mit einer Kamera um den Hals.

»Sorry.« Er ging einen Schritt rückwärts und tippte sich mit der Hand an die Schiffchenmütze. Die Haare darunter waren millimeterkurz, seine Haut kastanienbraun.

»O nein, das war meine Schuld«, sagte sie spontan auf Deutsch. Ihre Englischkenntnisse waren völlig eingerostet.

Mit gerunzelter Stirn untersuchte er seine Kamera. Ob sie durch den Zusammenprall beschädigt worden war? Bestimmt gab es dann Ärger.

Irgendwie machte er sie nervös, dabei sah sie hier in Frankfurt ständig amerikanische Soldaten. Aber sie hatte noch immer nicht vergessen, wie sie sie mit siegessicherem Lächeln zurück nach Leipzig geschickt hatten, wo Hoffnungslosigkeit und Hunger auf sie gewartet hatten.

Er richtete die Kamera auf die unzerstörte Fassade des Bieberbau-Kinos, dann das erlösende Klicken. Nichts war passiert.

Karin kratzte ihre letzten Englischkenntnisse zusammen und versuchte zu erklären, dass sie nur aufs Kinoplakat von *Der dritte Mann* geachtet habe. Plötzlich ließ er die Kamera sinken und sah sie mit seinen braunen Augen an, als ob er sie jetzt erst richtig wahrnehmen würde. Ein fast unmerkliches Lächeln spielte um seinen wohlgeformten Mund, und ihr wurde auf einmal ganz heiß trotz der kalten Winterluft. Sein Lächeln wurde breiter, und sie erwiderte es zaghaft.

Doch er tippte sich nur an die Mütze und setzte seinen Weg fort. Aus der Tasche seiner olivfarbenen Uniformjacke ragte ein Buch, sie versuchte, den Titel zu erkennen, und sah ihm unwillkürlich nach, wie es sich für eine Frau eigentlich nicht gehörte.

»Trödel nicht so, Karin«, rief ihr Vater.

Seufzend wandte sie sich um. »Komm ja schon.«

Sie eilte hinter ihm her. Mit seinem schwarzen Hut und dem grauen Mantel fiel er nicht weiter auf, aber sie würde ihren stets aufrecht gehenden Vater, den Buchhändler Justus Wünsche, den all das Leid der vergangenen Jahre nicht hatte brechen können, überall wiedererkennen. Er sprach nie darüber, weder über die Ardennenoffensive, das Kriegsgefangenenlager am Rhein oder die Heimkehr nach Leipzig, als er am Grab seiner Mutter geweint hatte. Noch nie hatte Karin ihren Vater vorher oder danach jemals weinen sehen.

Als er an der Schillerstraße warten musste, holte sie ihn endlich ein. Eine Tram fuhr klingelnd an ihnen vorbei. In Frankfurt hieß die Bimmel nicht Bimmel, obwohl sie fast noch mehr klingelte als in Leipzig. Aber hier sagte jeder Tram, das hatte Karin wie so vieles andere auch schnell gelernt, seit sie im September 1948 in Frankfurt eingetroffen waren.

Der Schutzmann mit der Trillerpfeife gab den Weg frei, und sie passierten die dunkle Ruine der Hauptwache und die hohen Neubauten mit Leuchtreklame für die *Frankfurter Rundschau* und Mouson-Creme, Zeichen des rasanten Wiederaufbaus.

Die Zeil, Frankfurts wichtigste Einkaufsstraße, schien sowieso keinen Stillstand zu kennen. Der Kaufhof hatte bereits wieder zwei Stockwerke, und ganz Frankfurt sprach davon, dass er bald abgerissen und noch größer und moderner wieder aufgebaut werden würde.

Vor der notdürftig reparierten Kleinmarkthalle bog ihr Vater in die schmale Hasengasse ab. Hier standen fast keine Häuser mehr, sie näherten sich unverkennbar der zerstörten Altstadt.

»Hoffentlich entscheiden die Politiker bald, dass hier gebaut werden darf«, sagte Karin.

»Was fändest du denn besser?«, fragte ihr Vater. »Den mittelalterlichen Stadtkern abreißen oder die historischen Gebäude rekonstruieren?«

»Was schneller geht.« Sie gingen an einem Jungen in kurzen Hosen vor einer Kellertür vorbei. Hinter ihm erkannte Karin Matratzen und einen Eimer. Das Haus über dem Keller stand nicht mehr. »Es fehlen so viele Wohnungen.«

»Und Geschäfte.« Er wies auf einige Baracken am Straßenrand. Schnell gezimmerte Holzbuden. Hauptsache, man konnte seine Waren irgendwo verkaufen.

An der Ecke zur Töngesstraße zeigte er voller Stolz auf eine der Bretterbuden, hinter der auf einem Trümmerberg dürres Wintergras wuchs.

»Das ist sie. Unsere Frankfurter Buchhandlung Wünsche.«

Sie war winzig, aber Karin fand sie wunderschön. Durch das weiß gestrichene Holz fiel sie sofort auf, zwei größere Fenster zum Dekorieren besaß sie auch, und als sie durch die dreckigen Fenster spähte, erkannte sie deckenhohe Regale, einen Tisch, mehrere Stühle. Es war karg, aber ein Neubeginn, und das war alles, was zählte.

Es dauerte, bis ihr Vater das verrostete Vorhängeschloss aufbekam. Ein Schwall staubiger Luft stieg Karin in die Nase, durchmischt mit dem Geruch nach Leder und Schuhcreme. An der Decke brannte eine fahle Glühbirne. Vorher war hier ein Schuhladen gewesen. Das Geschäft musste gut gegangen sein, denn der Schuster besaß mittlerweile einen großen Laden auf der Zeil.

»Na, Karin, was sagst du?« Ihr Vater nahm den Hut ab und drehte sich langsam im Kreis. Sein blondes Haar fiel ihm trotz des akkurat gekämmten Seitenscheitels widerspenstig in die Stirn, seine sonst so bleichen Wangen waren vor Freude gerötet, und seine Augen blitzten.

Und für einen Moment sah sie wieder die alte, mehrstöckige Buchhandlung am Leipziger Marktplatz vor sich: Bücher über Bücher in deckenhohen Regalen, den weinroten Teppichboden, die alten Ölgemälde und den funkelnden Kronleuchter. Sie seufzte.

»Keine Angst, das wird bestimmt ganz wunderbar!«

»Ich musste nur gerade an zu Hause denken.« Sie rieb sich die kalten Hände. Noch immer wurde sie wütend, wenn sie an den Tag dachte, als die Russen sie aus ihrer Buchhandlung warfen.

Er strich sich die Haare aus der Stirn. »Wenn Deutschland erst mal wiedervereint ist, bekommen wir alles zurück, verlass dich darauf.«

Das sagte er oft, aber Karin glaubte nicht mehr daran.

»Und wann kommen die neuen Bücher?«, fragte sie.

»Jeden Moment, wir sollten uns beeilen!«

Sie nickte und band sich das graue Tuch um den Kopf. Zöpfe hatte sie keine mehr, die hatte sie sich gleich am ersten Tag in Frankfurt abschneiden lassen. Jetzt reichten ihr die welligen Haare bis zum Kinn.

Von einem Hydranten zwei Häuser weiter holte Karin Wasser. Dann schlüpfte sie aus ihrem Mantel und zog sich über ihren alten braunen Rock und den Norwegerpullover aus der Kleidersammlung eine Schürze an. Zuerst putzte sie einen fensterlosen Raum, der Lager und Büro gleichzeitig werden sollte, danach war der Ladenraum dran, der mit einem kleinen Bollerofen beheizt werden konnte. Sonst würde es in der Holzbaracke verdammt kalt werden.

»Herr Wünsche?« Ein Mann im weißen Malerkittel stand vor der Bude. »Isch hätt da Ihne Ihr Schild!«, sagte er in breitem Frankfurterisch und hielt es wie zum Beweis hoch: ein weißes Holzschild, auf dem in roter, geschwungener Schrift *Buchhandlung Wünsche* stand.

»Ah!« Ihr Vater ging zu ihm. »Sehr nett von Ihnen, dass Sie es mir trotz der Betriebsferien zwischen den Jahren vorbeibringen!«

»Na ja, wenn Sie am Montag uffmache wolle …« Der Mann streckte die Hand aus, und ihr Vater gab ihm ein Trinkgeld. Obwohl sie wenig hatten, war er immer großzügig.

Schnell brachten sie das Schild an, und der Maler verabschiedete sich. »Dann einen guten Rutsch und alles Gude für Ihrn Lade!«

Ob jetzt endlich die Bücher kamen? Karin konnte es kaum erwarten, sie war ganz unruhig vor Freude und schaute ständig zur Tür. Doch als sie Schritte hörte, waren es nur ihre Mutter und Vera.

Alma Wünsche stellte einen Einkaufskorb auf den Tisch. Der schwarze Mantel schlotterte um ihre schmalen Schultern, und erste weiße Strähnen waren in den braunen Haaren zu erkennen. Karins Mutter arbeitete in einer Anwaltskanzlei als Buchhalterin, aber in Leipzig, da hatte sie die Buchhandlung durch den Krieg gebracht und auch in Zeiten von Papierknappheit und täglichen Bombenalarmen ihre Kunden mit tröstendem Lesestoff versorgt. Sogar Baumaterialien für die provisorische Reparatur nach der großen Bombardierung im Dezember 1943 hatte sie organisiert. Nur gegen die Enteignung war auch sie machtlos gewesen.

»Wie gut, dass das Schild schon da ist!« Sie zog ihren

Mantel aus, unter dem sie bereits ihre braun karierte Kittelschürze trug. »Sonst kann man ja gar nicht erkennen, dass das hier eine Buchhandlung ist.« Sie deutete auf die leeren Regale.

»Und wo sind die Bücher?« Karins Schwester Vera folgte ihrer Mutter. Sie ging noch zur Schule, und auf ihre langen, braunen Zöpfe wollte sie noch nicht verzichten. Karin fand, dass sie viel jünger als siebzehn wirkte. Bestimmt lag es daran, dass sie den Krieg bei Verwandten in Thüringen verbringen durfte und nie die Todesangst während einer Bombardierung erlebt hatte. Da es dort aber kein Lyzeum gegeben hatte, war Karin notgedrungen in Leipzig geblieben.

Justus Wünsche schaute auf die Uhr. »Ich habe die Lieferungen am Bahnhof sammeln und lagern lassen, der Spediteur sollte jeden Moment kommen.«

»Sei nicht so ungeduldig, wir müssen ja erst noch putzen.« Ihre Mutter ergriff den Besen.

Vera schnappte sich Lappen und Eimer. »Wie gut, dass du heute nicht bei Herrn Böttcher arbeiten musst, Karin.«

Das stimmte, obwohl Karin natürlich dankbar war, so schnell eine neue Lehrstelle gefunden zu haben, und dann auch noch in einer großen Universitätsbuchhandlung. In Leipzig hatte sie erst fast ein Jahr nach der vergeblichen Flucht mit ihrer Lehre angefangen.

»Hier ist es so schön, wer will da noch woanders arbeiten?«, fragte sie.

Vera nickte ihr lächelnd zu und fing mit dem Putzlappen eine Spinne ein. Schnell waren sie fertig, und die blitzsaubere Bude wartete genauso wie Familie Wünsche auf die Bücher.

»Hunger?«, fragte ihre Mutter und öffnete ihren Korb. »Ich habe Kaffee dabei und Wurstbemmen.«

»Mama, wir sind nicht mehr in Sachsen.« Karin zog das Kopftuch aus und schüttelte ihre Haare. »Hier heißen die Bemmen Brotscheiben.«

»Na, dann eben Wurstbrot. Mit Gurken.«

Karins Lieblingsbrote, schon beim Gedanken daran lief ihr das Wasser im Mund zusammen. Sie setzten sich auf die wackeligen Stühle, ihre Mutter schenkte die mitgebrachten Tassen voll mit heißem Muckefuck. »Besser als nichts«, lautete ihre übliche Bemerkung.

Vater schaute schon wieder auf die Uhr. »Wenn das nicht klappt … ich hab doch erst heute den Schlüssel bekommen, und am zweiten Januar wollen wir aufmachen, wie sieht das denn aus, wenn die Regale noch leer sind …«

»Wird schon, Justus, wird schon«, beruhigte ihre Mutter ihn.

Da klopfte es, und alle sprangen erwartungsvoll auf, aber es stand nur Tante Elvira vor der Tür.

»Das ist ja eine Bruchbude«, sagte sie anstelle einer Begrüßung und wischte sich Staubflusen von ihrem schwarzen Persianermantel. Tante Elvira war eigentlich Karins Großtante, die Schwester von Großvater Wünsche und die Witwe eines Pelzhändlers. Der Persianer war ihr, neben einer Nerzstola, als einziger Pelzmantel geblieben – die anderen hatten ihren Weg auf den Schwarzmarkt gefunden und ihre Freunde und sie vor dem Verhungern bewahrt. Jetzt war ihr Haus voller Ausgebombter und Vertriebener, doch Tante Elvira freute sich, wenn sie helfen konnte.

»Du hast als Maurer gearbeitet, und dann mietest du ein

Holzhaus? Und hier willst du Bücher aufbewahren?« Mit dem Lederhandschuh strich Tante Elvira über die Regalbretter, aber Staub konnte sie natürlich keinen mehr finden.

»Ist ja nur für den Übergang. Ich bin so froh, endlich was gefunden zu haben und die Maurerkelle an den Nagel hängen zu können.«

Karin wusste, dass er gerne als Maurer gearbeitet hatte. Vor allem in Leipzig, zusammen mit Opa Buschke, dem Vater ihrer Mutter. Der gelernte Maurermeister hatte ihm alles beigebracht, und ihr Vater schien die körperlich anstrengende Arbeit gebraucht zu haben, damit er seinen Kopf frei von seinen Kriegserinnerungen bekam.

Der Gedanke an die in Leipzig gebliebenen Eltern ihrer Mutter schnürte Karin die Kehle zu. Für sie war eine Flucht nicht infrage gekommen – ihr Maurerbetrieb florierte, zudem war Opa Buschke in die SED eingetreten und hatte kein Verständnis für ihre Fluchtpläne gehabt.

Als Tante Elvira an einem Regal rüttelte, schwankte es. »Es ist ja noch schlimmer, als ich es befürchtet habe.«

»Dafür gibt es endlich wieder eine Buchhandlung Wünsche.«

»Richard hätte das nie und nimmer als Buchhandlung bezeichnet.« Erschrocken legte sie die Finger an die Lippen. »Entschuldigung. Das wollte ich nicht. Dein Vater wäre bestimmt froh, wenn er hier bei dir sein dürfte, egal, wie die Buchhandlung aussieht. Ganz allein in einem Internierungslager an Typhus zu sterben, das hat mein Bruder nicht verdient.« Betrübt schüttelte sie ihre silbergrauen Haare. »Wie konnte das nur passieren?«

»Wir werden es nie erfahren.« Justus legte ihr die Hand

auf die Schulter. »Aber wir sind dir so dankbar, dass du uns bei dir aufgenommen hast.«

»Das war doch selbstverständlich, Justus.« Sie blickte ihn an. Karin fiel auf, dass die beiden sich im Profil ähnlich sahen. Sonst nicht, sie war klein und dick und ihr Vater groß und schlank.

»Aber wo sind denn eigentlich die Bücher?«, meckerte Tante Elvira schon wieder.

»Die kommen bestimmt gleich.«

»Ich halte es immer noch für einen Fehler, direkt nach dem Weihnachtsgeschäft zu eröffnen.« Sie machte eine ausladende Geste. »Den größten Umsatz des Jahres hast du gerade verpasst. Nicht, dass du bis zum nächsten Weihnachtsfest pleite bist.«

Justus stützte die Hände in die Seiten. »Wir schaffen das, Tante, du wirst sehen.«

»Ganz bestimmt!«, bekräftigte Karin.

Plötzlich klopfte es. Draußen stand ein dicker Mann mit Schnauzbart und einer Postmütze auf dem Kopf.

Während ihr Vater die Lieferungen entgegennahm, räumten sie die Putzsachen schnell in den Handwagen. Er erklärte noch einmal genau, wie sie die Bücher auf dem Lieferzettel abhaken und auszeichnen, also den Preis und das Lieferjahr mit Bleistift auf den inneren hinteren Buchdeckel schreiben sollten. Dann öffnete er die erste Holzkiste.

»Vom Desch Verlag«, sagte er voller Inbrunst und strich wie immer mit der Hand sanft über die Bücher.

»*Die Geschlagenen* von Hans Werner Richter.« Er klang ehrfürchtig. »Er ist der Kopf der Gruppe 47, die die deutsche Literatur erneuern will.«

Vorsichtig öffnete Karin ihr Paket. Es kam aus Berlin, von Suhrkamp, dem früheren S. Fischer Verlag. Thomas Mann, Stefan Zweig, Gerhard Hauptmann. Vorsichtig nahm sie Band für Band heraus, verglich sie mit der Bestellung und dem Lieferschein und schrieb mit Schönschrift die Preise hinein. Sie liebte den Geruch von Papier, die rauen oder glatten Seiten, feine Leinen- oder Halbleinenbände mit Lesebändchen und bunten Schutzumschlägen. Manche Verlage lieferten die besonders kostbaren Bücher sogar in Zellophan verpackt! Und natürlich liebte sie die Geschichten in den Büchern.

Fürs Einräumen in die Regale war Vera zuständig. Mit Vaters Plan in der Hand summte sie dabei leise vor sich hin. Tante Elvira half, in dem sie das Packpapier ordentlich glättete und in einer Ecke stapelte, damit man es wieder verwenden konnte. Sogar die Bindfäden rollte sie sorgfältig auf.

»Justus!«, rief sie auf einmal entsetzt und deutete auf den Packen Zeitungen, den er gerade auf einem Tisch ausbreitete. »Du verkaufst auch diese billigen Romane von Rowohlt? Das sind doch keine Bücher, das sind – Zeitungen!«

»Auf den Inhalt kommt es an. Papier und Maschinen gibt es zwar langsam wieder, um Bücher zu drucken, aber Geld, um sie zu bezahlen, daran mangelt es den meisten Kunden noch.«

»Du solltest sie ins Schaufenster legen«, sagte Karin. »Der Böttcher verkauft sie nämlich nicht, und es kommen viele, die nach den Büchern fragen.«

»Bücher«, schnaubte Tante Elvira.

»Gute Idee mit dem Schaufenster.« Ihr Vater reichte Karin den Zeitungsstapel. »Auszeichnen müssen wir sie nicht, der Preis steht ja drauf.«

Blieb die Frage, wie sie die Hefte auf dem schmalen Fensterbrett dekorieren sollte. Hinstellen konnte man sie schließlich nicht.

Vor dem Fenster herrschte das übliche Gewimmel. Irgendeine Bewegung brachte Karin dazu aufzublicken. Und da ließ ein Schwarzer Soldat auf der anderen Straßenseite gerade seine Kamera sinken. Sie erkannte ihn sofort – den Mann von heute Morgen. Er sah zu ihr hinüber und überquerte die Hasengasse. Wollte er etwa zu ihnen? In die Bude? Da öffnete er bereits die Tür.

Wir haben noch nicht auf, wollte sie sagen, starrte aber nur die Uniform an und brachte kein Wort außer *»Hello«* heraus.

»Excuse me, is this a bookshop?« Er deutete auf die halb gefüllten Regale. Die anderen hielten mit der Arbeit inne.

Karin räusperte sich und suchte nach Worten. »Noch nicht ganz«, erklärte sie dann auf Englisch. »Wir eröffnen am Montag.«

Wie sollte sie ihn ansprechen? Auf seinem Jackenärmel prangte ein blaues Emblem mit einem Flammenschwert, darunter die Streifen seines Dienstgrades, aber sie wusste trotzdem nicht, ob er ein einfacher Soldat oder ein Offizier war. »Sir«, schickte sie ihrer Erklärung hinterher.

Er sah sie unverwandt an, ohne eine Miene zu verziehen. Hatte sie etwas falsch gemacht?

»Sie mögen wohl Graham Greene«, sagte er auf Englisch und deutete auf den Zeitungsroman in ihrer Hand.

Verdutzt schaute sie genauer hin. Tatsächlich, Graham Greene. *Das Herz aller Dinge.* Sie musste unwillkürlich schmunzeln.

Er erwiderte das Lächeln. Es erfasste sein ganzes Gesicht, die Nase, die schmalen braunen Augen, und Karin fiel eine Windpockennarbe an seiner Wange auf.

»Haben Sie auch Bücher auf Englisch? Ich würde gerne etwas von Graham Greene lesen.«

Sie drehte sich nach ihrem Vater um, der schüttelte den Kopf.

»Oder Ernest Hemingway?«

»Nur auf Deutsch.«

»Schade. Dann will ich Sie nicht länger stören.« Er tippte sich wieder an seine Schiffchenmütze, wie vorhin auf der Straße. Karin öffnete ihm die Tür.

Er zog ein Päckchen Lucky Strike aus seiner Brusttasche und bot ihr eine an. Sie zögerte. Einerseits wollte sie sich gerne länger mit ihm unterhalten, andererseits musste sie sich um die Bücher kümmern.

Doch dann folgte sie ihm nach draußen und griff zu, dabei rauchte sie nur selten. Er gab ihr Feuer und schaute ihr in die Augen. Ein Blick voller Melancholie. Karins Herz vollführte auf einmal einen Trommelwirbel, und sie wandte sich schnell ab und zog an der Zigarette, um sich zu beruhigen.

Vergeblich.

Er entzündete seine Zigarette. Als er das Streichholz ausblies, sah er sie eindringlich an, sodass sie den Blick senkte und die Kamera betrachtete, die an einem Band um seinen Hals hing.

»Sind Sie ein …?« Das englische Wort *photographer* wollte ihr nicht über die Lippen kommen, sie deutete auf die Leica.

»*No.*« Er zog an seiner Zigarette. »Das sind nur Erinnerungen. Für meine Familie. Mein Bruder war in Frankfurt, ich will ihm zeigen, wie sich alles verändert hat.«

Sie nickte. »War er …« Was hieß nur Kapitulation? »War er hier, als der Krieg zu Ende war?«

Er nickte. »*My name is Billy*«, sagte er auf einmal.

Sollte sie auch nur ihren Vornamen sagen? Wie ungewöhnlich. »Karin Wünsche«, entschied sie sich und streckte die Hand aus.

Zögernd betrachtete er ihre vom Winterwind rot verfrorenen Finger, bevor er sie vorsichtig ergriff. Kurz fragte sie sich, ob sich braune Haut anders als weiße anfühlen würde. Aber seine Hand war warm, der Händedruck fest. Und völlig normal. Mehr als normal. Angenehm. Er sah ihr wieder in die Augen, und als er sie anlächelte, erwiderte sie den sanften Druck.

»Fräulein Karin.« Er schien jede Silbe auszukosten, und sie schmolz dahin wie Eis in der Sonne.

»Haben Sie schon einmal etwas von Graham Greene gelesen?«, fragte sie.

Er nickte. »*Brighton Rock.*«

»Ich auch! Was für ein großartiges Buch.« Langsam fielen ihr immer mehr Vokabeln ein. »Eine junge Frau auf der Suche nach einem Mörder.« Sie musste unbedingt wieder englische Bücher lesen.

»Welcher Roman war das?« Er deutete mit der Zigarette auf die Buchhandlung.

Schnell ging sie hinein und holte das Heft. »*Das Herz aller Dinge.*« Auf der Rückseite stand der Originaltitel. »*The Heart of the Matter*, kennen Sie das?«

Er schüttelte den Kopf.

Neugierig blätterte sie hinein. »Es spielt in Afrika.«

»Ein Weißer, der über Afrika schreibt.« Er trat seine Zigarette aus.

»Es geht um eine Kolonie während des Krieges, wenn ich es richtig verstehe. Aber ich werde es lesen!«

Sie hätte sich auf die Zunge beißen können. Das klang ja, als ob sie ihn wiedersehen wollte. Andererseits wollte sie das ja auch. Mit einem Amerikaner über Literatur reden zu können war aufregend. Normalerweise ging es bei den GIs immer nur ums Feiern, jedenfalls wenn sie den Erzählungen ihrer Mitschülerinnen in der Berufsschule Glauben schenkte. Um die ihr hinterherpfeifenden Soldaten machte Karin immer einen großen Bogen.

Aber Billy war anders, so ernsthaft. Und er las gerne!

Da fiel ihr noch etwas ein.

»Im Amerikahaus an der Taunusanlage gibt es eine Bibliothek mit englischsprachigen Büchern.«

Erstaunt hob er die Augenbrauen. »Danke, die werde ich mir ansehen.«

Er klopfte sich den Staub von seiner Hose und schaute ins Innere der Buchhandlung, in der längst wieder fleißig geräumt wurde.

»Ist das Ihre Familie?«, fragte er.

»Ja, am Montag soll Eröffnung sein, da haben wir noch viel zu tun.«

»Sie sind also die Tochter eines Buchhändlers«, sagte er und lächelte sie an. »*You lucky girl.*«

Sie spürte, wie sie rot wurde. Aber er hatte recht – sie war ein glückliches Mädchen.

»Wir haben lange auf diesen Tag gewartet«, sagte sie. Ihr Blick fiel auf die Kamera. Ob sie ihn bitten sollte, ein Foto von ihnen zu machen, als Erinnerung an diesen Tag? Aber dann ließ sie es bleiben. Sie kannte ihn ja gar nicht.

Er tippte sich an die Mütze, nickte ihr zu und wünschte ihnen viel Erfolg. Karin sah ihm nach, bis er in die Zeil abbog, und hoffte, dass er wiederkommen würde.

Vera öffnete ihr die Tür. »Hattest du keine Angst vor ihm?«

»Wer hat Angst vorm schwarzen Mann?«, ahmte Karin das Kinderlied nach. »Sei nicht so kindisch, Vera.«

»Woher kennst du ihn denn?«

»Ich kenne ihn nicht, wie kommst du denn auf die Idee?«

»Na, so wie du ihn angesehen hast. Und er dich.«

»Du übertreibst.« Karin löschte ihre Zigarette und betrat wieder den Laden.

»Mich hat er gar nicht beachtet.« Vera seufzte. »Aber kein Wunder, du bist ja auch viel schöner als ich.« Sie schnippte die nussbraunen Zöpfe auf den Rücken.

»Gar nicht.«

»Sicher. Blonde Haare, blaue Augen, das mögen die Männer. Du hast auch viel mehr Busen als ich. Und ein wunderschönes Gesicht!«

»Und meine Stupsnase?« Sie fasste sich an die Nasenspitze.

»Die sieht genauso frech aus, wie du es bist«, sagte ihr Vater. »Der GI hat mich auf eine Idee gebracht. Vielleicht schaffe ich noch Platz für englischsprachige Literatur. Bestimmt sind Importe aus England und den USA bald leichter zu bekommen.« Nachdenklich legte er die Hand ans Kinn und bat Vera, ihm den Regalplan zu geben.

»Aber pass bitte auf, wenn du dich mit den Kunden unterhältst, Karin!« Ihre Mutter rückte die gestapelten Bücher gerade. »Du hast sehr vertraut mit ihm gewirkt. Das schickt sich nicht. Du musst auf deinen Ruf achten.«

»Ja, ja.« Aber Karin hörte gar nicht auf die Ermahnungen ihrer Mutter, die kannte sie zur Genüge, sondern überlegte, wie sie die Zeitungsromane im Fenster platzieren sollte. »Wie wäre es, wenn wir Schnüre mit Reißzwecken im Rahmen befestigen und sie dann mit Wäscheklammern aufhängen?«

»Geht da nicht der Rahmen kaputt?«, fragte Vera.

»Auf den brauchen wir keine Rücksicht nehmen«, sagte ihr Vater. »Mach das, Karin. Früher oder später werden diese Buden sowieso abgerissen. Das sind nur Notbehelfe, nichts für die Ewigkeit.«

»Dann bringe ich morgen Reißzwecken mit. Ach, und Vati? Können wir den Schreibtisch ins Geschäft räumen? Dahinten ist es mir zu dunkel!«

»Wieso – dir?« Er schob sich die Haare aus der Stirn.

»Na, ich arbeite doch jetzt hier.«

»Hier? Wie kommst du denn auf die Idee?«

»Wozu soll ich noch zu Herrn Böttcher gehen, wenn wir endlich unsere eigene Buchhandlung aufmachen? Die Lehre dort war doch auch nur ein Notbehelf, ab jetzt bist du mein Lehrherr!«

»Aber wie stellst du dir das vor? Bis wir wieder eine richtige vollständige Buchhandlung mit großem Lager und bibliografischem Apparat sind, dauert es noch. Herr Böttcher hingegen …«

»Du hast es mir aber versprochen! Und ich will …«

»So nicht, mein Fräulein!«, zischte ihr Vater wütend. »Es

geht nicht darum, was du willst. Wir alle, wir sind die Buchhandlung Wünsche, und du nützt uns am meisten, wenn du bei Herrn Böttcher von der Pike auf lernst.«

»Aber …«, gab sie nicht auf.

»Kein Aber, Karin!« Er drohte ihr mit dem Zeigefinger.

»Aber ich habe doch schon längst bei Herrn Böttcher gekündigt!«

Auf einmal herrschte Stille im Laden.

»Kind!« Ihre Mutter fand als Erste die Sprache wieder.

»Was hast du getan!?« Ihr Vater starrte sie ungläubig an.

»Ich habe gekündigt!«

»Was … wie …?«, polterte er los. »Du kannst gar nicht kündigen, du bist noch nicht volljährig. Und du wirst auch nicht kündigen. Später, nach der Lehre, da kannst du bei uns arbeiten, aber jetzt gehst du sofort zu Herrn Böttcher, entschuldigst dich und ziehst die Kündigung zurück, mein Fräulein!«

2

GÖTTER, GRÄBER UND GELEHRTE

Den gesamten Weg bis ins Westend überlegte Karin, wie sie die Kündigung am besten zurückziehen konnte. Doch als sie die leuchtenden Schaufenster im Dämmerlicht der untergehenden Sonne erblickte, hatte sie noch immer keine Antwort gefunden.

Eigentlich gefiel es ihr bei Herrn Böttcher. Die wissenschaftliche Fachbuchhandlung mit ihrer Glastheke, auf der die Buchhändler den Kunden die Bücher vorlegten, wirkte zwar etwas nüchtern und kühl, aber die Kollegen waren nett. Die meisten Kunden arbeiteten an der benachbarten Universität und hatten ausgefallene Literaturwünsche, ständig lernte sie interessante Autoren und Wissensgebiete kennen.

Viele Buchhandlungen, bei denen sie sich vorgestellt hatte, wollten kein Lehrmädchen im zweiten Jahr einstellen. Zudem hatte Karin keinen richtigen Schulabschluss und ihre Lehre auch noch ausgerechnet in der Zone begonnen. Bei den *Soffjets*, wie Herr Böttcher immer sagte. Aber er war der Einzige gewesen, der sie einstellen wollte, und vielleicht war er ja froh, wenn sie wieder zurückkam.

Doch kaum hatte sie »Ich möchte meine Kündigung zurückziehen« ausgesprochen, schrie er: »Was erlauben Sie sich eigentlich?« Sein feistes Gesicht über dem engen Hemdkragen wurde puterrot. »Gestern tun Sie so, als ob Ihnen die Welt gehörte, und heute soll ich das einfach vergessen?«

Karin schaute auf ihre Schuhe. Das Leder an der Kappe war so brüchig, dass bald ihre Fußspitzen hinausragen würden.

»Lehrjahre sind keine Herrenjahre, aber das haben Sie in der Zone natürlich nicht gelernt.« Er wippte auf den Zehenspitzen und scherte sich keinen Deut darum, ob die Kunden im Laden vorne ihn hören konnten.

»Ich habe Ihnen gleich gesagt, dass ich die Unterschrift Ihres Herrn Vaters brauche, Fräulein Wünsche. Sie sollten wieder zurück nach drüben gehen und hier nicht den Frankfurtern die Arbeitsplätze wegnehmen.« Seine Stimme überschlug sich beinahe, so sehr regte er sich auf. »Jeder hat sein Päckchen zu tragen, sage ich immer, und ihr da drüben habt eben ein sozialistisches Päckchen abbekommen, die Suppe müsst ihr schon selbst auslöffeln, aber einfach abhauen und es sich hier im gemachten Nest gemütlich machen, das hätten Sie wohl gerne! Schmarotzer!«

Er musste tief Luft holen. Wieso hatte er sie überhaupt eingestellt, wenn er so viel an ihr auszusetzen hatte?

»Gehen Sie runter zu Herrn Pohl«, zischte er wütend, »die Lieferungen müssen noch ausgefahren werden, egal, wie lange es dauert. Und die verpassten Stunden ziehe ich Ihnen vom Lohn ab.«

»Jawohl, Herr Böttcher.« Karin musste sich zusammennehmen, um höflich zu knicksen. »Entschuldigen Sie, dass ich Ihnen so viele Unannehmlichkeiten bereitet habe. Das wird nicht wieder vorkommen.«

Er schnaubte wütend. »Der Urlaub am zweiten Januar ist

natürlich auch gestrichen. Zu Ihrer Eröffnungsfeier wird sowieso niemand kommen. Eine Buchhandlung in einer Bretterbude ist doch ein Witz!«

Sie verkniff sich eine Erwiderung, knickste erneut und ging in den Keller.

Was für ein Schlamassel. Nicht nur, dass er sie mal wieder einen Schmarotzer genannt hatte, das kannte sie ja schon. Manchmal nannte er sie auch Schwarzgänger, weil sie schwarz über die Grenze gekommen war. Aber das scherte sie nicht. Schlimmer war, dass sie ausgerechnet heute an Silvester stundenlang mit den Auslieferungen beschäftigt sein würde. Tante Elvira hatte der ganzen Familie zu Weihnachten Karten für *Die Fledermaus* im Börsensaal geschenkt. Karin hatte noch nie eine Operette gesehen. Ob sie es rechtzeitig schaffen würde?

Der Packraum im Keller stank wie immer nach Zigaretten. Herr Pohl, ein kleiner Mann mit grauer Haut und grauen Haaren, schlug gerade ein Buch in Papier ein.

»Ich soll Ihnen helfen«, sagte sie.

Er deutete auf den Tisch voller Bücherstapel. »Lieferscheine liegen drin.«

Sie zog den Mantel aus, hängte ihn an den Haken an der Tür und schnappte sich ebenfalls einen Bogen Papier. Auf dem ersten Bücherstapel lag das meistverkaufte Buch im Weihnachtsgeschäft: *Götter, Gräber und Gelehrte – Roman der Archäologie* von C. W. Ceram, ein Leinenband mit zahlreichen Fotos und Goldschnitt. Offensichtlich ließen sich viele Kunden davon trösten, dass sich aus den Trümmern der Geschichte bislang immer neues Leben und neue Zivilisationen entwickelt hatten. Aber Karin schockierte noch immer der Preis. Achtzehn D-Mark – nur für ein einziges Buch?

Davon könnte man sich sehr viele Zeitungsromane kaufen, die kosteten zwischen fünfzig Pfennige und einer Mark fünfzig. *Stalingrad* von Theodor Plievier, *Das siebte Kreuz* von Anna Seghers. Ihr Roman über sieben KZ-Flüchtlinge spielte sogar in Frankfurt und Umgebung. Karin fand die Auseinandersetzung mit dem Nationalsozialismus viel wichtiger als die Entdeckung Trojas.

Aber jetzt fühlte sie sich, als ob ihre eigene Welt schon wieder in Trümmern läge.

Völlig erschlagen lief sie an diesem Silvesterabend um kurz nach neun Uhr in den Grüneburgweg und atmete erleichtert auf, als sie von Weitem den kleinen Turm an Tante Elviras Haus erkannte.

Das zweistöckige weiße Gründerzeithaus mit den roten Sandstein-Verzierungen war vom ersten Augenblick an ihr neues Zuhause geworden. Sie liebte die verzierten Eisenbalkons auf jeder Seite des Eckhauses, aber vor allem die vielen Pelztiere an der Stuckleiste.

Ein paar Einschusslöcher auf Kopfhöhe waren die einzigen Zeugen des überstandenen Krieges. Auch die amerikanischen Offiziere, die in den ersten Jahren nach dem Krieg hier gelebt hatten, als das nördliche Westend Sperrbezirk gewesen war, hatten das Haus gut behandelt. Nur Onkel Valentins Weinkeller hatten sie ausgetrunken.

Wenn Karins erste Flucht erfolgreich gewesen wäre, hätte sie mit ihrer Tante in einem Hochbunker im Ostend leben müssen. Erst kurz vor der Ankunft der Familie in

Frankfurt wurde der Stacheldraht entfernt, und die Anwohner durften ihre Häuser wieder beziehen.

Schräg gegenüber, hinter den Bäumen, lag das IG-Hochhaus, ein gelber, halbrunder Monumentalbau, dessen Fenster sogar jetzt noch zum Teil erleuchtet waren. Manche Nachbarn sagten auch IG-Farben-Haus. Ihr Vater hatte ihr erklärt, dass die IG Farben, ein riesiger Chemiekonzern, tief in die menschenverachtenden Machenschaften der Nazis verstrickt gewesen war. Das Gift, mit dem die Juden umgebracht worden waren, stammte von dort. Einfach unvorstellbar.

Jetzt befand sich hier das Hauptquartier der Amerikaner. Unter der Hand erzählten sich die Frankfurter, dass vor allem der Geheimdienst dort tätig war. Jedenfalls sah man ständig Militär, insbesondere beim wöchentlichen Fahnenappell auf der großen Wiese. Sogar weibliche Soldaten hatte Karin dort gesehen.

Abends lag die Wiese dunkel und verlassen da, und die Fahnen waren natürlich eingeholt. Leise Musikfetzen schwebten durch die Nacht, vielleicht feierten sie in den Büros, aber die große Silvesterfeier der Amerikaner fand im Gesellschaftshaus vom Palmengarten statt, *off-limits* für Deutsche natürlich, die hatten dort keinen Zutritt.

Ein Jeep fuhr vorbei, die Soldaten pfiffen ihr hinterher. Ob dieser Billy dabei war? Aber es saßen nur Weiße im Wagen.

Friedel öffnete ihr. Die Familie war wie erwartet im Theater.

Friedel war Tante Elviras Perle und lebte in der kleinen Kammer neben der Küche. Als die Einquartierungen begannen, hatte Tante Elvira bereitwillig Platz gemacht und sogar ihr Schlafzimmer geräumt – nur Friedel durfte in ihrem angestammten Reich bleiben, darauf hatte Tante Elvira bestanden, und Friedel erwähnte es dankbar bei jeder sich bietenden Gelegenheit. Die beiden mussten gemeinsam einiges durchgemacht haben, das spürte Karin, denn sie verband viel. Aber wie immer wurde auch darüber nicht gesprochen.

Friedel mit ihrem grauen Dutt schaute sie leicht mürrisch an, aber als Karin ihre Überstunden erwähnte, wärmte sie ihr sofort die Kartoffelsuppe von mittags auf. Sie nahm sich selten frei, obwohl Tante Elvira wollte, dass sie nur die üblichen achtundvierzig Stunden in der Woche arbeitete.

Aber jetzt war Karin dankbar für das warme Essen, setzte sich zu ihr in die Küche und erzählte von ihren Problemen.

»Lehrjahre sind keine Herrenjahre«, wiederholte Friedel den Spruch von Herrn Böttcher. »Ihr Mädchen denkt, ihr könnt alles selbst entscheiden. Das liegt am Krieg und dem Durcheinander, das danach geherrscht hat, aber die Zeiten sind vorbei. Meine Eltern haben für mich die erste Stelle ausgesucht. Und sie haben es richtig gemacht, die gnädige Frau und ihr Mann haben mich stets gut behandelt!« Sie seufzte.

»Sie haben immer nur für Tante Elvira gearbeitet? Wollten Sie nie woanders hin, eine andere Stadt, andere Leute kennenlernen?«

»Nein. Frankfurt ist mein Zuhause, und die Welt, die kam ja früher zu Besuch. Was haben wir für Gesellschaften gegeben! Ich habe vielleicht als einfaches Küchenmädchen angefangen, aber als der selige Herr noch lebte, da war ich die Haushälterin und hatte drei Mädchen unter mir!« Sie hob stolz den Kopf. »Deine Eltern wissen, was gut für dich ist. Es ist bestimmt richtig, wenn du deine Lehre woanders machst, andere Erfahrungen sammelst. Die Handwerksburschen gehen sogar auf Wanderschaft. Am Ende bist du schlauer als dein Vater.«

»Der Böttcher bringt mir doch gar nichts bei.«

»Du hast Augen und Ohren, du kriegst schon alles mit.« Sie tätschelte Karin die Hand. »Der Herr Böttcher, der war früher ab und an hier zu Besuch, er war ein Freund vom gnädigen Herrn.«

»Ach, davon hat Tante Elvira gar nichts erzählt.«

»Ist auch nicht wichtig.« Friedel wischte emsig den Tisch sauber, und Karin wollte sich ausruhen.

Sie ging durchs Wohnzimmer, am langen Esstisch vorbei und öffnete die Schiebetür zum ehemaligen Esszimmer.

Anstelle der Anrichte standen jetzt die schmalen und schlichten Holzbetten von Vera und Karin an der langen Wand, ein alter Schrank verdeckte die Tür zur Küche, und anstelle des Geschirrs bewahrten sie dort ihre Kleidung auf.

Karin warf sich erschöpft auf ihr Bett und schlüpfte unter die Decke. Ihr Blick fiel auf die Fotos, die sie aus Illustrierten ausgeschnitten und übers Bett gehängt hatte. Gondeln in Venedig, Zitronenbäume auf Capri und eine alte Werbepostkarte der Leipziger Buchhandlung.

Auf einmal schnürte sich ihre Kehle zu, und Tränen stiegen ihr in die Augen, aber sie wollte nicht weinen, auf gar keinen Fall. Sie hörte Stimmen, jemand klopfte. In diesem Haus war man einfach nie allein. Friedel hatte erzählt, dass früher nur Tante Elvira und ihr Mann Valentin in der sogenannten Beletage, also dem Hochparterre, und Familie Liebig im ersten Stock gewohnt hatten. Dazu die Dienstboten in der Mansarde. Mittlerweile hauste in jedem Eckchen jemand, vierzig Menschen insgesamt. Und sosehr sie Tante Elvira und das alte Haus liebte – Karin war froh, wenn sie irgendwann hier ausziehen konnte.

Es klopfte erneut.

»Ja?«, rief sie matt, und die Schiebetür zwischen dem Salon, wie Tante Elvira das Wohnzimmer nannte, und dem Esszimmer öffnete sich, und Vera steckte ihren Kopf herein.

»Wo warst du?«, fragte sie und warf sich auf ihr Bett. Sie trug einen langen schwarzen Rock und eine weiße Bluse. »Du hast was verpasst, *Die Fledermaus* war grandios! Die Kostüme und der Gesang! Ich liebe Operetten.« Sie befestigte ihre Eintrittskarte mit einer Nadel neben den Bildern von Fred Astaire, Gingers Rogers und der Glenn-Miller-Band.

»Der Böttcher hat mich Überstunden schieben lassen«, sagte Karin. »Oh, Vera, wie konnte ich nur so dumm sein und ohne Rücksprache mit Vati kündigen. Aber ich wäre ja niemals auf den Gedanken gekommen, dass er mich nicht ausbilden will.«

»Hattet ihr denn vorher nicht darüber gesprochen?«

»Nein, für mich war das völlig selbstverständlich.«

»Ich habe das eigentlich auch erwartet«, meinte Vera.

»Ehrlich?«

Ihre Schwester nickte. Auf einmal war Karin leichter ums Herz.

»Komm, Frau Taler hat aus dem PX Dosenananas mitgebracht.«

Frau Taler wohnte mit ihrem Sohn Peter in Tante Elviras früherem Schlafzimmer. Ihr Mann wurde seit Stalingrad vermisst, und um die karge staatliche Versorgung aufzustocken, arbeitete sie im Supermarkt der Army, dem PX, und konnte dadurch billig Waren einkaufen, die eigentlich nur für die Armeeangehörigen bestimmt waren.

»Sie will Bowle machen, und wir kriegen auch was ab.«

Es war kurz vor zwölf. Karin fischte ein Ananasstück aus ihrem Glas mit Bowle, das Radio spielte *Die Caprifischer*, und Vera sang lauthals mit. Die Eltern tanzten, genauso Frau Taler mit einem Untermieter.

Aus dem ersten Stock erklang sehr laut *Der Ritt der Walküren* von Wagner auf dem Klavier. Das war Oberstudiendirektor Liebig. Trotzdem schlief der kleine Peter selig auf dem grünen Sofa im Erker. Karin ging der Trubel auf die Nerven, sie wartete sehnsüchtig auf Mitternacht.

Endlich zählte der Radiosprecher die letzten Sekunden, und dann fingen die Kirchenglocken an zu läuten. Karin lief es kalt über den Rücken. Obwohl so viele Kirchen zerstört waren, läutete es aus allen Himmelsrichtungen.

Sie stießen mit Ananasbowle an, wünschten sich Glück fürs neue Jahr, »Das neue Jahrzehnt!« »Die kommende Jahrhunderthälfte!«, und fielen sich lachend und jubelnd um den Hals. Die Vierzigerjahre, Krieg, Hunger und Elend, lagen hinter ihnen, die Zukunft schien verheißungsvoll.

3

IN EINEM ANDERN LAND

An Neujahr räumten sie weiter die neue Buchhandlung ein. Karin dekorierte mit Veras Hilfe Buchumschläge und die Zeitungsromane von Rowohlt an Schnüren im Fenster, ihre Mutter bereitete die Kasse vor, und ihr Vater richtete sich seinen Schreibtisch in der kleinen Kammer her, die nun sein Büro war. Alles wirkte neu und aufregend, auch wenn die Möbel gebraucht waren und noch immer der Spiegel des Schusters an der Tür zum Büro hing. Aber es duftete endlich nach Papier, und die Regale standen voller bunter Bücher, es waren so viele, dass sie sich sogar noch auf dem Boden stapelten.

Alle freuten sich auf ihre morgige kleine Eröffnungsfeier. Auch Karin, obwohl sie arbeiten musste. Da Herr Böttcher aber jeden Tag über Mittag zwei Stunden zumachte, zog sie morgens trotzdem ihr neues, karamellfarbenes Winterkleid an und eilte in der Pause in die Hasengasse.

Sie war so gerne in der kleinen Bude. Es gefiel ihr, dass die Ladentheke in der hinteren Ecke stand und die Kunden selbstständig in die Regale greifen und auswählen durften. Bei Herrn Böttcher bekamen sie die empfohlenen Bücher vorgelegt, er bevormundete seine Kunden gerne und wetterte ständig gegen die angebliche *Schmutz- und Schundliteratur*. Ihr Vater hingegen verkaufte gut sichtbar nicht nur Zeitschriften, sondern auch Heftchenromane.

Als Karin die Tür öffnete, herrschte unerwartete Enge. Die Inhaber der umliegenden Geschäfte und sogar einige Buchhändler gratulierten mit Wein und Blumen, für die Vera verzweifelt Vasen suchte. Die ersten Kunden blätterten neugierig in den Büchern, und mittendrin strahlte ihr Vater in seinem neuen hellgrauen Anzug und der ebenfalls neuen, blau gestreiften Krawatte.

Er würde nie in der Mittagspause zumachen, dazu hatte er zu lange auf seine neue Buchhandlung warten müssen. Karin und ihre Mutter aßen mittags eigentlich immer zu Hause, sie arbeiteten ja beide in der Nähe. Heute jedoch fand Karin im Büro einen Henkelmann, aus dem es nach Friedels Kartoffelsuppe duftete.

»Nur Geduld, Karin.« Ihre Mutter legte ihr die Hand auf die Schulter. Mit Tante Elviras hellblauem Seidentuch zum cremefarbenen Pullover sah sie richtig schick aus. »Ich würde auch lieber hier arbeiten, aber wir können noch nicht auf das Gehalt der Anwaltskanzlei verzichten. Und bis es so weit ist, unterstütze ich eben abends und am Sonntag deinen Vater bei der Kontoführung.«

Karin drückte sie an sich. »Ich kann dir gerne helfen.«

»So gehört es sich!«, mischte ihr Vater sich ein.

»O Vati, es tut mir so leid! Ich habe mich wie ein trotziges Kleinkind aufgeführt.«

»Ich hoffe, du hast was daraus gelernt, Karin.«

Und dann verkaufte sie einer älteren Dame das allererste Buch in der Bude: *Mit Goethe durch das Jahr 1950*. Und als sie den kleinen roten Taschenkalender in Papier einwickelte, lächelte ihr Vater sie stolz an.

Der Schwung des neuen Jahres verflüchtigte sich leider im kalten und regnerischen Januar. Herr Böttcher beschimpfte sie immer häufiger als Grenzgängerin, und bei jedem noch so kleinen Fehler sagte er, sie solle doch wieder nach drüben gehen. Tagelang ließ er sie Pakete aus- und einpacken, die Bücher auszeichnen und die Portokasse verwalten. Nur in den Laden durfte sie nicht. Dabei wusste er genau, wie gerne sie die Kunden beriet.

Die pausbäckige Gerda, die nach ihr angefangen hatte, durfte fast jeden Tag bedienen. Gerda war eine Nichte von Herrn Böttcher und sein erklärter Liebling. Trotzdem hatte sie gleich an ihrem ersten Tag gesagt, dass es ihr egal sei, dass Karin aus Leipzig stamme. Das würde Karin ihr nie vergessen.

Um die Gehilfenprüfung im nächsten Jahr trotzdem bestehen zu können, lernte sie abends mit dem alten *Sortimentslehrling* von Uhlig, der ihrem Vater gehörte. Das Lehrbuch war zwar von 1944, aber eine neuere Auflage war noch nicht erschienen, und ihr Vater hatte alles Überholte durchgestrichen.

Außerdem hatte sie sich eine Liste der wichtigsten Autoren erstellt und wollte von allen wenigstens ein Werk lesen. Vor allem interessierten sie die im Dritten Reich verbotenen Bücher. Gerade las sie *Die Buddenbrooks* von Thomas Mann in einer Ausgabe, die Bermann-Fischer im Exil in Stockholm veröffentlicht hatte. Anderes war noch immer nicht publiziert worden, Vicki Baum, die Lieblingsautorin ihrer Mutter, zum Beispiel.

Ohne die Berufsschule wäre die Lehre sehr langweilig gewesen. Hier lernte Karin nicht nur sehr viel Theorie, sondern auch die Arbeitsweise anderer Buchhandlungen kennen. Der Unterricht fand an der Kaufmännischen Berufsschule in Eschersheim statt, sie fuhr immer mit der 13er-Tram dorthin. Und der kürzeste Weg zur Haltestelle führte durch die Grünanlage am IG-Farben-Haus.

Ende Januar saß trotz der Kälte ein Schwarzer Fahrer in einem offenen Jeep vor dem imposanten Gebäude und las in einem Buch. War das nicht …? Ihr stockte der Atem. Tatsächlich.

Billy.

Mit zittrigen Händen rückte sie ihren grau-blau karierten Mantel und die blaue Baskenmütze zurecht und ging auf ihn zu, doch er war so in seine Lektüre versunken, dass er sie gar nicht bemerkte.

Ihre Mutter würde einen Anfall bekommen, wenn sie sehen könnte, was sie vorhatte. Aber das war Karin egal.

»Hello«, begrüßte sie ihn lächelnd.

Er schaute auf. Wieder dieser melancholische Blick, nur für einen Moment, dann erwiderte er ihr Lächeln, und ein warmes Gefühl breitete sich in ihr aus.

»Hello, Fräulein Karin!«

Er richtete sich auf, wollte aussteigen, doch in diesem Augenblick kam ein weißer Soldat aus dem Gebäude, unterm Arm eine Aktentasche. Der Offizier, wie Karin unübersehbar an den vielen Streifen und Abzeichen erkannte, steuerte auf Billys Wagen zu. Karin trat einen Schritt zur Seite. Der Offizier stieg wortlos ein. Billy nickte ihr zu und fuhr los.

Wie schade!

Von da an lief sie nicht nur auf dem Weg zur Berufsschule am IG-Farben-Haus vorbei. Billys Blick ging ihr nicht mehr aus dem Sinn. Die anderen Soldaten wirkten immer so fröhlich, offen und frei, als gäbe es nichts auf der Welt, das sie erschüttern könnte. Sieger eben. Karin war das unheimlich.

Aber Billy wirkte, als ob auch er seelische Wunden hätte.

Nur wenige Tage später wartete er wieder mit einem Buch in der Hand in seinem Jeep. Aufgeregt eilte Karin auf ihn zu. Nicht, dass ihr der Offizier erneut zuvorkam.

Billy stieg aus, und sie gaben sich unbeholfen die Hand.

»Was lesen Sie?«, fragte sie, um ihre Scheu zu überwinden. Und natürlich auch, weil es sie interessierte.

»*A Farewell to Arms* von Hemingway.« Er hielt ein graues Buch hoch. »Aus dem PX. Im Amerikahaus kann man nichts ausleihen.«

Er hatte tatsächlich ihren Rat befolgt und war dort gewesen! Die Freude wuchs.

»Worum geht es?«

Er warf ihr einen rätselhaften Blick zu. »Um den Krieg.«

Natürlich, übersetzt hieß der Titel *Ein Abschied von den Waffen*. Am liebsten hätte sie gefragt, wo er gekämpft hatte. Doch die Frage war viel zu persönlich.

»Ich habe Sie gar nicht in der kleinen Buchhandlung gesehen«, sagte er.

Hatte er sie gesucht? Sie unterhielt sich so gerne mit ihm – beruhte das etwa auf Gegenseitigkeit?

»Nein, ich arbeite nicht bei meinem Vater.«

Er runzelte die Stirn.

»Ich lerne …« Was hieß denn Lehre? Gab es das in Amerika überhaupt? »Ich arbeite in der Buchhandlung Böttcher, in der Schwindstraße.«

»Swind …?«

»Schwindstraße, in der Nähe vom Palmengarten.« Das stimmte zwar nicht ganz, aber den Palmengarten kannte er bestimmt, schließlich war das Gesellschaftshaus von der Army zum *American Dreamland* umgebaut worden.

Und tatsächlich nickte er.

Wieder trat der weiße Offizier aus dem Hauptquartier, ihr kleines Treffen war schon zu Ende.

»Auf Wiedersehen, Fräulein Karin«, sagte Billy, und sie freute sich schon darauf.

Karin musste ständig an ihn denken. Nicht nur, weil sie mit ihm über amerikanische Bücher reden konnte. Sie wollte mehr über ihn wissen, wo er herkam, wie lange er noch in Frankfurt blieb, wo er hinwollte.

Ob er sie mochte?

Bis sie ihn wiedersah, wollte sie auf jeden Fall das Buch lesen, das ihn so gefesselt hatte.

»Kennst du *A Farewell to Arms* von Hemingway?«, fragte sie ihren Vater beim Abendessen.

»Natürlich!« Er strich Margarine auf sein Graubrot. »Ein sehr beeindruckendes Buch über die Sinnlosigkeit des Krieges. Die Nazis hatten es natürlich verboten. Auf Deutsch heißt es *In einem andern Land*. Soll ich es dir morgen mitbringen?«

»Das wäre sehr nett. Herrn Böttcher möchte ich im Moment nicht danach fragen.« Normalerweise durften alle

Angestellten sich Bücher zum Lesen ausleihen, sie mussten sich ja schließlich für die Beratung auskennen. Aber Karin war sich sicher, dass ihr Chef irgendwelche Einwände vorbringen würde.

»Wie kommst du denn auf das Buch?«, fragte ihr Vater neugierig.

Sie biss in ihr Wurstbrot und suchte fieberhaft nach einer Ausrede.

»Vati, ich habe heute eine Eins in Mathematik geschrieben«, nutzte Vera die Pause, und vor lauter Freude vergaß er seine Frage.

Am Samstag kam Fräulein Schopp, die Erste Sortimenterin und Stellvertreterin von Herrn Böttcher, zu Karin in den Packraum. Fräulein Schopp war in Ordnung. Sie war bestimmt schon vierzig und trug ihre aschblonden Haare kurz wie ein Mann. Ob sie jemals verliebt oder verlobt gewesen war, wusste niemand, und Karin fand, dass sie das auch nichts anging.

»Da ist ein Mann für Sie im Laden«, flüsterte sie mit vorwurfsvollem Unterton.

Ihr Vater? War etwas passiert? Schnell legte Karin Lieferschein und Stift aus der Hand und folgte ihr die Treppe hinauf.

Völlig überraschend stand Billy in seiner olivfarbenen Uniform vor der Glastheke.

»Fräulein Karin«, sagte er und beugte grüßend den Kopf.

»Hello, Mr. …« Sie kannte seinen Nachnamen gar nicht, aber bei der Arbeit konnte sie ihn unmöglich duzen.

»Cape. Mein Name ist William Cape«, erklärte er auf Englisch.

»Mr. Cape. Wie schön, Sie zu sehen!« Karin wurde rot, dabei war es doch nur eine Höflichkeitsfloskel.

Er zog eine Papiertüte von Kodak hervor. »Möchten Sie sich das Foto von Ihrer kleinen Buchhandlung ansehen?«

Sie sah sich verstohlen um. Herrn Böttcher konnte sie nirgends entdecken, die anderen Kollegen waren beschäftigt. Nur Fräulein Schopp blickte sie streng über die Lesebrille hinweg an, während sie ein Buch in Geschenkpapier einwickelte.

Die Ladenuhr zeigte kurz vor eins. »Ich habe gleich Pause«, sagte Karin.

Er verstand sofort. »Dann warte ich draußen.«

Kaum hatte Herr Böttcher die Ladentür abgeschlossen, kämmte sie sich die Haare und zog Mütze und Mantel an. Lippenstift hatte sie leider keinen dabei, sich zu schminken, erlaubte Herr Böttcher seinen Angestellten nicht.

Draußen regnete es. Billy lehnte lässig unter einem großen Schirm an einem Bauwagen, und Karin spürte mit einem Mal wieder dieses Kribbeln. Als hätte sie Schmetterlinge im Bauch.

»Wollen wir ein wenig spazieren gehen?«, fragte er.

Und voller Übermut sagte sie Ja, obwohl ihre Eltern es nie und nimmer gutheißen würden. Man ging als junge Frau nicht allein mit einem Fremden spazieren. Erst recht nicht, wenn man immer noch nicht volljährig und der Fremde ein GI war. In den Augen ihrer Mutter waren das alles Hallodris, die glaubten, sich in Deutschland benehmen zu können, wie sie wollten.

Er schlug den Weg zur Bockenheimer Landstraße ein, eine von Kastanien gesäumte Prachtstraße mit eindrucksvollen Gründerzeitvillen, die quer durchs Westend verlief. Billy ging neben ihr her und hielt den großen Schirm über sie. Ob sie ihn am Arm fassen sollte? Aber das kam ihr zu vertraut vor. Der Schirm war groß genug. Trotzdem waren sie sich so nahe, dass sie seinen Duft nach Motoröl und Zigaretten riechen konnte.

Sie redeten kaum, aber das Schweigen war nicht unangenehm. Als ob sie beide sich erst daran gewöhnen müssten, miteinander allein zu sein. Überall waren Baustellen, sie mussten Bretterzäunen und parkenden Autos ausweichen.

Die Leute starrten Billy an, aber er schien das gar nicht zu registrieren. Er hielt einfach weiterhin den Schirm über sie, obwohl es nur noch nieselte.

Aus einem gelben Eckhaus mit einem markanten Turm duftete es verführerisch. Karin blieb unwillkürlich stehen und sog den Duft nach Kuchen und Bohnenkaffee ein.

Billy musterte die Tür, und Karin glaubte, dass er das Off-Limits-Schild suchte, das den amerikanischen Soldaten den Besuch einer Gastwirtschaft verweigerte. Aber hier war jeder willkommen.

»Möchten Sie …?« Er wies die kleine Treppe hoch.

Sollte sie wirklich mit ihm dort hineingehen und sich auf einen Kaffee einladen lassen? War das immer noch ein wagemutiger Ausflug oder benahm sie sich töricht? Was erwartete er von ihr? Verpflichtete sie das zu irgendeiner Gegenleistung? Nicht, dass er sie für eine von denen hielt, die leicht zu haben waren.

Aber es roch so gut, und Karin hatte Hunger. Und sie fühlte sich wohl bei ihm. Sehr wohl. Sie nickte.

Er hielt ihr die Tür auf und führte sie an einen Tisch am

Fenster. Auf einer kleinen Speisekarte stand, dass sie im Café Laumer saßen. Den Namen hatte sie schon von Tante Elvira gehört, aber die aß ja hoffentlich um diese Uhrzeit mit Mutter und Friedel zu Mittag.

Am Nebentisch diskutierten einige ältere Männer lautstark, sie erkannte einen Philosophieprofessor, der regelmäßiger Kunde in der Buchhandlung Böttcher war. Jetzt schaute er sogar zu ihr herüber. Ob sie ihn grüßen sollte? Doch sein Blick ging ins Leere, bestimmt dachte er über eine neue Theorie nach, und Karin setzte sich mit dem Rücken zu ihm. Sie wollte nicht erkannt werden.

Als ein Kännchen Bohnenkaffee und ein Stück Frankfurter Kranz vor ihr standen, atmete sie glücklich auf, und sämtliche Sorgen verflogen. Buttercremetorte! Sie musste sich beherrschen, um den Kuchen nicht in sich hineinzuschlingen, sondern Bissen für Bissen zu genießen. Und der Kaffee war die reinste Wucht.

Billy hatte sich für Schwarzwälder Kirschtorte entschieden. Ein kleiner Sahneklecks haftete an seiner dunkelroten Lippe, es sah lustig aus. Aber da tupfte er sich bereits mit der Serviette den Mund ab.

Ob ihm aufgefallen war, dass sie ihn angestarrt hatte? Doch natürlich nur wegen des Sahnekleckses …

Er legte die Serviette zur Seite, holte die Kodak-Tüte aus der Innentasche seiner Jacke und reichte sie ihr.

Sie öffnete sie gespannt.

Lauter Architekturfotos. Das IG-Farben-Haus mit den wehenden amerikanischen Flaggen, der Palmengarten mit dem einzigen Schnee, den sie bislang diesen Winter gehabt hatten. Der runde Rohbau des Plenarsaals des Deutschen

Bundestages, in den nach der Entscheidung für Bonn als Regierungssitz der Hessische Rundfunk einziehen würde. Dann ein Bild der riesigen Kinoreklame in der Biebergasse, wo sie in ihn hineingelaufen war.

Karin schaute Billy an, der scheu lächelte und verlegen einen Schluck Kaffee trank.

Und dann: ein Foto ihrer Buchhandlung, und im Fenster Karins Blondschopf.

»Das schenke ich Ihnen.«

Sie lehnte aus Höflichkeit ab, aber er bestand darauf, und als Karin das Bild nahm, berührten sich ihre Finger. Ein leiser Schauer erfasste ihren Körper.

»Danke«, sagte sie. »Wie schön, eine Erinnerung an diesen Tag zu besitzen.« Auch wenn es gewagt war, von einem Fremden Geschenke anzunehmen. Aber war er denn überhaupt noch ein Fremder? Karin hatte das Gefühl, ihn schon lange zu kennen. Er war ein ruhiger, intelligenter und rücksichtsvoller Mensch. Auch die Bilder machten deutlich, dass er keiner dieser Soldaten war, die nur nach schönen Frauen schauten. Nein, er interessierte sich für die Welt um ihn herum. Er hatte ein gutes Auge für die Bildkomposition. Und er las gerne.

»Als Buchhändlerin dürfen Sie den ganzen Tag lesen«, sagte er plötzlich.

»Schön wäre es.« Karin grinste. »Lesen kann ich nur in meiner …« Sie suchte das Wort für Freizeit. »*At home.*«

»Und was lesen Sie gerade?«

»*A Farewell to Arms.*« Sie spürte, wie ihre Wangen zu glühen begannen. Unerwarteterweise spielte der Roman zwar im Ersten Weltkrieg, handelte aber vor allem von der Liebe zwischen einem verletzten Offizier und seiner Krankenschwester. Irgendwie war es ihr peinlich, über diese Liebesgeschichte zu sprechen. Stattdessen fragte sie Billy, was die Embleme auf seiner Jacke bedeuteten, und so begann er, ihr von seinem Dienst als Soldat zu erzählen.

Das blaue Schild mit dem Flammenschwert stand für EUCOM, also für European Command. Das gelbe Dreieck bedeutete, dass er *Private First Class* war, das sei so etwas Ähnliches wie der deutsche Obergefreite. Er diente beim 24. Transport Bataillon und lebte in der Edwards-Kaserne in Preungesheim, im Norden Frankfurts. Und er war während der Berlin-Blockade im Sommer 1948 an der Beladung der Flugzeuge am Frankfurter Flughafen beteiligt gewesen. Tag und Nacht hätten sie arbeiten müssen, ununterbrochen seien die Flugzeuge Richtung Berlin geflogen.

»Die Rosinenbomber! Die haben wir auf unserer Flucht gesehen.« Karin hatte sofort wieder das tiefe und stete Brummen der Propellerflugzeuge im Ohr. Und Billy war dabei gewesen!

»Stammen Sie nicht aus Frankfurt?«

»Nein, wir kommen aus Leipzig und sind während der Blockade über die grüne Grenze geflohen.«

»Leipzig – das ist Ostdeutschland, oder?«

»Ja. Wobei Leipzig von der US-Army befreit wurde. Die haben es dann allerdings für die Russen geräumt.«

»*Damn*«, fluchte er.

»Ja«, sagte sie.

»Wie war es in der GDR?«

Sie musste erst nachdenken, was er mit GDR meinte, bis ihr einfiel, dass die DDR auf Englisch so hieß. Niemand in

Westdeutschland sagte DDR, dann würde man ja die deutsche Teilung akzeptieren.

»Es war kalt und grau, und es gab nie genug zu essen, aber so war es hier auch. Ich fand am schlimmsten, dass man seine Meinung nicht sagen durfte. Von einer Diktatur in die nächste.«

Natürlich war es viel schlimmer gewesen, aber sie wollte nicht jammern. Auch erzählte Karin ihm nicht, dass seine Kollegen sie zurückgeschickt hatten, dafür konnte Billy ja nichts. Auf ihrer Flucht während der Berlin-Blockade waren ihre Eltern auf Nummer sicher gegangen und von Thüringen in die britische Zone geflohen. Vom Grenzdurchgangslager Friedland hatten die Briten sie dann nach Frankfurt weiterreisen lassen, da ihr Vater sich eine Arbeitsstelle als Maurer in Frankfurt besorgt hatte. Sonst hätten sie keine Zuzugsgenehmigung erhalten.

»Frankfurt fühlte sich anfangs so fremd an. Als wäre ich in einem anderen Land.« Sie trank den letzten Schluck Kaffee und erinnerte sich an den Schock, als sie die vollen Schaufenster in der Fressgass gesehen hatte, wo sich ein Feinkostgeschäft ans andere reihte, dabei war der Hunger damals noch Alltag. Aber es gab eben auch Menschen, die horrende Preise zahlen konnten.

»Und jetzt arbeiten Sie im IG-Hochhaus?«

Er schaute sie fragend an, sie deutete auf das Foto.

»Ah, the *Farben-Building*! Manchmal fahre ich Offiziere vom Flughafen dorthin.«

Beinahe hätte Karin ihm erzählt, dass sie dort wohnte, aber das wäre zu gewagt. Außerdem war es schon spät, und sie musste langsam zurück, wenn sie kein Donnerwetter von Herrn Böttcher kassieren wollte.

Billy deutete ihren Blick auf die Uhr richtig und rief nach der Bedienung. Dann brachte er sie zurück zur Buchhandlung. Zum Abschied reichte er ihr die Hand und fragte: »Darf ich Sie wiedersehen?«

Und Karin flüsterte aufgeregt: »Gerne.«

Den ganzen Nachmittag schwebte sie auf einer Wolke, während sie die Bestellzettel der Kunden in die frisch gelieferten Titel legte und andere Routineaufgaben erledigte.

Wenn Billy sie mit seinen unergründlichen braunen Augen ansah … dann wurde ihr ganz anders … Karin konnte es kaum in Worte fassen. Sie wusste nur, dass es sich unbeschreiblich gut anfühlte.

»Wo warst du heute Mittag?«, fragte ihre Mutter, bevor Karin überhaupt am Abendbrottisch Platz genommen hatte.

»Äh …« Sie hatte sich gar keine Ausrede für das verpasste Mittagessen ausgedacht. »Ich war mit Gerda, dem Lehrmädchen im ersten Jahr, spazieren.«

»Im Regen?«

»Wir sind doch nicht aus Zucker«, wehrte sie sich. »Gerda hatte Sorgen und wollte mit mir reden.«

Ihre Mutter schenkte sich ein Glas Pfefferminztee ein.

»Du kannst sie auch gerne zum Essen mitbringen«, sagte Friedel. »Hier ist es viel gemütlicher, wenn ihr euch unterhalten wollt.«

Sie stellte eine Schüssel Handkäs mit Musik auf den Tisch. Karin schüttelte es beim Anblick des weichen, durchsichtigen Käses, der in Essig, Öl, Zwiebeln und Kümmel eingelegt wurde. Tante Elvira und Friedel konnten gar nicht genug davon bekommen.

Friedel aß mit am Tisch. Als Wünsches einzogen, wollte sie wieder in der Küche essen, wie es sich für eine Angestellte gehörte, aber davon wollte Tante Elvira nichts wissen.

»Danke, Friedel, aber ich glaube, Gerda wollte mit mir allein sein.«

»Geht uns ja auch nichts an«, beendete ihr Vater die Diskussion und rieb sich die Hände. »Stellt euch vor, heute war der Oberbürgermeister in der Bude!«

Am nächsten Samstag hoffte Karin, dass Billy wieder vorbeischauen würde, und zog extra ihr karamellfarbenes Kleid an, dazu einen braunen Gürtel, der ihre schlanke Taille betonte.

»Wieso machst du dich so schick?«, fragte Vera und packte ihre Schulbücher ein.

»Nein, wieso, ich sehe ganz normal aus.«

Vera deutete auf den Lippenstift, den Karin gerade in ihre Handtasche stecken wollte.

»Na gut.« Sie beugte sich vor und flüsterte: »Erinnerst du dich an den GI, der Silvester in der Buchhandlung war?«

Vera nickte.

»Er hat mich letzte Woche zum Kaffee eingeladen, und ich glaube, er kommt heute wieder.«

»Grandios!«, sagte Vera. »Macht er dir Geschenke?«

»Nein, also …«

»Gegen ein paar gute Swing-Platten hätte ich nichts einzuwenden, die sind so schwer zu bekommen. Und unglaublich teuer. Bohnenkaffee ist aber auch in Ordnung.«

»Vera! Leise, bitte!« Durch die Schiebetür zum Salon konnte sie jeder belauschen.

Aber Vera grinste sie nur verschmitzt an.

Die Sonne schien endlich wieder, und als Karin in der Mittagspause nach draußen sah, wartete Billy mit der amerikanischen Truppenzeitung *Stars and Stripes* bereits im Jeep auf sie und stieg sofort aus, als er sie sah.

»Hallo, Fräulein Karin«, sagte er lächelnd und reichte ihr wie selbstverständlich die Hand. Dann beugte er sich nach hinten, und für eine Sekunde befürchtete sie, er wollte, dass sie dort einstieg. Das aber war ihr viel zu gefährlich.

Doch er zog den Schlüssel ab und steckte ihn in seine Hosentasche.

»Wollen wir spazieren gehen?«, fragte er und wies wieder zur Bockenheimer Landstraße.

»Gerne.«

Dieses Mal hakte sie sich bei ihm ein. Wie aufregend, seinen Arm an ihrem Körper zu spüren! Als ob sie zusammengehören würden. Sie fanden auch leicht in einen gemeinsamen Schritt. Billy fragte sie nach ihrer Woche, erzählte selbst aber wenig. Sie gingen wieder ins Café Laumer, es fühlte sich schon so vertraut an und der Philosophieprofessor war zum Glück auch nicht da.

Als Karin ihren Mantel auszog, schaute Billy sie bewundernd an. »Sie sind wunderschön, Fräulein Karin.« Er schlug die Augen nieder, und trotz seiner tiefbraunen Haut sah sie, dass er rot wurde.

»Danke«, antwortete sie, und ihre Wangen glühten bestimmt genauso wie seine.

Dieses Mal nahmen sie beide *Riwwelkuche*, so sagten die Frankfurter zu Streuselkuchen. Mit Schlagsahne! Billy erzählte voller Enthusiasmus, dass er vor seiner Einberufung zur Army einige Wochen in New York verbracht habe, beschrieb die Häuser, Menschen und vor allem die Schiffe, die ständig ab- und anlegten und die ganze Welt nach New York brachten.

»Überall fremde Menschen und Sprachen. Und eine Geschwindigkeit, atemberaubend. Bei uns im Süden geht es viel gemütlicher zu. Aber in New York, da vibriert die Luft vor Energie.«

»Das würde ich zu gerne auch einmal erleben«, sagte Karin. »Die Wolkenkratzer! Die AEG baut jetzt auch ein Hochhaus, am Sachsenhäuser Mainufer. Es soll fünfundvierzig Meter hoch werden. Geplant war es für ein Bundesministerium, als man noch hoffte, Frankfurt würde Hauptstadt. Hier braucht ja eigentlich niemand ein Hochhaus.«

»Das Empire State Building ist fast zehnmal so hoch, dreihunderteinundachtzig Meter!«

»Unfassbar! New York will ich mir unbedingt mal ansehen«, wiederholte sie.

»Ich würde gerne dort leben«, sagte er und seufzte.

»Sie kommen aus dem Süden?«, fragte Karin.

»South Carolina.« Er holte tief Luft. »Aus einer kleinen Stadt in der Nähe von Charleston. Aber mein Bruder geht im Norden aufs College. Er wird Ingenieur.«

»Und Sie, was möchten Sie mal werden?«

»Keine Ahnung. Zum Studieren fehlt mir leider das Geld. Mein Bruder ist Kriegsveteran, er bekommt das College von der Regierung bezahlt.«

»Das ist sehr großzügig. Sind Sie denn kein Veteran?«

»Nein. Ich war zu jung. Ich habe mich 1948 mit achtzehn freiwillig gemeldet. Ich wollte weg von zu Hause.«

Erstaunt stellte sie fest, dass er genauso alt wie sie war – zwanzig.

»Einmal habe ich schon verlängert. Wenn es geht, bleibe ich noch länger.« Ein kurzer Blick von ihm. Als hätte die Entscheidung etwas mit ihr zu tun.

Karin wartete darauf, dass er weitersprach, aber er schwieg.

»Ich bin auch mal von zu Hause abgehauen«, sagte sie und erzählte jetzt doch von ihrer vergeblichen Flucht, bei der sie der US Constabulary in die Arme gelaufen war.

Sie legte ihre Hand neben ihre Tasse, und was sie kaum zu hoffen gewagt hatte, geschah. Seine Hand näherte sich langsam ihrer, bis sie sich berührten und zueinanderfanden. Schweigend genoss Karin die wohltuende und aufregende Berührung und wollte Billys Hand nie mehr loslassen.

Als er sich vor der Buchhandlung verabschiedete, kamen sie sich so nahe, dass sie seinen Atem in ihrem Gesicht spüren konnte. Ob er sie küssen würde? Karin fürchtete sich davor und sehnte sich gleichzeitig danach.

Plötzlich ging ein Ruck durch ihn, und er ließ ihre Hand los und trat einen Schritt zurück.

»Auf Wiedersehen, Fräulein Karin. Ich freue mich schon auf unser nächstes Treffen.«

Es klang wie ein Versprechen.

4

DER GROSSE BRUDER BEOBACHTET DICH

Die Bläser der *Glenn Miller Army Air Force Band* schmetterten durchs Wohnzimmer, und Vera tanzte so schwungvoll über den Perserteppich, dass sie Staub aufwirbelte. Dabei klopfte Friedel ihn zusammen mit ihr regelmäßig auf der Teppichstange im Hinterhof aus.

Wieder ein Schritt zurück, ein Trippelschritt zur Seite. Sie hatte sich im Kino angesehen, wie der Lindy Hop getanzt wurde, und stellte sich vor, ein Mann hielte ihre Hand, drehte sie um die eigene Achse, bis ihr Rock nach oben schwang. Manchmal hoben sie ihre Partnerinnen sogar hoch.

Seit dem ersten Tag in Frankfurt liebte sie Swing. Als ob die Amerikaner sie willkommen heißen wollten, spielte damals eine Militärkapelle vor dem IG-Farben-Haus genau dieses Stück von Glenn Miller. *In the Mood*, die Hymne der amerikanischen Truppen. Sie hatte damals kaum ihren alten Pappkoffer in Tante Elviras Haus geschleppt, da musste sie sofort hinüberlaufen und sich die mitreißende Musik anhören.

Frankfurt war aufregend. Die Menschen waren lauter, lustiger, lebendiger als in Leipzig. Und diese mitreißende Musik, die gehörte dazu. Zu schade, dass Glenn Miller 1944 bei einem Flugzeugabsturz über dem Ärmelkanal gestorben war. Aber seine Musik, die lebte weiter.

»Was ist das denn für ein Krach hier?« Tante Elvira hielt sich die Ohren zu. »Mach sofort diese Katzenmusik aus.«

»Bitte, noch ein bisschen!«

»Sofort!« Ihre Tante deutete auf das Radio, einen plumpen Holzkasten mit einem kleinen, stoffbespannten Lautsprecher, der auf einer weißen Spitzendecke auf der alten Eichenkommode stand. »Und den Tisch und die Stühle schiebst du auch wieder zurück!«

Die Musik verebbte langsam.

»*You are listening to AFN Frankfurt* ...« Der Moderator des amerikanischen Soldatensenders kündigte als Nächstes Frank Sinatra an.

»Bitte, noch ein Lied, dann räume ich auch alles wieder zurück.«

»Du machst jetzt Hausaufgaben, mein Fräulein.« Tante Elvira wies streng zum Esstisch, auf dem bereits Veras Schulbücher lagen.

»Nie kann man hier machen, was man will«, meckerte Vera und drehte das Radio aus.

»Das will ich nicht gehört haben. Deine Eltern schuften sich krumm, damit du in die Schule gehen kannst. Andere in deinem Alter tragen schon längst zum Haushaltsgeld bei.«

»Ich weiß.« Seufzend schob Vera den schweren Ohrensessel wieder an seinen Platz.

»Verstehst du das ausländische Gebabbel?«, fragte Friedel und rückte den Beistelltisch mit den Bücherstapeln daneben.

»Ich höre das ja, um Englisch zu lernen«, erklärte Vera,

aber Tante Elvira schüttelte nur den Kopf, bevor sie sich mit ihrem Stickzeug aufs Sofa setzte.

Vera ließ sich auf einen Stuhl plumpsen und zog die Bücher zu sich heran. Chemie. Ob sie irgendwann mal in ihrem Leben wissen musste, was Halogene waren?

Aber sie wollte sich nicht beklagen. Sie lernte gerne, und sie wusste, wie großzügig ihr Vater war. Bildung war für ihn das Allerwichtigste, sogar wichtiger als das tägliche Brot.

Fast wie jeden Tag ging Vera nach Unterrichtsende in die Hasengasse, um ihren Vater über Mittag abzulösen. Von der ins Nordend ausquartierten Elisabethenschule über die Hasengasse ins Westend zu laufen, war zwar ein Umweg, aber sonst hatte er ja überhaupt keine Zeit für eine ruhige Pause, und die brauchte er doch!

Außerdem gab es immer so viel zu sehen. Die gutmütigen Pferde, die einen Wagen voller Bierfässer zogen. Die schwarze Limousine mit den amerikanischen Fähnchen. Den Zoo, hinter dessen Mauern Tiere laut brüllten. Gerade wurden vor dem Franz-Althoff-Bau die Kulissen für ein Theaterstück ausgeladen.

Oder Karin. Vor wenigen Tagen erst, am Samstag, hatte sie sie gemeinsam mit dem GI aus einem Café kommen sehen. Billy hieß er und sah gut aus. Angeblich war ihre Schwester mit Gerda im Café gewesen. Ihr Vater hatte sich über die Verschwendung aufgeregt, dabei bekam Karin ihren Bohnenkaffee bestimmt spendiert. Letztens hatte Billy ihr Orangen geschenkt, die sie sich schwesterlich geteilt hatten. Natürlich nachts, damit die Eltern nichts merkten. Vera hätte auch gerne so einen spendablen Freund.

Sie überholte eine kichernde Gruppe Mädchen in teurer Kleidung, die immer wieder zu den Jungs vom Städtischen Gymnasium hinüberschauten, bis diese ihnen hinterherpfiffen. Vera bemerkten sie gar nicht, so klein, schmal und unscheinbar, wie sie in dem Vorkriegsmantel aus dem Fundus des Deutschen Roten Kreuzes aussah. Sie wusste nicht, von wem sie mehr beachtet werden wollte. Von den Jungs – oder ihren Mitschülerinnen. Vera fand nur schwer Anschluss.

Als sie in der Buchhandlung ankam, freute ihr Vater sich sehr. Sie holte noch Wasser für ihn, bevor er im Büro verschwand. Kurz darauf lag der Duft nach Frankfurter Würstchen in der Luft. Er wärmte sie mit einem Tauchsieder in einem kleinen Topf auf, dazu gab es Kartoffelsalat.

»Möchtest du auch ein Würstchen?«, rief er.

»Ich bin noch vom Milchbrei satt, danke«, antwortete Vera. Heute hatte es bei der Schulspeisung der amerikanischen Hilfsorganisationen sogar noch einen Schokoriegel gegeben, den sie für ihren Vater als Überraschung aufgehoben hatte und jetzt neben die Kasse legte.

Sie fühlte sich immer so groß und erwachsen, wenn sie ihren Vater vertrat. Waren keine Kunden da, suchte sie sich irgendein Buch aus. Heute war es ein fremdartig aussehender Roman mit einer schwarz-weißen Erdkugel und einer grellroten Zahl als Titel. Sie mochte Zahlen.

»Es war ein kalter, klarer Tag …«, begann die Geschichte, und schnell war sie in einer Welt verschwunden, in der alle Menschen ständig kontrolliert wurden, es *Hass-Wochen* und *Gedankenministerien* gab. Als ob man Gedanken kontrollieren könnte.

»Wo ist denn der Schuster?«

Vera schrak auf. Eigentlich sollte sie jeden Kunden begrüßen und nach seinen Wünschen fragen, aber sie hatte die Ladenglocke gar nicht gehört.

Ein Mann schaute auf die gegenüberliegende Regalwand. Seine grauen Hosenbeine waren zu kurz, die Schuhe abgewetzt, in der Hand trug er einen Trompetenkoffer.

»Guten Tag!«, sagte sie und wollte noch »Herzlich willkommen in der Buchhandlung Wünsche« anfügen, als der Mann sich umdrehte.

Rebellischer Blick unter buschigen Augenbrauen. Die schwarzen Haare hingen ihm störrisch in die Stirn, ein leichter Bartschatten betonte seine Wangenknochen. Sie schätzte ihn auf Mitte zwanzig, und er schüchterte sie ganz schön ein.

»Was ist das hier – eine Buchhandlung?«

Sie versuchte, sich größer zu machen, bevor sie die Frage bejahte.

»Und wo ist jetzt der Schuster? Ich wollte mich dort mit meiner Freundin treffen.«

Es versetzte Vera einen Stich, dass er eine Freundin hatte. Dabei war sie viel zu jung für ihn. Und zu unscheinbar. Auch jetzt schaute er nicht sie, sondern die Buchrücken an.

»Auf der Zeil«, antwortete sie. »Brauchen Sie etwas zum Lesen?«

Auf einmal musterte er sie von oben bis unten, den dunkelgrünen Rock, den beigefarbenen Pullover mit den Tintenflecken am Ärmel, ihr wurde ganz heiß. Dann stellte er den Koffer auf den Boden.

»Und was können Sie mir empfehlen?« Er grinste.

Machte er sich lustig über sie? Sie konnte seinen Blick

nicht deuten. Aber er wirkte, als ob er sich für etwas Neues, Ungewöhnliches interessieren würde.

Sie reichte ihm *1984*, das Buch, das sie in Händen hielt.

Er schlug es irgendwo auf. »Freiheit ist Sklaverei«, las er vor. »Was ist das denn für ein Unsinn? Freiheit ist wie die Luft zum Atmen.«

»Genau darum geht es ja.« Vera schnickte einen ihrer langen Zöpfe auf ihren Rücken. »George Orwell kritisiert die allmächtige Kontrolle in einem totalitären Staat.«

»Wenn ich mir vorstelle, wir würden noch in Schlesien leben … der Sozialismus ist doch genauso totalitär wie der Faschismus.«

»Sie sind ein Umsiedler?«, fragte sie interessiert.

»Vertriebener.« Er stellte seinen Trompetenkoffer ab. »Umsiedler sagt man nur drüben, damit es so klingt, als ob man freiwillig gegangen wäre. Die Kommunisten können ja schließlich nicht ihre Verbündeten kritisieren.«

Wie peinlich, über die unterschiedlichen Bezeichnungen für die Schlesier und all die anderen hatte sie noch nie nachgedacht.

»Entschuldigen Sie«, redete er weiter, »ich wollte Sie nicht kritisieren. Ich bin nur ein Musiker und sollte mich aus der Politik raushalten.«

Er legte das Buch zur Seite und klappte den Koffer auf.

»Musik und Freiheit gehören zusammen, oder? Musik, das ist das reine Gefühl, und Gefühle brauchen keine Regeln. Oder Verbote.«

Vera schaute ungläubig zu, wie er beim Reden das Mundstück auf die Trompete schraubte und kaum, dass sie sichs versah, schon die ersten Töne blies.

»Swing«, rief sie voller Freude.

»Na, endlich lachen Sie wieder!«

Da öffnete sich die Bürotür.

»Hören Sie sofort auf damit! Sie sind hier in einer Buchhandlung!« Ihr Vater hob empört die Hände. »Sie verschrecken mir ja die Kunden! Was erlauben Sie sich?«

Der Mann spielte noch ein paar Töne, bevor er das Instrument sinken ließ.

»Musik ist Freiheit«, wiederholte er und wollte gerade wieder in die Trompete blasen, als sich die Tür öffnete und eine Frau mit einem Einkaufsnetz voller Kartoffeln den Laden betrat. Ihr Vater warf dem Musiker noch einen missbilligenden Blick zu, ehe er die Frau nach ihren Wünschen fragte.

»War ja keiner da«, flüsterte Vera, doch der Musiker schraubte das Mundstück schon wieder ab. Das Konzert war zu Ende.

»Das war spitze!«, sagte sie etwas lauter. »Ich mag Swing.«

»Das ist kein Swing.« Er blinzelte ihr verschwörerisch zu und schüttelte das Mundstück aus. »Das ist Jazz.«

»Jazz?«, wiederholte Vera.

Er schaute zu ihrem Vater hinüber, doch der war ins Gespräch mit der Kundin vertieft.

»Jazz«, sagte der Musiker und hielt das Mundstück wie eine Trophäe hoch, »Jazz ist viel freier als Swing, spontan, improvisiert, man spielt, was man tatsächlich fühlt, in diesem Moment. Völlig ehrlich. Es werden sogar Jazzkonzerte im Radio übertragen, aus Hamburg oder hier aus Frankfurt.«

»Da beschweren sich ja doch nur alle wieder. Jedes Mal, wenn ich AFN einschalte, gibt es Krach.«

»Ein eigenes Radio müsste man sich leisten können.« Die Trompete war verpackt, und er klappte den Koffer zu.

»Selbst dann könnte ich nicht Radio hören, wir wohnen zur Untermiete bei meiner Großtante.«

»Da hilft nur ein tragbares Kofferradio!« Er lächelte sie an. »*Radio Krüger* hat die besten.«

»Musik hören, wenn man draußen ist. Im Park oder im Schwimmbad. Das wäre es doch!« Vera seufzte sehnsuchtsvoll.

»Da haben Sie völlig recht«, sagte er und hielt ihr das Buch hin. »Was kostet es?«

Bevor Vera nach Hause aufbrach, schaute sie schnell im Frankfurter Adressbuch, wo *Radio Krüger* war – in der Hochstraße, ganz in der Nähe der Ruine der Oper am Bockenheimer Tor. Und als sie den Laden fand, war sie sprachlos. Die tiefen, hell mit Neonröhren ausgeleuchteten Fenster quollen schier über mit den neuesten Radios, Tonbandgeräten und Schallplattenspielern. Einfach unglaublich. Ein modernes Paradies voller Technik.

Und da stand er, gleich dreimal – der Grundig Weltklang. *Das erste deutsche Nachkriegs-Kofferradio*, wie ein Schild verkündete. Ein brauner Kasten aus Bakelit in der Größe eines Schuhkartons, mit Schlitzen für den Lautsprecher, einer kleinen Skala zum Einstellen der Sender und mit Griff. Preis: zweihundertsechzehn D-Mark, was fast dem Monatsgehalt ihrer Mutter entsprach! In dem Augenblick öffnete sich der Vorhang zum Verkaufsraum, und ein dunkelhaariger Verkäufer ergriff genau so ein Rundfunkgerät. Er schaute auf und lächelte sie an.

Als er sich umdrehte, blieb der Vorhang ein kleines Stück offen, und sie konnte sehen, wie er sich einer jungen Frau im cremefarbenen Wollkostüm zuwandte. Als er das Radio einschaltete, schrie sie begeistert auf, und der Mann im dunklen Pelzmantel neben ihr zückte den Geldbeutel.

Irgendwann wollte sie auch einmal genügend Geld haben, um sich ein eigenes Radio kaufen zu können.

Langsam lief Vera durch die Stadt und suchte nach weiteren Radiogeschäften. Nach Hause wollte sie noch nicht. Ob der Musiker irgendwo in einer Kombo spielte? Vielleicht in einer amerikanischen Kellerbar? Wenn sie doch nur älter wäre und abends ausgehen dürfte! Oder sich wenigstens ein gebrauchtes Koffergrammofon leisten könnte, wie manche Geschäfte sie anboten. Nichts war so, wie sie es sich wünschte – sie war zu jung, zu hässlich, zu arm. Aber das musste sich ändern.

Am Volksbildungsheim hing das Frühjahrsprogramm aus. So vieles konnte man lernen, Italienisch oder Blockflöte spielen, Maschineschreiben, Steno. Und das brachte sie auf eine Idee.

»Wo warst du?«, fragte Tante Elvira, als hätte sie hinter der Wohnungstür auf sie gewartet. »Justus meinte, du hättest die Buchhandlung schon vor zwei Stunden verlassen.«

»Spionierst du mir etwa nach?«, erwiderte Vera erstaunt.

»Ich passe auf dich auf, mein Fräulein, das ist etwas ganz anderes!«

»Ich stell schon nichts an.«

»Das sagen sie alle, und irgendwann ist der Ärger da. Wer weiß schon, was in deinem Kopf vor sich geht.«

5

ALLEM ANFANG WOHNT EIN ZAUBER INNE

Im Februar bekam Herr Böttcher die Grippe. Eigentlich nichts, über das man sich freuen sollte, aber Karin atmete erleichtert auf, denn er fiel für längere Zeit aus, und sie durfte endlich wieder die Kunden beraten. Fräulein Schopp war froh, wenn sie entlastet wurde, da noch dazu zwei weitere Kollegen erkrankten und sie in der Mittagspause die Bestellungen erledigen mussten. Trotzdem fand Fräulein Schopp zwischendurch Zeit, ihr Inhalt und Aufbau der Fachbibliografien zu erklären. Die Universitätsprofessoren brauchten oft sehr ausgefallene Bücher für ihre Forschungen.

Auf einmal betrat eine ältere Dame mit einem kläffenden Dackel den Laden. Sie suchte ein Kochbuch für ihre Schwiegertochter.

»Jetzt, wo es endlich alles wieder zu kaufen gibt und die Lebensmittelkarten endgültig abgeschafft werden«, meinte sie. »Mein Sohn ist so mager, ich muss ihn unbedingt aufpäppeln.«

Die Frau musterte Karin, als ob auch sie noch etwas Fett auf den Rippen gebrauchen könnte.

»Bitte schön.« Karin bot ihr zwei dicke Bücher an.

»Haben Sie die Rezepte ausprobiert?«, fragte die Kundin.

»Nein, aber ich bin mir sicher …«

Da erklang die Ladenglocke, und sie schaute auf.

Billy! Ihr Herz schlug Purzelbäume, und sie lächelte ihn so breit an, dass die Kundin ihr missbilligende Blicke zuwarf.

»Aber wie können Sie Kochbücher anbieten, wenn Sie nicht wissen, ob die Rezepte was taugen? Sie lesen ja auch die Romane, bevor Sie sie verkaufen.«

Karin stöhnte innerlich. »Ich bin mir sicher, dass im Verlag die Rezepte getestet werden, da können Sie sich hundertprozentig drauf verlassen.«

»Das glaube ich nicht, eine Küche in einem Verlag, haben Sie davon schon mal gehört?«, erwiderte die Frau.

»Der Autor kocht bestimmt in seiner eigenen Küche.«

»Also nicht im Verlag.«

»Nein, für den Verlag. Hauptsache, das Essen schmeckt am Ende.«

Es dauerte, bis die Dame sich für das *Dr.-Oetker-Schulkochbuch* entschieden hatte. Erst dann fand Karin endlich Zeit für Billy.

Ob sie ihm erzählen sollte, was Gerda vorgeschlagen hatte? Einen Kinonachmittag gemeinsam mit ihr und ihrem Freund Günter, sodass sie sich gegenseitig ein Alibi geben konnten? Günter war Beamtenanwärter bei der Stadtverwaltung und ziemlich in Ordnung. Aber verstand Billy überhaupt genug Deutsch? Filme auf Englisch wurden auch im Amerikahaus gezeigt, aber Gerda fand es dort nicht lauschig genug.

»Wie kann ich Ihnen helfen?«, fragte sie.

»Ich suche ein Buch von Hemingway«, antwortete Billy.

Sie grinsten sich wissend an.

»Wie geht es Ihnen?«, flüsterte er. »Ich kann nicht lange bleiben, mein Colonel wartet, aber ich … ich wollte nur kurz vorbeischauen.«

Es klang, als ob er sie vermisst hätte. Ihr Herz trommelte in ihrer Brust. Jetzt lächelte er sie auch noch an, ihr wurde ganz anders, und sie war so froh, dass Fräulein Schopp gerade im oberen Stockwerk einen der Romanistik-Professoren beriet.

»Haben Sie am Sonntagnachmittag Zeit?«, flüsterte sie, ohne nachzudenken. Als Frau fragte man nicht, sondern wartete ab. Aber für Bedenken war es zu spät. »Wir könnten mit meiner Freundin und ihrem Freund ins Kino gehen. Macht es Ihnen etwas aus, wenn der Film auf Deutsch ist?«

»Ein bisschen Deutsch verstehe ich.« Billy lächelte sie ungezwungen an, überhaupt nicht lüstern oder zweideutig. Er würde es nicht ausnutzen, mit ihr allein im Dunkeln zu sein. Außerdem würden Gerda und Günter ja danebensitzen.

»Treffen wir uns auf dem Parkplatz am IG-Farben-Haus. Um drei Uhr?«

»*Wonderful.*«

Schritte auf der Treppe, Fräulein Schopp näherte sich.

Ein letzter Blick, da fiel die Tür bereits ins Schloss.

Die aufregende Aussicht auf den gemeinsamen Kinobesuch versüßte Karin den Tag, und beschwingt lief sie abends durch den Februarregen nach Hause.

»Ich lasse mir nach dem Essen meine Haare abschneiden«, sagte Vera anstelle einer Begrüßung. »Von Frau Taler. Wusstest du, dass sie früher Friseuse gewesen ist?«

Karin schüttelte den Kopf und zog ihre nassen Schuhe aus. Auch die Zehen waren nass geworden, da musste sie wohl wieder was von den Schafwollresten reinstopfen, die dichteten den abgewetzten Lederschuh gut ab.

Friedel wärmte ihr den Bohneneintopf vom Mittag auf, und während Karin die warme Suppe in sich hineinlöffelte, redeten die anderen über Veras Zöpfe. Karins Gedanken schweiften ab zu Billy, seinem Lächeln, seinen liebevollen Augen und …

»Hast du etwa einen Jungen kennengelernt?«, riss ihre Mutter sie aus ihren Gedanken. Erschrocken schaute Karin auf, aber ihre Mutter fixierte Vera mit ihrem Blick. Karin hatte schon befürchtet, sie hätte sie ertappt.

»Nein!«, wies Vera die Anschuldigung entsetzt von sich.

»Warum solltest du dir sonst die Haare abschneiden?«

»Alle in meiner Klasse haben ihre Zöpfe abgeschnitten, manche schon zur Konfirmation! Nur ich sehe immer noch wie ein kleines Mädchen aus, dabei werde ich Ostern achtzehn und komme in die Oberprima. Und ich will Steno und Maschinenschreiben lernen.«

»Das brauchst du als Buchhändlerin nicht«, warf ihr Vater ein.

»Ich weiß. Ich habe auch schon überlegt, in die Handelsschule zu wechseln, aber mit den Kursen klappt das wahrscheinlich auch, und ich kann mir alle Möglichkeiten offenhalten.« Vera nahm sich eine zweite Scheibe Graubrot. »Dann kann ich frei entscheiden.«

»Frei?«, rief ihr Vater und warf seine Serviette auf den Tisch.

»Ja, frei. Ich weiß noch nicht, was ich werden will.«

»Wir sind seit Generationen Buchhändler!« Er starrte sie entrüstet an. »Wir bezahlen dir das Gymnasium und nicht irgendeine Hauswirtschaftsschule oder Handelsschule, um dich auf den Beruf der Buchhändlerin bestens vorzubereiten. Du musst dich in der Literatur auskennen, nicht nur der deutschen, sondern auch der fremdsprachigen. Und du musst in der Lage sein, die Bücher im Original zu lesen. Von einer guten Allgemeinbildung und naturwissenschaftlichen Grundkenntnissen ganz zu schweigen. Mit Steno vergeudest du nur deine Zeit.«

»Aber ich heirate sowieso irgendwann.«

»Das stimmt, und ich freue mich darauf. Aber Buchhändlerin, das ist eine Berufung, die dir in die Wiege gelegt wurde! Wenn unsere Buchhandlung erst wieder im alten Glanz erstrahlt …«

»Lass gut sein, Justus. Es ist ja noch ein Jahr hin.« Ihre Mutter tätschelte ihm die Hand.

»Und wer bezahlt das alles?«, rief er.

»Ich«, mischte sich Tante Elvira ein. »Das kann gerne ich übernehmen.«

»Kommt gar nicht infrage, wir liegen dir schon genug auf der Tasche. Vera soll sich diese Flausen aus dem Kopf schlagen.«

»Solange die schulischen Leistungen nicht nachlassen, sehe ich kein Problem darin, wenn sie noch etwas zusätzlich lernt«, sprang Tante Elvira Vera bei. »Wissen hat doch noch nie geschadet, Justus.«

Er brummelte eine unverständliche Antwort, so wie er es immer machte, wenn er nicht zeigen wollte, dass er nachgab.

»Aber weißt du, wer heute in der Kanzlei war?«, wechselte ihre Mutter das Thema. »Herr Grimm!«

»Grimm? Der in Leipzig beim Börsenverein des Deutschen Buchhandels gearbeitet hat?« Ihr Vater richtete sich auf. »Von dem habe ich ja schon ewig nichts mehr gehört!«

»Er hat erzählt, dass er im Juni 45 mit den Amerikanern nach Wiesbaden geflohen ist.«

Karin erinnerte sich – die Gerüchte machten damals in Leipzig schnell die Runde. Eine Kommission amerikanischer Kulturoffiziere hatte wichtige Verleger, ihre Familien und Mitarbeiter sowie Kataloge der Deutschen Bücherei nach Wiesbaden gebracht, bevor die Russen Leipzig übernommen hatten.

»Er ist gerade nach Frankfurt gezogen, um auch hier beim Börsenverein zu arbeiten.«

»Das ist doch mal eine gute Nachricht.« Ihr Vater strahlte übers ganze Gesicht.

»Na, Mädels, seid ihr bereit?« Frau Taler klapperte vor dem Spiegel im Bad mit der Schere. Ihre rotbraunen, glänzenden Haare umspielten mit einer sanften Innenwelle ihr Gesicht wie bei Rita Hayworth.

Da Frau Taler Mutter war, zählte sie für Karin zu den Großen. Sie wusste noch nicht mal, wie alt sie war. Ihr Sohn jedenfalls war sechs. Sie hatte auch nicht gewusst, dass sie früher als Friseuse gearbeitet hatte.

Vera setzte sich auf einen Hocker und blätterte durch die *Constanze*. Karin lehnte sich neugierig neben dem Spiegel an die weiß gekachelte Wand. Viel Platz war nicht, das Bad war lang und schmal, besaß nur ein Waschbecken, eine Badewanne und eine Toilette.

»Wie alt sind Sie eigentlich, Frau Taler?«, fragte Vera auf einmal vorwitzig und sprach somit Karins Gedanken aus.

»Vera!« Karin zog ihre Schwester am Zopf. »Du bist unhöflich.«

Frau Taler lächelte Vera im Spiegel zu. »Ich bin fünfundzwanzig.«

»Sie sind nur fünf Jahre älter als ich?«, rief Karin erstaunt.

»Ja, und deshalb finde ich auch, dass es Zeit wird, dass ihr mich duzt. Ich heiße Marie.«

»Gerne!«, riefen Karin und Vera. Eine Erwachsene duzen zu dürfen war etwas äußerst Seltenes. Eigentlich duzte Karin nur ihre Verwandten.

»Und, bereit, Vera?«, fragte Marie.

»Es muss das Herz bei jedem Lebensrufe bereit zum Abschied sein und Neubeginn«, deklamierte Karin theatralisch.

»Wo hast du das denn her?«, fragte Marie.

»Das ist aus einem Gedicht von Hermann Hesse.«

»Ich bin bereit«, rief Vera. »Für den Abschied und den Neubeginn.«

Daraufhin öffnete Marie Veras Zöpfe, kämmte sie fein säuberlich und flocht sie zu einem dicken Zopf – den sie auf Schulterhöhe abschnitt.

»Hier, zur Erinnerung.« Sie reichte ihn ihr. »Oder du verkaufst deine Haare einem Perückenmacher.«

»Ich kriege Geld dafür?« Fasziniert drehte Vera den Zopf hin und her, bevor Marie ihr die Haare wusch.

»Und, hast du einen Mann kennengelernt?«, fragte Karin, während Marie nach und nach Veras Haare in eine modische Frisur verwandelte.

»Nein!«, wehrte Vera ab.

»Aber mit dem neuen Haarschnitt findest du bestimmt ganz schnell einen«, sagte Marie, und Vera strahlte.

»Wieso willst du eigentlich keine Buchhändlerin mehr werden?«, fragte Karin.

»Ich will eine Familie, und ich will meinen Mann genauso unterstützen wie Mutti. Sie ist auch keine Buchhändlerin, und trotzdem hat sie den Laden über den Krieg gerettet. Und deshalb will ich wie sie Buchhalterin werden, da kann ich überall arbeiten, Rechnungen müssen immer gestellt und bezahlt werden.«

»Der Gedanke ist gar nicht schlecht«, sagte Marie.

»Ich sehe das schon richtig vor mir.« Vera machte eine ausladende Geste.

»Stillhalten!«, ermahnte Marie sie. »Sonst sind die Haare ganz ab, und es ist erst mal vorbei mit der Männersuche.«

Vera legte die Hände auf die Oberschenkel. »Einen netten Mann, drei Kinder, eine kleine Wohnung … und alle sind immer zusammen, niemand wird weggeschickt.«

Darum ging es also! Um Veras Evakuierung aufs Land.

»Sag bloß, du hast uns damals vermisst?«, erwiderte Karin.

»Ja«, sagte Vera trotzig.

»Wärst du lieber bombardiert worden?«

Ihre Schwester zuckte mit den Schultern.

»Stillhalten«, rief Marie erneut.

»Wenn ich heirate, wird meine neue Familie das Allerwichtigste für mich sein«, sagte Vera.

»Vielleicht will euer Vater auch, dass ihr durch die Ausbildung einen netten Buchhändler kennenlernt. Dann bleibt bei einer Hochzeit der Laden in der Familie«, überlegte Marie.

»Meinst du?« Karin wurde bei dem Gedanken ganz anders.

»Ich heirate, wen ich will«, rief Vera.

»Ich auch«, bestätigte Karin.

»Fertig! Das lassen wir jetzt einfach so trocknen.« Marie kämmte noch einmal durch die auf Kinnhöhe geschnittenen Haare und befestigte sie mit einer silbernen Haarspange, damit sie Vera nicht in die Stirn fielen. »Und wenn du dich schick machen willst, drehst du die Haare auf Lockenwickler.« Sie deutete auf eine Zeichnung in der *Constanze*.

»Du siehst richtig gut aus, Vera«, lobte Karin. »Mindestens zwei Jahre älter.«

»Findest du?« Auf Veras Wangen zeigte sich eine leichte Röte. »Danke, Karin. Und vielen Dank, Marie.«

In der Nacht schlief Karin schlecht, bekam keine Luft, eingezwängt zwischen ihrer Mutter und einem alten Mann, der nach Urin stank. Gegenüber auf der Bank lasen zwei Mädchen in BDM-Uniform Karl May, während gewaltige Detonationen den Boden zum Beben brachten, Staub und kleine Steine von der Decke auf Karin fielen, sie unter sich begruben, bis sie nach Luft japsend aufwachte und sich schweißgebadet aufrichtete.

Schon wieder.

Im anderen Bett lag Vera still wie eine Puppe. Sie wurde nie von Albträumen gequält. Karin schaute zu Hermann Hesses *Glasperlenspiel* auf ihrem Nachttisch. Fast alle in der Berufsschule hatten es bereits gelesen und schwärmten davon, als wäre es das neue Kosmetiksonderheft der *Constanze*, aber Karin kam über die Einleitung einfach nicht hinaus. Sie fand keinen roten Faden und schlief immer über den komplizierten Sätzen ein. Nur die darin enthaltenen Gedichte gefielen ihr. Vor allem das, aus dem sie vorhin zitiert hatte. *Stufen*. Und wieder, wie so viele Nächte zuvor, rief sie sich den letzten Satz ins Gedächtnis.

Wohlan denn, Herz, nimm Abschied und gesunde.

Nicht zurückblicken, nur nach vorne. Das Unheilsame vergessen und das Neue annehmen. Es tröstete sie, und sie malte sich farbenfroh aus, wie dieses neue Leben aussehen könnte. Ein großer und heller Raum, deckenhohe Regale voller Bücher, moderne Lampen, eine frei schwingende Treppe in den zweiten Stock. Vielleicht gab es auch noch einen dritten? Und Vati und sie mittendrin.

Und Billy? Wie passte er dort hinein? Und schon stand er neben ihr, und die Buchhandlung war in New York, mit Blick aufs Empire State Building und Dichterlesungen von Graham Greene oder Ernest Hemingway. Vielleicht würde ja sogar mal Hermann Hesse nach New York kommen. Zu ihrem *Karin's Bookshop*.

Am Sonntag war Karin wahnsinnig aufgeregt. Sie drehte sich die Haare auf, steckte einen Lippenstift ein und war viel zu früh am vereinbarten Treffpunkt. Gerda und Günter verstanden sich trotz aller Sprachschwierigkeiten auf Anhieb mit Billy. Manchmal reichte eben auch ein Lachen zur Verständigung aus.

Sie verabredeten, dass die Jungs und die Mädchen getrennt ins Kino gehen und sie sich in der letzten Reihe treffen wollten. Karten für *Die Flucht von der Teufelsinsel* hatte Gerda schon gekauft.

Billy verstand und nickte. Er fuhr mit Günter im Jeep voraus ins neu eröffnete *Metro im Schwan* im Steinweg.

Karin hätte sich ein unauffälligeres Kino für ihr erstes Rendezvous gewünscht, aber Gerda ließ sich nicht umstimmen. Als sie hineingingen, verstand sie Gerda. Das Kino war der reinste Palast. Marmorfußböden und edles Holz, dazu modernes, indirektes Licht. Am meisten beeindruckte sie aber die unzähligen rot gepolsterten Sessel.

»Eintausendzweihundert Sitzplätze«, sagte Gerda sofort. »Das größte Kino Frankfurts!«

In der letzten Reihe warteten bereits der kleine Günter mit den roten Stoppelhaaren und ihr unübersehbarer Billy in seiner Uniform. Zwei Sessel zwischen ihnen hatten sie freigelassen.

»Und es macht Ihnen wirklich nichts aus, dass der Film auf Deutsch ist?«, fragte sie besorgt.

»Nein, ich habe ihn bereits in New York gesehen. *The Return of Monte Cristo.* Soll ich erzählen, wie es ausgeht?« Er grinste sie frech an.

Karin lehnte sich entspannt zurück. Sie redeten über die Buchhandlung und die Transportdienste auf dem Flughafen. Gerda und Günter lagen sich bereits in den Armen, was Karin unangenehm war. Jetzt sah es doch so aus, als hätte sie Billy nur zum Knutschen hierher eingeladen. Aber sie wollte nicht den Eindruck erwecken, dass sie leicht zu haben war.

»Wie geht es Ihrer Familie?«, machte sie stattdessen höfliche Konversation. »Was hat Ihr Bruder zu den Fotos gesagt?«

Er zögerte. »Ich habe sie ihm noch nicht geschickt. Ich habe gar keine Adresse von ihm«, gab er zu.

»Wieso? Was ist mit ihm?«

»Das ist kompliziert.«

Das hörte sich nicht gut an. Ob er sich mit ihm gestritten hatte? Aber wieso machte er dann die Fotos für ihn?

»Es wird sich bestimmt alles finden«, sagte sie.

»Das hoffe ich. Und bis dahin fotografiere ich noch mehr.« Er öffnete seine Uniformjacke und zog einen Umschlag heraus, wieder mit dem Zeichen von Kodak. Neue Fotos!

»Bitte lachen Sie nicht. Sie sind – anders.«

Sie nickte neugierig und öffnete den Umschlag.

Nahaufnahmen von Altstadt-Trümmern. Ein halber Löwenkopf, ein verschmorter Metallrest, der sie an die letzten verbliebenen Fensterrahmen der Kleinmarkthalle erinnerte. Einfühlsame Zeugnisse der Zerstörung und gleichzeitig Bilder voller Einsamkeit, die wie Aquarelle aussahen. Sie berührten Karin tief im Innern.

»Sie sind ein Künstler!«

»Fotografieren ist keine Kunst. Das kann jeder.«

»Aber doch nicht so.« Karin hielt ihm ein Foto mit dem Fensterbogen aus Sandstein hin, vom Trümmerberg hinter der Buchhandlung, der Karin immer an eine Kirche erinnerte.

Er hob die Hand und strich ihr sanft eine Strähne aus dem Gesicht. »Sie sind viel schöner, Fräulein Karin.«

Das Licht ging aus. Musik erklang, die Wochenschau begann. Aber Karin schaute kaum hin, sie fühlte nur die Anwesenheit von Billy, roch seinen Duft, hörte, wie er den Arm hob, spürte, wie er ihn um ihre Schultern legte.

Und jedem Anfang wohnt ein Zauber inne, der uns beschützt und der uns hilft zu leben, fiel ihr eine weitere Textzeile aus Hermann Hesses Gedicht ein. War es ein Zauber, der sie beide verband? Auf den ersten Blick waren sie so unterschiedlich, und doch fühlte Karin sich mit ihm verbunden.

Sie ließ ihren Kopf auf seine Schulter sinken. Und als er ihre Hand ergriff, sehnte Karin sich nach weiteren Berührungen und vor allem einem Kuss und wandte ihm ihren Kopf zu. Lange sahen sie sich im Dämmerlicht in die Augen. Sie glaubte, alles darin sehen zu können, Liebe und Sanftmut und – Angst. Ihr ging es genauso. Erinnerungsfetzen an Leipzig schlichen sich in ihre Gedanken, aber der Blick in Billys liebevolle Augen verdrängte sie erfolgreich.

Langsam näherten sich ihre Lippen und berührten sich so leicht, dass Karin ein heftiges Kribbeln verspürte. Sie streckte die Hand aus und strich ihm über die kurzen Haare. Sie lockten sich am Haaransatz und bildeten kleine, weiche Knubbel wie die Noppen an ihrer Strickjacke.

Plötzlich beugte er sich erneut über sie.

Nie hatte sie geahnt, dass ein Kuss so berauschend sein konnte. Weich und zart und fordernd und aufregend zugleich. Außer Atem ließen sie voneinander ab, und auf einmal war der Graf von Monte Christo bereits in Paris und frei.

6

VOM WINDE VERWEHT

Mit klopfendem Herzen saß Karin in der Tram nach Preungesheim, wo sie sich mit Billy vor der Kaserne treffen wollte. Endlich war Frühling. Sie trug ein neues, erdbeerrotes Sommerkleid mit weißen Pünktchen und einem weißen Gürtel, dessen Farbe ihre Haut zum Leuchten brachte. Dazu einen passenden Hut und die weiße Strickjacke mit den Noppen. Sie konnte es kaum abwarten, ihn endlich wiederzusehen.

Seit Billy erzählt hatte, dass er seinen Sold fürs College sparte, trafen sie sich lieber zum Spazierengehen. Sie brauchte keine Torte oder Südfrüchte. Wenn er ihr seine zerlesenen Pocket Books amerikanischer Autoren aus dem PX schenkte, war sie glücklich.

Billy wartete bereits unter dem Wahrzeichen der Kaserne, einer Pferdestatue. Sie lief auf ihn zu und warf sich in seine Arme.

»Du bist so hübsch, Karin«, flüsterte er in ihr Ohr. »Ich habe dich so vermisst.«

»Ich dich auch«, erwiderte sie. Dabei hatten sie sich nur einen Sonntag wegen eines Manövers nicht sehen können.

Er zog sie eng an sich, schaute ihr lange in die Augen,

und als sich endlich ihre Lippen berührten, war es wie eine Erlösung.

Dann gingen sie zur Nidda, einem kleinen Fluss, der sich malerisch durch die Felder nördlich von Frankfurt schlängelte. Karin hakte sich bei ihm ein, spürte seinen Körper und fühlte sich geborgen.

»Wie war das Manöver?«, fragte sie und schmiegte sich an ihn.

Billy zuckte mit den Schultern. »Darüber darf ich leider nichts erzählen.«

»Wieso gibt es überhaupt Manöver, der Krieg ist doch vorbei?«

»Das ist wie beim Sport, man muss immer trainieren. Wir machen das viel zu selten. Es sind ja fast alle Soldaten wieder zurück in den Staaten, und die wenigen, die noch da sind … das war bestimmt nicht das letzte Manöver, befürchte ich.«

»Ist so etwas gefährlich?«, fragte Karin.

»Nein, keine Angst. Mir passiert nichts. Ich fahre ja nur den Nachschub. Aber sag, wie war es bei dir?«

Sie erzählte, dass Fräulein Schopp jetzt ihre Ausbilderin sei. Mit ihrem Vater habe sie ein Theaterstück von Sartre gesehen und mit Vera AFN gehört und getanzt, bis sich die Nachbarn beschwert hätten. Bis jetzt kannte Billy Vera noch nicht, aber Karin wollte das gerne ändern.

»Ach, und Vera ist ganz aus dem Häuschen, dass endlich *Vom Winde verweht* synchronisiert wird. Hast du den Film eigentlich schon gesehen?«

»Leider.«

»Leider? Er hat acht Oscars gewonnen!«

»Er verharmlost die Sklaverei.« Auf einmal blieb er stehen, trat einen Schritt zurück und zog die Augenbrauen zusammen. »Die Schwarzen werden als dumme Kinder dargestellt, und das ganze Leid und der Schmerz und die Verfolgung der Sklaven werden völlig außer Acht gelassen.«

So hatte Karin das noch nie betrachtet. Sie hatte immer nur den Mut von Scarlett bewundert. Die machte einfach, was sie wollte, und kein Mann bestimmte über sie.

»Du hast mal erzählt, dass die Nazis Bücher verboten und verbrannt haben, zum Beispiel *In einem andren Land* von Hemingway. Wurde *Vom Winde verweht* auch verboten?«

»Weiß ich nicht«, antwortete Karin. Erschienen war es auf jeden Fall bereits vor dem Krieg, Karin musste an das Buch ihrer Mutter denken, das sie aus den Trümmern gerettet hatte. »Ich werde meine Eltern fragen«, sagte sie.

Er sah sie noch immer skeptisch an. Dann lief er weiter, und Karin folgte ihm, aber irgendwie fanden sie nicht wieder in einen gemeinsamen Rhythmus.

»Entschuldigung«, sagte er nach einer Weile. »Ich wollte dich nicht verärgern.«

»Nein, nein, alles in Ordnung, das sind nur völlig neue Gedanken für mich.« Sie atmete tief durch.

»Das Schicksal von Schwarzen Familien wird auch nicht in Technicolor verfilmt«, fügte er hinzu.

Und da erst fiel ihr ein, dass er aus der Nähe von Charleston stammte, der Heimatstadt von Rhett Buttler.

»*Vom Winde verweht*, das ist deine Vergangenheit«, begriff sie langsam. »Deine Familie, deine Heimat.«

»Natürlich. Das ist Realität und kein Märchen mit einer Prinzessin in schönen Kleidern«, sagte er aufgebracht.

Zwei Männer kamen ihnen entgegen. Sie waren weder besonders alt noch jung, nicht auffällig gekleidet oder wären ihr aus irgendeinem anderen Grund im Gedächtnis geblieben. Doch dann zischte der eine »Ami-Hure« und der andere »Niggerflittchen«.

Karin erstarrte, spürte, wie sie rot vor Scham wurde und Billy sich verkrampfte. Am besten, sie gingen einfach weiter, aber Billy drehte sich zu den beiden um. Die Männer waren klein und schmächtig, und er überragte sie um Längen.

»*Excuse me*?«, fragte er sehr höflich, dennoch spannten sich seine Kiefernmuskeln an.

»Wie kannst du disch nur mit dem eilasse«, riefen sie auf Hessisch. »Gibt es nicht genügend deutsche Männer?«

Karin wollte sie ignorieren, doch da spuckte der eine vor sie auf den Boden.

Woraufhin Billy ihm mit der Faust ins Gesicht schlug.

»Nein!«, rief Karin. Billy hob wieder die Fäuste.

»Machen wir, dass wir fortkommen«, sagte der andere. »Das gibt nur Ärger.«

Der Mann, der auf den Boden gespuckt hatte, zog mit einer überheblichen Geste das Revers seiner Jacke straff und drehte sich um. Sein Kumpel war schon weitergegangen, und er eilte hinter ihm her.

Billy ließ die Fäuste sinken, sein Körper bebte, und Schweiß stand ihm auf der Stirn. »Ist alles in Ordnung?«, fragte er.

»Bei mir schon, und bei dir? Was sollte das denn? Du kannst doch nicht gleich Streit anfangen.«

»Zu mir sagt keiner ungestraft Nigger.«

Karin musste an Graham Greene denken – der hatte in

Das Herz aller Dinge geschrieben, dass die Schwarzen sich nicht Nigger nennen lassen wollten, und sie hatte damals gar nicht verstanden, warum. »Aber ist das nicht einfach nur das englische Wort für Neger?«

»Das sind beides Schimpfwörter, egal, in welcher Sprache, und ich lasse mich nicht beleidigen. Was hat er noch gesagt?«

»Nicht wichtig.« Sie kannte sowieso nicht das englische Wort für Hure, und er würde sich nur noch mehr aufregen.

Obwohl die Spucke des Mannes sie nicht getroffen hatte, kam sie sich beschmutzt vor. Besudelt. Was ging die Männer an, mit wem sie spazieren ging? Normalerweise waren die amerikanischen Soldaten doch sehr beliebt, egal, ob sie Schwarz oder Weiß waren.

»So was habe ich noch nie erlebt«, meinte sie.

Er schaute sie an, als ob sie etwas sehr Dummes gesagt hätte.

»Sie haben dich angespuckt«, sagte er nach einer kurzen Pause. »Weil du mit mir ausgehst.«

»Ja«, gab sie peinlich berührt zu.

»In Amerika wäre es andersherum gewesen. Da hätten sie dich vor mir retten wollen. Es tut mir leid, dass ich dir so viel Ärger bereite.«

»Aber du kannst doch nichts dafür! Ich wollte ja schon die Polizei rufen, damit sie uns helfen.«

»Keine Polizei«, sagte Billy scharf. »Vor allem keine Militärpolizei. Schlägereien mit Zivilisten sind verboten.«

Daran hätte er denken sollen, bevor er zuschlug, dachte Karin, sagte aber nichts, sondern atmete tief durch. »Komm, lass uns weitergehen. Das waren Dummköpfe von vorgestern.« Sie hakte sich wieder bei ihm ein. »Vergiss sie einfach. Die Idioten werden uns nicht den Nachmittag verderben.«

Er nickte, und sie schlugen wieder den Weg zur Nidda ein. Billy biss noch immer wütend die Zähne zusammen, und auch in Karin rumorte es. Es war das erste Mal, dass sie von Fremden auf offener Straße beschimpft worden war. Sie fühlte sich verunsichert. Was erlaubten diese Männer sich? Hatten sie gar nichts dazugelernt?

Auf einmal flatterte der erste Zitronenfalter in diesem Jahr leicht durch die Luft und brachte sie beide wieder zum Lächeln. Sie suchten sich ein trockenes Plätzchen auf einem umgestürzten Baum, und als sich ihre Lippen trafen, vergaß Karin alles um sie herum.

Billys Meinung zu Margaret Mitchells Roman ging Karin nicht aus dem Sinn. Abends schaute sie gleich in die angekohlte Ausgabe ihrer Mutter. Vera hatte sie auf der Flucht mitgenommen. Im Impressum stand, dass das Buch 1938 erschienen war. Die Bücherverbrennungen hatten bereits fünf Jahre zuvor stattgefunden.

Am Abendbrottisch ergab sich leider keine Gelegenheit, darüber zu reden, ihr Vater schwärmte vom nachmittäglichen Besuch bei Herrn Grimm und der *Woche des Buches*, die der Börsenverein in den kommenden Tagen veranstalten wollte. Deshalb ging Karin am nächsten Tag in der Mittagspause zu ihrem Vater, vielleicht ergab sich jetzt ja ein Gespräch. Er war gerade dabei, die Plakate zur *Woche des Buches* ins Schaufenster zu hängen.

»Komm, ich helfe dir«, sagte sie und hielt das Plakat in die Mitte der Fensterscheibe.

Mit kritischem Blick betrachtete er es. »Links etwas höher.«

Dann tunkte sie den Pinsel in den Leim und bestrich die Plakatecken. Das müsste halten.

»Sag mal, Vati, hatten die Nazis *Vom Winde verweht* eigentlich auch verboten?«, fragte sie und half, ein weiteres Plakat am Büchertisch zu befestigen.

»Wie kommst du denn darauf?« Er schaute sie erstaunt an. »Das Buch war ein echter Verkaufsschlager. Nach dem Kriegseintritt der Amerikaner durfte es wie alle anderen amerikanischen Bücher nicht mehr verkauft werden, aber der Besitz war nicht verboten. Margaret Mitchell war ja keine Jüdin.«

Seine Formulierung in der Vergangenheitsform erinnerte Karin daran, dass die berühmte Autorin im Jahr zuvor bei einem tragischen Autounfall ums Leben gekommen war.

»Thomas Mann ist aber auch kein Jude«, erwiderte sie.

»Aber er hat von Anfang an klar Stellung gegen den Faschismus bezogen.«

»Woher wussten die Leute eigentlich, was verboten war?« Sie rückte den Stapel von *Der SS-Staat* von Eugen Kogon gerade, der im Rahmen der *Woche des Buches* in der Paulskirche daraus vorlesen würde.

»Die Reichsschrifttumskammer veröffentlichte Listen, an die musste sich jeder Buchhändler strikt halten, sonst gab es Ärger. Manche mussten ihre Läden schließen, andere kamen ins Gefängnis oder noch schlimmer. Es gab auch noch andere Verbotslisten, betroffen waren nicht nur Buchhandlungen, sondern auch Bibliotheken und Privatbesitz.«

»Und was habt ihr mit den Büchern gemacht? Etwa auch auf den Scheiterhaufen geworfen?«, fragte sie entsetzt.

Ihr Vater seufzte und schaute sich um, ob Kunden in der Nähe waren. »Ich wollte sie im Keller verstecken«, flüsterte er. »Aber mein Vater hat mit der SA den Laden gesäubert. Was die mit den Büchern gemacht haben, weiß ich nicht. Öffentliche Verbrennungen wie in Berlin oder anderen Städten gab es in Leipzig nicht. Leipzig war Buchstadt, mehr als dreißigtausend Menschen arbeiteten im Graphischen Viertel in den Druckereien, Buchbinderwerkstätten und Verlagen. Da hätte es bestimmt Protest gegeben.« Er öffnete die Bürotür. »Wobei es natürlich auch strenge Nazis gab.«

»Und Opa?«, fragte Karin und folgte ihm, ließ die Tür aber offen, falls Kunden kamen.

Er legte den Tauchsieder in einen Wassertopf, stellte den Henkelmann hinein, und der Duft des Gulaschs von gestern breitete sich aus.

»Opa hat Propagandamaterial gedruckt.« Ihr Vater klang verärgert. »Und, ja, er war ein überzeugtes Parteimitglied. Von Anfang an. Deshalb habe ich mich doch so oft mit ihm gestritten. Aber in der Partei waren auch andere Drucker und Verleger, und die wurden nicht enteignet.«

»Was hältst du von *Vom Winde verweht*?«, fragte sie schnell, um sich nicht wieder seine lange Tirade über das erlittene Unrecht anhören zu müssen.

»Ganz ehrlich – ich habe es nicht gelesen. Das hat sich ja von alleine verkauft. Ich lese gerne unbekannte Bücher, um ihnen durch die Empfehlung an die richtigen Kunden Gehör zu verschaffen. Aber solche Bestseller, wie die Amerikaner sagen, die braucht man nicht zu lesen.«

Schade, Karin hätte gerne gewusst, wie er darüber dachte.

»Aber weißt du«, flüsterte er, »ich glaube nicht, dass es gut ist. Der *Völkische Beobachter* hat es damals empfohlen, diese Nazi-Zeitung.«

Am liebsten hätte sie ihm von Billy und seiner Meinung über das Buch erzählt. Aber das war zu früh. Außerdem wusste sie nicht, wie sie ein Gespräch darüber anfangen sollte, ohne sich zu verraten.

Ihr Blick wanderte über die Regalreihen, aber sie entdeckte nichts. Es gab nicht viele Romane über das Schicksal Schwarzer Menschen. *Onkel Toms Hütte* vielleicht? Führte ihr Vater nicht.

»Hallo«, rief da Vera an der Tür. Sie trug eine Baskenmütze über ihren kurzen Haaren und sah richtig flott aus.

»Na, besucht ihr mich heute beide?« Ihr Vater freute sich sichtlich. »Wie war die Schule?«

»Wir haben eine Neue, sie sitzt neben mir und hat Ärger bekommen, weil ihre Fingernägel rot lackiert sind. Nachher treffe ich mich mit ihr am Kaufhof. Wir wollen uns ansehen, wie er abgerissen wird.«

Wozu?, dachte Karin. Sie hatte genügend Häuser gesehen, die in sich zusammengefallen waren.

Vera deutete auf den Büchertisch. »Ist das für die *Woche des Buches*, von der du erzählt hast? Das sind alles so ernste Bücher, wie wäre es mit etwas Lustigem? Oder ein paar von den roten Goldmann-Krimis?«

»Edgar Wallace neben dem *SS-Staat*? Nein danke«, antwortete ihr Vater.

»Aber stell es dir doch mal vor: ein Tisch mit anspruchsvollen Titeln und einer mit der leichten Muse. Und wir stellen Blumen dazu, die schaut jeder gerne an.«

»Blumen?« Ihr Vater klang entsetzt. »In einer Buchhandlung? Was ist, wenn die Vasen umfallen?«

»Na gut. Und wenn ich welche aus Papier bastele? Die *Woche des Buches* soll schließlich Lust machen, Bücher zu kaufen!«

»Vera!« Ihr Vater kratzte sich am Kopf. »Willst du nicht vielleicht doch Buchhändlerin werden?«

Am nächsten Sonntag traf Karin sich mit Billy wieder am IG-Farben-Haus. Angeblich war sie heute mit Vera und Annegret, der neuen Mitschülerin, im Kino.

Die Erlebnisse vom letzten Sonntag waren Karin noch lange durch den Kopf gegangen. Nicht nur die Beleidigungen der beiden Männer, sondern auch ihre unterschiedlichen Meinungen zu *Vom Winde verweht*. Es hatte sich beinahe wie ein Streit zwischen ihnen angefühlt, auch wenn sie sich hinterher mit vielen Küssen wieder versöhnt hatten. Aber noch immer stand da etwas zwischen ihnen, und das musste sie sofort aus der Welt schaffen.

»Bevor wir losfahren, möchte ich dir gerne noch etwas sagen.« Sie setzte sich zu ihm in den Jeep.

»Ja, Darling?«

»Ich habe noch mal in *Vom Winde verweht* reingelesen. Du hast völlig recht, ich weiß gar nicht, wie ich das übersehen konnte.«

»Das hast du gemacht?« Er sah ihr in die Augen. »Du bist ein ganz ungewöhnliches Fräulein.«

Sie spürte, wie sie rot wurde, und schlug die Augen nieder.

»Und du bist …« Sie blickte hoch. »Ein ganz besonders aufmerksamer Leser.«

Sie umarmte ihn innig und küsste ihn auf die Wange, als ein weißer Offizier auf sie zukam. Der große und breitschultrige Mann blieb stehen. Billy sprang aus dem Wagen und salutierte, und der Offizier sah erstaunt von ihm zu Karin und redete erst leise, dann immer lauter auf ihn ein.

Sie verstand nicht alles, aber es war klar, dass der Offizier, vor dem Billy ständig »*Yes, Sir*!« rief, nicht wollte, dass sie hier parkten. Er deutete auf Karin. Auf einmal hörte sie das Wort *Nigger*.

Billy starrte ihn an. Der Offizier stieß mit der Hand gegen seine Brust, wollte ihn von sich wegschieben, aber Billy blieb standhaft. Das brachte den Offizier immer mehr in Rage, und er schrie Billy ins Gesicht, sodass dieser knallrot anlief und seine Halsschlagader deutlich hervortrat. Aber er wich vor dem Offizier nicht zurück, ertrug alles wie ein Fels in der Brandung.

Blitzartig bückte sich der Offizier und zog ein Messer aus seinem Stiefel, und kaum dass Karin begriff, was los war, hielt er es Billy an die Kehle.

Sie wollte aufspringen, aussteigen, traute sich aber nicht. Panisch schaute sie sich um. Der Parkplatz war leer.

Wieso griff der Offizier Billy an? Karin hatte Angst vor dem Messer, Angst vor dem wütenden Offizier. Sie erinnerte sich an so viele wütende Männer in Uniform in ihrem Leben, Deutsche, Russen, und war wie erstarrt.

Mit einem Mal erklangen Schritte hinter ihr, und der Offizier nahm das Messer herunter. Sie drehte sich um.

Colonel Cooper, der weiße Offizier, den Billy sonst durch Frankfurt fuhr, bellte Befehle, und der Angreifer nahm ebenfalls Haltung an. Er und Billy antworteten beide mit »Yes,

Sir«. Der Angreifer trat weg. Colonel Cooper sprach leise auf Billy ein.

Zackig rief Billy ein letztes Mal »Yes, Sir«, stieg wieder in den Jeep, und sie brausten davon.

Irgendwo im Nordend hielt er an. Karin zitterte am ganzen Leib. Billy starrte auf die Straße.

»Was war denn?«, fragte sie.

»Unwichtig.« Seine Hände umklammerten das Lenkrad, sodass die Knöchel weiß hervortraten. Dann ließ er es abrupt los und brüllte. Einige Passanten starrten sie an.

Beruhigend legte Karin ihm die Hand auf den Unterarm, und er sackte in sich zusammen.

»Wieso … das Messer …« Sie suchte nach Worten, war noch immer völlig entsetzt. »Ich konnte ihn überhaupt nicht verstehen, kanntest du den Mann?«

»Das geht dich nichts an.«

»Billy!« Sie umfasste sein Gesicht und zwang ihn, sie anzusehen. Er war ganz fahl geworden, seine Augen waren gerötet.

»Hast du irgendwas angestellt?«, fragte Karin.

»Natürlich, ich bin Schwarz, natürlich habe ich …«

»Billy, bitte! Ich bin auf deiner Seite, erklär mir, was los ist!«

Er seufzte. Schüttelte den Kopf, seufzte erneut und sah sie wie ein waidwundes Reh an.

»Bitte.«

Da setzte er sich auf und atmete tief durch. »Er hat mir gesagt, dass er mich umbringen würde, wenn wir zu Hause wären und nicht hier, in Deutschland.«

»Aber – wieso denn?«

»Weil ich mit dir unterwegs bin.«

»Das geht ihn gar nichts an.«

»In South Carolina dürfte ich dich nicht ansehen. Ich dürfte deine Hand nicht halten oder mit dir in einem Wagen fahren. Also, außer ich wäre der Chauffeur mit Uniform und Mütze, und du würdest auf der Rückbank sitzen und hättest deine alte Tante dabei. *Segregation.*« Das letzte Wort spie er förmlich aus.

Segregation? »Was bedeutet das?«, fragte Karin.

»Rassentrennung. Geschäfte für Weiße, Geschäfte für Schwarze. Getrennte Schulen, Kirchen, Krankenhäuser, alles getrennt. Und das Verbot von Mischehen.«

»Aber, das ist ja – wie bei den Nazis! Da waren Ehen zwischen Deutschen und Juden auch verboten.«

»Deshalb gefällt es mir hier so gut. Hier sind die Zeiten vorbei, wir haben geholfen, die Juden zu befreien, wir haben für Gleichheit gesorgt, aber zu Hause sind wir nicht gleich. Oder frei.«

»Billy!« Sie umarmte ihn, spürte, wie er vor Wut bebte und langsam durchatmete, bis er ruhiger wurde. »Das tut mir so leid.« Auf einmal musste sie an ihre erste Berührung denken, den Händedruck vor der Bude.

»Du wolltest mir am Anfang nicht die Hand geben. Hat das etwas damit zu tun?«

»Ja. Ich war es nicht gewöhnt, dass mir eine weiße Frau die Hand geben will.« Er drückte sie an sich. »Ich will nicht zurück. Mein Bruder …« Er stockte, sie wartete. »Mein Bruder hat mir davon erzählt. Deshalb bin ich hier. Ich wollte nach Europa kommen und es mit eigenen Augen sehen, spüren, wie es ist, frei zu sein. Ich werde das nie mehr vergessen. In der Army ist die Rassentrennung seit 1948 zwar offiziell aufgehoben, aber geändert hat sich noch nicht viel. Es gibt noch immer rein weiße und rein schwarze Einheiten und kaum Aufstiegsmöglichkeiten.«

»Aber ist das nicht schizophren, gegen den Faschismus zu kämpfen und selbst so ungerecht zu sein?«

Er nickte. »Das muss sich ändern. Präsident Truman will das ja! Aber die Army …«

7

DIE GRÖSSERE HOFFNUNG

Der Angriff des Offiziers schweißte Karin und Billy zusammen. Endlich erzählte er mehr von den Problemen als Schwarzer in den Südstaaten, und sie verstand seine Scheu und den Schmerz, den sie von Anfang an gespürt hatte. Er war kein Angehöriger der kraftstrotzenden Sieger, sondern nach Deutschland gekommen, um zu überleben. Karin bewunderte, dass Billy sich nicht alles gefallen ließ, auch wenn Gewalt keine Lösung war. Wegducken aber auch nicht. Worte waren der Mittelweg, dachte Karin. Zeitungsartikel, Bücher, Gesetze.

Sie verbrachten einen zauberhaften Frühling miteinander, machten Ausflüge mit dem Jeep in die umliegenden Orte, redeten viel und küssten sich. Karin spürte, dass Billy gerne weiter gegangen wäre, aber sie blieb standhaft. Er respektierte das. Es gab auch so viele Möglichkeiten, zärtlich zueinander zu sein, und sie genossen es beide sehr.

Noch nie war sie so glücklich gewesen wie jetzt.

Dann kam der vierundzwanzigste Juni 1950. Nordkoreanische Truppen marschierten in Südkorea ein, und Karin bekam Angst.

Korea war wie Deutschland seit dem Ende des Zweiten Weltkrieges ein geteiltes Land. Die kommunistische Nordhälfte war anfangs von der Sowjetunion besetzt worden, die Südhälfte von den USA. Wie in Deutschland gründeten sich zwei Staaten. Der Unterschied bestand jedoch darin, dass die Besatzungsmächte die Länder verließen und in beiden Staaten bewaffnete Armeen aufgebaut wurden.

Zum Glück gab es weder in West- noch in Ostdeutschland eine eigene Armee.

Aber in Korea, und der Norden marschierte im Süden ein.

Die wenigen in Westdeutschland verbliebenen amerikanischen Besatzungstruppen wurden in Alarmbereitschaft versetzt, es herrschte Ausgangssperre, und Karin konnte Billy nicht mehr erreichen. Es war schrecklich. Angst schnürte ihr die Kehle zu. Ob die Amerikaner Südkorea helfen würden? Und mit welchen Truppen? Ob Billy in Korea kämpfen musste?

Doch dann waren es die in Japan stationierten US-Luft- und Seestreitkräfte, die die kommunistischen Einheiten bombardierten.

Karin war nicht allein mit ihrer Sorge, die ganze Republik befürchtete, dass auch noch der Rest der amerikanischen Soldaten aus Westdeutschland abgezogen werden würde, um in Korea zu kämpfen, und sie dann schutzlos der Sowjetunion ausgeliefert waren. Ihr Vater hängte eine Südostasienkarte im Wohnzimmer auf, wie damals die Europakarte mit den Fähnchen vom Blitzkrieg. Stundenlang wurde diskutiert. Friedel sichtete die Konserven, Vera musste nach der Schule Vorräte für alle einkaufen, soweit sie noch welche bekam. Die Regale waren wie in den Hungerjahren leer gefegt. Und Tante Elvira beruhigte ihre Nerven mit sehr viel Rheinhessen-Riesling.

Dann entschied US-Präsident Truman, dass die Truppen Deutschland nicht verlassen würden, sondern stationierte im Gegenteil noch zusätzliche Regimenter in der Bundesrepublik. Alle Soldaten sollten bleiben, der Westen Deutschlands würde bei einem Angriff verteidigt werden.

Aber die Angst blieb.

»Ich dachte immer, es würde nie mehr Krieg geben«, sagte Karin abends im Bett zu Vera. Tante Elvira schnarchte bereits, sie waren vor neugierigen Ohren sicher. Karin schlug *Die größere Hoffnung* von Ilse Aichinger zu und legte das Buch auf den Nachttisch. Ilse Aichinger schrieb in sehr poetischen Worten von einer Hoffnung, die letztendlich vergeblich war, und das hielt Karin im Moment einfach nicht aus.

»Du siehst so traurig aus, lass uns morgen Abend ins Kino gehen.« Vera fingerte an den Papilloten in ihren Haaren herum.

»Ich mache mir solche Sorgen. Was, wenn Billy nach Korea muss?« Seufzend schlug sie die Bettdecke zurück, in dem kleinen Zimmer war es warm und stickig.

»Liebst du ihn denn?«, flüsterte Vera.

Liebe. Karin musste schon wieder seufzen. Liebe? Wer wusste schon, was das war. Wenn man vor Angst um den anderen nicht schlafen konnte? Wenn man ihn so vermisste, dass einem die Luft wegblieb? Sie hielt es nicht mehr aus und sprang auf, riss das Fenster auf und sog die frische Luft ein.

»Ich glaube schon«, gab sie zu.

»Gehst du dann mit ihm nach Amerika? Wie heißt Billy eigentlich mit Nachnamen?«

»Cape.«

»Karin Cape. Klingt wunderbar amerikanisch! Ein Cape ist doch ein Umhang, oder? Ein Umhang voller Liebe!«

»Du gehst zu viel ins Kino, Vera, so kitschig ist das Leben nicht.«

»Und wenn du in Amerika lebst, kommen wir dich besuchen. Ach, das wird fein!«

»Manchmal spricht er davon, seinen Dienst hier zu verlängern. Ich glaube, er will gar nicht zurück.«

Ständig musste Karin darüber nachdenken. Was würde er für eine Arbeit finden, wenn sie hierblieben? Oder würde er zur Universität gehen anstatt in Amerika aufs College? Und wie sollten sie das finanzieren? Wollte er überhaupt mit ihr sein Leben verbringen? Oder war sie nur ein Zeitvertreib?

»Du meinst, er bleibt hier? Geht das denn?«

»Ach, Vera, das weiß ich auch alles nicht«, antwortete Karin.

»Wie romantisch …« Vera hatte so lange an ihren Haaren rumgezupft, dass sich eine Papillote gelöst hatte. Fluchend griff sie nach dem Handspiegel.

»In seiner Heimatstadt dürften wir gar nicht heiraten, da sind Mischehen verboten.«

»Mischehen? Klingt ja wie bei den Nazis.«

Karin nickte und erzählte ihr von der Rassentrennung in Amerika. Vera ließ betroffen den Spiegel sinken.

»Wie schrecklich. Ich würde ihn zu gerne mal kennenlernen.«

»Du verplapperst dich ja doch nur.« Karin schlüpfte wieder unter die Bettdecke.

»Hör mal, ich bin kein kleines Kind mehr! Oder habe ich bisher je ein Wort über deine Heimlichtuereien verloren?«

In Karins Augen war Vera noch immer die Kleine, die man beschützen musste, dabei hatte sie wirklich jedes Versteckspiel bislang mitgemacht und sich sogar, wenn nötig, noch Ausreden ausgedacht.

»Na gut. Wenn die Ausgangssperre beendet ist, gehen wir zu dritt aus«, sagte Karin.

»Ja!«, jubelte Vera.

»Pst!« Karin deutete wieder auf die Schiebetür. Sie verharrten kurz, bis sie Tante Elvira wieder schnarchen hörten.

»Also, was hältst du davon, morgen ins Kino zu gehen?«, flüsterte Vera.

»Ach, ich weiß nicht.«

»Karin! Du musst unbedingt mal raus hier, du wirst ja noch ganz trübsinnig. Es sind Sommerferien! Dann kommst du eben mit zu Annegret. Die hat zu Hause einen eigenen Plattenspieler und ganz viele Schallplatten! Ihrem Vater gehört eine Bank, du wirst staunen, wie deren Haus aussieht!«

»Stör ich euch nicht?«, fragte Karin.

»Nein, auf gar keinen Fall.«

»Vielleicht ist es gar keine schlechte Idee. Ab Montag habe ich zwei Wochen Urlaub.«

Ohne Billy.

Sie schlug *Die größere Hoffnung* wieder auf.

Ausgelassen tanzte Karin sich bei Annegret ihre Sorgen von der Seele und lachte so viel wie seit Langem nicht mehr.

Annegrets Familie war erst vor Kurzem aus Berlin nach Frankfurt gezogen, und ihrem Vater gehörte die Bank auch nicht, er war Vorstandsvorsitzender. Annegret war ein nettes Mädchen, sie rauchte ab und an und erzählte unendlich viele Witze.

War Karin nicht mit Vera bei Annegret, half sie ihrem Vater in der Buchhandlung. Sie las viel, lernte von Friedel kleinere Gerichte kochen und spielte an Regentagen mit Peter Taler *Memory*.

Dann war der Urlaub vorbei, der Koreakrieg aber nicht und auch nicht die Ausgangssperre der amerikanischen Soldaten. Karin arbeitete wieder, aber es quälte sie so, nichts von Billy zu hören. Zum Glück war Herr Böttcher mit den Bestellungen für das neue Semester beschäftigt, sodass Karin selbstständig die Kunden beraten durfte. Und wenn sie dann seltene Bücher oder Quellen mit falschen oder fehlenden Titelangaben ermitteln konnte, war sie sehr stolz auf sich.

Eines Morgens rief plötzlich Gerda aus der Bestellabteilung laut nach ihr. Herr Böttcher schaute sie über den Rand seiner Brille missbilligend an.

»Entschuldigung«, sagte Karin und knickste leicht, und Herr Böttcher wandte sich wieder dem Kunden im Staubmantel zu.

Gerda wedelte mit dem schwarzen Telefonhörer. »Billy«, flüsterte sie, und Karin bekam vor Erleichterung weiche Knie.

»Wie geht es dir?«, fragte sie.

»Alles in Ordnung«, sagte er. »Mein Bataillon bleibt vorerst in Frankfurt, aber wie lange noch, das wissen wir nicht. Hast du Samstagabend Zeit?«

Karin fieberte dem Abend entgegen. Sechs Wochen hatte sie Billy nicht gesehen! Stundenlang stand sie vor dem Schrank und konnte sich nicht entscheiden, was sie anziehen sollte, dabei besaß sie nur drei vorzeigbare Sommerkleider.

Sie wollte angeblich mit Vera ins Kino. *Der Mann, der Sherlock Holmes war*, mit Hans Albers, hatten Karin und Vera bereits gesehen und konnten somit den Eltern zur Tarnung hinterher in aller Ausführlichkeit davon berichten.

Es war keine leichte Entscheidung gewesen, Vera gleich zum ersten Treffen mitzunehmen. Aber sie hatte es ihr schließlich versprochen. Außerdem hatte Karin in den letzten Wochen gemerkt, wie gut es tat, sich jemandem anvertrauen zu können. Billy und sie würden schon noch ihre ungestörten Momente haben.

Karin entschied sich für das rote Kleid mit den weißen Pünktchen, das stand ihr einfach am besten, Vera für ein lindgrünes. Mit Maries Hilfe legten sie sich die Haare in modische Wellen, was sogar ihrem Vater auffiel. Er machte »seinen schönen Töchtern« Komplimente und steckte ihnen ein paar Mark zu.

Dann gingen sie endlich die wenigen Minuten zum Palmengarten. Auf Karin wirkte der Park mit seinen Gewächshäusern voller seltener Pflanzen immer wie eine Oase mitten in der grauen und zerstörten Stadt. Wenn sie vor dem Krieg Tante Elvira besucht hatten, waren sie häufig hier gewesen und zwischen den Bäumen und gepflegten Blumenrabatten spazieren gegangen und sogar einmal auf dem großen Weiher Ruderboot gefahren.

Tante Elvira hatte auch erzählt, dass der berühmte Park nach dem Krieg zum Sperrgebiet gehört habe und die Frankfurter ihn nicht hätten betreten dürften. Das Gesellschaftshaus hielten die Amerikaner noch immer besetzt und hatten dort den *Palmgarden Club* eröffnet, einen Freizeitpark für Armeeangehörige mit Friseur, Fotolabor, verschiedenen Restaurants und Billardtischen, von den Soldaten *GI-Dreamland* genannt. Karin war einmal mit Billy dort gewesen und hatte Donuts probiert, ein Schmalzgebäck mit Zuckerglasur.

Der Parkplatz vor dem Gesellschaftshaus war voller Jeeps und fröhlicher Soldaten. Seit dem Vorfall mit dem Südstaatenoffizier verabredeten sie sich immer hier und fühlten sich in der Menge viel sicherer, obwohl hier viele weiße Soldaten waren.

Karin schlug das Herz bis zum Hals, als sie Billy zwischen den anderen Soldaten erspähte. Sie rannte auf ihn zu, und er küsste sie zärtlich.

Vera salutierte scherzhaft.

»Billy, das ist meine Schwester Vera.«

»Schön, dich kennenzulernen«, sagte er lächelnd und gab ihr die Hand, er war überhaupt nicht mehr so schüchtern wie an Silvester, als Karin ihn traf.

Billy klappte den Beifahrersitz um, und Vera kletterte nach hinten in den Wagen. Sie fuhren zu einem italienischen Eissalon in der Kaiserstraße. Eigentlich hieß sie Friedrich-Ebert-Straße, aber die Umbenennung der Amerikaner konnte sich partout nicht durchsetzen. Billy parkte direkt davor, und sie setzten sich an einen der kleinen runden Tische mit den Metallbeinen. Vera schaute sich neugierig um. Normalerweise durften sie nicht in diese Ecke von Frankfurt, von Tante Elvira *Rotlichtviertel* genannt. Es waren auch wirklich einige sehr ungewöhnliche Gestalten unterwegs.

Es gab italienischen Kaffee, sogenannten Espresso, und Spaghettieis. Wie das wohl schmecken würde?

»Erzähl, wie geht es dir, was ist passiert?«, fragte Karin, nachdem das Eis serviert worden war. Es sah tatsächlich aus wie Spaghetti mit Tomatensoße. Mit einem Papierschirmchen! Hoffentlich kostete es nicht zu viel, Billy wollte doch fürs College sparen.

»Gar nichts«, sagte er.

»In all den Wochen ist gar nichts passiert?« Die Nudeln waren aus Vanilleeis und schmeckten verführerisch süß und sahnig.

»Nein. Gefechtsbereitschaft – da wartet man nur die ganze Zeit, ob was geschieht, prüft die Ausrüstung, muss Wache schieben. In Korea sterben unsere Kameraden, und wir drehen hier Däumchen.«

»Adenauer will zum Schutz der Bevölkerung die Wiederbewaffnung«, sagte Vera.

»Wo Waffen sind, wird auch gekämpft werden.« Karin probierte die angebliche Tomatensoße und bemerkte, dass sie aus pürierten Erdbeeren bestand. »Ich bin gegen die Wiederbewaffnung. Nie wieder Krieg!«

»Macht euch keine Sorgen«, sagte er. »Wir werden diesen Kim Il-Sung besiegen und Nordkorea befreien.«

Karin drückte seine Hand und hoffte, dass er recht behalten würde.

»Das Eis ist ja unglaublich lecker!« Vera hatte ihren Eisbecher bereits aufgegessen und spielte mit dem Schirmchen herum. »Vielen Dank, Billy.«

»Gerne«, sagte er. »Nach sechs Wochen Kaserne musste das unbedingt sein.«

»Und, was machen wir noch heute Abend?«, fragte Vera.

»Wie wäre es mit Musik? Ein allerletztes Mal im Hot Club, bevor er schließen muss?«, schlug Billy vor. Das war eine beliebte Kellerbar, in der deutsche und amerikanische Musiker gemeinsam Jazz spielten, ganz in der Nähe vom Café Laumer. Karin und Vera waren sofort Feuer und Flamme, und schnell fuhren sie mit dem Jeep hin. Die Luft war lau, unter den Kastanien flanierten Spaziergänger.

Weiße Luftschutzkeller-Pfeile markierten den Eingang. Die Treppe war eng und dunkel wie in jedem Keller, in dem sie früher Schutz gesucht hatten, doch dieser war von Kinoplakaten bedeckt, und es ertönten keine Sirenen, sondern Jazztrompeten und die heisere Stimme einer Sängerin, und das Leben fühlte sich so verrucht anders an. Schwarze und Weiße spielten zusammen, tanzten und tranken gemeinsam. Karin liebte die Stimmung im Jazzkeller, wo nur die Musik zählte.

»Hallo!«, rief einer der Musiker. Karin schaute verdutzt zur Bühne. Der Mann mit der Trompete winkte Vera zu.

»Wer ist das denn?«, fragte Karin.

»Der hat mal bei uns in der Buchhandlung Trompete gespielt.«

»Ernsthaft?«

»Vati hat ihn natürlich sofort rausgeworfen.« Vera winkte zurück. Karin musste schmunzeln. Typisch Vera, sich in einen Musiker zu verlieben.

Die Band spielte schon wieder. Sie suchten sich einen Platz zwischen den Soldaten in Uniform, jungen Frauen in Ringelpullovern und Männern mit kurzen Bärten, bestellten sich etwas zu trinken und bewegten sich im Rhythmus der Musik. Eine langsame, sentimentale Melodie erklang. Billy drückte sie eng an sich, und Karin spürte sein Herz schlagen. Fast hätte sie geweint, so froh war sie, bei ihm zu sein. Als sie aufschaute, schimmerten seine Augen. Er beugte sich zu ihr, und sie küssten sich. Die Welt um sie verschwand.

Als sie sich irgendwann voneinander lösten, sah Karin, dass Vera mit einem jungen Mann im Hawaiihemd tanzte. Obwohl kaum Platz war, drehte er sie um ihre Achse, hob sie in die Luft und fing sie wieder auf. Als die Musik endete, wollte der junge Mann ihr gerade eine Cola spendieren, doch da trat auf einmal der Trompeter auf Vera zu.

»Hallo«, sagte er. »Schön, dich wiederzusehen.« Er winkte dem Barkeeper und bestellte zwei Bier.

»Ich bin übrigens Harry.«

»Vera«, sagte ihre Schwester und wurde rot.

»Komm.« Billy ergriff Karins Hand und führte sie in eine stille Ecke. Als er ihre Taille umfasste, verspürte Karin ein starkes, nie gekanntes Verlangen. Billy setzte sich auf den einzigen Stuhl, zog sie auf seinen Schoß und berührte zart ihre Wangen, den Hals, und als er ihre Brust streichelte, schloss sie die Augen, und sie küssten sich, bis Karin schwindelig wie beim Tanzen wurde.

Doch dann fiel ihr ein, dass sie um zehn Uhr zu Hause sein mussten.

Vera tanzte jetzt mit Harry und ließ die Röcke wirbeln. So glücklich hatte sie ihre Schwester noch nie gesehen.

Auf dem Heimweg blies der Fahrtwind durch Karins Haare, es fühlte sich wie die absolute Freiheit an.

»*Summertime*«, sang Vera auf einmal, »*and the livin' is easy.*«

Ja, so fühlte Karin sich auch. Das Leben war einfach, wenn man mit seinem Liebsten tanzen gewesen war.

»*Summertime*«, stimmten Billy und sie in den Refrain ein.

Er parkte in einer Parallelstraße. Vera ging vor, und Karin freute sich auf einen leidenschaftlichen Abschiedskuss, als Billy einen Brief aus seiner Uniformjacke zog.

»Karin …«, sagte er zögernd.

Auf dem Brief waren fremde Marken.

»Ich muss dir etwas sagen.«

Wieder schimmerte es in seinen Augen.

»Du weißt, mein Wehrdienst ist abgelaufen, ich bin freiwillig hier und wollte meinen Einsatz verlängern.«

Er hörte sich an, als wäre etwas Schlimmes passiert. Das Herz klopfte ihr bis zum Hals, er legte ihr die Hand auf die Schulter.

»Es tut mir wirklich leid. Mein Vater ist schwer krank.« Er ergriff ihre Hand. »Ich werde in die Staaten zurückkehren.«

»Was?« Das konnte doch nicht wahr sein, sie musste sich verhört haben!

»Ich muss ihm helfen.«

»Und dein Bruder?« Doch schon während sie es aussprach, wusste sie, dass das falsch war. Wenn ihr Vater krank werden würde … dann würde sie auch bei ihm sein wollen.

»Mein Vater hat Krebs.«

Sie nickte zitternd. »Wann gehst du?«

»Am ersten September fahre ich nach Bremerhaven und von dort mit dem Schiff nach New York.«

»Nur noch – zwei Wochen?«

Billy nickte und steckte den Brief weg.

»Familie ist das Wichtigste«, sagte sie.

»Verzeihst du mir?«

»Karin, wir müssen gehen«, rief Vera von Weitem.

Es gab so viel zu besprechen, wieso sagte er ihr das erst jetzt? Den ganzen Abend hatte er es gewusst …

»Sehen wir uns noch mal?«

»Bestimmt.«

»Und wann kommst du nach Deutschland zurück?«

»Ich schreibe dir«, antwortete er.

Ihr Hals schnürte sich zusammen, nicht weinen, redete sie sich zu, auf gar keinen Fall weinen! Keiner hatte je von Liebe oder mehr gesprochen, einer Ehe, einer Familie. Karin zitterte am ganzen Körper, fühlte sich verlassen, als wäre er bereits auf dem Weg über den Ozean. Und auch die Berührung seiner Lippen und der innige Kuss, der folgte, konnten dieses Zittern nicht abstellen.

8

AMERIKA TAG UND NACHT

Karin wünschte sich, sie könnte die Zeit anhalten. Noch keine Woche, noch fünf Tage, noch drei … und schon war Billys letztes Wochenende da, und sie stand im Laden, anstatt in seinen Armen zu liegen.

Mit einem Mal riss ein wohlbeleibter Kunde mit Aktentasche die Ladentür auf und schaute sich suchend um.

»Wo ist Herr Böttcher?«, fragte er, bevor sie ihn begrüßen konnte. »Sagen Sie ihm bitte, dass Herr Specht da ist.«

»Er spricht gerade mit einem Vertreter. Wie kann ich Ihnen helfen?«

Er schaute sie abschätzig an. »Nein, Kindchen, ich muss mit Herrn Böttcher persönlich sprechen.«

Karin kannte diesen Blick. Als junge Frau wurde sie von älteren Männern einfach nicht ernst genommen.

»Ich kann es doch versuchen. Bis Herr Böttcher Zeit für Sie hat, wird es noch dauern.«

Er zog eine Taschenuhr hervor. »Schätzchen, sagen Sie ihm einen schönen Gruß, aber ich komme lieber morgen wieder.« Dann drehte er sich auf dem Absatz um, riss scheppernd die Glastür auf und warf sie noch lauter ins Schloss.

Fräulein Schopp kam um die Ecke.

»Der Kunde eben, ein Herr Specht, so ein Dicker mit Taschenuhr, der wollte sich nicht von mir bedienen lassen!«, sagte Karin empört zu ihr.

»Der verlangt immer nach …« Fräulein Schopp schien nach einem Wort zu suchen. »Büchern für Erwachsene.«

»Erwachsene?« Was meinte sie nur damit? Da fiel es Karin wie Schuppen von den Augen. »Wir verkaufen Erotika?«

»Psst!« Fräulein Schopp schaute sich um, aber es war niemand im Laden. »Die Bücher sind im Aktenschrank eingeschlossen.«

»Darf ich sie mir ansehen?«, erwiderte Karin.

»Nein! Dafür sind Sie noch zu jung. Und machen Sie sich nichts draus, bei mir kauft Herr Specht diese Bücher auch nicht.«

»Aber Herr Böttcher wettert doch immer so gegen den Schmutz und den Schund in der Literatur!«

Fräulein Schopp grinste nur und verschwand wieder hinter den Fachbibliografien.

Was für ein Heuchler, dachte Karin. Sich über Liebesromane aufregen, aber so was verkaufen.

Eine junge Frau im dunkelbraunen Kostüm und mit einem Kurzhaarschnitt betrat den Laden.

»Haben Sie *Im Hinterhaus* von Anne Frank?«, fragte sie. Ihre Augen waren fast schwarz und bildeten einen eigenwilligen Kontrast zu ihrer papierweißen Haut.

Karin ging zu den Romanen. Den Titel kannte sie nicht, aber vielleicht meinte die Kundin Leonhard Frank. Sie reichte ihr dessen Neuerscheinung *Die Gebrüder Jesu*.

»Nein, *Im Hinterhaus* von Anne Frank. Es ist autobiografisch.«

Wurden Autobiografien nicht ausschließlich von berühmten Menschen verlegt? Sie kannte keine Anne Frank, und bei den Autobiografien war zwischen Paul Ehrlich und Oskar Maria Graf auch nichts zu finden. An der Theke schlug sie die Autorin im Barsortimentskatalog von Koch, Neff & Oetinger nach. Dort waren so gut wie alle Verlagsbücher verzeichnet, und tatsächlich fand sie die Autorin.

»Von Anne Frank gibt es nur ein Tagebuch.«

»Das meine ich. In der Zeitung stand, es würde wie die holländische Ausgabe *Im Hinterhaus* heißen.«

Karin schaute noch einmal im Katalog nach. »*Das Tagebuch der Anne Frank: 14. Juni 1942 – 1. August 1944*. Erschienen bei Lambert Schneider in Heidelberg.«

Die Frau nickte, und Karin hatte den Eindruck, als ob sie noch etwas sagen oder erklären wollte, dann aber schwieg.

»Soll ich es Ihnen bestellen?«

»Ja, bitte. Fräulein Kohn, Bockenheim, Sophienstraße.«

Karin füllte den Zettel aus. »Es erscheint erst in drei Wochen, wir können es Ihnen gerne liefern.«

Fräulein Kohn nickte. Irgendetwas hatte sie an sich, dass Karin ihr noch lange nachsah.

Am Sonntag wehte Karin der Fahrtwind um die Ohren, aber sie konnte es gar nicht genießen. Ihr letzter Ausflug mit Billy, sie fuhren in den Taunus. Ihre Eltern glaubten, sie würde mit Vera, Annegret und deren Eltern zum Lohrberg wandern, einem beliebten Ausflugsziel im Osten Frankfurts.

Über den abgeernteten Feldern lag herbstliches Licht, und die Vögel sammelten sich auf den Stromleitungen. Wenn sie Billy so ansah, wie er mit der linken Hand das Lenkrad umfasste und gleichzeitig den rechten Arm lässig um ihre Schultern gelegt hatte, während er den Wagen von Frankfurt nach Oberursel lenkte, hätte sie weinen können. Aber Karin wollte tapfer sein, und sie schmiegte sich enger in seine Uniformjacke, die sie sich über ihr dünnes zitronenfarbenes Baumwollkleid gestreift hatte. Die Jacke roch nach ihm, und am liebsten hätte sie sie für immer behalten.

In Oberursel führte der Weg am Hotel Hohemark vorbei durch den dunklen Wald bis aufs Feldbergplateau. Die Sonne schien, man hatte einen weiten, klaren Blick, und der Parkplatz war voller Autos. Billy stellte den Jeep ab, dann gingen sie als Erstes auf den kleinen Aussichtsturm.

Karin bemerkte die starrenden Blicke, aber sie ignorierte die Leute. Sie wollte den Tag genießen.

Billy stand hinter ihr, und sie lehnte sich an ihn.

»Deutschland ist ein schönes Land.« Er deutete auf die bewaldeten Hügel, die Felder in den Niederungen und die Dörfer. Sie konnten bis nach Wiesbaden sehen. Die Welt lag zu ihren Füßen.

»Und Amerika?«, fragte sie.

»Da ist es auch schön.«

Karin wusste, was er meinte. Wenn er seine Familie besuchte, musste er sich wieder daran gewöhnen, im Bus hinten sitzen zu müssen, durfte nur Geschäfte und Restaurants für Schwarze betreten und all die anderen Schikanen aufgrund der Rassentrennung ertragen.

»Ich werde Frankfurt vermissen.« Sein zärtlicher Blick sagte, dass er mit Frankfurt Karin meinte.

»Lass uns gehen«, bat sie, und Billy bahnte ihr einen Weg durch die vielen Ausflügler.

Er fotografierte den hohen Feldbergturm und Karin, wie sie sich an den Jeep lehnte. Danach wollten sie irgendwo picknicken und fuhren den Feldberg in der anderen Richtung wieder hinunter. Bei einem Waldweg bog er ab, und durch die Bäume wurde es immer dunkler und dunkler, bis auf einmal eine helle Lichtung vor ihnen auftauchte. Einsam und verlassen, das Gras stand hoch, Schmetterlinge und Wildbienen flogen umher.

Er breitete die Decke aus und signalisierte Karin mit einer galanten Handbewegung, darauf Platz zu nehmen. Sie setzte sich vorsichtig, damit ihr Kleid nicht verknitterte, öffnete den Korb und holte eine Tüte mit Haddekuche heraus, einem typischen Frankfurter Gebäck mit Zimt und Lebkuchengewürz, zu dem man Äppelwoi trank. Karin mochte Haddekuche sehr. Zum Trinken hatte sie Apfelsaft und Sprudelwasser eingepackt.

Billy legte sich auf die andere Seite des Korbs und sah unglaublich verführerisch aus, als er sich zu ihr drehte und sich mit der Hand aufstützte.

Noch bevor sie etwas einschenken oder anbieten konnte, beugte er sich zu ihr, berührte sie sanft am Kinn und zog sie zu sich. Mit nur einem Kuss schaffte er es, dass Karin ein tiefes Verlangen überwältigte und sie alles um sich herum vergaß. Sie bog ihren Kopf erwartungsvoll nach hinten, seine weichen Lippen streichelten ihren Hals, die zarte Stelle hinterm Ohr, und auf einmal öffnete er die Knöpfe ihrer Bluse, und seine Hand glitt unter ihren BH.

Es war kaum noch auszuhalten. Mit jeder Berührung gab sie sich mehr hin, konnte sich nicht länger beherrschen, verspürte tiefe Sehnsucht und Abschiedsschmerz, und ein Stöhnen entfuhr ihr.

Er ließ ihre Brust los, schob seine Hand an ihren Beinen entlang unter ihren Rock. Die Ungeduld in ihr wurde größer. Hastig knöpfte sie seine Uniformjacke auf, verdrängte sämtliche Bedenken, streifte ihm das Unterhemd über den Kopf, berührte seine Muskeln, fühlte seine Stärke, bedeckte ihn mit Küssen.

Da beugte er sich wieder über sie, Karin hörte einen Reißverschluss, spürte seine Beine. Kurz stockte sie, blitzartig tauchten die Bilder von damals vor ihr auf, die kragenlose Uniform, die Narbe im Gesicht, der Wodka-Atem. Angst umklammerte ihr Herz, und sie riss die Augen auf.

Aber da war nur Billy, der sie liebevoll ansah. Billy, ihr Billy. Sie atmete auf, die Anspannung wich, seine Hand bewegte sich weiter, und alles war so aufregend, so erregend. Er schwebte auf seinen starken Armen über ihr, und als seine Lippen sie wieder berührten, wehrte sie sich nicht, sie wollte den Moment auskosten, ihr Leben genießen, sie fühlte sich auf einer Wolke schweben, wo alles, wirklich alles möglich war … und dann dachte sie an gar nichts mehr.

Als er in sie eindrang, zuckte sie erneut zurück, öffnete die Augen, alles war gut. Sie bewegte sich instinktiv, genoss den Moment, doch plötzlich rollte Billy sich von ihr herunter, drehte sich zur Seite, stöhnte ein-, zweimal, dann war es vorbei.

War es das, was Gerda hinter verborgener Hand *rausziehen* genannt hatte?

Doch Karin wollte nicht denken, sie wollte ihn berühren

und berührt werden, noch war die Glut in ihr nicht erloschen, doch Billy wusste, wie er sie zufriedenstellen konnte.

Erst danach wurde Karin klar, wie viel Angst sie davor gehabt hatte. Sie war zufrieden und glücklich, aber vor allem erleichtert. Irgendwie hatte sie befürchtet, sie würde die Geister der Vergangenheit nicht loswerden.

Aber Billy war so rücksichtsvoll und zärtlich gewesen. Warum hatte sie nicht schon früher nachgegeben? Sie bedauerte es zutiefst.

»Geht es dir gut?«, fragte er.

»Es war wunderbar.« Sie schmiegte sich an ihn und strich ihm sanft über seinen Oberkörper. Er war heller als sein Hals, sie konnte die Ränder seines kurzärmeligen Armeeshirts erkennen. Seine Oberarme und die Brust waren sehr muskulös, und er hatte eine Narbe rechts unter seinem Rippenbogen.

Karin liebkoste seine Hände und wollte sich jedes Detail einprägen – die helle Innenfläche und die dunklen Fingerfalten, die cremefarbenen Fingernägel, die muskulösen Unterarme mit der weichen Haut, den Geruch nach Maschinenöl und Zigaretten und wie sich seine knubbeligen Haare anfühlten.

Billy küsste jede Stelle ihres Körpers, erregte Karin ein zweites Mal, und als sie danach ermattet auf die Decke sanken, sagte er: »Ich liebe dich.« Und auch seine Finger fuhren jeden Zentimeter ihres Körpers ab, als wollte er sich alles genau einprägen und niemals vergessen.

»Du bist die einzige Frau, die sich für meine Gedanken interessiert, die die gleichen Bücher liest wie ich und nicht nur einen exotisch aussehenden Kerl in mir sieht, mit dem man angeben kann und der einem Drinks spendiert. Du bist anders, und das liebe ich.«

Karin wurde es ganz warm ums Herz. »Ich liebe dich auch, Billy.« Beinahe hätte sie geweint.

Zum Abschied schenkte sie ihm einen Geldbeutel aus schwarzem Leder, in den sie ein Foto von sich im roten Kleid gesteckt hatte, und eine Haarlocke. Zart strich er ihr über die blonden Haare und reichte ihr ebenfalls ein Foto. Lächelnd stand er vor dem Kasernentor neben dem Bronzepferdchen. Auf die Rückseite hatte er seine Adresse geschrieben.

Sie richteten ihre Kleidung, Karin kämmte sich die Haare. Dann tranken sie den Saft. Der Appetit auf Kuchen war Karin vergangen.

Später brachte Billy sie ins Westend und hielt in der Fürstenbergerstraße. Noch ein letzter Kuss, ein Winken zum Abschied.

»Wir sehen uns wieder«, sagte er und strich ihr über die Wange.

Sie küsste ihn, bis er sich von ihr losriss. Ihr war so elend zumute, als er im Jeep davonbrauste. Gleich zu Hause schrieb sie ihm einen Brief, brachte beim Abendessen keinen Bissen herunter und weinte sich in den Schlaf.

Die nächsten Tage vergingen wie im Nebel. Die Sehnsucht nach Billy raubte Karin sämtliche Kraft. Trost fand sie nur darin, dass sie sich wiedersehen würden. Im Frühling viel leicht oder im Sommer. Irgendwie würde Billy einen Weg finden, zu ihr zurückzukehren. Oder sie zu sich zu holen. Er liebte sie, das war das Wichtigste.

Vera war ihr eine große Stütze und lenkte die Eltern

möglichst ab. Erzählte vom Ausflug mit Annegrets Eltern, bei dem Karin sie angeblich begleitet hatte, vom Stenografie-Unterricht und bat Mutter, ihr kaufmännisches Rechnen beizubringen. Karin saß beim Essen stumm daneben.

Auch Herrn Böttcher blieb ihre Niedergeschlagenheit nicht verborgen.

»Sie sind ja noch unfähiger, als ich gedacht habe!«, schrie er sie eines Morgens an und wedelte mit einem technischen Lehrbuch.

Bei Herrn Böttcher wurden die Bücher nicht nur mit dem Ladenpreis ausgezeichnet, sondern auch mit dem Nettopreis. Allerdings verschlüsselt, damit die Kunden es nicht merkten. Hierfür gab es ein Schlüsselwort: *Pernambuco*, mit dem auch im *Sortimentslehrling* dieses System erklärt wurde. Jeder Buchstabe stand für eine Zahl, und anstelle des Nettopreises von 8,40 DM wurde Uno ins Buch geschrieben. Sie aber hatte Eno geschrieben, 2,40 DM, das fiel Herrn Böttcher natürlich sofort auf.

»Ab zu Herrn Pohl, Sie liefern heute aus. Oder können Sie das auch nicht?«

Karin nickte demütig. Mit dem Lastenrad durch die Stadt zu fahren war auf jeden Fall besser, als Herrn Böttchers Unmut ertragen zu müssen.

Als sie zur Universität radelte, weckte das milde Herbstlicht wieder ihre Lebensgeister. Voller Kraft trat sie in die Pedale, der Wind zerzauste ihre Haare, als würde sie mit Billy Jeep fahren, und sie dachte auf einmal nicht nur an den Schmerz, sondern an seine kastanienbraunen Augen voller Liebe und Wärme, an sein fröhliches Lachen, aber auch an seinen melancholischen Blick.

Und als sie zum Schluss in die Nähe der Nizza-Parkanlage fahren musste, hielt sie mit dem Rad am Main und blickte übers Wasser.

Sie war viel zu selten hier, dabei liebte sie den breiten Fluss. Er erinnerte sie an all die kleinen und größeren Flüsse in Leipzig, die Weiße Elster, die Pleiße und die Parte, aber vor allem an die Familienausflüge ans Elsterbecken.

Auf dem Fluss herrschte reges Treiben. Lastkähne, Ausflugsboote und mittendrin die Bauschiffe für die neue Brücke. Riesige Betonpfeiler teilten den Fluss bereits. Die von den amerikanischen Soldaten *Golden Gate Bridge* genannte Wilhelmsbrücke war im Sommer abgerissen worden. Im kommenden Frühjahr bereits sollte die neue Friedensbrücke fertig sein.

Überall spross neues Leben. Nur die Trümmerwüste der Altstadt sah noch immer so aus wie vor zwei Jahren, als Karin mit ihrer Familie nach Frankfurt gekommen war.

Zwei Jahre. Was war nicht alles in dieser Zeit passiert! Trotzdem hatte Karin manchmal Heimweh nach Leipzig. Heimweh nach ihrer glücklichen Kindheit in einer Stadt und einer Buchhandlung, die es so nicht mehr gab.

Ein Lastkahn fuhr vorbei. Die Kohle türmte sich so hoch, dass Karin befürchtete, das Boot könnte Schlagseite bekommen und kentern. Aber es fuhr zielstrebig mainabwärts.

Zwischen Führerhaus und Kohleberg sprangen zwei Mädchen Seil. Sie hatten kaum Platz. Die Zöpfe flogen hin und her, ihr Lachen war bis ans Ufer zu hören.

Und auch Karin lächelte endlich wieder.

»Nächste Woche ist Buchmesse«, freute sich ihr Vater beim Sonntagskaffee und löffelte Zucker in seine Tasse. »Hat dir Herr Böttcher freigegeben?«

Karin schüttelte den Kopf und schaute in den regnerischen Herbsthimmel.

»Aber du musst hingehen! Es haben sich über dreihundert deutsche und dazu noch hundert ausländische Verlage angemeldet.«

»Sind denn die Hallen im Römer mittlerweile fertig?« Mutter stellte ihren leeren Kuchenteller ab.

»Welche Hallen?«, fragte Vera.

»Wie du dich vielleicht erinnerst, war letztes Jahr die Messe in der Paulskirche. Die reicht aber bei den vielen Verlagen nicht mehr aus, obwohl alle nur einen kleinen Stand von etwas mehr als zwei Quadratmetern bekommen. Deshalb hat der Börsenverein noch drei der historischen Hallen im Erdgeschoss vom Römer gemietet, aber zwei haben noch gar kein Dach, und die Bauarbeiter streiken.«

Karin hörte gar nicht so genau hin, was ihr Vater noch alles zur Buchmesse erzählte. Sie überlegte, wie lange die Post aus Amerika brauchte. Zwei Wochen war Billy bereits weg.

Sie befürchtete, dass er sich nach dem Besuch bei seinem Vater freiwillig für den Koreakrieg melden würde, weil er seine Kameraden nicht im Stich lassen wollte. Und vielleicht auf das College-Geld spekulierte, wenn er als Veteran nach Hause kam.

Nordkorea kontrollierte mittlerweile fast das ganze Land, die amerikanischen und südkoreanischen Streitkräfte mussten immer weiter zurückweichen und hielten nur noch das Gebiet um Busan.

»Blas doch nicht Trübsal, Karin!«, riss ihr Vater sie aus ihren Gedanken. »Wenn der Böttcher dir nicht freigibt, dann geh eben am Sonntag hin. An einem Tag wirst du dir zwar nie und nimmer die ganzen Neuerscheinungen ansehen können, aber besser als nichts. Es sollen fünfzehntausend Bücher ausgestellt werden!«

»Grandios!« Vera nahm sich ein zweites Kuchenstück. »Da komme ich auch mit.«

»Willst du etwa doch Buchhändlerin werden?«

»Nein, aber ich bin schon ganz gespannt, wie man so viele Bücher bei Regen in einer Halle ohne Dach ausstellen will.« Grinsend deutete sie auf den Endlosregen vor dem Fenster.

»Es wird nicht regnen. Ende September ist so oft schönes Wetter. Altweibersommer!« Die Begeisterung ihres Vaters kannte keine Grenzen.

»Wir können ja zusammen hingehen, Vera«, schlug Karin vor. »Ich brauche doch jemanden, der den Schirm hält, während ich mir die Bücher ansehe!« Sie stieß Vera in die Seite, die wich quietschend zurück.

»Mädchen«, wies ihre Mutter sie zurecht. »Benehmt euch!«

»Ach, wisst ihr noch, die Erste Leipziger Friedensbuchmesse 1946 im wiederaufgebauten Zentral-Messepalast?« Ihr Vater lächelte versonnen.

»Ich wusste gar nicht, dass es irgendwas im sozialistischen Leipzig gab, das du gut gefunden hast!« Karin stellte erstaunt ihre Tasse ab.

»Buchmessen sind immer gut. Selbst wenn Propaganda angeboten wird. Lesen bringt die Menschen zum Nachdenken, das schadet nie.«

»Aber dass es jetzt alles doppelt geben muss.« Die Mutter seufzte. »Zwei Börsenvereine, zwei Nationalbibliotheken und nun sogar zwei Buchmessen.«

»Das ist doch nur vorübergehend«, sagte er. »Irgendwann wird Leipzig wieder die alleinige Buchstadt in Deutschland sein, so wie früher.«

»Und wenn es wie in Korea kommt?«, warf Karin ein.

»Es freut mich, wie sehr du dich in letzter Zeit für Politik interessierst«, erwiderte ihr Vater. »Aber mit dem Gedanken an einen Einmarsch der Sowjets wollen wir uns nicht den Sonntag verderben. Und wenn du erst mit der Lehre fertig bist, werde ich dir als dein Arbeitgeber auf jeden Fall erlauben, die ganze Buchmessenwoche hinzugehen.«

»Meinst du …«

»Ja. Ich brauche dringend Verstärkung!«

Karin fiel ihm um den Hals. Wenigstens eine Sorge war sie los. Noch ein halbes Jahr, dann durfte sie endlich mit ihrem Vater in der Bude arbeiten.

Frankfurter Buchmesse 1950 stand groß auf dem weißen Banner über dem Eingang der Paulskirche. Ehrfürchtig ging Karin die Treppenstufen zum Eingang empor. Hier hatte 1848 das erste gesamtdeutsche Parlament getagt. Die Wiege der Demokratie in Deutschland, zum hundertjährigen Jubiläum bereits wiederaufgebaut. Was für ein Symbol in der Trümmerwüste.

Vera folgte ihr und hielt leider nicht nur symbolisch einen Schirm über sie beide. Von Altweibersommer keine Spur, es regnete. In der Jugendbuch- und der Ausländerhalle regnete es durch die provisorisch befestigten Planen, auch die

Fenster fehlten noch immer, und die Aussteller froren erbärmlich.

Karin und Vera aber merkten die Kälte kaum. Sie liefen staunend von Verlag zu Verlag, sammelten Prospekte ein oder notierten sich interessante Autoren und Titel. Es war wie im Schlaraffenland – nur voller. Manchmal kamen sie gar nicht durch bis zu den ausgestellten Büchern. Aber zwischen all den Büchern und Bücherfreunden fühlte Karin sich beinahe getröstet.

»Schau mal, das wäre was für dich«, sagte Vera beim Rowohlt-Stand und reichte ihr einen bunten Leinenband.

»Simone de Beauvoir?«, fragte Karin. *Amerika Tag und Nacht.* Den auffälligen Schutzumschlag zierten die Scherenschnitte eines weißen und eines schwarzen Kopfes. *Reisetagebuch 1947* lautete der Untertitel.

»Sie ist die Frau von Jean-Paul Sartre«, sagte Karin.

»Weiß ich. Aber sie ist nicht seine Frau, sondern nur seine Lebensgefährtin. Das ist ja der Skandal.«

»In Frankreich ist alles möglich.«

»Wir wollten mit der Oberprima in sein Theaterstück *Geschlossene Gesellschaft* gehen«, sagte Vera, »aber unser Rektor war dagegen. Dabei hat er im Sommer noch groß von Sartre geschwärmt, als er hier in der Paulskirche gelesen hat. Er meinte, Sartre könnte einen schlechten Einfluss auf unsere unverdorbenen Seelen haben.«

»So ein Unfug. Keiner, der den Krieg überlebt hat, hat noch eine unverdorbene Seele, auch kein Jugendlicher. Was denken sich die Erwachsenen eigentlich immer? Wir waren doch nicht im Erholungsurlaub!«

»Du weißt doch, sie tun alle so, als wäre nichts gewesen.«

Karin nickte, schlug das Buch auf und staunte gemeinsam mit Simone de Beauvoir über den Atlantikflug und die Straßenschluchten New Yorks.

»Wollen wir?«

»Was?« Karin hatte alles um sich herum vergessen. Vera wedelte mit einem Verlagsprospekt und machte eine Kopfbewegung, dass sie weitergehen wollte.

Unwillig stellte Karin das Buch weg. Zu schade, dass man auf der Buchmesse nichts kaufen durfte.

Ihr Vater hatte das Reisetagebuch bereits im Laden stehen, und so konnte Karin gleich am nächsten Abend weiter mit Simone de Beauvoir nach Amerika reisen. Sie stellte sich vor, wie Billy durch die Straßen einer Stadt ging, in den Nachtklubs Jazz hörte und Hotdogs aß, Wiener Würstchen im Brötchen.

Und am nächsten Tag überreichte Vera ihr mit einem verschwörerischen Lächeln einen Brief. Luftpost von Billy! »Hast du ein Glück, dass ich vor Friedel am Briefkasten war«, flüsterte Vera.

Karin schnitt den dünnen Umschlag vorsichtig mit einer Nagelfeile auf.

»Er ist gut in New York angekommen«, rief sie begeistert und drückte den Brief an ihr Herz.

9

DIE SÜNDERIN

Seit dem ersten Brief kein Wort mehr von Billy, Karin war maßlos enttäuscht. Noch nicht mal zu Weihnachten hatte er geschrieben. Ob er sie vergessen hatte? Sie vergrub sich jeden Abend mit einem Buch in ihrem Bett. Sogar Vera schaffte es nicht, sie aufzumuntern, nach Tanznachmittagen bei Annegret stand Karin nicht der Sinn. Nur ins Kino ging sie auf einmal gerne.

Deshalb las sie auch Emily Brontës *Sturmhöhe*, deren Verfilmung mit Laurence Olivier so mitreißend und traurig zugleich gewesen war. Die Eltern hatten ihr das kleine Büchlein aus dem Schweizer Manesse Verlag zu Weihnachten geschenkt. Karin konnte gar nicht oft genug über das blütenweiße Dünndruckpapier streichen. Endlich waren Importe aus der Schweiz wieder problemlos möglich. Wenn es doch nur still wäre und sie sich konzentrieren könnte.

Vera sang lauthals beim Ausbessern ihres Wintermantels *La Paloma ade*, im ersten Stock spielte Wieland Liebig kläglich stockend *Für Elise* auf dem Klavier, und nebenan im Wohnzimmer tratschten ihre Mutter und Friedel über die Nachbarschaft.

Mit einem Mal hörte Karin ihren Namen. »Psst«, machte

sie zu Vera und deutete auf die Schiebetür. Vera verstummte sofort, ebenso das Klavierspiel, als ob Wieland Liebig sie gehört hätte.

Und in die plötzliche Stille sagte ihre Mutter: »Der Wieland wäre was für Karin.«

Karin schaute entrüstet zu Vera. Wollte Mutti sie verkuppeln? Der älteste Sohn der Liebigs war Referendar am Goethe-Gymnasium, aber das klang besser, als es war. Wieland wusch sich offensichtlich nie, seine Haare waren immer fettig und sein Körpergeruch erst … widerlich.

Vera schlich zur Tür und legte ihr Ohr daran, Karin stand hinter ihr. »Statt sich einen Mann zu angeln stopft Karin sich lieber den Hals voll«, sagte ihre Mutter. »Also, nichts gegen Ihre Kochkünste, liebste Friedel, ich wüsste gar nicht, was wir ohne Sie machen würden.«

»Man ist halt so froh, dass es alles wieder gibt. Sogar Butter ist endlich billiger. Aber sollte Karin nicht einen Buchhändler heiraten? Vielleicht wäre Wieland besser für Vera. Sie braucht eine feste Hand.«

»Natürlich! Sie hat den Kopf voller Flausen und ist so ein flatterhaftes Wesen. Wieland Liebig als Beamter ist da bestens geeignet. Dann ist sie abgesichert. Allein wird sie sowieso keinen finden, solange sie immer nur diese Katzenmusik hört«, meinte ihre Mutter.

»Aber sie kann gut kochen, gnädige Frau. Die Liebe eines Mannes geht durch den Magen.«

»Dafür bin ich Ihnen ja auch so dankbar, Friedel.«

»Also …«, begann Vera. Sofort hielt Karin ihr den Mund zu.

»Es ist gar nicht so einfach, einen gesunden jungen Mann zu finden«, sagte die Mutter jetzt.

»Das ist der Frauenüberschuss, gnädige Frau. Der Krieg hat uns die Besten genommen«, erwiderte Friedel.

»Wie recht Sie haben. Angeblich kommen sechs Frauen auf einen Mann, und der kann sich die Schönste aussuchen. Vielleicht sollte ich Wieland Liebig zum Kaffeetrinken einladen.«

»Heute aber nicht, ich habe nur Sandkuchen gebacken und besuche gleich noch eine Freundin.«

»Nein, nein, gehen Sie nur, Sie arbeiten sowieso zu viel.«

Schritte und Rumpeln, das Gespräch war offensichtlich beendet. Entsetzt ließen Karin und Vera sich aufs Bett sinken. »Die spinnt doch«, flüsterte Vera.

»Pst«, machte Karin, sie hatte ein Geräusch gehört. Da wurde bereits die Tür aufgeschoben, und ihre Mutter musterte sie. Karin fühlte sich wie bei einer Fleischbeschau.

»Mädchen, kommt, Tisch decken, wir wollen mit Vater und Tante Elvira Kaffee trinken.«

Am Kaffeetisch wirkte Vera verärgert. Wehe, sie verriet, dass sie gelauscht hatten … Karin hatte keine Lust auf eine weitere Moralpredigt über gutes Benehmen. Um Vera abzulenken, erzählte sie vom letzten Donnerstagabend, als sie nach Ladenschluss zum Kino am Eschenheimer Tor gegangen waren.

»Hildegard Knef hat so eine unnahbare Aura, findest du nicht?« Karin nahm sich ein Stück von Friedels Sandkuchen und probierte. Wie immer eine Wucht!

»Dieser Spitzenkragen hat mir nicht gefallen«, entgegnete Vera. »Sie sah wie eine alte Oma aus.«

»Hildegard Knef?« Ihre Mutter schenkte sich Kaffee ein.

»Am Donnerstag war doch die Erstaufführung der *Sünderin*.

Vera und ich haben uns die Schauspieler angesehen«, erklärte Karin. »Die Knef hatte aber was ganz Züchtiges an, eine blaue, hochgeschlossene Samtjacke mit großem Spitzenkragen. Ich finde den Skandal völlig übertrieben, so nackt war die Knef im Film gar nicht.«

»Hast du ihn gesehen, Karin?« Ihr Vater wischte sich Kuchenbrösel von der Strickjacke.

»Natürlich, nur noch drei Tage, dann bin ich volljährig!«

»Du solltest deinen Töchtern verbieten, sich so etwas Verderbtes anzusehen, Justus!«, warf Tante Elvira ein und füllte den dritten Löffel Zucker in ihren Kaffee.

»Wenn ich volljährig bin, kann ich machen, was ich will!« Karin konnte den triumphierenden Unterton in ihrer Stimme nicht unterdrücken.

»Na, da täusch dich mal nicht.« Mit abgespreiztem Finger trank Tante Elvira einen Schluck.

»Ich verstehe nicht, wieso die Kirchen es nicht geschafft haben, den Film verbieten zu lassen«, sagte Mutter. »So ein Skandal bringt die Leute erst auf die Idee, sich den Film anzusehen. Blanke Busen und Prostitution im Kino, das ist alles der Einfluss der Amerikaner.«

»Ich finde, jeder sollte sich selbst seine Meinung bilden können, und das geht nur, wenn man ihn zeigt«, sagte Karin.

»Meinungsfreiheit ist ein hohes Gut«, bestätigte ihr Vater. »Aber sie hat auch Grenzen. Oder findest du, Jugendliche sollten einen Film sehen, in dem ein Selbstmord gezeigt wird?«

»Mit sechzehn kann man sich so etwas schon anschauen. Ich habe mit dreizehn meinen ersten Toten gesehen.«

»Karin!« Ihre Mutter stellte klirrend ihre Tasse ab.

»Und die Sechzehnjährigen von heute haben doch schon viel früher in ihrem Leben Leichen gesehen.«

»Wollen wir wirklich an der sonntäglichen Kaffeetafel über den Tod reden?«, warf ihre Mutter ein.

»In der *Sünderin* geht es ja vor allem um nackte Haut«, sagte Tante Elvira.

»Ihr Erwachsenen traut uns Jugendlichen viel zu wenig zu.« Karin legte sich ein weiteres Stück Sandkuchen auf den Teller.

»Iss nicht so viel, das kannst du dir nicht leisten, Karin.«

Unfassbar, sie hatte es wirklich ernst gemeint, als sie mit Friedel rumgetratscht hatte.

»Keine Angst, unser erstes Weihnachtsgeschäft war so erfolgreich, dass wir uns auch Torte leisten könnten.« Ihr Vater schaute selbstgefällig in die Runde.

»Darum geht es nicht, Justus. Karin wird dick.«

Unwillkürlich legte Karin die Hand auf ihren Bauch.

»Wenn du weiter so viel Kuchen isst, denken die Leute noch, dass du in anderen Umständen bist!«

Einen Moment lang glaubte Karin, die Welt würde stillstehen. Dann sprang sie auf, warf die Serviette auf den Tisch und rannte ins Bad. Zum Glück war es leer. Sie schloss hinter sich ab, hob ihren Pullover hoch und starrte auf ihren Bauch, als wäre er ein Fremdkörper.

Die Wölbung war größer als sonst. Sie war unverkennbar dicker geworden, aber sie hatte vor lauter Kummer wegen Billy auch mehr gegessen. Wann hatte sie die letzte Regel gehabt? Vor Weihnachten, aber nur ein paar Tropfen. Und auch davor lange nichts. Sie hatte nicht weiter drüber nachgedacht und sich gefreut, keine Schmerzen zu haben.

Billy hatte doch aufgepasst, oder? Aber was, wenn sie trotzdem … sie wollte aufschreien, hielt sich den Mund zu und hockte sich auf den Toilettendeckel.

Sie hatte sich einen neuen Büstenhalter kaufen müssen, weil der alte so unbequem geworden war. Ständig hatten die Brüste gespannt. Aber ihr war nie schlecht gewesen.

Noch immer lag ihre Hand auf ihrem Bauch, und auf einmal wusste sie, dass ihre Mutter recht hatte. Sie bekam ein Kind. Und endlich ließ sie den lange unterdrückten Tränen freien Lauf.

Jemand klopfte.

»Mach die Tür auf, Karin, Peter muss ganz dringend«, sagte Vera.

»Bitte«, rief der kleine Junge verzweifelt.

Dann musste es wohl sein. Wie lange hatte sie ihre Ruhe gehabt? Eine halbe Stunde? Wie schrecklich sie aussah, ganz verquollen. Karin putzte sich die Nase und öffnete die Tür. Peter huschte sofort an ihr vorbei zum WC und nestelte an seiner Hose. Sie schloss hinter sich die Tür.

»Nimm Mutti nicht so ernst, du weißt doch, wie sie ist!« Vera legte ihr die Hand auf den Unterarm, und Karin musste schon wieder weinen. Vera führte Karin in Friedels Kammer, hier konnten sie nicht belauscht werden. Friedel war ja bei einer Freundin.

Ein schmales Bett mit bestickten Kissen, Familienfotos an der Wand, eine kleine Kommode mit einer Waschschüssel. Sie setzten sich vorsichtig aufs Bett.

»Was ist denn los, Karin?« Vera reichte ihr ein frisches Taschentuch.

»Ich … ich …« Es dauerte, bis Karin endlich reden konnte.

Erneut putzte sie sich die Nase, atmete tief durch und sagte, was sie bislang nur gedacht hatte: »Ich bin schwanger.«

Vera riss die Augen auf. »Sch… Scheibenkleister. Bist du dir sicher?«

Karin nickte, und ein Zittern überlief sie. Vera legte ihr die Hand auf den Rücken. »Die letzte Regel …«

Die Bodendielen knarzten, als jemand am Zimmer vorbeiging.

»… hatte ich im August«, setzte sie leiser fort.

»So lange ist das schon her?«, rief Vera. »Dann bist du ja schon im fünften Monat!«

Ein lautes Rumpeln war vor der Tür zu hören, ein Stöhnen. Karin und Vera sahen sich betroffen an. Das war eindeutig Tante Elvira.

»Ist was passiert?«, hörten sie ihre Mutter rufen.

»Willst du es den Eltern sagen?«, flüsterte Vera.

»Noch nicht.« Karin richtete sich auf. »Bitte, sei so lieb und behalte es für dich.«

Vera nickte und öffnete die Tür. Vor ihnen auf dem Boden lag Tante Elvira mit hochrotem Kopf.

»Tante, ist alles in Ordnung? Hast du dich verletzt?«, rief ihre Mutter.

»Soll ich ein Glas Wasser holen?«, fragte Karin und wollte schon an ihnen vorbei in die Küche gehen, als Tante Elvira auf sie deutete.

»Du … du …« Sie rang nach Luft.

»Beruhige dich erst mal«, sagte ihre Mutter, doch Tante Elvira zeigte weiter anklagend auf Karin.

»Sie ist im fünften Monat«, stieß sie aus und sank dann zurück.

Karin blieb vor Schreck fast das Herz stehen.

»Du bist – was?«

Nun war es raus.

»Ich hole das Wasser.« Vera schlängelte sich im engen Flur an ihnen vorbei.

»Du hast dich ins Unglück gestürzt?« Mutter wurde ganz blass im Gesicht. »Wer ist der Vater?«

Karin konnte es nicht sagen. Noch nicht.

»Aber du weißt, wer es ist, oder?«

»Natürlich, Mutti, was denkst du denn von mir!«

»Also, wer ist es? Wird er die Verantwortung übernehmen?«

Vera reichte Tante Elvira ein Wasserglas, stützte ihren Kopf, und die alte Dame trank einen Schluck. Dann atmete sie tief durch, schüttelte den Kopf und versuchte aufzustehen. »Was für eine Schande«, murmelte sie.

»Sagt bitte Vati nichts.«

»Wie … wie stellst du dir das vor?«, entgegnete ihre Mutter. »Du kannst das doch nicht verheimlichen! Früher oder später werden es alle wissen.«

»Bitte! Noch nicht!«

»Wer ist der Übeltäter?«, rief ihr Vater lauthals durch die Wohnung.

Zu spät. Erst jetzt fiel ihr auf, dass die Tür zum Wohnzimmer offen stand, er hatte offensichtlich alles mit angehört. Grauenhaftes Entsetzen erfüllte Karin. Jetzt musste sie ihm alles sagen. Sie richtete Pulli und Rock, atmete tief durch und ging langsam zu ihm.

Ihr Vater saß in seinem Sessel, ein aufgeschlagenes Buch auf dem Schoß und in der Hand seine Sonntagszigarre. Es sah so vertraut aus, dennoch hatte sich alles geändert.

»Es tut mir leid, dass ich dich so enttäuscht habe.« Karin setzte sich ihm gegenüber auf das Sofa.

»Wer ist der Übeltäter?«, wiederholte er, so scharf, als ob es um die Aufklärung eines Verbrechens ginge. Die Jungfräulichkeit hatte Billy ihr jedenfalls nicht gestohlen, das waren andere gewesen, aber davon wusste ihr Vater nichts.

»Na, keine Antwort? Weißt du es nicht?«

»Vati!«

»Du musst es uns sagen!«

Gleich würde er ihr Hausarrest androhen oder sie ohne Abendessen ins Bett schicken. Aber sie war kein Kind mehr. Jetzt nicht mehr.

Ihre Mutter half Tante Elvira, sich aufs kleine Erkersofa zu setzen. Vera stellte das Wasserglas auf den Beistelltisch, und Karin holte eine Decke. Tante Elvira wirkte völlig durcheinander.

»Er muss die Konsequenzen tragen.« Ihr Vater fuchtelte mit der Zigarre in der Luft herum. »Das Kind braucht einen Namen.«

»Noch nicht.« Hilflos stand Karin im Zimmer herum.

»Noch …«, wiederholte ihre Mutter. »Heißt das, du … wartest auf irgendetwas? Auf einen Heiratsantrag?«

Die Hälse reckten sich, als würde Billy schon im Zimmer stehen. In Karins Kopf hämmerte es, sie ertrug es nicht länger, wollte fliehen, aber wohin?

»Geduldet euch«, rettete Vera sie. »Es wird schon alles gut ausgehen.«

»Kennst du den Vater, Vera?« Ihre Mutter durchbohrte sie fast mit ihren Augen.

»Nein.« Vera hielt ihrem Blick stand, und Karin war ihr so dankbar dafür.

»Wie konnte das eigentlich so lange unentdeckt bleiben?«, fragte ihr Vater. »Die Binden …«

O Gott, wie peinlich, Karin hatte noch nie mit ihrem Vater über ihren Körper gesprochen, geschweige denn über ihre Monatsblutungen, und jetzt fragte er sie vor allen anderen danach.

»Die Mädchen kümmern sich selber um den Müll«, erklärte ihre Mutter mit hochrotem Kopf.

Er nickte. »Er muss sie heiraten«, sagte er tonlos und zog an seiner Zigarre.

»Wir müssen auf den Ruf der Familie achten«, meinte Tante Elvira und griff nach ihrer Perlenkette. »Vielleicht habe ich noch einen Mantel für dich, der den Bauch kaschieren kann.«

»Hoffentlich reicht das aus.« Ihr Vater schüttelte den Kopf. »Ich muss schon sagen, Karin, du enttäuschst mich. Nichts als Lügen und Heimlichtuereien die ganze Zeit. Das spricht nicht für deine moralische Standfestigkeit, mein Fräulein.«

»Ach, Justus, nun spiel hier nicht den Moralapostel«, erwiderte Tante Elvira. »Als ihr geheiratet habt, war Alma auch guter Hoffnung.«

Die Eltern schauten sich betreten an.

»Also, ich freue mich auf die nächste Generation Wünsche«, fuhr die Tante fort.

»Ich werde Oma«, sagte ihre Mutter leise, als ob sie es jetzt erst verstehen würde. »Und du wirst Großvater, Justus! Das Leben geht weiter.«

Sie legte ihre Hand auf seine und drückte sie. Er aber schüttelte nur den Kopf.

Auf einmal musste Karin ständig die Hand auf ihren Bauch legen, den sie die ganze Zeit erfolgreich ignoriert hatte. Sie freute sich gar nicht, dabei waren doch alle werdenden Mütter angeblich von Würde und Stolz erfüllt. Sie aber fühlte sich, als hätte sie einen Fremdkörper in sich.

In Elviras Mantel sah sie aus wie eine Tonne, den würde sie auf gar keinen Fall anziehen. Für die Arbeit lieh sie sich einfach einen etwas weiteren Pullover von ihrer Mutter und dazu den Faltenrock, der kaschierte den Bauch am besten. Da merkte keiner was. Dachte sie jedenfalls.

Als sie am Montag die neuen Lieferungen ins Regal räumte, stellte Herr Böttcher sich ihr in den Weg.

»Sie sind entlassen«, schrie er sie aus heiterem Himmel an.

»Was? Wieso?« Beinahe hätte Karin vor Schreck das Buch fallen lassen.

»Mir ist zu Ohren gekommen, dass bei Ihnen was unterwegs ist. Dabei sind Sie doch gar nicht verheiratet! So ein unmoralisches Verhalten kann ich bei meinen Lehrmädchen unter keinen Umständen dulden.«

»Aber, Herr Böttcher, bis zur Gehilfenprüfung sind es nur noch drei Monate«, erwiderte Karin. Entsetzen breitete sich in ihr aus.

»Sie müssen für Ihren Fehler geradestehen. Ich hatte von Anfang an ein schlechtes Gefühl. Die Stelle habe ich Ihnen nur gegeben, weil Ihr Großonkel ein Freund von mir war und Ihre Großtante mich darum gebeten hat.«

Das hatte sie gar nicht gewusst, aber es erklärte vieles.

»Packen Sie Ihre Sachen, ich kann Sie unseren Kunden nicht mehr zumuten.«

»Ist das denn erlaubt, dass Sie eine Schwangere rauswerfen?«, fragte auf einmal eine Kundin, die die ganze Zeit vor dem Zeitschriftenregal gestanden hatte und gerade im neuen SPIEGEL blätterte. Eine junge Frau mit kurzen braunen Haaren. Sie kam Karin bekannt vor.

»Mischen Sie sich da nicht ein«, sagte Herr Böttcher.

»Sie sollten einen Anwalt hinzuziehen. Soweit ich weiß, ist das arbeitsrechtlich verboten«, entgegnete die Frau.

Plötzlich fiel es Karin wieder ein. Fräulein Kohn, die diese Autobiografie bestellt hatte. Sie hatte sie ab und an in der Buchhandlung gesehen, aber nicht selbst bedient.

Herr Böttcher schnaubte, warf ihr einen vernichtenden Blick zu und erwiderte: »Sie gehen noch heute! Die Papiere schicke ich Ihnen nach.«

Und schon verschwand er im Büro.

Karin war fassungslos und konnte nicht glauben, was gerade passiert war.

»Ist das wirklich verboten, Fräulein Kohn?«, fragte sie die Kundin. Diese lächelte, als sie sie mit Namen ansprach. Offensichtlich hatte sie sich richtig erinnert.

Karin streckte ihr die Hand entgegen. »Mein Name ist Karin Wünsche. Sind Sie Juristin?«

»Ich studiere Jura, allerdings erst im zweiten Semester, aber ich kann das gerne für Sie nachprüfen. Haben Sie einen Arbeitsrechtskommentar hier?« Sie schaute zu den Regalen.

»Danke, das ist wirklich nett, dass Sie mir helfen wollen. Jura ist im ersten Stock.« Sie ging voraus die Treppe hinauf.

Die Gesetzeskommentare nahmen ein ganzes Regal ein.

»Das vielleicht, *Arbeitsrecht* von Arthur Nikisch?« Karin zog einen dicken schwarzen Band hervor und reichte ihn der Studentin. Diese schlug das Inhaltsverzeichnis auf und blätterte zur entsprechenden Stelle.

»Frauen dürfen aus Anlass ihrer Schwangerschaft nicht gegen ihren Willen entlassen werden«, las sie laut vor. »Die Kündigung ist unwirksam.«

»Aber was mache ich jetzt?«

»Noch mal mit ihm reden? Oder vielleicht Ihre Eltern? Ansonsten: klagen! Und ich suche mir eine neue Buchhandlung, hier kaufe ich jedenfalls nichts mehr.«

»Klagen? Ich glaube nicht, dass meine Eltern das gut finden. Die wollen die Schwangerschaft geheim halten, bis ich verheiratet bin.«

»Vielleicht kann ja Ihr Verlobter Ihnen helfen, Sie müssen doch Ihre Ausbildung beenden!«

»Das will ich ja auch«, sagte Karin.

Kleinlaut brachte sie Fräulein Kohn zur Tür. Was sollte sie denn nur machen? Und woher wusste Herr Böttcher eigentlich, dass sie ein Kind erwartete?

Sie verabschiedete sich von Fräulein Schopp und den anderen Mitarbeitern, die ihre Kündigung genauso wenig fassen konnten wie sie und ihren Weggang bedauerten. Gerda war krank. Karin würde sie später besuchen und ihr alles erzählen.

Sie musste mit ihrem Vater reden, und so ergriff sie ihre Handtasche, klappte den Schirm auf und lief Richtung Innenstadt. Als sie an einer verführerisch duftenden Bäckerei vorbeikam, knurrte ihr Magen so sehr, dass sie sich nicht beherrschen konnte und hineinging. Wenigstens wusste sie jetzt, warum sie ständig so großen Hunger hatte.

In der Bäckerei traf sie Fräulein Kohn wieder. Sie kaufte ein Mischbrot, Karin ein Milchbrötchen, und als sie draußen vor dem Geschäft standen, stellten sie fest, dass sie den gleichen Weg hatten.

»Vielen Dank für Ihre Hilfe«, sagte Karin.

»Das ist doch selbstverständlich. Wir leben zwar mittlerweile in einem Rechtsstaat, aber er nutzt einem nichts, wenn man seine Rechte nicht kennt.«

»Wenn Sie eine neue Buchhandlung suchen«, sagte Karin, »mein Vater hat gerade eine eröffnet. Sie ist zwar klein, aber er kann Ihnen alle Bücher besorgen, die Sie wollen.« Verschämt steckte sie sich ein Stück Brötchen in den Mund. Auf der Straße essen gehörte sich nicht. Aber Fräulein Kohn schien es nichts auszumachen.

»Und wieso machen Sie Ihre Lehre nicht bei ihm?«, fragte sie.

Karin schluckte schnell hinunter. »Er ist strikt dagegen. Er meint, woanders lerne ich mehr als bei ihm.«

»Väter! Das muss ich meinem erzählen. Der ist das genaue Gegenteil und würde mich am liebsten gar nicht loslassen. Ich musste ganz schön darum kämpfen, dass ich studieren darf.«

Fräulein Kohn grinste, und auch Karin musste lächeln.

»Dann werden Sie bestimmt eine gute Anwältin.«

»Ich hoffe es.«

Sie unterhielten sich noch ein wenig, Fräulein Kohn vom Studium, Karin von der Ausbildung, und als sie sich an der Hauptwache trennten, versprach Fräulein Kohn, auf jeden

Fall in der Buchhandlung Wünsche vorbeizuschauen, und gab ihr die Hand.

»Wollen wir uns nicht duzen?«, fragte sie. »Wir sind doch schließlich gleich alt. Ich heiße Waltraud.«

»Karin«, erwiderte sie. Nachdem sie sich verabschiedet hatten, sah Karin der kleinen, leicht untersetzten Studentin noch lange nach.

»Was bildet der Böttcher sich eigentlich ein? Dir so die Zukunft zu verbauen!«, rief ihr Vater laut, obwohl sich gerade eine Frau im Lodenmantel die Postkarten ansah.

»Die Kündigung ist unwirksam«, sagte Karin. »Hat mir eine Studentin erklärt, die gerade im Laden war.«

»Na, wenigstens das.« Er verschränkte die Arme vor der Brust.

»Kann ich … darf ich dann …« Sie druckste herum, doch in diesem Augenblick betrat ein älterer Mann den Laden. Ihr Vater ging sofort zu ihm und fragte ihn nach seinen Wünschen.

Die Frau hatte sich zwei Ansichtskarten der historischen Altstadt ausgesucht. Karin begleitete sie zur Kasse. Die Preise standen fein säuberlich mit Bleistift auf der Rückseite. Sie steckte die Karten in eine kleine Papiertüte, kassierte und brachte die bayerisch redende Frau zur Tür. Die nächste Kundin betrat den Laden, sie suchte Literatur aus Frankreich, und kaum dass Karin die Regale nach Flaubert und Zola absuchte, kam schon der nächste Kunde durch die Tür. Ihr Vater war noch immer mit dem alten Mann beschäftigt. Es dauerte, bis sie wieder eine ruhige Minute für sich hatten.

»Du kannst das gar nicht allein.« Sie stemmte die Hände in die Hüften.

»Maße dir keine Kritik an, Karin!«

»Nein, Vati, niemand kann eine Buchhandlung allein führen. Das ist doch kein Zeitschriftenkiosk, wo jeder nur die Hand ausstreckt und seine Zeitung erhält. Du musst beraten und bibliografieren, dich über neue Bücher informieren und bestellen, du musst Lieferungen auszeichnen und einräumen, fehlende Lieferungen reklamieren …«

»Ich weiß, was ich alles erledigen muss.«

»Hast du mitbekommen, dass Kunden gegangen sind, weil du sie nicht bedienen konntest?«

Er sah zur Tür. »Ehrlich?«

»Du allein bist keine Buchhandlung, du bist höchstens ein Verkäufer. Du brauchst mich.«

Er zog die Augenbrauen hoch.

»Teamarbeit, Vati!« Billy hatte immer vom Team gesprochen – wie wichtig seine Transporteinheit fürs Team sei, für die Kämpfer im Krieg und die Piloten während der Luftbrücke.

»Du hörst dich so modern an, Karin.«

»Allein wirst du nicht genug Geld verdienen, um einen richtig großen Laden aufmachen zu können. Niemals! Am Personal zu sparen ist eindeutig der falsche Weg. Bücher kosten überall das Gleiche, du kannst nur mit Service punkten, und dafür brauchst du Hilfe. Oder willst du durch den Tag hetzen, sodass keine Zeit für Gespräche über die Literatur bleibt?«

Stirnrunzelnd strich er sich die Haare aus der Stirn. An seinem Sakko hingen Radiergummifussel. Er war immer so konzentriert bei der Arbeit, dass ihm solche Äußerlichkeiten gar nicht auffielen. Zu gerne hätte Karin sie weggewischt, aber sie spürte, dass sie ihm damit im Moment zu nahe treten würde.

»Du denkst wie eine Buchhändlerin, weißt du das?«, sagte er nach längerer Pause.

»Ich bin ja auch eine.«

»Noch nicht, junge Dame! Ich wäre dann dein dritter Lehrherr – ob das die Prüfungskommission gut findet?«

Irgendein Haar fand er doch immer in der Suppe, aber das war Karin egal. Er lächelte sie an, und ihr wurde vor Freude ganz warm. Hieß das, er hatte sich mit ihr versöhnt?

»Ich bin schon sehr gespannt auf meinen zukünftigen Schwiegersohn. Ist er Buchhändler?«, fragte ihr Vater.

»Nein. Aber er liest gerne.« So viel konnte sie zumindest verraten.

»Schade. Ich hatte so auf dich gehofft. Aber vielleicht besinnt Vera sich ja noch und präsentiert mir meinen Nachfolger. Die nächste Generation! Hauptsache, du heiratest möglichst bald, damit dein Ruf und auch der unserer Buchhandlung gewahrt bleibt. Und bis dahin kannst du gerne hier arbeiten.«

Endlich hatte sie ihr Ziel erreicht. Wenn auch die Umstände anders waren, als sie es sich vorgestellt hatte.

Am nächsten Tag ging Karin mit ihrer Mutter zum Frauenarzt und ließ sich die Schwangerschaft bestätigen. Dieser fragte natürlich auch nach dem Ehemann oder Verlobten, aber Karin schwieg. Dafür schrieb sie Billy einen Luftpostbrief mit Eilzuschlag.

Als sie endlich volljährig war, schenkten die Eltern ihr eine schmale Damenuhr mit einem weißen Lederband.

»Wenn wir das geahnt hätten.« Ihre Mutter starrte Karin ungeniert auf den Bauch. »Etwas fürs Kind wäre natürlich praktischer gewesen. Aber bei deiner alten Uhr ist das Glas gesprungen, das macht keinen guten Eindruck auf unseren künftigen Schwiegersohn. Wann kommt er denn?« Sie betrachtete den zusätzlichen Teller auf dem Esstisch.

Schon war Karins Freude über die schöne Uhr verflogen. Und als sie zugeben musste, dass sie keinen Besuch erwartete, wurde die Stimmung so frostig, dass auch der von Vera gebackene Marmorkuchen mit Schlagsahne und Tante Elviras Sekt nichts daran ändern konnten.

Aber es gab auch gute Nachrichten. Der kleine Herr Willm, einer von Tante Elviras einquartierten Untermietern, zog zu seiner Schwester, die eine Wohnung in einer Sozialbausiedlung in Sachsenhausen ergattert hatte, und das Wohnungsamt gab das Zimmer frei. Tante Elvira überließ es Karin. Eine werdende Mutter brauchte ihre Ruhe und viel Schlaf.

»Es war zwar mal ein Kinderzimmer«, erklärte sie, »aber bitte heirate und zieh aus, bevor es wieder eines wird.«

Erst da erinnerte sich Karin daran, dass Tante Elvira zwei kleine Mädchen gehabt hatte, die beide als Kleinkinder gestorben waren, das eine an Masern, das andere an einer Lungenentzündung.

Wie von selbst legten sich ihre Hände schützend auf den Bauch, und aus der unwirklichen Bedrohung ihres guten Rufs wurde endlich ein lebendiges Kind, eines, um das sie sich Sorgen machte, das sie beschützen wollte.

Gemeinsam mit Vera lüftete und putzte sie das Zimmer,

wusch die Gardinen und shampoonierte den Teppich, bis der Zigarettenrauch von Herrn Willm verschwunden war.

Jetzt hatte sie endlich Ruhe, aber sie wollte sich nicht daran gewöhnen, sondern dass der Briefträger endlich eine Nachricht von Billy brachte. Oder dass er selbst mit einem Jeep vor dem Haus hielt und sie erlöste.

Doch die Jeeps fuhren immer vorbei.

Ein paar Tage später wollte Karin nach der Berufsschule zum Kaufhaus Schneider und ihre Nylons ausbessern lassen. Der Laufmaschendienst dort war legendär. Auf einmal entdeckte sie ihre Mutter, die aus dem Kino am Eschenheimer Tor kam. Sie trug einen Hut von Tante Elvira, als ob sie nicht erkannt werden wollte, und betrat ein kleines Café. Sie wirkte so verstört, dass Karin ihr folgte. Gerade rechtzeitig, um zu hören, wie sie einen Cognac bestellte. An einem schnöden Donnerstagnachmittag? Musste ihre Mutter jetzt nicht eigentlich in der Kanzlei sein?

»Hallo!«, sagte sie und setzte sich ungefragt zu ihr. »Geht es dir gut?«

»Es tut mir so leid.« Der Blick ihrer Mutter war in sich gekehrt. »Vera … und ich … aber du … ich habe dich damals nicht beschützt, ich habe versagt, ich bin schuld …«

Der Cognac kam, und sie stürzte ihn hinunter.

»Ein Mann hat sich an ihr vergangen, als sie noch ein Kind war. Und deshalb ist sie auf Abwege geraten. Ihre Verderbtheit, ihre Unmoral – alles deshalb. Sag, geht es dir auch so?«

»Wie bitte, ich verstehe dich nicht.« Dann fiel der Groschen. »Warst du – in der *Sünderin*?«

Ihre Mutter nickte.

Die Sünderin war eine Frau, die anschaffen ging, um ihrem erblindenden Mann eine Operation bezahlen zu können. Doch die Operation hilft nicht, und beide gehen freiwillig in den Tod. In einer Szene wurde erklärt, dass sie als Kind von ihrem Stiefbruder *verführt* worden war.

»Du glaubst, sie wurde Prostituierte, weil sie entehrt worden ist?« Karin starrte sie entsetzt an. »Mutti, du musst keine Angst um mich haben. Ich … ich liebe den Vater meines Kindes.«

»Es tut mir so leid, Karin.« Sie schien gar nicht richtig zuzuhören. »Ich habe versagt. Aber wenn du erst verheiratet bist, dann ist die Schuld endlich getilgt.«

Glaubte sie das wirklich? Sie schien verwirrt zu sein von dem Film und all dem Gerede über Moral und Sünde. Ihre Haare hingen ihr ins Gesicht, und ihr Blick irrlichterte durch den Raum. »Komm, Frau«, flüsterte sie. »Ich höre die Worte noch immer, ich habe dich nicht beschützt, und jetzt …«

Komm, Frau, die einzigen deutschen Worte, die die Russen damals gesagt hatten, in der Wohnung von Oma und Opa Wünsche in Leutzsch, als Vera und ihre Mutter sich auf dem Dachboden versteckt hatten. Oder stimmte das gar nicht? Hatte sie gesehen, was passiert war?

Karin wurde schlecht.

»Es ist alles gut, Mutti. Alles ist in Ordnung«, sagte sie und legte ihr beruhigend die Hand auf den Unterarm.

»Wir sind alle Sünder«, flüsterte ihre Mutter.

Jetzt erst verstand Karin, was sie schon die ganze Zeit an dem *Skandal* rund um diesen Film so gestört hatte.

Der Film schaffte es, den Mantel, unter dem sie alle ihre Sünden versteckt hatten, ein klein wenig anzuheben. Hier opferte sich eine angeblich verderbte Frau auf, um ihrem Mann zu helfen. Aber die braven Bürger hatten nichts unternommen, um den jüdischen Männern und Frauen zu helfen. Nun fühlten sie sich schuldig, so wie ihre Mutter, die nicht verhindert hatte, dass Karin vergewaltigt worden war. Nur deshalb führten sie sich als die großen Moralisten auf und zeigten mit dem Finger auf andere. Auf Karin, zum Beispiel, die nichts getan hatte, außer unverheiratet schwanger zu werden.

Sie bezahlte, fasste ihre Mutter behutsam an der Schulter und brachte sie nach Hause.

10

KLEINE FRAU, WAS NUN?

Mit klopfendem Herzen stieg Vera am Bockenheimer Tor aus der Tram und schaute rüber zur grauen Ruine der Alten Oper. Die klassizistischen Außenmauern standen noch, nur das Dach und alles im Inneren war völlig ausgebrannt. Hoffentlich wurde sie bald wieder aufgebaut! Eine Oper mit lauter musikbegeisterten Gästen war doch genau die richtige Umgebung für *Radio Krüger*.

So oft war sie im letzten Jahr hier in der Hochstraße gewesen und hatte die Geräte bewundert, aber den Laden noch nie betreten. An diesem kalten Februarmorgen aber würde sie es endlich wagen.

Radio, das war die Zukunft. Und als sie in der Zeitung gelesen hatte, dass *Radio Krüger* eine Lehrstelle in der Buchhaltung besetzen wollte, hatte sie sich sofort beworben. Wenn sie hier arbeiten könnte! Das wäre ein Traum.

Natürlich hatte sie sich auch noch auf andere Stellen beworben. Als Sekretärin bei einer Versicherung und als Bürokraft bei einem Steuerberater. Aber Lust hatte sie dazu nicht.

Annegret wurde nach dem Abitur ein Jahr auf ein Mädchenpensionat in die Schweiz geschickt, um ihrer Erziehung den letzten Schliff zu geben, wie ihre Eltern das nannten.

Eine Mitschülerin wollte studieren, zwei andere gingen zur Stadt und wurden Beamtinnen, eine heiratete.

Und Vera wollte zu *Radio Krüger*.

Sie war fünf Minuten zu früh, da konnte sie sich noch einmal das riesige Schaufenster ansehen. Die Musiktruhe von Blaupunkt war neu. Aus glänzendem Nussbaumholz gefertigt, bot sie Platz für einen Plattenspieler, ein Radio und einen großen Lautsprecher. Im Schrankfach unter dem Plattenspieler standen die Schallplatten, unter dem Radio verschiedene Likörflaschen mit den passenden Gläsern.

Vera stellte sich vor, wie sie ihre Gäste mit Getränken aus diesem luxuriösen Schrank bewirtete und wie sie später zur Musik tanzten …

Aber sie sollte nicht träumen, es war Zeit hineinzugehen. Noch ein letzter Blick auf ihr Spiegelbild im Schaufenster – waren der Wintermantel fusselfrei und die Stiefel ohne Schneematschflecken? Besser, sie zog die Wollmütze aus und richtete sich die Haare. Dann atmete sie tief durch. Kurz musste sie an den Brief mit dem rot-weiß-blauen Rand und den vielen Marken und Stempeln in ihrer Handtasche denken, doch dann straffte sie ihren Rücken und öffnete die Tür.

Drinnen empfing sie Glenn Miller mit *Chattanooga Choo Choo*, dem Lied über eine Eisenbahnfahrt, bei dem sich die Bläser wie das Fauchen und Zischen einer Dampflokomotive anhörten. Die Stimmen der Sänger waren so glasklar, als stünde sie direkt vor dem weltberühmten Orchester. Veras Füße zuckten, am liebsten hätte sie getanzt, so viel Platz war in dem riesigen Verkaufsraum.

In den Wandregalen funkelten die neuesten Radio- und Schallplattengeräte im Licht versteckter Neonröhren. In einer dieser modernen Sitzgruppen aus niedrigen Sesseln mit dünnen Holzbeinen und einem Nierentisch lauschte ein Ehepaar, sie im Pelzmantel, er mit Aktentasche. Die konnten sich solche exklusiven Geräte bestimmt leisten.

Ein großer, dünner Mann mit schwarzen Haaren eilte die geschwungene Treppe vom ersten Stock hinab auf sie zu, als wäre er Fred Astaire und wollte sie zum Tanzen auffordern. Er trug eine legere Kombination, ein dunkles Sakko und dazu eine helle Hose, und lächelte sie gewinnend an.

»Guten Tag, junges Fräulein«, sagte er mit angenehm melodiöser Stimme. »Was kann ich für Sie tun? Hier hätten wir die Neuheit der Saison – das Kofferradio Offenbach der Firma Akkord.« Er hielt ihr eine schicke braune Lederhandtasche hin, in deren Deckel sich der Lautsprecher, zwei Knöpfe und die Skala zum Einstellen der Sender befanden. »Beachten Sie die Krokodillederprägung im echten Leder.«

»Vielen Dank«, erwiderte sie und schaute sehnsüchtig zu dem Radio, dann besann sie sich und knickste leicht. »Mein Name ist Vera Wünsche, ich komme wegen des Vorstellungsgesprächs.«

Sein Lächeln verschwand. »Dafür gibt es eigentlich den Personaleingang«, flüsterte er.

Vera schaute sich mutlos um.

»Aber der Chef hat Sie ja noch nicht entdeckt«, fügte er mit einem Zwinkern hinzu und stellte das Radio wieder ins Regal.

»Entschuldigen Sie, das wusste ich nicht.« Oje, da hatte sie sich gleich in die Nesseln gesetzt. Vera bekam ein flaues Gefühl im Magen.

»Schick das Mädel bitte zu mir hoch!«, rief auf einmal

eine tiefe Bassstimme aus dem ersten Stock. Sie blickte auf. Ein Mann mit einer dicken Brille beobachtete sie. Ob das der Inhaber war? Mit weichen Knien ging sie die geschwungene Treppe hoch.

»Guten Tag«, sagte sie und knickste wieder, »Wünsche ist mein Name.«

Er gab ihr die Hand, sie war warm und weich. »Krüger, ich bin hier der Seniorchef. Dann mal rein in die gute Stube!« Er lachte kurz auf und wies auf die Tür seines Büros.

Es roch nach geschmolzenem Metall und Gummi. In einem Regal standen halb auseinandergebaute Geräte, am Garderobenständer hingen mehrere blaue Kittel und auf seinem Schreibtisch glimmte eine Zigarette im Aschenbecher. Direkt neben einem ungeordneten Stapel Papiere.

»Sie wollen also Ordnung in mein Chaos bringen?« Er lachte röhrend.

»Nun, ich hoffe es.« Neugierig schaute Vera sich um. Bei dem prächtigen Verkaufsraum hatte sie ein größeres und repräsentativeres Büro erwartet.

»Lassen Sie sich von meinem Vater nicht verunsichern.« Der Mann aus dem Laden betrat das Büro.

Wie gut er aussah mit seinem länglichen Gesicht, den mandelförmigen blauen Augen und seinem wunderschönen Mund. Auf einmal verspürte Vera ein Prickeln. Sofort schaute sie auf den Boden. Ihr Blick blieb an dem Siegelring an der linken Hand hängen. Einen Ehering trug er nicht.

»Fräulein Wünsche, das ist mein Sohn. Er wird die Firma später übernehmen.«

»Guten Tag, Herr Krüger«, sagte sie und deutete auch vor ihm einen Knicks an.

»Was für eine Vorbildung haben Sie denn?« Der junge Herr Krüger zündete sich eine Zigarette an.

»Ich mache Ostern mein Abitur.« Herr Krüger senior schaute gelangweilt, und Vera räusperte sich. »Beim Maschineschreiben beherrsche ich zweihundert Anschläge pro Minute. Ich kann Steno und weiß, was doppelte Buchführung ist.«

»Auf welchem Gymnasium haben Sie das denn gelernt?« Der junge Herr Krüger hob erstaunt die Augenbrauen.

Der alte Herr streifte sich einen Kittel über. »Normalerweise lernt man dort Latein und andere unnütze Sachen.«

»Ich habe Kurse besucht. Und meine Mutter ist Buchhalterin, sie hat mir Bücher zum Lernen gegeben.« Hatten sie ihre Bewerbungsunterlagen denn nicht gelesen?

»Eine kluge Frau.«

»Sie arbeitet in der Anwaltskanzlei Pöhlmeyer in der Stiftstraße.«

»Ihr Vater ist gefallen?«

»Nein.« Sobald sie sagte, dass ihre Mutter arbeitete, vermuteten die meisten, dass ihr Vater gestorben war. »Er betreibt eine Buchhandlung in der Hasengasse.«

»Ah. So.« Herr Krüger senior nahm ein Gerät aus dem Regal, nickte seinem Sohn zu und verließ sein Büro.

»Schauen Sie, wir sind am Expandieren«, sagte der Junior. »Radiogeräte sind die Zukunft, und wenn erst noch das Fernsehen kommt! Bücher werden der Vergangenheit angehören.«

»Das glaube ich auch«, unterbrach Vera ihn.

Wieder hob er die Augenbrauen und lächelte leicht. Aber nicht spöttisch, wie sie erst befürchtet hatte, weil sie ihm ins Wort gefallen war.

»Sie sollen möglichst schnell selbstständig arbeiten. Unsere Buchhalterin braucht Unterstützung, das Geschäft mit dem Ausland nimmt zu, und sie kann kein Englisch. Sie hätten bei uns vielfältigere Aufgaben als die reine Kontoführung. Wie steht es um Ihre Sprachkenntnisse?«

»In Englisch und Französisch habe ich jeweils eine Zwei.«

Er ging um sie herum und musterte sie. Vera wurde ganz heiß, und sie strich sich mit den verschwitzten Händen unauffällig über ihren dunkelblauen Rock.

»Die meisten jungen Mädchen wollen Sekretärin werden«, sagte der junge Herr Krüger.

Nein, Vera aber nicht. Kaffee kochen und sich auf den Hintern starren lassen, mehr war das doch meistens nicht. Sie wollte wirklich etwas lernen. Rechnen fiel ihr leicht, sie liebte Zahlen, sie war ordentlich und gewissenhaft. Außerdem war sie nicht hübsch genug dafür.

»Welches ist Ihr Lieblingsfach in der Schule?«

»Mathematik.«

»Und Ihr bestes?«

»Ebenfalls.«

»Nicht Deutsch? So als Buchhändlertochter?«

Sie schüttelte den Kopf.

»Gut«, sagte der Junior. »Dann gehen wir mal zu Fräulein Wenzel, sie kann am ehesten entscheiden, ob Sie geeignet sind.«

Die Buchhaltung war in einem Raum voller Aktenordner und einem sehr großen Gummibaum untergebracht. Im Gegensatz zum Chefbüro herrschte peinliche Sauberkeit und Ordnung, über allem lag der Duft nach Kölnisch Wasser.

Ein Schreibtisch war leer, am anderen tippte eine füllige Frau mit weißem Dutt sehr schnell in eine Rechenmaschine.

»Fräulein Wenzel, das ist Fräulein Wünsche, eine der Bewerberinnen.«

Die Buchhalterin lächelte Vera freundlich an, als sie sich die Hand gaben.

Dann durfte Vera ihr den Unterschied zwischen Soll und Haben erklären, einen Geschäftsbrief aus Amerika übersetzen und eine Zahlenkolonne im Kopf zusammenzählen. Herr Krüger diktierte ihr noch einen Brief, den Vera fehlerfrei direkt in die Schreibmaschine tippte.

»Sie hören von uns, Fräulein Wünsche.« Der junge Herr Krüger reichte ihr förmlich die Hand und zeigte ihr die Tür zum Personaleingang, ein dezenter Hinweis darauf, dass sie das Bewerbungsgespräch von Anfang an vermasselt hatte.

Enttäuscht ging Vera in die Hasengasse. Wenn sie keine Stelle fand … sie wusste ja selbst nicht so genau, warum sie keine Buchhändlerin werden wollte. Sie wollte nur gerne etwas Eigenes haben und nicht dasselbe wie Karin machen.

Ihre Schwester hatte kürzlich die Schaufenster neu dekoriert, eines fröhlich mit Papierclowns und Kinderbüchern, das andere mit politischer Literatur zum Koreakrieg und zu der Frage der Wiederbewaffnung. Natürlich hingen nur die Schutzumschläge mit Wäscheklammern an Schnüren, für mehr war nicht Platz, aber es reichte.

Als Vera die Buchhandlung betrat, sprach ihr Vater gerade mit einer etwas beleibten älteren Dame mit rot gefärbten Haaren. Vera hatte sie schon häufiger hier gesehen. Sie grüßte beide und ging zu Karin ins Büro.

Sie sah wunderschön aus in dem hellblauen, von Mutter

genähten Umstandskleid. Nur der Ring an der linken Hand störte. Er sah aus wie ein Verlobungsring, gehörte aber Tante Elvira. Die Kunden hatten so lange auf Karins Bauch und den ringlosen Finger gestarrt, dass ihr Vater ihn ihr aufgenötigt hatte.

»Wie ist es gelaufen?«, fragte Karin.

»Schlecht. Sie sagen Bescheid, aber ich mache mir keine Hoffnungen.«

»Ach komm, das kann ich mir nicht vorstellen.«

»Ich bin einfach in den Laden gegangen, dabei gibt es einen Personaleingang.«

»Wie früher bei uns in der Buchhandlung«, sagte Karin.

»Eben. Wie konnte mir nur so ein Fehler unterlaufen!«, sagte Vera und klang verzweifelt.

Auf dem Tisch stapelten sich bunte Rowohlt-Taschenbücher. Karin ergriff das oberste Buch und suchte es auf dem Lieferschein. Das nächste sah richtig romantisch aus mit dem jungen Paar auf einer Parkbank, den blühenden Bäumen und einem zwitschernden Vogel.

»Eine Liebesgeschichte.« Hastig nahm Vera es. Sie hatte genug von Goethes *Faust*, den sie fürs Abitur lernen musste. Das Taschenbuch hieß *Kleiner Mann – was nun?* und war von Hans Fallada.

»Ist es gut?«, fragte sie.

Karin zuckte mit den Schultern. »Ich habe es noch nicht gelesen.«

Vera schlug es auf. Gleich in der ersten Szene trafen sich ein junger Mann und eine junge Frau, allerdings nicht in einem romantischen Park, sondern beim – Frauenarzt? Erstaunt las Vera, dass die beiden wissen wollten, wie Verhütung funktionierte, und spürte, wie sie rot wurde. Und dann, das Allerschlimmste: Für die Verhütung war es zu spät, die junge Frau war schwanger.

Und nicht verheiratet.

Sie schaute zu Karin, die weiterhin seelenruhig den Wareneingang machte. Wie konnte ein Roman schon gleich im ersten Kapitel von so etwas handeln? Sie schlug das Buch zu. Auf der Rückseite stand, dass die erste Ausgabe bereits 1932 erschienen und sogar verfilmt worden sei. Was Mutti dazu wohl sagen würde? Ob der Film für die Jugend freigegeben worden war?

»Weißt du, was ein Pessar ist?«, fragte Vera. Der Arzt im Roman sprach davon.

»Nein.« Karin schaute neugierig auf.

»Es muss ein …«, Vera senkte die Stimme, »… Verhütungsmittel sein. Weißt du, wie das geht?«

Karin legte die Hand auf ihren Bauch. »Offensichtlich nicht. Aber ich dachte, Billy wüsste das.«

Betroffen blickte Vera wieder ins Buch. »Verhütung – das sollten wir lernen, und nicht das Versmaß in Goethes *Faust*. Der schwängerte doch auch Gretchen, ohne sie geheiratet zu haben. Und sie ertränkte das Kind dann aus lauter Verzweiflung.«

»Und wird dafür hingerichtet«, ergänzte Karin.

»Kann man Verhütungsmittel einfach so kaufen?«

»Keine Ahnung.« Karin nahm ihr das Buch ab und blätterte darin. »Ich glaube, das lese ich heute Abend, dann bin ich das nächste Mal schlauer.«

»Karin!«

»Na, ist doch wahr. Warst du denn heute schon am Briefkasten?«

Sofort schnürte es Vera die Kehle zu. Die ganze Zeit lag der Brief mit den bunten Marken und Stempeln wie ein Stein in ihrer Handtasche. Sie wollte ihn Karin nicht geben, wollte ihr kein Leid zufügen. Aber es musste sein. Wenn sie nur wüsste, wie sie ihre Schwester trösten könnte. Seufzend klappte sie ihre Handtasche auf und zog den Umschlag hervor.

»Tut mir leid.«

»Was?« Karin starrte ihn an, als wäre er ein Fremdkörper. Den Luftpostbrief, den sie direkt nach der Bestätigung der Schwangerschaft durch den Frauenarzt an Billy geschrieben hatte – mit einem großen *Return-to-sender*-Stempel.

»Was heißt das – *inconnu*?«, fragte Karin mit zitternder Stimme und deutete auf den zweiten Stempel.

Vera hatte es zu Hause bereits nachgeschlagen. »Unbekannt.«

Aus Karins Gesicht wich jede Farbe, und Vera schenkte ihr Tee aus der Thermoskanne ein. Nicht, dass ihre Schwester umkippte.

»Was mach ich denn jetzt?«, fragte Karin verzweifelt.

*

Als Karin den Weg zum IG-Farben-Haus entlangschritt, warteten wieder die Fahrer in ihren Jeeps. Natürlich musste sie daran denken, dass Billy hier auch immer gewartet und Hemingway gelesen hatte.

Ihr schnürte es die Kehle zu. Bloß nicht weinen! Sie holte tief Luft und hielt einen Moment inne, bevor sie die Glastür zum IG-Farben-Haus öffnete. Es war ihr letzter Ausweg.

Wenn einer wusste, wo Billy abgeblieben war, dann die US-Armee.

Karin betrat eine riesige Halle mit zwei großen Treppen an den Seiten. Der Steinboden glänzte, es roch nach Bohnerwachs, an den Wänden hingen Fahnen. Von innen beeindruckte das Gebäude genauso wie von außen.

»Was wünschen Sie?« Der Soldat schaute sie unter seinem Helm hervor grimmig an. *MP* stand groß darauf. Militärpolizei. An seinem Gürtel hing eine Pistole. Ein zweiter Mann in gleicher Uniform musterte Karin scharf. Beide waren weiß, und Karin musste an den Angreifer von damals denken. Ihr klopfte das Herz bis zum Hals.

»Entschuldigen Sie, ich benötige nur die Adresse eines Ihrer Soldaten«, sagte sie und versuchte, ihrer Stimme einen beiläufigen Klang zu verleihen. Sie wollte nicht, dass sie merkten, wie verzweifelt sie war. »Wohin muss ich mich wenden?«

Der Polizist starrte Karin an. Sie hatte extra einen größeren Mantel angezogen, aber der schwangere Bauch war trotzdem zu erahnen.

Er grinste und wies zum *Information Desk* an der Seite, hinter dem eine uniformierte, ebenfalls weiße Frau telefonierte. Karin bedankte sich und ging hinüber.

Neben dem Auskunftsschalter hing eine große Übersichtstafel aller im Farben-Building untergebrachten amerikanischen Abteilungen und Vereine. Teilweise hingen Zettel mit neuen Adressen daneben. Einige Männer trugen Umzugskisten die Treppen hinunter.

Bald würde das Hauptquartier des fünften US-Korps hier einziehen, um im Auftrag der NATO die Bundesrepublik gegen die Bedrohung durch die Sowjetunion zu verteidigen. An der Zonengrenze standen sich im Kalten Krieg bewaffnete Soldaten gegenüber, und sollte die Rote Armee Westdeutschland angreifen, würde vom Grüneburgweg aus die Verteidigung organisiert werden. Was für eine beängstigende Vorstellung.

Als die junge Soldatin endlich Zeit hatte, fragte Karin sie ebenfalls, an wen sie sich wegen Billys Adresse wenden könne.

Doch diese sagte nur völlig regungslos: »Wir erteilen keine Auskünfte über Armeeangehörige.«

»Aber es ist wichtig!«

»Die US-Army erteilt keine Auskünfte über Armeeangehörige«, wiederholte sie.

»Aber …« Karin hielt den Luftpostbrief hoch. »Mein Brief ist zurückgekommen!«

»Sorry.« Sie zuckte mit den Schultern. »Bitte verlassen Sie das Gebäude.«

Jetzt war alles aus. Entmutigt lief Karin die wenigen Schritte nach Hause. Die Army war ihre letzte Chance gewesen. Mehr konnte sie nicht unternehmen. Außer nach Amerika zu fahren und ihn zu suchen – wenn es nur so einfach möglich wäre. Sie bräuchte ein Visum und sehr viel Geld für die Schiffspassage. An ein Flugzeug wie Simone de Beauvoir wagte sie gar nicht zu denken. Zudem war es ohne die richtige Adresse aussichtslos. Früher hätte sie das gemacht, da wäre sie blindlings drauflosgestürmt. Aber mit Kind?

Die schwere Holztür klemmte seit Neuestem. Im Flur roch es feucht nach Kohlsuppe, sie hielt sich den Schal vor den Mund. Vielleicht wäre eine Flucht nach Amerika doch eine gute Idee, dann könnte sie diesem Haus und all seinen Bewohnern entkommen! Im Souterrain schrie eine Frau schrill ihre Kinder an, im ersten Stock wurde wie immer stümperhaft Klavier gespielt und in der Mansarde gehämmert. Nur bei Tante Elvira in der Beletage war es still.

Als Karin die Tür öffnete, hing bloß Veras Mantel an der Garderobe. Tante Elvira und Friedel wollten heute ins neu eröffnete Café Kranzler an der Hauptwache. Die Filiale des berühmten Berliner Cafés war am vorherigen Samstag eröffnet worden, ganz Frankfurt war deswegen aus dem Häuschen. Tante Elvira hatte schon am Vorabend angekündigt, Friedel ihre Nerzstola dafür auszuleihen, »der Februarwind ist doch so kühl, meine Liebe«. Die anderen Bewohner des Hauses waren arbeiten oder irgendwo anders unterwegs.

Sie zog die zu eng gewordenen Schuhe aus und ärgerte sich, weil sie sich in diese aussichtslose Lage gebracht hatte. Karin hasste das Herumsitzen. Sie fühlte sich wie ein eingesperrtes Tier, warf sich auf ihr Bett und kämpfte schon wieder mit den Tränen. In letzter Zeit weinte sie viel zu viel.

Eigentlich müsste sie lernen. Auf dem Schreibtisch lagen noch *Das ABC der Wissenschaftskunde* und *Rechtskunde für Buchhändler*. Später. Jetzt schaute sie erst mal in *Kleiner Mann – was nun?* Veras Frage nach dem Pessar hatte sie neugierig gemacht.

Das Paar in dem Buch heiratete viel zu jung, war finanziell nicht abgesichert und schlitterte von einem Dilemma ins nächste. Eigentlich hatte es überhaupt keine Chance. Aber sie waren nicht allein. Karin hatte noch nicht mal einen Mann.

Und sie sehnte sich so nach ihm. Auch wenn sie wütend auf Billy war. Enttäuscht. Aber sie musste an das Kind denken und ihr Leben regeln. Irgendwie.

Mit einem Mal klopfte es leise an die Zimmertür, und Vera schaute hinein.

»Fertig mit Lernen.« Sie setzte sich zu Karin aufs Bett. »Wie geht es dir?«

»Ich war im IG-Farben-Haus, sie geben mir keine Adresse oder sonst irgendwelche Auskünfte über Billy.«

»Nein«, rief Vera entsetzt. »Und jetzt?« Sie deutete auf den Jahreskalender über Karins Schreibtisch, an dem die Gehilfenprüfung Ende März und der fünfundzwanzigste Mai, der Geburtstermin, dick eingekringelt waren. »Nur noch gut zwei Monate bis zur Geburt. Wann erzählst du den Eltern von Billy?«

»Noch nicht.«

»Wird es nicht langsam Zeit? Sonst fallen sie vor Schreck in Ohnmacht, wenn sie ihr Enkelkind das erste Mal sehen. Ich kann gerne mitkommen, wenn du seelischen Beistand brauchst.«

»Das ist nett von dir, Vera.« Karin strich sich über den Bauch. Manchmal spürte sie ein leichtes Flattern. Ihre Mutter hatte ihr erklärt, dass sich das Kind dann bewegte. »Aber ich will nicht. Mir wird das alles zu viel, ich muss mich auf meine Prüfung konzentrieren, die ist wichtig. Danach vielleicht, aber nicht vorher.«

»Willst du denn arbeiten gehen?«

»Natürlich!«

»Und dein Kind? Willst du es etwa nicht behalten, sondern zur Adoption freigeben?«

»Nein, auf gar keinen Fall.« Karin bemühte sich, entrüstet zu klingen, aber tatsächlich hatte sie darüber schon nachgedacht. Bis sie das erste Mal die Bewegungen ihres Kindes in ihrem Bauch gespürt hatte.

»Aber ich muss ja Geld verdienen. Wer weiß, ob Vati mich

hier wohnen lässt. Vielleicht wirft er mich ja auch raus. Weil ich ihm Schande gemacht habe. Ich will nicht mit dem Kind auf der Straße landen.«

»So ist er nicht«, entgegnete Vera.

»Glaubst du?« Karin wedelte mit dem falschen Verlobungsring vor Veras Gesicht herum.

Ein letzter Ausweg blieb Karin noch. Vielleicht wussten Billys Kameraden etwas über ihn. Doch als sie nach der Berufsschule zur Kaserne lief, fuhr eine endlose Kolonne Jeeps des 24th Transport Bataillon an ihr vorbei. Passanten winkten ihnen zu. Sie fragte einen älteren Mann, was denn los sei, und der antwortete:

»Truppenverlegungen. Es kommen Tausende neuer Soldaten.«

»Und wohin ziehen sie um, wissen Sie das?«

Der Mann zuckte mit den Schultern. Eine Frau vermutete Hanau, eine andere sprach von Fulda. Keiner wusste Genaues. Und als Karin am Checkpoint der Kaserne fragte, verweigerte ihr der wachhabende Soldat die Auskunft.

Ausgerechnet jetzt, wo sie Billys aktuelle Adresse brauchte, verschwanden auch noch die wenigen Freunde von ihm.

*

Vera wartete derweil ungeduldig auf eine Nachricht von *Radio Krüger*. Große Erwartungen hatte sie nicht. Eigentlich hatte sie es sich vom ersten Moment an verscherzt, weil sie den falschen Eingang benutzt hatte. Dann läutete nur wenige Tage später das Telefon, als sie gerade beim Abendessen saßen. Wie immer nahm ihr Vater das Gespräch an, obwohl es ja eigentlich Tante Elviras Anschluss war.

»Vera, für dich«, rief er vom Flur. »Herr Krüger!«

Es meldete sich die melodiöse Stimme des jungen Herrn Krüger. Vera bekam weiche Knie und setzte sich auf den kleinen Hocker neben dem Telefontischchen.

»Wir bieten Ihnen eine reguläre Stelle als Buchhalterin mit einem Anfangsgehalt von hundertfünfzig D-Mark an. Berufsschulpflicht besteht in Ihrem Alter ja keine mehr.«

Wie bitte? Hatte sie da richtig gehört? Sie musste sich räuspern. »Wie meinen Sie das … ich soll keine Lehre machen?«

»Das wäre Zeitverschwendung. Das Wichtigste können Sie bereits, den Rest bringen wir Ihnen bei.«

»Aber …«

»Fräulein Wenzel war sehr beeindruckt, weil Sie neben der Schule so viele Kurse erfolgreich abgeschlossen haben. Das zeugt von Selbstorganisation und Zielstrebigkeit. Zudem arbeiten Sie ordentlich und korrekt. Tugenden, die wir hoch schätzen. Wann können Sie anfangen? Am ersten April?«

»Ja, gerne, aber … ich muss das erst noch mit meinen Eltern besprechen.«

»Selbstverständlich. Bitte sagen Sie uns am Montag Bescheid.«

Und schon legte er auf.

Noch völlig verdutzt erzählte Vera ihren Eltern von dem Angebot.

»Hundertfünfzig D-Mark!«, rief ihre Mutter und ließ ihr Besteck sinken. »Als Lehrling hättest du höchstens fünfzig Mark bekommen.«

»Mutti, das habe ich nur dir zu verdanken, ohne deine Nachhilfe und die Lehrbücher hätte ich das nicht geschafft«, sagte Vera.

»Willst du keine Lehre machen?« Ihr Vater kratzte sich ungläubig am Kopf. »Was ist das denn für ein Unsinn?«

»Da sieht man, wie sehr sich harte Arbeit lohnt«, lobte Friedel.

»Kind, ich bin stolz auf dich.« Tante Elvira stand sogar auf, um ihr zu gratulieren. »In so einem luxuriösen Geschäft lernst du bestimmt einen reichen Mann kennen.«

»Ich arbeite im Büro, die Kunden werde ich da kaum zu Gesicht bekommen«, entgegnete Vera.

»Ach, trotzdem!«

Da fiel Veras Blick auf Karin, die sich gerade schwerfällig aufs Sofa setzte. Vera eilte zu ihr und schob ihr einen Hocker unter die Füße.

»Vielleicht solltest du es ihnen jetzt sagen, wo sie so guter Laune sind?«, flüsterte sie ihr zu.

»Und dir die Freude verderben? Nein, auf gar keinen Fall, Vera. Ich bin so stolz auf dich, kleine Schwester!« Karin lächelte sie an und schaute dann zu den Eltern hinüber. »Komm mal mit.«

Sie stand wieder auf und ging voraus ins Bad. Vera folgte ihr, Karin schloss ab und drehte den Wasserhahn auf.

»Ich will nicht, dass wir schon wieder belauscht werden«, flüsterte sie. »Hast du schon mal von der Schrift *X* gehört? In der Berufsschule reden sie grad alle drüber.«

»Ist das so etwas wie die Antiqua?«

»Nein, keine Buchstabenform.« Karin grinste. »Das ist ein dünnes Heftchen, in dem eine Temperaturmessmethode zur Empfängnisverhütung erklärt wird. Geschrieben hat es eine Frau, Beate Uhse. Ein Mädchen aus der Berufsschule hatte es dabei. Und andere erzählen, dass in ihren Buchhandlungen Aufklärungsbücher verkauft werden, in denen natürliche Geburtenregelung erklärt wird.«

»Ehrlich? So was gibt es?«

»Psst! Herr Böttcher hatte einen Giftschrank mit Erotika, da waren diese Bücher bestimmt auch drin, ich habe sie nie zu Gesicht bekommen.«

»Und Vati?« Vera schaute zur Tür, als ob er jeden Moment davorstehen könnte.

»Bei ihm habe ich so was noch nie gesehen. Und den Schreibtisch kann man nicht abschließen.«

»Ich weiß sowieso nicht … eigentlich will ich noch warten.«

»Dann warte! Das ist auf jeden Fall am sichersten. Ich dachte nur … jetzt, wo für dich alles so gut aussieht. Mach nicht denselben Fehler wie ich.«

»Versprochen.«

11

DAS HERZ IST EIN EINSAMER JÄGER

Die nächsten Wochen verbrachte Karin in Köln und absolvierte dort den vorgeschriebenen Lehrgang an der Buchhändlerschule. Sie lernte interessante Menschen und Themen kennen, begeisterte sich für moderne Schaufensterdekoration und vor allem für Arbeitsorganisation und den Innenausbau neuer Buchhandlungen. Irgendwann würden sie die enge Bude ja verlassen und eine neue Buchhandlung Wünsche aufbauen.

Zwar wurde sie nach ihrem Ehemann gefragt, aber wenn sie ausweichend antwortete, bohrten die meisten nicht nach, sondern kümmerten sich wieder um die Prüfungsvorbereitung. Karin hoffte, dass die vielen Schicksale, über die man als Buchhändler las, die Menschen toleranter werden ließ. Es lief eben manchmal nicht alles glatt im Leben.

Die Gehilfenprüfung vor dem Prüfungsausschuss des Hessischen Verleger- und Buchhandelsverbandes am Schaumainkai war nicht besonders schwer. Ihr Wissen in Literaturgeschichte und Bibliografienkunde wurde sehr gelobt, das hatte sie ihrem Vater und Fräulein Schopp zu verdanken. Von Herrn Böttcher hatte sie jedenfalls kaum etwas gelernt.

Als alle Prüfungen geschafft waren, lud Tante Elvira die Familie zu einer kleinen Feier ein.

Staunend schritt Karin die Treppen zum Kaiserkeller hinunter. Das Restaurant in der Kaiserstraße war eine der besten Adressen Frankfurts und früher das Stammlokal von Tante Elvira und ihrem Mann gewesen.

»Oh, schaut mal«, rief ihre Tante begeistert, »der offene Kamin ist immer noch da! Und das Gewölbe – es sieht alles genauso aus wie vor dem Krieg. Nur die Möbel sind neu.«

Karin setzte sich mit ihrem dicken Bauch auf einen der Holzstühle, als bereits ein livrierter Ober mit einem Kissen zu ihr eilte und es ihr in den Rücken schob. Ah, viel besser!

Tante Elvira flüsterte ihm etwas zu, und in null Komma nichts war er wieder da, entkorkte mit übertriebenen Gesten eine Flasche Sekt und schenkte allen ein.

»Auf die Zukunft!«, sagte Tante Elvira, hob ihr Glas, und alle prosteten sich zu. »Herzlichen Glückwunsch zum Abitur, liebe Vera, und zu deiner Stelle als Buchhalterin bei *Radio Krüger*. Morgen ist dein erster Arbeitstag, ich wünsche dir alles Gute dafür. Und natürlich herzlichen Glückwunsch zur bestandenen Gehilfenprüfung, Karin.«

Da erhob sich auch ihr Vater und gratulierte. Nach den Lobeshymnen auf Veras Ehrgeiz und ihre neue, ach so gut bezahlte Stelle wandte er sich Karin zu.

»Du hast es geschafft, obwohl du in drei Lehrbuchhandlungen verschiedenster Ausprägung und in zwei unterschiedlichen Wirtschaftssystemen ausgebildet wurdest, das verdient meinen Respekt, Karin. Und ich hoffe für dich, dass dein Leben in Zukunft leichter wird.«

Und das war es auch schon. Er schaute sie noch nicht einmal richtig an, als er ihr zuprostete.

»Gab es denn eigentlich Probleme, Karin?«, fragte Tante Elvira und ließ sich bereits nachschenken.

»Na ja, die Prüfer haben den angeblichen Verlobungsring bemerkt und mir zur bevorstehenden Hochzeit gratuliert. Einer bedauerte, dass ich mit meinem Wissen gleich hinter Kochtöpfen verschwinden würde, aber ein anderer meinte, dass Kinderkriegen die weibliche Bestimmung sei.«

Ihr Kind trat sie heftig gegen die Bauchdecke.

»Hattest du denn gar kein schlechtes Gewissen, die Prüfer so anzuschwindeln?«, fragte ihre Mutter.

Doch bevor Karin antworten konnte, reichte ihnen der Ober die Speisekarten. Das Lügen war Karin erstaunlich leichtgefallen. Konnte sie etwas dafür, dass Billy sich nicht meldete? Oder dass sie als ledige Mutter so schlecht behandelt wurde? Sie brauchte diese Prüfung.

»Es gibt Hummer!«, rief Tante Elvira. »Wie früher.«

Schon beim Lesen all der guten Gerichte lief Karin das Wasser im Mund zusammen. Sie hatte keine Ahnung, wie man Hummer aß, und entschied sich für Rinderrostbraten mit Zwiebeln, Herzoginkartoffeln und Rosenkohl. So fein hatten Wünsches seit vielen Jahren nicht mehr gegessen.

»Wir hatten darauf gehofft, dass dein Zukünftiger sich endlich vorstellen würde«, sagte ihr Vater und legte die Menükarte zur Seite. »Was hat er denn heute für eine Ausrede?«

»Und wie heißt er überhaupt? Was macht er beruflich, wo kommt er her?«, warf ihre Mutter ein. »Du erzählst überhaupt nichts! So geht das nicht weiter.«

»Ihr müsst Geduld haben«, sagte Karin, was sie immer sagte, wenn diese Fragen aufkamen.

»Ich habe aber keine Geduld mehr!«, rief ihr Vater.

»Justus, müssen wir das hier besprechen?« Tante Elvira winkte dem Ober. Der gebeugt gehende Mann eilte zu ihnen und nahm die Bestellungen auf. Kurz schweifte das Gespräch ab zu den üblichen Belanglosigkeiten, bis ihre Mutter unvermittelt rief:

»Das Kind braucht einen Namen.«

Warum musste sie damit immer wieder anfangen?

»Ich kriege bei Krügers Prozente«, versuchte Vera, das Thema zu wechseln.

»Wer ist es? Du musst es uns sagen«, verlangte ihr Vater.

Wenn Karin seinen Namen sagen würde, wäre alles aus. Dann würden sie sowieso davon ausgehen, dass Billy sich aus dem Staub gemacht hatte.

»Er muss zumindest Unterhalt zahlen, wenn er schon keine Verantwortung übernimmt und dich zur ehrbaren Frau macht.« Entrüstet hob ihr Vater die Arme, wobei ein Jackenärmel das Sektglas streifte, ihre Mutter konnte es gerade noch auffangen.

»Seid still, sofort«, mahnte Tante Elvira. »Wir wollen feiern und uns nicht streiten. Was sollen denn die Leute denken?«

Am Nachbartisch äugte bereits eine hagere Frau mit Nerzstola kritisch zu ihnen hinüber. Betretenes Schweigen trat ein. Ihre Mutter richtete den Kragen ihres Kleides, ihr Vater nestelte an seiner Krawatte herum.

»Karin sieht erschöpft aus, Vati«, sagte Vera. »Du solltest ihr eine Pause gönnen.«

»Du kannst gerne einen Tag freihaben, Karin«, antwortete

er. »Du fällst ja sowieso bald ganz aus. Alma wird dich ersetzen müssen, sie hat schon in der Kanzlei gekündigt.« Er zog die Augenbrauen zusammen. Waren da neue Falten in seinem Gesicht? »Allein ist es auf Dauer nicht mehr zu schaffen, ich musste auch noch einen Lieferboten einstellen.«

»Ich will nicht freihaben, ich will euch doch nicht zur Last fallen, ich kann noch …«

»Nein, Karin«, unterbrach ihr Vater sie. »Wir haben das geregelt, damit du dich ums Kind kümmern kannst. Und …«

In diesem Augenblick wurde das Essen serviert, und sie verstummten. Doch Karin konnte den teuren Rinderbraten nicht mehr genießen.

Insgeheim war Karin froh, am Montag freizuhaben. Die Suche nach Billy, der Lehrgang in Köln und die Prüfung waren anstrengender gewesen, als sie zugeben wollte. Sie schlief lange und blieb mit dem Morgentee und einem Buch im Bett, als wäre sie krank.

Das Herz ist ein einsamer Jäger von Carson McCullers aus einem Ostberliner Verlag. Waltraud hatte es ihr von einem Verwandtenbesuch dort mitgebracht. Bis jetzt war noch keine Westausgabe des amerikanischen Erfolgsbuches erschienen, und die ostdeutschen Verlage durften keine Belletristik in den Westen liefern, nur wissenschaftliche Bücher. Und auch das war schwierig.

Ihr gefiel der Titel so gut. *Das Herz ist ein einsamer Jäger.* Genau das war sie auch: eine einsame Jägerin auf der Suche nach … ja, nach was? Billy? Einem Ehemann? Auf jeden Fall: nach Liebe.

Als sie jedoch Friedel die Wäsche aufhängen hörte, bekam

sie ein schlechtes Gewissen und rief ihr durchs Zimmerfenster in den Hinterhof zu, dass sie ihr gleich helfen werde. Aber Friedel schüttelte energisch den Kopf.

»Du sollst dich ausruhen!«, rief sie.

Und Karin sank wieder in die Kissen.

Der Streit mit ihrem Vater quälte sie. Wusste er eigentlich, wie sich das anfühlte, wenn man sitzen gelassen worden war? Nicht ein einziges Mal hatte er sich nach ihrem Wohlbefinden erkundigt oder danach, wie es ihr gesundheitlich ging oder ihrem Kind. Entweder er beachtete sie gar nicht oder er meckerte an ihr herum. Nicht das geringste Verständnis hatte er für sie.

Am Nachmittag beendete die Frühlingssonne ihre Grübelei. Ein Spaziergang an der frischen Luft war jetzt genau das Richtige, und so zog Karin sich den leichten Sommermantel an.

Vor dem Haus rollte ihr ein Fußball vor die Füße. »Erwin, pass doch auf!«, rief die stets gut gelaunte und adrett gekleidete Frau Sommer von gegenüber. Erwin war schon zu Karin gerannt und kickte den Ball seinem Bruder zu.

»Guten Tag, Frau Sommer«, sagte Karin. »Wunderschönes Wetter für einen Spaziergang.«

Frau Sommer erwiderte den Gruß nicht, sondern ergriff die Hand ihrer Jüngsten mit der Puppe im Arm und zog sie von Karin weg.

»Sie sollten sich was schämen«, rief sie. »Wenn Sie glauben, meine Kinder würden jemals mit Ihrem Bankert spielen …«

Bankert? Karin war vor Entsetzen sprachlos. Frau Sommer hatte sonst immer so nett gegrüßt und sich mit ihr unterhalten. Karin hatte sich so sehr auf die Prüfung konzentriert, dass sie alle anderen Probleme zur Seite geschoben und sich noch gar nicht richtig vorgestellt hatte, was es für das Kind bedeutete, keinen Vater zu haben. Im Grunde genommen hatte sie immer noch Hoffnung gehabt, was natürlich völlig unsinnig war.

Billy würde nicht zurückkommen.

So konnte es nicht weitergehen, sie musste etwas unternehmen. Nur was? Nachdenklich lief Karin am Palmengarten vorbei nach Bockenheim zu Waltraud. Es war ungewöhnlich warm. Als sie in der Sophienstraße ankam, war sie vollkommen erledigt. Waltraud verfrachtete sie in den Lehnstuhl im Wohnzimmer, brachte ihr einen Hocker für die Füße und kochte Kamillentee.

»Könnte ich auch ein Glas kaltes Wasser haben?«, fragte Karin.

»Kamillentee ist das Heilmittel meiner Mutter für alles«, witzelte Waltraud. »Ob Heimweh oder Liebeskummer – Kamillentee hilft immer.«

»Und was hilft gegen einen fehlenden Vater?«

»Eine Heiratsvermittlerin.« Grinsend reichte Waltraud ihr das Wasser.

Bald ging es Karin wieder besser, und sie deutete auf den Stapel Bücher auf dem kleinen Tisch neben dem Lehnstuhl. »Darf ich?« Sie war immer neugierig, was andere gerade lasen. Waltraud nickte, und Karin schlug den hellen Leinenband auf.

Das Tagebuch der Anne Frank. Sie wusste immer noch nicht, wer das war. Die Lieferung des Buches hatte sie gar nicht mitbekommen.

Das Tagebuch zeichnet ein Bild der täglichen Hölle, aber auch eines der prallen Schönheit des Lebens, stand auf dem Umschlag. Tief betroffen las Karin im Vorwort von Anne Franks Schicksal und ihrem Tod in Bergen-Belsen.

»Anne Frank stammte aus Frankfurt«, sagte Waltraud. »Sie lebte bei uns im Nachbarhaus in der Ganghoferstraße.«

»Du kanntest sie?« Karin starrte noch immer das Foto des jungen Mädchens mit den beeindruckenden Augen an.

»Nicht wirklich, ich war drei, als wir aus Frankfurt nach Palästina gingen. Meine Mutter hat mir von den Franks erzählt. Sie war es auch, die in der Synagoge von ihrem Tagebuch erfahren hat.«

»Du bist auch Jüdin?« Karin sah sie überrascht an. Das wäre ihr nie aufgefallen. Sie wusste, dass sie in Rassenkunde in der Schule und beim BDM belogen worden waren. Man konnte einem Menschen seinen Glauben nicht ansehen.

Waltrauds Blick war auf einmal kalt und abwartend.

Karin schluckte. »Das tut mir alles so schrecklich leid. Ich meine … du weißt schon.«

Waltraud sah sie weiterhin reglos an.

»Sind Verwandte von dir … dorthin gebracht worden?«

Sie nickte.

»Ich verstehe nicht, wieso die Nazis so etwas getan haben.«

»Die *Nazis*?«, fragte Waltraud skeptisch.

»Mein Großvater.« Karin räusperte sich. »Mein Großvater war Parteimitglied und hat Propaganda gedruckt.« Sie schaute ängstlich zu Waltraud. Nahm sie es ihr übel? »Zu uns Kindern war er immer nett. Er war Buchhändler!«

»Und *Mein Kampf* ein Buch.«

»Du hast ja recht, Waltraud. Man kann eben alles drucken. Lügen genauso wie die Wahrheit. Mein Vater war nicht in der Partei, die Russen haben ihn aber trotzdem nicht als Buchhändler arbeiten lassen. Nur die Amis haben ihm schnell seinen Persilschein ausgestellt. Er hat sich auch viel mit meinem Großvater gestritten.«

»Trotzdem hat er dessen Buchhandlung geleitet.«

»Ja, das stimmt natürlich. Ich glaube, eigentlich ist keiner frei von Schuld. Aber meine Eltern reden darüber nicht.«

Karin trank einen Schluck Tee und musste daran denken, wie Oma Wünsche sie immer auf die andere Straßenseite gezerrt hatte, wenn sie Menschen mit gelbem Stern auf dem Mantel begegnet waren.

»Ich glaube, du bist die erste Deutsche, die mir nicht sofort eine Geschichte davon erzählt, dass sie ja nie etwas gegen Juden gehabt und sowieso mindestens zwei gerettet habe«, sagte Waltraud.

»Wer so was sagt, lügt. Da haben doch alle mitgemacht.«

Nie würde Karin die Zeitungsbilder aus Dachau vergessen, die die Amerikaner sofort nach der Übernahme von Leipzig veröffentlicht hatten, und die Filme der Russen über Auschwitz später in der Schule. Anfangs hatte sie angenommen, es würden gar keine Juden mehr leben, aber hier in Frankfurt gab es eine jüdische Gemeinde, sogar eine wieder aufgebaute Synagoge im Westend, gar nicht weit entfernt vom Grüneburgweg.

»Wieso seid ihr nach Deutschland zurückgekommen? Ist das nicht schwer?«

Waltraud seufzte. »Ja. Aber meine Eltern haben sich in Israel nie so richtig eingelebt. Das Klima machte ihnen zu schaffen. Und das Heimweh. Aber ich bin mir nicht sicher, ob sie wirklich bleiben werden, sie verkraften es nicht, dass die Täter immer noch frei auf der Straße herumlaufen.«

Täter. Karin musste schlucken. Ob ihr Großvater sich auch eines Verbrechens schuldig gemacht hatte?

»Willst du auch wieder gehen?«, fragte sie.

»Ich will, dass die Täter bestraft werden. Deshalb studiere ich Jura, und deshalb bleibe ich auch.«

Karin würde so gerne noch mehr wissen, aber sie spürte, dass sie Waltraud nicht einfach so fragen konnte. Stattdessen betrachtete sie das Buch. »Darf ich es lesen?«

»Ich würde mich darüber freuen. Verkauft es sich denn gut?«

»Also, wir haben es nicht im Angebot, aber das werde ich ändern.« Sie legte das Buch zur Seite und die Hand auf ihren Bauch. Jetzt, wo sie sich etwas ausgeruht hatte, bewegte sich ihr Kind sehr viel.

»Aber sag, wie geht es dir? Wie war es gestern im Kaiserkeller?«, wollte Waltraud wissen.

»Das Essen war sehr lecker.« Von dem Streit mit den Eltern wollte sie nichts erzählen, Karins Sorgen waren doch nichtig im Vergleich mit dem, was die Familie von Waltraud erlebt hatte.

»Hast du dich schon mal mit dem Familienrecht auseinandergesetzt?«, fragte Waltraud geradeheraus.

»Wieso?«

Und dann erklärte Waltraud, dass das Jugendamt der gesetzliche Vormund aller unehelich geborenen Kinder war.

»Aber du kannst selbst einen Vormund vorschlagen, deinen Vater zum Beispiel. Dann bist du das Jugendamt los.«

»Meinen Vater?« Karin stellte die Tasse auf den Tisch. »Ausgerechnet. Wie soll das denn gehen?«

»Oder du heiratest.«

»Nur Billy«, erwiderte Karin.

»Glaubst du wirklich, dass er noch zurückkommen wird?«

»Nein. Aber ich weiß, dass mich niemand heiraten wird, wenn er von der Herkunft meines Kindes erfährt.«

Waltraud legte nachdenklich die Hand ans Kinn. »Dein Billy – ist er Schwarz?«

Karin nickte beklommen. Wenn Waltraud sich das so leicht zusammenreimen konnte, ahnten die Eltern dann auch was?

»Du brauchst deinen Vater«, sagte Waltraud. »Wenn du ihn auf deiner Seite hast, bist du alle Probleme los.«

*

Jedes Mal, wenn die Bürotür geöffnet wurde, drang ein Schwall Radiomusik in die Buchhaltung, und Vera lauschte sehnsüchtig. Bei geschlossener Tür herrschte Stille, nur unterbrochen vom Klappern der Rechen- oder Schreibmaschine oder den langatmigen Ausführungen Fräulein Wenzels zu den verschiedenen Haupt- und Nebenbüchern, die geführt werden mussten.

Auch gestern hatte sie fast den ganzen Tag nur geredet, als ob sie Vera alles Wichtige auf einmal beibringen wollte. Vera hatte sich Notizen gemacht und sie sich abends durchgelesen. Bei den vielen Büchern, die es hier gab, vom Lagerbuch übers Kontokorrentbuch bis hin zum Sortenbuch, hätte sie ja zu gerne einen Witz gemacht, dass sie doch in einer Buchhandlung gelandet sei, ließ es aber bleiben. Sie wollte nicht, dass Fräulein Wenzel glaubte, sie würde sich über sie lustig machen. Schließlich verdankte Vera es ihr, dass sie gleich bei vollem Gehalt eingestellt worden war.

Neben Fräulein Wenzel arbeitete noch eine Sekretärin

für die beiden Chefs, doch diese fehlte wegen einer längeren Krankheit. Fräulein Wenzel erzählte nicht viel über sie, dafür umso mehr über die Verkäufer und Elektriker, deren komplette Lebensgeschichten Vera bereits zu kennen glaubte.

Da reichte Fräulein Wenzel ihr die Lieferscheine vom Vortag. Veras erster Arbeitsauftrag.

Ihre Hand zitterte, als sie mit Schönschrift *2 Stück Radio Modell 88 GW – Lieferant Grundig, Nürnberg,* den Einkaufspreis und den späteren Bruttopreis von 88,– DM eintrug. Bloß nicht verschreiben!

Bei den verschiedenen technischen Bezeichnungen musste sie gut aufpassen, aber das fiel ihr immer leichter. Danach sollte sie noch die aktuellen Lieferscheine aus der Poststelle holen. Auf dem Weg dorthin wählte sie zwar das interne Treppenhaus, verließ es aber ein Stockwerk zu früh und stand auf einmal hinter der Verkaufstheke. Mist.

»Fräulein Wünsche, Sie kommen gerade richtig!«, rief der Juniorchef.

Wieder trug er ein helles Sakko. Bei *Radio Krüger* ging es gepflegt, aber nicht so streng wie in einer Bank zu, wo man immer einen schwarzen Anzug tragen musste. Er lächelte sie so breit an, dass ihr Herz einen kleinen Hüpfer machte. Dann ging er zu einem Plattenspieler, ließ den Tonabnehmer sinken und streckte die Hand aus.

»Wenn ich bitten darf.« Er verbeugte sich, und auf einmal erklang ein argentinischer Tango. Was sollte das? Vera blickte sich aufgeregt um und bemerkte, dass einige Herren in der Sitzgruppe erwartungsvoll aufschauten.

Augen und Ohren auf und niemals beschweren, hatte ihre Mutter ihr geraten, und so ergriff sie die ausgestreckte

Hand. Herr Krüger zog sie an sich, nahm eine Tanzposition ein und setzte sich im Takt der Musik in Bewegung.

Mit Annegret hatte Vera die Tänze geübt, die ihre Freundin in der Tanzschule gelernt hatte. Tango war nicht dabei gewesen. Aber er führte sie so gut, dass ihre Füße sich wie von alleine zu bewegen schienen. Schade, dass sie kein weites Tanzkleid, sondern nur eine weiße Schleifenbluse zu einem dunkelblauen Gabardinerock mit Kellerfalte trug. Darin konnte man sich zwar gut bewegen, aber der schwere Stoff selbst schwang leider nicht im Takt, wie Vera es liebte.

»Sehen Sie, meine Herren, was der Klang des Polydor Verstärkerkoffers alles bewirken kann? Die schönsten Frauen wirbeln sich im Kreise, wo auch immer Sie es wünschen.«

»Wenn sie sich führen lassen«, scherzte einer der Männer, die anderen lachten schallend.

Herr Krüger hielt inne und bedankte sich mit einer Verbeugung bei Vera.

»Das ist natürlich die Voraussetzung«, sagte er. »An dem ausgezeichneten Klang des Polydor wird das allerdings nicht liegen, der ist immer überzeugend. Hier wird kein altmodischer Trichter verwandt, sondern ein im Koffer eingebauter dynamischer Lautsprecher.« Er wies auf die Schlitze neben dem Plattenteller und die Membran darunter.

Vera überlegte, ob sie gehen durfte.

In diesem Moment bat Herr Krüger sie, den Koffer hochzuheben. Er war nicht so schwer wie befürchtet, Vera hob ihn von der Theke und stellte ihn auf den Nierentisch der Sitzgruppe.

»Sie sehen, meine Herren, der Polydor-Verstärkerkoffer

ist ein Leichtgewicht.« Herr Krüger lächelte Vera zu. »Vielen Dank, Fräulein Wünsche, Sie dürfen sich gerne wieder Ihren Aufgaben zuwenden.«

Vera knickste, und als sie sich umwandte, wählte sie automatisch die große, geschwungene Treppe, und erst als sie die ersten Stufen hochschritt, fiel ihr ein, dass das doch der falsche Weg war. Aber vor den neugierigen Blicken der Männer umkehren? Nie und nimmer. Stolz reckte sie den Kopf und hörte, wie über sie gesprochen wurde.

Als sie wieder an ihrem Schreibtisch saß, hatte sie weiche Knie.

»Wo waren Sie denn so lange?«, fragte Fräulein Wenzel. »Und wo sind die Lieferscheine?«

Sofort stand Vera wieder auf. Ihr eigentliches Ziel, die Poststelle, hatte sie völlig vergessen.

»Herr Krüger hat mit mir Tango getanzt.«

»Nein, so was. Wenn er das mit seiner Sekretärin macht, meinetwegen, aber mit so einem jungen Ding wie Ihnen? Wenn das der Senior wüsste! Aber der ist ja gerade auf Montage außer Haus.« Dann tippte sie weiter schwungvoll in ihre Rechenmaschine.

Vera hörte im Geiste noch immer die Musik. Wie kraftvoll er sie festgehalten und durch den Raum geschwungen hatte! Und er hatte nach Rasierwasser geduftet. Wie gerne hätte sie noch weitergetanzt, anstatt Zahlenkolonnen in die Kontobücher einzutragen.

Hoffentlich war die Sekretärin noch lange krank.

*

Am kommenden Samstag backte Friedel nicht nur mit Creme gefüllten Bienenstich, sondern auch eine Biskuitrolle und deckte für sieben Personen.

»Kommt jemand zu Besuch?« Karin kratzte mit dem Finger die letzten Cremereste aus der Schüssel.

»Der junge Herr Liebig.«

»O Gott!« Vor Schreck fiel ihr fast die Schüssel aus der Hand. Das verhieß nichts Gutes.

Die Küchentür wurde aufgerissen, und ihre Mutter stürmte herein. »Die Zuckerdose ist halb leer, die müssen wir noch auffüllen.« Sie stellte die Porzellandose mit dem Goldrand auf den kleinen Küchentisch.

»Mutti, ist das wahr? Du hast den ekligen Wieland eingeladen?«

»Das will ich nicht hören. Wieland Liebig ist eine sehr gute Partie. Dein mysteriöser Mann taucht ja nie auf«, gab ihre Mutter zurück.

Auf einmal klingelte es.

»Zieh dir was anderes an, Karin, du willst doch Eindruck machen.« Ihre Mutter eilte zur Tür.

Konsterniert blickte Karin ihr nach. Für diesen Kerl würde sie sich auf gar keinen Fall umziehen.

Wieland Liebig hatte sich die Haare gewaschen und roch ungewohnt nach Seife. Sein grauer Anzug war neu, das Hemd strahlend weiß. Er lobte den Kuchen, fragte, ob Karin ihn gebacken habe, und schwärmte von der Internationalen Automobil-Ausstellung, die Mitte April erstmalig in Frankfurt stattfinden sollte. Während er die technischen Details des Volkswagens seines Vaters herunterratterte, hing ihre Mutter an seinen Lippen, als würde sie demnächst mit ihm an den Bodensee fahren und nicht seine Eltern. Der perfekte Schwiegersohn.

Wie sollte Karin ihn nur loswerden?

»Als Lehrer kann ich die zukünftigen Generationen formen«, wechselte Wieland Liebig das Thema. »Sie müssen zu geraden Menschen erzogen werden! Sie brauchen Führung, die moderne Welt verleitet die Jugend zu Ausschweifungen, die Schule muss dem mit der Erziehung zum Gehorsam entgegenstehen.«

Ihr Vater zog die Stirn in Falten. »Welche Fächer unterrichten Sie denn?«

»Deutsch und Geschichte.«

»Und da haben Sie nicht gelernt, dass diese Sprüche vom geraden Menschen faschistisches Gedankengut sind?«

»Justus!«, rief Mutter. Karin wartete auf das übliche *Darüber spricht man nicht*, aber das traute sie sich anscheinend vor Wieland Liebig nicht, sie wollte ja einen guten Eindruck machen.

»Wie alt sind Sie, Herr Liebig?«, fragte ihr Vater. »Was haben Sie während des Krieges gemacht?«

»Justus!«

»Ich bin sechsundzwanzig Jahre alt und war Soldat, wie jeder andere gute Deutsche auch. Ostfront. Und Sie?«

»Frankreich.«

»Auszeichnungen?«, drehte Wieland Liebig den Spieß um.

Der Vater schüttelte den Kopf.

»Eisernes Kreuz 1. und 2. Klasse!«, triumphierte Wieland Liebig.

Oje, ein Kriegsheld. Karin erschauerte. Hoffentlich verschonte er sie mit den Geschichten, wie er sich die Auszeichnungen verdient hatte.

»Als Lehrer stehen Sie in der Verantwortung, unsere jungen Menschen zu Demokraten zu erziehen«, echauffierte sich ihr Vater.

»Darf ich Ihnen noch einen Kaffee anbieten?«, versuchte ihre Mutter, die Stimmung zu heben. »Karin, schenk ihm doch nach!«

Wieland Liebig reichte ihr seine Tasse. Ihm zu Ehren gab es echten Bohnenkaffee, wer würde da schon ablehnen.

»Gehen Sie gerne tanzen?«, fragte Karin nicht ohne Hintergedanken.

»Natürlich«, sagte Wieland Liebig und strich seine Krawatte gerade. »Wiener Walzer ist meine Spezialität.«

»Und Swing? Mögen Sie Swing? Vera, leg doch mal deine Louis-Armstrong-Platte auf.«

Vera grinste verschwörerisch.

»Sie hören diese primitive Musik direkt aus dem Busch?«, entrüstete er sich. »Eine deutsche Frau sollte dazu nicht tanzen, das verstößt gegen Sitte und Moral.«

Karin ließ die Kaffeekanne sinken.

»Wobei ich Sie, liebes Fräulein Wünsche, nicht beleidigen wollte. Ihre … Umstände werde ich tolerieren.« Wieland Liebig räusperte sich. »Ich möchte ehrlich sein, das schulde ich Ihnen als meiner künftigen Gattin. Durch eine Kriegsverletzung bin ich bedauerlicherweise nicht in der Lage, Kinder zu zeugen.« Betreten schaute er auf die Hände in seinem Schoß.

»Werden Sie das Kind wie Ihr eigenes behandeln?«, fragte Karin.

»Nun, das wird man sehen. Bastarde sind schwierig zu erziehen, da braucht man eine harte Hand.«

Bastarde? Karin stellte die Kanne ab, ohne Herrn Liebig nachgeschenkt zu haben.

»Was für ein Reinfall!« Ihr Vater öffnete die Holzkiste auf der Kommode und roch an einer Zigarre. Karin reichte ihm Aschenbecher und Streichhölzer.

»Vielleicht haben wir ja auch was missverstanden.« Ihre Mutter stapelte das Kaffeegeschirr auf einem Tablett. Vera half ihr dabei. »Vergiss nicht, Justus, Herr Liebig ist Beamter.«

»Ich lege keinen Wert darauf, ihn in unserer Familie willkommen zu heißen.« Er knipste das Ende seiner Zigarre ab und zündete sie an. »Der ist noch immer ein Faschist!«

Karin setzte sich wie früher auf die Lehne seines Sessels.

»Was ist eigentlich, wenn ich keinen Mann finde?«

»Karin, das kann ich mir nicht vorstellen. So ein hübsches Mädchen wie du!«, erwiderte ihr Vater.

»Ich hätte ja so gern Herrn Fahlbusch eingeladen, unseren neuen Anwalt.« Ihre Mutter stellte Wieland Liebigs Teller klirrend auf das Tablett. »Leider habe ich gestern erfahren, dass er sich verlobt hat. Mit der Tochter eines Architekten. Da können wir natürlich nicht mithalten.«

»Gibt es bei Herrn Böttcher nicht irgendeinen unverheirateten Jungbuchhändler, dem du schöne Augen machen könntest?«, fragte ihr Vater. »Immerhin haben wir eine Buchhandlung zu vererben. Oder wir geben eine Heiratsannonce im Börsenblatt auf!«

»Vati!«, rief sie. Das konnte er doch nicht ernst meinen.

»Irgendeinen Mann heiraten, nur damit das Kind einen Namen hat, das kommt nicht infrage. Ich weiß, ich habe einen Fehler gemacht. Aber ich gebe die Hoffnung nicht auf, dass sich sein Vater noch meldet. Ich will keinen anderen heiraten.«

»Aber dann ist dein Kind unehelich!«, rief ihre Mutter entsetzt. »Das ist ein Makel fürs ganze Leben. Das Kind wird gesellschaftlich geschnitten werden.«

»Wenn du keinen Mann findest, kannst du das alles schön alleine ausbaden.« Ihr Vater fuchtelte mit der Zigarre rum, sodass er Asche auf Karins Ärmel streute. Abrupt stand sie auf.

»Wirfst du mich raus?« Mit großen Augen starrte sie ihn an. Endlich hatte sie ihre größte Angst ausgesprochen – dass die Eltern diese angebliche Schande nicht ertrugen und sie deshalb gehen musste. Aber wohin?

Ihr Vater legte die Zigarre weg und schaute sie ausdruckslos an, als ob er es tatsächlich erwägen würde. Und ihre Mutter stellte sich auch noch neben ihn. Sie waren so alt und verbohrt, immer war ihnen nur die Meinung der Kunden wichtig. Bloß nicht auffallen!

»Justus«, mischte Tante Elvira sich ein. »Das meinst du doch wohl nicht ernst. Du kannst Karin nicht wegschicken.«

»Bist du nicht diejenige, die die ganze Zeit von der Schande redet und dass sie einen Mann braucht?« Er wischte sich die Aschekrümel von der Strickjacke.

»Ja, schon. Aber nur weil es keinen Vater gibt, kannst du dein Enkelkind nicht auf die Straße setzen. Stell dir das vor! So ein kleines Würmchen und schutzlos in der Kälte …« Tante Elviras Stimme zitterte. »Du weißt, wie schnell Säuglinge sterben können. Kannst du das vor deinem Gewissen verantworten?« Sie wischte sich mit einem Taschentuch über die Augen.

Ihre Mutter seufzte tief, auch Karin schnürte es bei diesem Gedanken die Kehle zu.

»Außerdem – wenn du Karin rauswerfen willst, vermiete ich ihr eben das Zimmer, in dem sie wohnt. Dann kannst du gar nichts machen. Ich habe schon zwei Kinder zu Grabe getragen, das reicht, selbst wenn man schon so alt ist wie ich.«

Jetzt musste er doch zustimmen! Bang schaute Karin ihren Vater an, aber er erwiderte ihren Blick nicht, sondern starrte mit versteinerter Miene den Aschenbecher an.

»Karin ist in Not«, sagte Vera. »Wir können sie nicht im Stich lassen.«

Ihre Mutter seufzte wieder. »Vera, du musst auch an dich denken, dein Ruf leidet doch ebenfalls darunter. Die mangelnde Moral deiner Schwester lässt auch dich in einem schlechten Licht dastehen.«

»Wer meine Schwester nicht akzeptiert oder ihr Kind, den will ich sowieso nicht heiraten«, gab Vera zurück.

Verzweifelt kniete Karin sich vor ihn, soweit es der dicke Bauch zuließ. »Willst du dein Enkelkind aufwachsen sehen?«

Aber noch immer schwieg er mit versteinerter Miene.

12

EIN NEUES HAUS, EIN NEUER MENSCH

Nur noch zwei Wochen bis zum errechneten Geburtstermin. Karin war so froh, wenn endlich alles vorbei war. Sie schlief schlecht, hatte ständig Rückenschmerzen, und ihr Bauch wurde immer dicker, obwohl sie das gar nicht mehr für möglich gehalten hätte.

Zum Glück hatten nicht alle Nachbarinnen so viele Vorurteile wie Frau Sommer von gegenüber. Frau Koppes deren jüngstes Kind gerade ein Jahr alt geworden war, hatte ihr das gelbe Umstandskleid mit dem weißen Matrosenkragen ausgeliehen, das Karin gerade trug. Ihr Mann war Trambahnfahrer und kein höherer Beamter wie Herr Sommer, und trotzdem hatte sie ihr auch noch einen ganzen Korb voller Säuglingswäsche in die Hand gedrückt. Karin war so dankbar für diese Hilfe.

Bald würde sie sich den ganzen Tag nur noch um ihr Kind kümmern, da wollte sie den heutigen Sonntag für einen Ausflug mit der Familie zu Goethes Geburtshaus nutzen. Sie freute sich so darauf zu sehen, wo der große Dichter nicht nur geboren worden war, sondern auch als Kind gespielt und seine ersten Gedichte geschrieben hatte.

Ausgerechnet an Goethes Todestag am zweiundzwanzigsten März war sein Geburtshaus 1944 der verheerendsten Bombardierung Frankfurts zum Opfer gefallen. Doch jetzt war es wieder aufgebaut und vor wenigen Tagen offiziell eingeweiht worden. Neben Bundespräsident Theodor Heuss und den drei alliierten Hochkommissaren waren Albert Schweitzer, Hermann Hesse, Thornton Wilder und Thomas Mann anwesend gewesen. Ihr Vater hatte es sehr bedauert, dass Herr Grimm vom Börsenverein ihm keine Eintrittskarte hatte besorgen können. Dafür hätte er sogar mal für ein paar Stunden den Laden zugemacht.

Karin war so gespannt. Das letzte Mal, als sie das Haus gesehen hatte, war es noch im Rohbau gewesen.

Die Tram hielt quietschend an der Hauptwache, und Karin hievte sich vom Holzsitz. Die letzten Meter bis zum Großen Hirschgraben ging Familie Wünsche zu Fuß.

Schon von Weitem ragte das gelbe Haus wie ein Solitär zwischen den Trümmern auf den Nachbargrundstücken hervor. Drei Stockwerke war es hoch, dazu das imposante Dach mit zwei weiteren Etagen. Wahrlich beeindruckend und so liebevoll gestaltet, sogar rote Geranien blühten schon vor den Fenstern im Erdgeschoss.

Ehrfürchtig bestaunte sie das Haus, bevor sie sich zu ihrer Familie in die Schlange vor der Kasse gesellte.

»Kannst du denn so lange stehen?« Ihr Vater schaute sich um. Es waren bestimmt noch zehn Meter bis zum Eingang.

»Das schaffe ich schon.«

»Karin, sosehr ich Goethe liebe – mein Enkel soll trotzdem nicht in seinem Geburtshaus zur Welt kommen.«

Erstaunlicherweise gab er sich seit dem Streit nach Wieland Liebigs Besuch mehr Mühe. Ob Tante Elviras Erwähnung ihrer verstorbenen Töchter ihn aufgerüttelt hatte? Zu Karins Zukunft hatte er sich zwar immer noch nicht geäußert, aber als sie jetzt beobachtete, wie eifrig er sich darum bemühte, dass sie vorgelassen wurde, machte sie sich keine großen Sorgen mehr. Tatsächlich gelang es ihrem Vater, dass zumindest sie beide sofort eintreten durften.

Neugierig schlenderten sie durch die niedrigen Räume mit den Stuckdecken, den wertvollen Kommoden aus verschiedenen Edelhölzern und Glasvitrinen voller Originaldokumente.

»Eigentlich ist es ja gar kein Wiederaufbau, sondern ein Neubau, weil der Brand fast alles zerstört hat. Zum Glück hatten sie die Inneneinrichtung ausgelagert.« Ihr Vater streckte die Hand aus, als wollte er einen der Originalstühle berühren, zog sie dann aber wieder zurück. »Kannst du dir vorstellen, dass es Menschen gibt, die gegen den Wiederaufbau waren?«

»Im Dritten Reich wurden Goethes Ideale mit Füßen getreten, und jetzt will keiner damit etwas zu tun haben. Findet jedenfalls Waltraud«, sagte Karin.

»Und was denkst du?«

»Es würde nichts ungeschehen machen, wenn man das Haus nicht aufgebaut hätte. Es ist ein Symbol für die Hoffnung und den Humanismus, genauso wie die Paulskirche. Und beides brauchen wir, um unsere Zukunft gestalten zu können.«

»Das sehe ich ganz genauso, Kind.«

Sogar die Küche mit einem Herd, der mehr einer Feuerstelle glich, war noch erhalten. »Und schau, die Wasserpumpe in der Küche, das war damals richtiger Luxus!«

Karin hakte sich bei ihm unter. Er schaute besorgt, dabei wollte sie ihm nur endlich wieder nahe sein. Sie hatte die Gespräche mit ihrem Vater vermisst.

Als sie wieder draußen waren, trafen sie eine Stammkundin. Wie immer fiel Frau Winterhuber mit ihren rot gefärbten Haaren auf – zu denen sie heute einen violetten Hut mit einer langen Feder trug, die ständig den Leuten im Gesicht herumhing. Karin schüttelte innerlich den Kopf. Frau Winterhuber liebte alles Außergewöhnliche.

Jeden Tag kaufte sie in der Kleinmarkthalle ein, und auf dem Rückweg schaute sie gerne bei Karins Vater vorbei. Anfangs wohl eher, weil sie einen Buchladen in einer Holzbude amüsant fand, jetzt, weil sie das Bücherangebot schätzte.

Sie unterhielten sich gerade angeregt über den Neubau des Schauspielhauses, als Vera aus dem Goethehaus trat. Karin fiel sofort der große, hagere Mann neben ihr auf. Er trug einen hellen Sommeranzug und die dunklen Haare ein klein wenig zu lang. Vera blickte ihn scheu an und strich ihren Rock glatt. Das machte sie immer, wenn sie nervös war. Jetzt beugte sich der Mann vor, sagte etwas zu ihr, und Vera in ihrem himmelblauen Baumwollkleid strahlte.

Hinter den beiden erschienen Karins Mutter und Tante Elvira. Sofort drehte sich der Herr um und reichte den beiden Damen nacheinander die Hand, um ihnen die ausgetretenen Stufen hinunterzuhelfen.

Langsam kamen sie auf Karin und ihren Vater zu.

»Vielen Dank, Herr Krüger«, sagte Tante Elvira betont freundlich.

Das war einer von Veras Chefs! Karin musterte ihn, als er seinen hellen Sommerhut lüpfte. Ein Ring blitzte in der

Sonne auf. »Auf Wiedersehen, die Damen! Genießen Sie Ihren Sonntag«, sagte er und ging weiter.

Einem Radiofachmann hätte Karin so ein großes kulturelles Interesse gar nicht zugetraut. Schraubten die nicht den ganzen Tag Spulen und Elektroden zusammen?

»Schade«, sagte ihre Mutter, als er außer Hörweite war. »Ich hätte ihn zu gerne noch Justus vorgestellt.«

»Mutti, übertreib es nicht«, sagte Karin.

»Das verstehst du nicht.«

»Aber sicher. Herr Krüger wird ein gut gehendes Geschäft erben.«

»Nein, also, was denkst du von mir! Es ist doch geschäftlich von Vorteil, sich mit Frankfurts größtem Radiogeschäft gut zu stellen.« Sie schaute konsterniert zu Frau Winterhuber.

Vera hängte sich bei Karin ein. »Ist er nicht himmlisch?«, flüsterte sie.

»Herr Krüger?«, fragte Karin spöttisch.

»Er sieht so gut aus.« Vera bekam einen sehnsüchtigen Gesichtsausdruck. »Und wie er tanzen kann …«

»Woher weißt du das denn?«

»Ach, letztens haben sie einen tragbaren Plattenspieler ausprobiert …«

»Pass auf, er ist verheiratet«, sagte Karin.

»Nein, das ist ein Siegelring.«

»Da hast du aber genau hingeschaut.« Sie drückte Veras Arm. »Und sonst? Glaubst du, er würde einen Schwarzen Neffen mögen?«, flüsterte sie in Veras Ohr.

»Also Karin! Er ist mein Chef.« Vera schaute sich nach ihm um. »Seine Sekretärin ist viel hübscher als ich.«

Ihr Vater winkte sie zu sich, und sie begrüßten Frau Winterhuber.

»Stellt euch vor, Frau Winterhuber war früher Schauspielerin!«, sagte er voller Bewunderung. Daher wahrscheinlich der ausgefallene Kleidungsstil.

»Das ist doch schon so lange her«, wehrte sie kokett ab.

»Haben Sie Filme gedreht?«, fragte Vera.

»Nein, ich brauche die Bühne.« Sie machte eine theatralische Bewegung. »Und ich habe literarische Soireen veranstaltet, die waren Stadtgespräch! Mein Mann war Antiquitätenhändler, historischer Schmuck, Möbel, leider habe ich alles verloren. Das Haus will ich wieder aufbauen, aber irgendetwas fehlt immer, Geld, Genehmigungen, Pläne. Derzeit sind es die Maurer.«

»Bauarbeiter sind Mangelware, und das war unser Glück. Wir durften nur nach Frankfurt ziehen, weil ich eine Stelle als Maurer nachweisen konnte«, sagte Karins Vater.

Frau Winterhuber sah erstaunt aus. »Sind Sie gar kein Buchhändler?«

»Doch, doch, in der vierten Generation, aber es war mir nach dem Krieg nicht möglich, meinen Beruf auszuüben, und so habe ich im Maurerbetrieb meines Schwiegervaters gearbeitet. Es war ja auch viel wichtiger, für ein Dach über dem Kopf zu sorgen.«

Sie sah ihn auf einmal anders an. Aufmerksamer.

»Werden Sie Ihr Antiquitätengeschäft wieder eröffnen?«, fragte er.

»Nein. Eine der Wohnungen werde ich nutzen, der Rest wird vermietet, auch die Ladenräume im Erdgeschoss.«

»Wie wäre es mit einer Buchhandlung?«

»Herr Wünsche!« Sie zog die Augenbrauen hoch. »Wollen Sie sich vergrößern?«

»Meine Bude platzt aus allen Nähten, das wissen Sie doch.«

»Und was halten Sie davon, wenn Sie als Maurer beim Aufbau helfen und ich Ihnen dafür den Laden vermiete?«

»Ich wollte Ihnen schon dasselbe vorschlagen. Ich habe auch noch gute Kontakte zu meinem früheren Arbeitgeber hier in Frankfurt …« Ihr Vater beugte sich vor und küsste ihr die Hand.

»Der passende Ort, um Goethe zu zitieren: ›Ein neues Haus, ein neuer Mensch‹.« Frau Winterhuber deutete mit dem Kopf auf Karins Bauch. »Auf den neuen Menschen freuen Sie sich bestimmt schon. Langsam müsste doch die Hochzeit anstehen, oder?«

Der angebliche Verlobungsring! Eigentlich trug Karin ihn nur noch aus reiner Gewohnheit. Sie zog ihn vom Finger.

»Da wird so schnell nichts draus«, sagte sie lapidar.

»Eine ledige Mutter?« Frau Winterhuber musterte Karin mit Respekt. »Als ich jung war, galt so etwas als avantgardistisch. Wir dachten, mit dem Kaiserreich wäre auch die alte Moral überholt. Es ist eine Schande, dass sich nichts geändert hat, gar nichts. Trotz Auschwitz und Stalingrad – sobald eine Frau ohne Ring am Finger schwanger wird, brechen Welten zusammen.«

Karin sah überrascht hoch. Auf einmal gefielen ihr der übertriebene Hut, der grellrote Lippenstift und die schwarzen Spitzenhandschuhe.

13

SCHÖNE, NEUE WELT

Drei Wochen später lag Karin unter den geöffneten Erkerfenstern auf dem grünen Sofa. Vögel zwitscherten, der Jasmin im Vorgarten duftete, die Welt war schön, und doch wäre sie viel lieber in der Hasengasse gewesen. Diese schwerfällige Untätigkeit war nichts für sie.

Wenigstens war das Buch gut, das sie auf gut Glück aus Tante Elviras Regalen gezogen hatte. *Welt wohin?* von Aldous Huxley, noch 1932 im Leipziger Insel-Verlag erschienen. Der *Roman der Zukunft* schilderte eine Welt, in der Säuglinge in Flaschen großgezogen und genormt wurden, Massenerzeugnisse unterschiedlicher Qualität aus Brutkästen.

Wie so ein Brutkasten kam Karin sich auch vor. Das Kind ließ sich Zeit. Geburtstermin war der fünfundzwanzigste Mai, heute war schon der erste Juni. Ihr Bauch fühlte sich schwer und merkwürdig fest an. Sie lag unbequem, ständig verkrampfte sich ihr Körper, egal, auf wie viele Kissen sie sich bettete.

Bei Huxley ging es aber nicht nur um genormte Kinder, sondern vor allem um eine Diktatur, die ihre Untertanen neben einer gehörigen Gehirnwäsche dadurch zufriedenstellte, dass Liebesbeziehungen gefördert wurden, es aber keine Ehe gab. Dafür Verhütungsmittel für alle.

Warum gab es die nicht in der echten Welt? Dann hätte sie die ganzen Probleme nicht. Trotzdem wollte sie nicht in einer Welt wie der von Aldous Huxley leben. Menschen züchten, Herrenmenschen, Untermenschen, das war doch wie im Dritten Reich.

Karin legte die Hand auf ihren Bauch. Ihr eigenes Kind. Etwas, das es bei Huxley nicht gab, wie grausam. Wieder zog es durch ihren Unterleib, sie atmete tief durch und setzte sich anders hin.

»Alles in Ordnung?«, fragte Tante Elvira, die am Esstisch Kreuzworträtsel löste.

»Ja, ja.«

Plötzlich durchfuhr sie im Rücken ein stechender Schmerz, sie stöhnte auf und beugte sich vor.

»Karin!«

»Nichts, ist schon wieder vorbei.«

»Und wie oft hattest du schon dieses Nichts?« Tante Elvira schlug das Rätselheft zu.

»Keine Ahnung.«

Da kam der Schmerz wieder, stärker und heftiger als zuvor.

»Friedel! Es ist so weit!« Tante Elvira sprang so schnell auf, dass ihr der Stift runterfiel. Sie hob ihn nicht auf, rief wieder nach Friedel, eilte zu Karin und legte ihr die Hand auf den Rücken.

»Kannst du laufen?«

»Alles bereit!« Friedel stand auf einmal mit Karins kleinem Lederkoffer vor ihr.

Karin krümmte sich und bekam kaum Luft.

»Die Wehen sind schon sehr stark. Sie muss gefahren werden. Ich gehe zu Liebigs«, sagte Tante Elvira, und Karin hörte die Wohnungstür. Eigentlich war geplant, dass sie, wenn die ersten Wehen einsetzten, mit ihrer Mutter oder Vera zu Fuß ins Krankenhaus gehen sollte. Doch die beiden waren nicht da.

»Scheren Sie sich raus«, rief Herr Liebig laut durchs Treppenhaus. »Meinen Sohn wollte sie nicht haben, aber ihr Bankert soll bei mir auf dem Rücksitz zur Welt kommen?«

»Friedrich-Wilhelm!«, piepste Frau Liebig.

»Nein, Cäcilie!«

»Herr Liebig, ich bitte Sie.« Das war Tante Elvira. »Muss ich Sie daran erinnern, dass mein Mann den kleinen Wieland mit seinem gebrochenen Bein damals ins Krankenhaus gefahren hat?«

»Bitte, Friedrich-Wilhelm!«

Die nächste Wehe, ein unfassbarer Schmerz, Karin krümmte sich, schrie. Sofort standen alle im Zimmer, auch der dicke Herr Liebig mit dem Schmiss auf der Wange.

»Wenn die den Wagen dreckig macht, dann putzen Sie das aber wieder weg!«

»Natürlich.« Friedel drückte ihm Karins Koffer in die Hand. Dann umfassten sie und Tante Elvira Karin an der Taille und führten sie langsam zu Liebigs schwarzem Volkswagen mit dem Brezelfenster, der vor dem Seiteneingang stand. Herr Liebig setzte sich ins Auto, ohne ihnen die Beifahrertür zu öffnen. Das erledigte seine Frau.

»Soll ich mitkommen?« Tante Elvira half ihr einzusteigen.

Karin schüttelte den Kopf. »Das schaffe ich schon, was sollst du da stundenlang auf dem Gang warten.«

»Wo soll's denn hingehen?« Herr Liebig drehte den Schlüssel um, und der Motor startete knatternd.

»Ins Bürgerhospital an der Nibelungenallee.«

»Fräulein Wünsche?« Sie schreckte hoch. Die Schwester hielt ihr ein weißes Stoffbündel entgegen. »Wollen Sie sie halten?«

Karin streckte die Arme aus und sah ihrer Tochter ins zerknautschte Gesicht. Tiefe Liebe durchflutete sie. Sanft streichelte sie die weiche hellbraune Haut und die dunklen Flaumhaare, küsste sie das allererste Mal auf die Stirn, sog ihren Duft ein, und sie freute sich so unendlich, dass ihr die Tränen übers Gesicht rannen.

Nie würde sie diesen Anblick vergessen. Niemals. Ihre kleine Caroline, die Belohnung für Stunden voller Angst und Schmerz während der Geburt. Sie öffnete kurz die Augen, der Blick irrte umher, verweilte auf Karins Gesicht, und schon schlossen sich die Lider wieder.

Da nahm die Schwester das kleine Bündel, legte es in einen metallenen Stubenwagen und schob ihn hinaus. Karin blieb einsam zurück.

Anschließend kam sie ins Wöchnerinnenzimmer. Im Vergleich zum geschäftigen Kreißsaal herrschte hier Stille, die anderen Frauen schliefen. Fünf Betten in zwei Reihen, in der Mitte ein Tisch mit Stühlen. Die Schwester schob sie neben das Fenster. Mittlerweile war tiefe Nacht, und der Mond schien hinter den Vorhängen. Ob Billy auch irgendwo den Mond betrachtete? Ob er noch an sie dachte? Wie elend und allein sie sich fühlte. Alles in ihr zog sich zusammen, sie versteckte sich unter der Decke und weinte.

»Ein farbiges Kind«, hörte sie eine Frau flüstern.

»Was?«, sagte eine andere, nicht mehr ganz so leise.

»Wenn isch es doch sage!«

Karin drehte sich um und stellte sich schlafend, als aber das Geraune unter den anderen Wöchnerinnen über die Hautfarbe ihrer Tochter nicht aufhören wollte, setzte sie sich auf.

Die fünf Frauen verstummten und blickten sie neugierig an.

»Guten Morgen«, sagte Karin. Au, der Dammriss. Sie schob sich die Hände unter die Pobacken. Die anderen grüßten zurück, schauten betreten zur Seite und raschelten mit dem *Blatt der Hausfrau*.

Eine Krankenschwester in hellblauer Tracht betrat resolut das Zimmer, steckte jeder von ihnen ein Fieberthermometer in den Mund, erkundigte sich nach dem Stuhlgang und trug alles in große Patientenbögen ein.

Aber wo war ihre Tochter? Gebannt schaute Karin zur Tür. Nichts. Ging es ihr gut, war sie gesund? Warum trennte man Mutter und Kind, das war ja wie bei Huxley, jeder Kontakt verboten …

Endlich kam die Schwester zu ihr.

»Guten Morgen, ich bin Oberschwester Magda.« Schon hatte Karin ein Thermometer im Mund.

»Ich möchte meine Tochter sehen«, nuschelte Karin.

»Keine Angst, Ihr Kind schreit Ihnen schon noch früh genug die Ohren voll.«

Die Oberschwester sah auf das Klemmbrett, das am Ende des Bettes hing. »Wir brauchen noch den Namen des Kindes.«

»Caroline«, sagte Karin. »Caroline Wünsche.«

Wieder der Blick der Schwester auf die Angaben.

»Na, so eine wie Sie hatten wir ja schon lange nicht mehr. Die Beine für irgendwelche Amis zum Überleben breit machen ist doch gar nicht mehr nötig. Na, was soll's, Ihr Problem.«

Wieder öffnete sich die Tür, und endlich trugen die Schwestern die Säuglinge in dicke Tücher gewickelt herein, legten jeder Frau ihr Kind wortlos in die Arme.

Caroline. Ihre kleine, geliebte Tochter.

Sie schrie und war offenkundig hungrig. Was sollte sie tun? Instinktiv summte Karin leise. Caroline holte kurz Luft und betrachtete sie mit ihren dunklen Augen. Dann schrie sie weiter.

»Kommen Sie, ich zeige Ihnen, wie Sie die Kleine stillen.« Die Oberschwester knöpfte Karins Nachthemd auf.

Und als Caroline ihre Lippen um ihre Brustwarze legte und zum ersten Mal saugte, durchfuhr Karin ein Schmerz bis in den Unterleib, direkt gefolgt von grenzenlosem Wohlgefühl. Es kam tatsächlich irgendetwas aus Karins Busen, Milch war es keine, eher eine klare Flüssigkeit, aber sie konnte ihr Kind stillen, alles war, wie es sein sollte.

Der feste Sog endete, Caroline riss den Mund auf, ihr Blick irrte suchend umher. Die Oberschwester forderte Karin auf, die Brust zu wechseln, und bevor Caroline losschreien konnte, erwischte sie die andere Brustwarze und saugte. Wieder der Schmerz, für einen kleinen Moment, und grenzenlose Liebe.

Nach dem Stillen wurde Caroline zum Waschen weggebracht. Karin solle sich ausruhen. Aber sie wollte lieber Caroline bei sich haben. Ihre Bettnachbarin hielt das für eine dumme Idee, sie hatte bereits drei Kinder und schlief die ganze Zeit, um sich ein *Schlafpolster* zuzulegen. Die Mutter auf der anderen Seite lackierte sich die Fingernägel und verachtete jede, die zu Hause keine Kinderfrau hatte.

»Caroline klingt gar nicht nach einem amerikanischen Kind«, sagte sie. »Sie brauchen einen anderen Namen. Caroline Wünsche, das klingt so deutsch.«

»Sie ist ja auch deutsch«, sagte Karin.

»Na ja.« Die Frau pustete auf ihre roten Fingernägel.

»Karin! Liebes, wie geht es dir?«

Ihre Eltern rissen sie aus tiefem Schlaf.

»Ihr habt eine Enkelin«, sagte Karin und versuchte, sich aufzusetzen. Eine Lernschwester hatte ihr einen Gummiring gebracht, damit ging es besser.

»Ein Mädchen! Justus, wir haben eine Enkelin! Ist sie gesund, ist alles in Ordnung?«, fragte ihre Mutter.

»Fünf Finger, fünf Zehen, einen Kopf.«

Die Mutter senkte die Stimme. »War es schlimm?«

»Es ist vorbei«, sagte Karin.

»Wie soll sie heißen?«, wollte ihr Vater wissen.

»Caroline.«

»Oh, wie schön, ich muss sie sehen.« Und schon eilte ihre Mutter aus dem Wöchnerinnenzimmer.

»Bleib noch einen Moment«, versuchte Karin, sie zurückzuhalten. Eigentlich war sie davon ausgegangen, dass die Eltern zu Besuch kamen, wenn sie Caroline stillte. Bestimmt würden sie ihren kleinen Schatz auf den ersten Blick lieb haben.

»Caroline«, sagte ihr Vater und seufzte. »Wenn meine Mutter das noch erlebt hätte … Caroline war ihr zweiter Vorname.«

Das hatte Karin nicht gewusst, aber noch wollte sie nicht erklären, warum sie Caroline so genannt hatte – wegen Billys Heimat South Carolina.

»Wer ist denn in der Buchhandlung?«, fragte sie. »Du hast doch hoffentlich nicht am Samstag zugemacht?«

»Keine Angst.« Er zog einen Stuhl ans Bett und setzte sich. »Vera hält die Stellung. Krügers waren so nett und haben ihr einen Tag Urlaub gegeben.«

Plötzlich wurde die Tür aufgerissen. Mit hochrotem Kopf stürmte ihre Mutter herein und schrie: »Justus, das musst du … das Kind …«

Hinter ihr tauchte Oberschwester Magda auf. »Was erlauben Sie sich? Fräulein Wünsche, ist das Ihre Mutter?«

Karin nickte.

»Niemand darf unbefugt ins Säuglingszimmer, und auch hier im Wöchnerinnenzimmer ist nur ein Angehöriger zugelassen.«

»Aber wieso denn, wir stören doch niemanden«, sagte Karin. Sie musste unbedingt mit beiden zusammen reden.

»Also, das ist doch die Höhe!« Oberschwester Magda schnappte nach Luft. »Damit werden die Kinder vor unnötigen Krankheitskeimen geschützt, aber so viel Rücksicht ist wohl zu viel verlangt. War ja nicht anders zu erwarten bei dem Kind.«

Sofort verstummten alle anderen Gespräche.

»Wie bitte?« Ihr Vater stand auf. Er überragte die Oberschwester um einen Kopf, trug seinen besten Anzug, die Schuhe waren auf Hochglanz poliert, der Seitenscheitel akkurat wie immer. »Wie reden Sie denn über mein Enkelkind?«

»Justus, das Kind ist Schwarz!«, rief ihre Mutter.

Er starrte Karin an. Sie hatte das Gefühl, immer kleiner und kleiner zu werden. Alles ging schief.

»Fünf Minuten, aber nicht länger«, keifte die Oberschwester und rauschte von dannen.

»Da hätte ich mir die Mühe mit dem neuen Ehemann auch sparen können! Wer nimmt denn eine Frau mit einem …« Ihre Mutter schlug entsetzt die Hände vors Gesicht.

Vater setzte sich wieder und sah Karin an, als wäre sie eine Fremde. »Durften wir deshalb nicht wissen, wer der Vater ist?«

Trotzig nickte Karin.

»Und wo ist er?«

»Ich weiß es nicht.« Sie ergriff ihre Handtasche neben dem Bett und holte das Foto heraus, auf dem Billy vor der Kaserne stand. »Darf ich vorstellen? Private First Class William Cape aus South Carolina. Und bevor ihr fragt: Er antwortet mir auf meine Briefe nicht.«

Endlich war es heraus. Karin brach in Tränen aus.

»Unglaublich.« Ihre Mutter betrachtete das Foto. Ihre Hände zitterten.

»Fräulein Wünsche?«, fragte auf einmal eine strenge Stimme. Karin schaute auf. Eine magere Frau im blau-weiß gestreiften Kleid klappte gerade ihre Aktentasche auf.

»Frau Lilienfein, ich bin vom Jugendamt.«

»Jetzt schon? Mein Kind ist noch keine zwölf Stunden alt!« Karin war sprachlos. Konnten die nicht warten, bis sie wieder zu Hause war? Sie wollte nicht noch mehr auffallen. Wenigstens sprach Frau Lilienfein leise, während sie einen Schnellhefter und einen Füllfederhalter aus ihrer Tasche holte.

»Das Krankenhaus benachrichtigt uns immer sofort bei einer unehelichen Geburt, das ist Routine und geschieht nur zum Wohle des Kindes. Es gibt immer wieder ledige Mütter, die sich sofort aus dem Staub machen.« Sie schraubte den Füller auf. »Ich darf Sie darüber aufklären, dass bei allen unehelichen Kindern das Jugendamt der gesetzliche Vormund des Kindes ist.«

»Kann ich nicht selbst über mein Kind entscheiden?«, begehrte Karin halbherzig auf. Dabei hatte Waltraud ihr die entsprechende Gesetzespassage Wort für Wort vorgelesen.

»Leider nicht«, sagte Frau Lilienfein. »Sie haben die Personensorge, sind also für das körperliche Wohlergehen zuständig, Essen, Kleidung. In allen anderen Belangen das Jugendamt. Name und Anschrift des Kindsvaters?«

Karin machte alle Angaben, und ungerührt trug Frau Lilienfein sie in ein Formular ein. Dann fragte sie, ob eine Heirat beabsichtigt sei und der Vater das Kind anerkenne. Es fühlte sich wie eine Niederlage an, als Karin den Kopf schüttelte und Frau Lilienfein seufzend eine weitere Seite des Formulars aufschlug.

Jetzt ging es um die Details. Größe und Geburtsgewicht des Kindes, Reifegrad, Name der Hebamme und des Arztes, wann die letzte Blutung gewesen war.

Währenddessen knetete Vater seinen Hut und sah immer wieder nervös zur Tür. Vor allem, als Frau Lilienfein aufgrund des Geburtstermins und des Reifegrades von Caroline die gesetzliche Empfängniszeit ausrechnete und Karin fragte, ob sie im fraglichen Zeitraum anderen Männern die Beiwohnung gestattet habe.

»Die was?«

»Die Beiwohnung. Ob Sie mit anderen Männern im fraglichen Zeitraum Verkehr gehabt haben.«

»Oh!« Karin wurde rot. Sowohl die Eltern als auch die anderen Frauen hörten das alles mit an.

»Wenn Sie sich in so eine Lage bringen, müssen Sie auch die Konsequenzen aushalten«, sagte Frau Lilienfein, als ob sie ihre Gedanken lesen könnte.

»Nein, ich hatte keinen Verkehr mit einem anderen Mann! Niemals, Vati!«

Ihr Vater nickte mit gequältem Gesichtsausdruck.

Und dann musste Karin unterschreiben, dass sie bei einem Vaterschaftsprozess von ihrem Zeugnisverweigerungsrecht keinen Gebrauch machen werde.

Frau Lilienfein schraubte ihren Füller wieder zu. »Das alles dient der Zahlung des Unterhalts, das müssen Sie verstehen. Wir werden uns diesbezüglich mit ihm in Verbindung setzen.«

»Die Adresse ...« Karin hatte sich entschlossen, ehrlich zu sein. Es klang, als ob das Jugendamt auf ihrer Seite wäre. »Meine Briefe kommen immer zurück.«

»Wieder einer, der sich aus seiner Verantwortung stiehlt. Dann ist es auch für uns so gut wie aussichtslos, seinen Aufenthaltsort zu ermitteln. Die US-Armee verweigert jede Adressauskunft.«

Das hatte Karin ja auch schon erfahren. »Und die Vormundschaft?«, fragte sie. »Kann nicht mein Vater Vormund sein?«

Eigentlich hatte sie abwarten wollen, bis er seine Enkelin das erste Mal gesehen hatte, bevor sie ihn fragte. Der süßen Caroline konnte einfach niemand widerstehen. Allerdings war das Jugendamt viel früher als erwartet gekommen.

Erwartungsvoll schaute Karin ihren Vater an, der auf den Hut in seiner Hand starrte.

»Herr Wünsche?«, fragte Frau Lilienfein. »Sie wissen, dass das Kind Schwarz ist?«

Er brummte etwas Unverständliches.

»Nun, Sie wären nicht der Erste, dem so etwas verheimlicht wird. Und Sie sind sich aller Konsequenzen bewusst? Mischlingskinder sind oft schwer erziehbar, und dann das moralisch anstößige Verhalten Ihrer Tochter – das sind schlechte Erbanlangen.«

Wieder verstummten die Gespräche der anderen Mütter.

»Das ist doch alles Unfug«, protestierte ihr Vater plötzlich. »Sie ist meine Enkelin, allein das zählt.« Er richtete sich auf und gab seiner Frau den Hut. »Und deshalb werde ich ihr Vormund.«

Frau Lilienfein musterte ihn. »Sie haben einen festen Wohnsitz und ein geregeltes Arbeitseinkommen?«

»Mir gehört eine Buchhandlung, und unsere Tochter lebt natürlich noch bei uns.« Dass sie zur Untermiete bei Tante Elvira wohnten, verschwieg er.

»Na gut, wenn Sie es so wollen.« Sie schraubte den Stift wieder auf. »Name?«

Als sie endlich gegangen war, sagte Karin: »Danke, das werde ich dir nie vergessen.« Sie umarmte ihren Vater stürmisch, aber er stand stocksteif da und reagierte gar nicht.

»Ich will nicht, dass das Jugendamt ständig bei uns zu Hause herumkontrolliert. Unter Freiheit verstehe ich was anderes. Da hätten wir ja auch gleich drübenbleiben können.« Er kniff die Lippen zusammen.

»Das bedeutet aber nicht, dass wir dein Verhalten gutheißen!« Karin verstand, dass es ihm wirklich nur ums Amt ging.

»Ende der Besuchszeit!«, rief die Oberschwester.

Ihre Eltern erhoben sich sofort, als wären sie froh, gehen zu dürfen. »Ich hätte mir so sehr ein anderes Leben für dich gewünscht, Karin«, sagte ihre Mutter. »Ein freies, unbeschwertes Leben! Aber du hast es dir unnötig schwer gemacht.«

14

FAMILIE HESSELBACH

»Awwer Kall, was machste nur für Sache«, rief Mama Hesselbach aus dem Radio. »Du hast doch Fieber!«

Karin grinste.

Wenn sonntagnachmittags *Die Hesselbachs* lief, hörte die gesamte Familie einträchtig zu. Alle, sogar ihr Vater, die Verlagsvorschauen vor sich auf dem Esstisch. Karin, Vera und ihre Mutter strickten auf dem Sofa Wintersachen für die vier Monate alte Caroline, Friedel besserte Socken aus, und Tante Elvira präsidierte in ihrem Lehnstuhl.

Die Hesselbachs waren eine ganz normale hessische Familie, mit all den Sorgen und Nöten, die andere auch hatten. Vor allem der besserwisserische Babba Karl erinnerte Karin an ihren Vater, aber das sagte sie ihm natürlich nicht. Nur die pausenlos quasselnde und mit ihrem *Kall* stets schimpfende Mama Hesselbach war so ganz anders als ihre Mutter.

»Drehbuch: Wolf Schmidt«, beendete in diesem Augenblick der Radiosprecher die Sendung.

»Schluss mit der Berieselung«, sagte ihr Vater.

»Wollen wir nicht noch Musik hören?« Vera hatte schon die Hand an der Taste.

»Dabei kann ich mich nicht konzentrieren.« Er beugte

sich vor und schaltete das neue Radio aus. Tante Elvira hatte es bei *Radio Krüger* auf Raten gekauft, ein typisches Gebissradio, wie die neuen Geräte mit den Elfenbeintasten genannt wurden.

»Möchtest du noch ein Tässchen Kaffee?«, fragte Tante Elvira und deutete auf die Kanne.

»Ich möchte meine Ruhe.« Vaters Hände waren voller Schrammen und Schwielen wie in Leipzig und sein Rücken war auf einmal ganz gebeugt. Den ganzen Sommer über hatte er auf der Baustelle von Frau Winterhuber gearbeitet. Die Wände des Hauses in der Schillerstraße ragten mittlerweile hoch in den Himmel. Karin gefiel es jetzt schon sehr. Ganz in der Nähe der Zeil und gegenüber der Börse gelegen, kamen dort viele Menschen vorbei.

»Justus, du brauchst ein Arbeitszimmer.« Tante Elvira schenkte sich den letzten Rest Kaffee ein.

»Wie denn, wenn wir noch nicht mal ein eigenes Schlafzimmer haben«, entgegnete der Vater.

»Du kannst dich gerne in mein Zimmer setzen.« Karin grinste ihn an. »Oder wie wäre es, wenn ich die Herbstkataloge durcharbeite und du währenddessen strickst?«

Vera prustete laut los, aber ihr Vater gähnte so herzhaft, dass Tante Elvira den Kopf schüttelte.

»Die Arbeit auf der Baustelle, abends und am Sonntag der Papierkram für die Buchhandlung, kein Wunder, dass du so müde bist, mein Junge. Du musst unbedingt kürzertreten.«

»Wie kommt ihr denn mit dem Bau voran?«, fragte Karin. »Bis November ist es nicht mehr lang hin.«

»Es fehlen Steine. Es ist zum Verrücktwerden, erst fand

Frau Winterhuber keine Arbeiter, jetzt sind Baumaterialien Mangelware.«

»Wir brauchen dich fürs Weihnachtsgeschäft, Justus. Du hast versprochen, dass du im November wieder zurück bist.«

»Du hast ja jetzt Fräulein Ruppert zu deiner Unterstützung.«

»Halbtags!« Mutter ließ das Strickzeug sinken.

Karin hatte ein schlechtes Gewissen, weil die Eltern eine Aushilfe einstellen mussten, nur weil sie nicht arbeiten konnte.

»Wenigstens bezahlt Frau Winterhuber gut«, sagte Tante Elvira. »Ich habe ja erst befürchtet, dein Lohn wäre Teil eurer Abmachung – damit ihr den Laden mieten könnt.«

»Das wäre ja noch schöner«, meinte Karin. »Vati hat ihr die Baufirma besorgt. Ohne ihn würde sie noch immer mit ihrer Baugenehmigung in der Luft herumwedeln und den Disteln beim Wachsen zuschauen.«

Auf einmal hörten sie das klackende Geräusch der Tasten und leise Musik. »Das stört doch gar nicht«, sagte Vera.

»Vera! Bereite dich lieber gedanklich auf die kommende Woche vor«, sagte Vater. »Immer diese Dauerberieselung, wie soll sich da die schöpferische Kraft der Ruhe und der inneren Stille ausbreiten?«

Vera verdrehte die Augen. »Das Radio wird sowieso bald vom Fernsehen abgelöst. Der Junior war in Düsseldorf auf der Deutschen Industrieausstellung und hat uns die Prospekte der neuen Fernseher gezeigt, phänomenal!«

»Fernsehen.« Ihr Vater machte ein abfälliges Geräusch.

»Ab Dezember wird das Versuchsfernsehen des NWDR in den Regelbetrieb übergehen. Ach, wenn wir doch in

Hamburg leben würden oder in Berlin. Dann könnten wir im Geschäft Fernsehen empfangen.« Vera seufzte. »Der Junior hat gesagt …«

»Wie sprichst du überhaupt von deinem Vorgesetzten?«, wies ihre Mutter sie zurecht.

»Aber im Geschäft sagen alle junior oder senior. Wie soll man sie denn sonst auseinanderhalten?«

»Herr Krüger Senior oder Herr Krüger Junior«, entgegnete ihr Vater, »da hat deine Mutter schon recht. Sonst verplapperst du dich noch irgendwann. Und das Fernsehen – diese Amerikanisierung wird uns nicht guttun. Es macht den modernen Menschen noch nervöser und unruhiger, als er es sowieso schon ist. Radio ist schlimm genug.«

»Dabei hörst du doch gerne politische und literarische Sendungen«, mischte Karin sich ein. »Wie hieß noch mal diese Kurzgeschichte, die uns so gut gefiel?«

»*Die schwarzen Schafe* von Heinrich Böll«, erinnerte sich Vera.

Ihr Vater nickte zustimmend. »Natürlich gibt es auch Qualität. Aber Lesen ist etwas ganz anderes, mit einem gedruckten Text kann man sich in Ruhe auseinandersetzen, Passagen wieder und wieder lesen, abschreiben oder zur Not auch etwas anstreichen. Aber Radio, das ist so flüchtig. Einmal gehört und schon vorbei. Wann hast du das letzte Mal ein Buch gelesen, mein Kind? Keine Zeitschrift, sondern ein richtiges Buch, für eine Stunde konzentriert am Stück?«

»*Das Tagebuch der Anne Frank*«, wehrte sich Vera. »Das war ganz schön traurig.«

»Und hast du da nicht gemerkt, wie vor deinem geistigen Auge Bilder entstanden? Ist das nicht viel schöpferischer, als wenn du Anne Frank im Kino sehen würdest?«

»Ich fände es gut, wenn das Buch verfilmt würde«, warf Karin ein. Irgendwie hatte ihr Vater es heute auf Vera abgesehen. »Um daran zu erinnern, was sie und so viele andere durchmachen mussten. Die Bücher verkaufen sich viel zu schlecht, es interessiert überhaupt niemanden mehr, was passiert ist.«

»Was vorbei ist, ist vorbei«, sagte ihre Mutter. »Man muss nach vorne schauen.«

Als Karin etwas erwidern wollte, schrie Caroline plötzlich in ihrem Körbchen, das in Veras Zimmer stand. Karin stellte sie tagsüber gerne dort ab, weil es sich gleich neben dem Wohnzimmer befand. Seufzend legte sie das Strickzeug zur Seite, das gelbe Wollknäuel rollte auf den Boden.

»Lass sie schreien, die beruhigt sich auch wieder.« Ihre Mutter reichte ihr die heruntergefallene Wolle.

Karin stand auf.

»Du verwöhnst sie viel zu sehr.«

»Sie hat bestimmt Hunger.«

Die Mutter klopfte auf ihre Armbanduhr. »Die nächste Mahlzeit ist erst um sechs Uhr.«

»Ich stille Caroline, sobald sie Hunger hat.«

»Entgegen dem Rat aller, die sich besser auskennen als du. Verzieh das Mädchen nur nicht, sie muss sich früh an Regeln gewöhnen.«

»Mutti!«, rief Karin.

»Als Mischling wird sie es schwer haben.«

»Ich glaube nicht, dass sie anders ist als andere Kinder.« Jetzt ging Karin erst recht zu ihrer Tochter.

Vom vielen Schreien war die Kleine ganz verschwitzt. »Na, was ist los?«, fragte sie, hob sie hoch und merkte, dass

Caroline gewickelt werden musste. Karin trug sie in ihr Zimmer, legte sie auf die Moltonunterlage auf ihrem ehemaligen Schreibtisch und zog sie langsam aus.

Es passte ihr ganz und gar nicht, dass alle sich ständig in die Erziehung von Caroline einmischen wollten. Ihre eigene Mutter traute Karin nichts zu, Tante Elvira hatte panische Angst vor Krankheitskeimen und Friedel, dass Caroline frieren könnte. Weil es in Afrika ja so viel wärmer sei als hier. So ein Unsinn.

Trotzdem freute sie sich, wie schnell die beiden alten Damen sich damit abgefunden hatten, dass der Nachwuchs braune und keine zartrosafarbene Haut hatte.

Ab mit der nassen Windel in den vollen Eimer. Vor dem Schlafengehen brachte Karin ihn immer in die Waschküche im Keller. Zum Glück besaß Tante Elvira noch eine Turna, eine elektrisch betriebene und durch Gas erhitzte Waschtrommel aus der Vorkriegszeit, bei ihnen musste keiner mehr mit der Hand waschen. Danach wurde die Wäsche durch eine Presse gezogen und im Hinterhof oder in einem der Mansardenräume unterm Dach getrocknet. Weshalb die Wäsche vom Keller fünf Stockwerke hinaufgetragen werden musste. Aber Hauptsache, die zwanzig Jahre alte Turna ging nicht kaputt.

Nachdem Karin Caroline gesäubert hatte, kitzelte sie sie am Bauch. Die Kleine gluckste fröhlich, griff nach Karins Haaren und zog daran. Oje, hatte sie schon Kraft!

Frisch gewickelt nahm sie Caroline mit ins Wohnzimmer.

»Schaut mal, wer euch hier Hallo sagen möchte!« Sie hob Carolines Hand und winkte mit ihr.

Elvira stand auf und gab ihrer Urgroßnichte ein Küsschen,

auch ihre Mutter lächelte die Kleine an, nur ihr Vater schaute immer noch in seinen Verlagskatalog.

»Hallo, Opi«, rief Karin. Er reagierte nicht.

Caroline schaute sich neugierig um, und Karin ging mit ihr auf dem Arm durchs Wohnzimmer. Am meisten mochte ihre Tochter das große Ölgemälde von der sehr jungen und hübschen Elvira über der Kommode, immer wieder deutete sie darauf.

»Schau mal, sie erkennt dich schon«, rief Karin erfreut, und pflichtschuldigst schauten die Frauen von ihren Handarbeiten auf. Nur ihr Vater las weiter in den Prospekten. Er interessierte sich überhaupt nicht für seine Enkelin. Aber sie konnte froh sein, dass er sie nicht vor die Tür gesetzt hatte. Zwar hatte Tante Elvira ihr einen eigenen Mietvertrag für das Zimmer ausgestellt, aber Karin konnte keine Miete bezahlen. Sie lebte von der staatlichen Fürsorge und dem Geld ihrer Eltern, was ihr überhaupt nicht passte.

Als Caroline zu quengeln begann, schaute Karin noch einmal enttäuscht zu ihrem Vater und verließ dann das Zimmer. Natürlich, Männer konnten mit Babys nicht so viel anfangen, aber warum sah er Caroline nicht wenigstens einmal an?

*

Schon wieder hatte ihr Vater nicht einen Blick für Caroline übrig. Vera war das schon häufiger aufgefallen. So ging das nicht weiter.

»Hättest du lieber einen Jungen gehabt?«, fragte sie ihn geradeheraus, nachdem Karin gegangen war.

Er verstaute seinen Bleistift in einer kleinen Ledermappe.

»Töchter sind die Freuden eines Vaters im Alter, hat mal ein kluger Mann gesagt.«

»Ich meine deinen Enkel. Einen Karl anstelle einer Caroline.«

»Wieso, wie kommst du darauf?« Ihr Vater lehnte sich zurück.

»Du schaust sie nie an.«

»Das stimmt nicht.«

»Doch. Ich habe dich beobachtet. Karin ist schon ganz geknickt deswegen.«

»Das verstehst du nicht.«

»Weil sie nicht verheiratet ist? Dafür kann Karin nichts.«

»Na ja …«

»Karin ist auch ein Sechsmonatskind!«

Sie spürte, wie er Luft holte, aufbegehren wollte, doch dann sackte er in sich zusammen. »Darum geht es auch gar nicht.«

»Worum dann?«

Wieder seufzte er.

»Sag nicht, es ist ihre Hautfarbe.«

»Ich …«, begann er, »ich habe nichts gegen Schwarze, wirklich! Aber als ich sie so daliegen sah, im Krankenhaus, zwischen all den weißen Kindern – wie ein Fremdkörper. Sie gehört nicht hierher, nicht zu uns. Weißt du, du siehst Oma Buschke ähnlich, die gebogenen Augenbrauen und die kleinen Ohren … und Karin sieht wie mein Vater aus. Auch das Temperament hat sie von ihm. Aber in Caroline erkenne ich überhaupt niemanden von uns wieder.«

»Du schaust ja auch nie richtig hin«, sagte Vera.

»Nein, Vera, bei aller Liebe, es ist so. Sie ist eine Fremde und wird es immer bleiben.«

»Aber Vati!« Sie zog ihn am Ärmel mit sich, ergriff im Vorbeigehen ein Babyfoto von Karin, das zusammen mit unzähligen Familienfotos neben dem Radio stand, und schob ihn in den Flur. Dann klopfte sie bei Karin.

»Stillst du schon?«, fragte sie.

»Nein, du kannst gerne reinkommen.«

Karin spielte mit Caroline und ihrer Rassel in einem alten Sessel neben dem Kinderbett.

»Guck mal, Vati!« Vera hielt das Foto neben Carolines Gesicht, so nah, dass sie die Rassel losließ und das Bild anfassen wollte.

»Stell dir vor, das Foto wäre zu dunkel, weil es falsch entwickelt worden ist.« Sie deutete auf Carolines Nase. »Da, die gleiche Stupsnase. Und dieser kritische Blick, als ob ihr nicht geheuer wäre, was gerade um sie herum passiert.«

»Ich kann mir die Farbe aber nicht wegdenken«, erwiderte ihr Vater.

»Natürlich ähnelt sie auch ihrem Vater. Ich sehe ja auch nicht völlig wie Oma Buschke aus. Meine Sommersprossen, die sind von dir. Und Karin, die hat keine, obwohl sie Opa sonst wie aus dem Gesicht geschnitten ist. Wir sind alle eine Mischung.«

Er nahm das Foto und betrachtete abwechselnd Caroline, Karin und das Bild. Dann legte er seufzend den Arm um Veras Schultern. »Du hast recht.«

Karin stand auf. »Willst du sie mal halten?«

Vorsichtig ergriff er das Kind, bettete es in seine Armbeuge und schnupperte an seinem Kopf.

»Sie duftet so gut.« Er schaute zu Karin, lächelte auf einmal, beugte sich wieder zu Caroline und berührte ihre Stirn sanft mit seinen Lippen. »Hallo, Caroline. Ich bin es, dein Opi. Und jetzt schlaf schön.«

»Danke!« Karin umarmte Vera stürmisch. »Das werde ich dir nie vergessen.«

Am nächsten Morgen war Vera noch immer ganz beseelt. Sie, die Kleine, die keiner ernst nahm, an der immer herumkritisiert wurde, ihr war es gelungen, dass ihr Vater seine Meinung geändert hatte.

Die Bürotür von Krüger senior stand offen, der Raum war leer. Bestimmt war er in der Werkstatt im Keller. Krüger senior war ein Tüftler, der die neuen Geräte am liebsten erst einmal auseinanderbaute, um zu verstehen, wie sie funktionierten. Obwohl zwei Elektromeister im Geschäft arbeiteten, reparierte er auch noch immer selbst. Besonders guten Kunden stellte er sogar die Geräte auf. Einmal hatte Vera mit dabei sein dürfen und beobachtet, wie akribisch er den besten Platz aussuchte, Anschlüsse überprüfte und Antennen aufbaute. Jeder Lehrling könnte das, aber die Kunden kamen sich wie die Könige vor, wenn sich Herr Krüger persönlich zu ihnen bemühte.

Der Junior hatte ein eigenes Büro, größer und aufgeräumter als das seines Vaters und mit einem abstrakten Gemälde an der Wand. Zwischen den beiden Chefbüros lag das Vorzimmer Fräulein Korngräbers, einer Blondine mit Wespentaille und rot lackierten Fingernägeln, nur ein oder zwei Jahre älter als Vera. Und von dort vernahm Vera plötzlich die Stimme der Sekretärin, die im perfekten Tonfall von Mama Hesselbach »Babba'sche« sagte.

Die Tür war angelehnt, und Vera schaute neugierig hinein.

Fräulein Korngräber saß in ihrem roten Glockenrock auf dem Schreibtisch und hatte die Beine kokett übereinandergeschlagen, vor ihr der Junior auf dem Besucherstuhl.

»Babba'sche, tätste mir net die Lieb und tätst dein Hausrock ausziehe?«, ging ihre Parodie weiter, der Junior lachte laut. Auf einmal schaute sie hoch, erkannte Vera und hielt inne.

Vera spürte, wie sie rot wurde.

»Guten Morgen, Herr Krüger.« Sie knickste leicht.

Herr Krüger schien sich ertappt zu fühlen und stand hastig auf. »Das Diktat, Fräulein Korngräber.«

Als Vera dann an ihrem Tisch in der Buchhaltung saß und die Ausgaben des letzten Monats in die Rechnungsbücher eintrug, ärgerte sie sich über sich selber. Wie konnte sie sich auch nur einbilden, er würde sie mögen? Nur weil er sich im Goethehaus mit ihr unterhalten und sie wie eine Erwachsene behandelt hatte? Hier im Geschäft war sie wieder bloß die langweilige Buchhalterin.

Das letzte Mal hatte er Fräulein Korngräber und nicht etwa Vera aufgefordert, als er den Kunden die Klangqualität der neuen Langspielplatten demonstrieren wollte. Die Platten würden mit 33 ⅓ Umdrehungen pro Minute abgespielt und hätten eine wesentlich längere Laufzeit, weswegen man auch länger tanzen könne, hatte er gescherzt und Fräulein Korngräber mit ihren weit schwingenden Röcken im Walzertakt durch den Laden gewirbelt, während Vera vom Treppenhaus aus zugesehen hatte.

Plötzlich machte es knack. Sie hatte den Bleistift so kraftvoll aufs Warenbuch gedrückt, dass er abgebrochen war.

»Ist was, Kind?«, fragte Fräulein Wenzel besorgt.

Kind! Wenn Vera das schon hörte.

»Nein.« Gereizt nahm sie die Abdeckung von der Schreibmaschine, worauf der kleine Becher mit den Büroklammern vom Tisch fiel.

»Die Korngräber legt sich ganz umsonst ins Zeug«, sagte Fräulein Wenzel unvermittelt. »Sie ist nicht die erste Sekretärin, die ihm schöne Augen macht. Irgendwann wird es ihm zu viel, und er entlässt sie. Der heiratet nie.«

Da die Mittagspause nur kurz war, hatte Vera immer schon um fünf Uhr Feierabend. Sie wollte sich auf der Zeil noch die neueste Mode ansehen. Vor allem der frisch errichtete Kaufhof, ein mehrstöckiger, runder Eckbau, der im Dämmerlicht der untergehenden Sonne von unzähligen Glühbirnen beleuchtet wurde, zog sie immer an wie das Licht eine Motte.

Ihr graues Winterkleid aus Flanell hatte Vera schon während der Schulzeit ungern angezogen, im Büro kam sie sich darin erst recht wie eine graue Maus vor. Sie verdiente doch jetzt gut, wieso kaufte sie sich kein neues Kleid? Sie zahlte den Eltern ihren Anteil an der Miete und den täglichen Ausgaben. Ab und an schenkte sie Karin eine Tafel Schokolade oder steckte ihr ein paar Mark zu, obwohl diese das gar nicht mochte.

Also probierte sie verschiedene Kleider an. Gelb vielleicht? Das machte sie so blass. Und Braun war ihr zu dunkel. Rot? Das war eigentlich Karins Farbe. Petrol gefiel ihr und Kornblumenblau. Aber die Preise waren unerschwinglich. Vielleicht sollte sie mal zum Ostbahnhof ins neue Neckermann-Versandhaus fahren, die verkauften billigere

Waren. Oder sie kaufte sich die neue *Burda-Moden* und nähte sich wie immer ein Kleid selbst.

Aber wozu sollte sie sich die Mühe machen? Der Junior interessierte sich ja doch nicht für sie.

Auf dem Nachhauseweg kam sie durch die Schillerstraße. Obwohl die Geschäfte geschlossen hatten, fuhren noch immer viele Autos auf der kurzen Verbindung von der Hauptwache zum Eschenheimer Turm. Menschen mit ihren Einkaufstaschen passierten die beleuchteten Schaufenster auf dem Weg nach Hause. Es nieselte leicht.

Der Rohbau von Frau Winterhuber war eingerüstet. Dahinter bemerkte Vera Licht. Hatte jemand vergessen, die Baulichter auszuschalten? Besser, sie schaute nach.

»Hallo!«, rief sie laut und trat durch eine Lücke im Bauzaun. Sie war noch nie abends auf der Baustelle gewesen, nur mittags, wenn sie Pause hatte. Ihre Schritte hallten auf dem Betonboden. Durch die Fensteröffnungen drang das Licht der Straßenlaternen, allmählich gewöhnten sich ihre Augen an das Schummerlicht. Große Kabelrollen, Leitern und Eimer standen herum.

Das Licht drang aus einem der hinteren Räume.

»Hallo?«, rief sie wieder. »Ist hier jemand?«

Auf einmal kroch ihr die Angst den Rücken hoch. Immer häufiger las man in der Zeitung von Überfällen auf den Baustellen und Trümmergrundstücken. Was, wenn sich irgendwelche Verbrecher hier herumtrieben? Aber nein, redete sie sich gut zu. Die würden kein Licht anmachen.

Da! Ein Geräusch. Die Angst breitete sich in ihrem ganzen Körper aus. Vera hob ihre Handtasche und hielt sie abwehrend vor sich. Schon wieder. War das ein Röcheln? Die Tasche an sich gedrückt, ging sie langsam darauf zu. Das Röcheln wurde lauter.

Und da lag – ihr Vater.

Vera warf die Tasche auf den Boden und beugte sich über ihn. Er hatte die Augen geschlossen und die Hände auf die linke Seite seiner Brust gelegt.

»Hilfe!«, schrie sie verzweifelt. »Hilfe, ich brauche einen Arzt!«

Ihr Vater wimmerte. Gott sei Dank, er lebte!

»Vati! Ganz ruhig, ich hole Hilfe!« Sie lockerte seine Krawatte und öffnete den obersten Hemdknopf. Dann rannte sie durch den Laden zur Schillerstraße und rief wieder um Hilfe. Die Passanten blieben stehen, und plötzlich kam ein Mann mit einem großen Paket unter dem Arm auf sie zu.

»Fräulein Wünsche, was ist passiert?«, fragte er. Da erst erkannte Vera das hagere Gesicht vom Junior.

»Mein Vater …«, rief sie. »Er ist zusammengebrochen, er braucht einen Arzt, sofort!«

»Wo?«

Sie deutete auf die Baustelle. Er blickte sich um.

»Vielleicht kann der Schupo an der Hauptwache helfen«, meinte einer. Plötzlich öffnete sich ein Fenster im Eckhaus zum Börsenplatz. »Was ist denn, wir haben Telefon, soll ich die Rettung rufen?«, erklang eine weibliche Stimme.

»Ja, mein Vater ist auf der Baustelle zusammengebrochen«, rief Vera.

Die Frau nickte, und der Junior packte sie am Arm. »Gehen wir zu ihm.«

Schnell eilten sie zu der Stelle, wo Veras Vater noch immer

genauso dalag, wie Vera ihn zurückgelassen hatte. Sie hielt seine Hand und redete ihm gut zu, doch er reagierte kaum. Der Junior fühlte den Puls und schaute sich um, was passiert sein könnte. Aber es standen keine Leitern herum, von denen er hätte fallen können. Vera versuchte, sich an den Bauplan zu erinnern. Sollte hier nicht später sein Büro sein?

Der Junior bat sie, hier zu warten. Seine Schritte hallten in den leeren Räumen, und Vera fühlte sich ganz elend. Die Hand ihres Vaters war kalt, aber sie hörte ihn atmen.

Die Schritte kamen zurück, und im fahlen Licht tauchte Juniors besorgtes Gesicht auf.

»Ich habe der Frau gesagt, wo wir sind.« Er legte die Hand auf ihre Schulter, drückte sie, und Vera fühlte sich nicht mehr so allein.

»Können wir nicht irgendetwas machen?«, fragte sie.

»Nein. Sie müssen ruhig bleiben, Fräulein Wünsche, verzweifeln Sie nicht, der Krankenwagen kommt gleich.« Er nickte ihr beruhigend zu.

Endlich die Martinshörner, quietschende Reifen und rufende Männer. Die Nachbarin führte sie zu ihnen. Sie drängten Herrn Krüger und Vera zur Seite. Sein Paket fiel klirrend zu Boden. Er achtete nicht darauf, sondern half, ihren Vater auf eine Trage zu heben.

»Kann sie mitfahren?«, fragte er einen der Sanitäter. Der schüttelte den Kopf. »Da ist kein Platz mehr.« Er deutete auf die enge Ladefläche. »Wir fahren ins Städtische Krankenhaus.«

»Kommen Sie, mein Wagen steht in der Hochstraße«, sagte der Junior und legte den Arm um Veras Schultern.

»Mutti.« Sie sah auf die Uhr. Sieben Uhr, ob sie schon

zu Hause war? »Mutti …«, wiederholte sie tonlos. Was, wenn …

Er hob ihr Kinn an und zwang sie, ihn anzusehen.

»Beruhigen Sie sich, Fräulein Wünsche. Sie kommen mit mir. Wir holen mit dem Wagen erst Ihre Mutter ab und fahren dann nach Sachsenhausen in die Klinik.«

Sie nickte.

»Und Ihr Paket?«

Er runzelte die Stirn. »Ach, Sie meinen die Vase? Ich werde morgen bei Lorey eine neue kaufen.«

»Scherben bringen Glück«, sagte sie. Sie wollte es glauben, sie musste daran glauben. Auf einmal zitterte sie am ganzen Körper. Er nahm sie am Arm und führte sie mit schnellen Schritten zum Auto. Sie war so froh, nicht allein zu sein.

Ihr Vater schlief und sah so klein in dem großen Bett aus.

Vera zitterte noch immer. Neben ihr knetete ihre Mutter ein Taschentuch in ihren Händen. Tante Elvira hingen die Haare wirr um ihr Gesicht, und Karin hielt seine Hand. Friedel kümmerte sich zu Hause um Caroline.

Nach Auskunft der Ärzte litt ihr Vater an einer Herzschwäche, wahrscheinlich verursacht durch die Mangelernährung im Gefangenenlager und die Hungerjahre. Das komme häufiger vor, und wenn er sich schone, bestehe kein Grund zur Sorge.

»Ich wusste, dass er sich zu viel zumutet«, flüsterte ihre Mutter, »aber ich konnte ihn nicht aufhalten. Nur noch wenige Monate, bis unsere Bude abgerissen wird und sie mit dem Aufbau der Altstadt beginnen. Nachts hat er mit den

Zähnen geknirscht, so viele Sorgen hat er sich gemacht. Es war einfach zu viel.« Ihre Stimme versiegte.

»Justus ist gerade mal siebenundvierzig«, jammerte Tante Elvira. »Er steht in der Blüte seiner Jahre. Und dann so etwas …« Auf einmal schluchzte sie auf.

»Tante Elvira«, sagte Karin. »Beruhige dich, der Arzt hat doch gesagt, dass es nicht lebensbedrohlich ist.«

»Werde du erst mal so alt wie ich, Karin, dann siehst du das anders. Wie gut, dass Vera ihn gefunden hat!«

Plötzlich sah Vera wieder das besorgte Gesicht vom Junior vor sich, wie er ihr beigestanden hatte, als sie ihrer Mutter die schlechte Nachricht hatte überbringen müssen. Wie er in dem weitläufigen Städtischen Krankenhaus das richtige Gebäude fand, sie am Empfang anmeldete, sich um alles kümmerte, ruhig, konzentriert, als wäre es seine Aufgabe. Jetzt wartete er im Gang und wollte sie auch noch nach Hause bringen. Lange durften sie sowieso nicht bleiben.

Thomas, fiel ihr ein. Er hieß Thomas. Junior würde sie nie mehr zu ihm sagen. Er hatte es verdient, dass sie ihn zumindest in Gedanken mit seinem Vornamen anredete.

Ein Röcheln schreckte sie auf. Ihr Vater war aufgewacht.

15

TAUBEN IM GRAS

Karin kuschelte sich unendlich erleichtert unter ihre Steppdecke. Da hatte ihr Vater ihnen einen schönen Schrecken eingejagt. Glücklicherweise war alles glimpflich ausgegangen. Er hatte ihr sogar noch eine Liste wichtiger Bücher diktiert, die er endlich lesen wolle, wenn er schon unnütz im Bett herumliegen müsse.

Doch die Bücher würde nicht sie, sondern ihre Mutter ins Krankenhaus bringen, und Karin würde morgen wieder arbeiten! Zwar nur, um ihre Mutter abzulösen, solange diese ihren Vater im Krankenhaus besuchte, aber sie freute sich, dass sie ihren Eltern unter die Arme greifen konnte. Und natürlich auch, wieder im Buchladen zu sein.

Trotzdem hatte sie ein schlechtes Gewissen, es wäre ja viel besser gewesen, wenn ihr Vater sich nicht so überarbeitet hätte. Und dass sie Friedel mit Caroline belasten musste, war ihr auch nicht recht. Nachmittags bekam die Kleine mittlerweile einen Brei aus Haferflocken, den auch Friedel oder Tante Elvira füttern konnten. Und abends für die nächste Milchmahlzeit war sie ja wieder zu Hause. Aber hoffentlich wurde es den beiden alten Damen nicht zu viel.

Karin beugte sich vor und schaute in den Stubenwagen,

der neben ihrem Bett stand. Wie friedlich Caroline schlief. Sie strich ihr über die dünnen Löckchen, die sich auf dem Kopf kringelten, und küsste sie auf die Stirn. Wie Caroline wohl die Trennung von ihr verkraften würde?

»Du musst die Bestellungen noch bibliografieren. Das Verzeichnis von Koch, Neff & Oetinger steht im Büro.« Die Finger ihrer Mutter zitterten, als sie auf einen Zettelstapel neben der Kasse deutete.

»Ich weiß, Mutti.« Karin half ihr in den Mantel.

»Wo ist die Liste? Hast du alle Bücher zusammengesucht?« Ihre Stimme klang fahrig.

»Du brauchst nicht alle auf einmal mitnehmen. Vati hat viel zu viel aufgeschrieben.« Karin reichte ihr *Tauben im Gras* von Wolfgang Koeppen. »Ein Buch pro Tag reicht, wie willst du das alles tragen.«

»Stand das auch auf der Liste?«

»Natürlich. Und du nimmst vorne an der Zeil die Fünfzehn«, sagte Karin.

»Ich bin bestimmt bald zurück, ich beeil mich.«

»Nein, Fräulein Ruppert und ich schaffen das schon.« Sie nickte der jungen Frau zu, die gerade zwei Schülerinnen die Reclamhefte zeigte. »Du musst dich ausruhen. Vom Krankenhaus aus fährst du am besten direkt nach Hause, isst erst mal was und schläfst dann. Du musst auf dich aufpassen. Nicht, dass du uns auch noch umkippst.«

»Ja, ja.« Es klang nicht so, als ob ihre Mutter sich daran halten würde. Karin reichte ihr die Handschuhe.

»Auf dem Rückweg nimmst du am Krankenhaus wieder die Fünfzehn bis zum Roßmarkt.«

»Ach, Karin.« Ihre Augen glitzerten.

Sie nahm ihre Mutter in den Arm und drückte sie lange an sich. »Ihm ging es doch schon wieder so gut letzte Nacht. Das war nur ein Schwächeanfall, mach dir keine Sorgen.«

Ihre Mutter wischte sich eine Träne aus dem Augenwinkel und nickte. »Eigentlich müsste ich *dir* Mut zusprechen.« Sie versuchte zu lächeln.

»Nächstes Mal.«

»Auf Wiedersehen, Frau Wünsche.« Fräulein Ruppert gab ihr die Hand. »Richten Sie Ihrem Mann bitte viele Genesungswünsche von mir aus.«

Karin öffnete ihr die Tür, nickte ihr noch einmal aufmunternd zu und sah ihr nach, wie sie mit gebeugtem Rücken die Hasengasse entlanglief.

Die Mädchen zahlten und liefen kichernd hinaus, und Karin war mit Fräulein Ruppert allein.

Die etwa gleichaltrige Frau mit den hellbraunen Haaren trug ein graues, altmodisches Kleid mit betonten Schultern und schmalem Rock, darüber eine Strickjacke aus grober Wolle. Sie arbeitete nur stundenweise, weil sie sich noch um ihre schwer kranke Mutter kümmern musste.

»Soll ich den Tisch vielleicht neu sortieren?«, fragte sie in geziertem Hochdeutsch, dem man das Hessische nur deshalb anhörte, weil sie in ihrem Übereifer »Tich« anstelle von »Tisch« sagte. »Wenn keine Kunden da sind, soll ich immer aufräumen, hat Ihre Frau Mutter gesagt.«

Und erst in diesem Augenblick wurde Karin klar, dass sie nicht mehr der Lehrling war oder die Tochter, sondern die Chefin.

»Gerne«, sagte sie.

Doch Fräulein Ruppert blieb wie angewurzelt stehen und verschränkte die Arme vor der Brust. »Der Onkel einer Freundin von mir ist auch an einer Herzschwäche gestorben.«

»Übertreiben Sie mal nicht, mein Vater ist bald wieder auf den Beinen.« Friedel hatte sie zu Hause schon mit unzähligen Geschichten genervt, dabei war ihr Vater nur überarbeitet.

Fräulein Ruppert zog die Augenbrauen zusammen, als ob sie anderer Meinung wäre. »Er …«

»Was für Aufgaben hat Ihnen meine Mutter denn außer Aufräumen noch übertragen?«, unterbrach Karin sie.

»Die Pakete für Siggi packen und natürlich die Kunden beraten.«

»Beraten?« Hatte ihr Vater nicht erzählt, dass Fräulein Ruppert keine ausgebildete Buchhändlerin war? Karin hatte bei Herrn Böttcher lange warten müssen, bis sie endlich die Kunden beraten durfte.

»Na ja, ich schaue, ob das Buch irgendwo steht, und wenn nicht, schreibe ich die Angaben auf und gebe sie Ihrer Mutter«, lenkte Fräulein Ruppert ein.

»Und was machen Sie, wenn der Kunde eine Empfehlung möchte?«

»Dann bitte ich Frau Wünsche auch um Hilfe und kassiere.«

»Okay, das klingt vernünftig. So machen wir es. Dann sortieren Sie den Tisch ruhig mal neu.« Karin ergriff die Zettel mit den Bestellungen und ging ins Büro.

Da ihr Vater schon seit Monaten kaum noch hier arbeitete, duftete es nicht mehr nach seinen Zigaretten, sondern nach Tosca, dem Parfüm ihrer Mutter. Und anstelle seiner gemütlichen Unordnung lagen die Stifte der Größe nach sortiert auf dem Tisch und das Papier im rechten Winkel zur Tischkante. Karin fragte sich, wie es ihren Eltern eigentlich gelang, harmonisch miteinander zu arbeiten.

Dann schob sie die Stifte zur Seite und schlug das Verzeichnis auf. Es klopfte, und ein Junge steckte den Kopf hinein. Er trug einen blonden Bürstenhaarschnitt und kurze Hosen. Seine Wangen waren von der Kälte gerötet und die Knie verschrammt. Siggi lieferte nach der Schule mit seinem Rad die bestellten Bücher an Stammkunden aus.

»Hallo, ich bin die Tochter von Herrn Wünsche. Hast du deine Schulaufgaben erledigt?«, fragte Karin.

»Na klar!«, sagte der Junge großspurig. Ob es wirklich stimmte? Sie deutete auf die Buchpakete und gab ihm das Botenbuch.

»Und der Chef?«, fragte Siggi.

»Wird schon.« Wehe, er kam auch mit einer Krankengeschichte an.

Aber Siggi nickte nur, trug die Pakete nach draußen zu seinem klapprigen Lastenfahrrad und fuhr los. Fräulein Ruppert brauchte Hilfe, der Laden war voll, und Karin fühlte sich rundum glücklich. Ganz besonders, als kurz vor Ladenschluss ihr Vater anrief. »Du musst unbedingt eine Partie von *Tauben im Gras* bestellen. Das Buch ist sensationell, ein meisterliches Geflecht verschiedenster Handlungsfäden der Nachkriegsgesellschaft, ganz aktuell.«

Eine Partie, das hieß, dass sie elf Bücher bestellten, aber nur zehn bezahlen mussten. »Ist das nicht ein bisschen viel? Wir haben überhaupt keinen Platz mehr.«

»Nein, die kommen alle vorne auf den Tisch, und du wirst sehen, die sind sofort weg.«

Wie enthusiastisch er sich anhörte! Einmal richtig ausschlafen, und er war schon wieder der Alte. Karin atmete erleichtert auf.

Nach Ladenschluss um sechs Uhr wurde es Zeit zu gehen. Ihre Brüste spannten schon. Schnell rechnete sie die Kasse ab und verstaute die Einnahmen in einer Geldplombe, die sie auf dem Nachhauseweg bei der Sparkasse am Börsenplatz in eine spezielle Klappe werfen musste.

Dort standen die Geschäftsinhaber Schlange, und ganz vorne erkannte sie Herrn Böttcher. Auch das noch. Zuerst sah es so aus, als ob er sie ignorieren wollte, aber dann lüpfte er den Hut.

»Ich habe gehört, dass Ihr Herr Vater demnächst umziehen wird?« Er wies hinüber zur Baustelle in der Schillerstraße, die auf einer Seite des Börsenplatzes verlief. »Dabei gibt es in der Innenstadt bereits viel zu viele Buchhandlungen, Blazek und Bergmann, Amelang oder die Frankfurter Bücherstube. Da werden Sie keine Chance haben.« Er schaute demonstrativ auf ihre Hände, aber Karin trug natürlich Handschuhe. »Und Sie wurden sitzen gelassen, wie ich gehört habe. Was machen Sie hier überhaupt? Gehören Sie nicht nach Hause zu Ihrem Bankert?«

»Woher wissen Sie das alles?«, gab Karin zurück. Er war ja schließlich nicht mehr ihr Lehrherr.

Ein Lächeln spielte um seinen Mund. »Wir haben früher immer Skat gespielt. Ihr Onkel, meine Wenigkeit und – Herr Liebig.«

Kein Wunder. Liebigs mussten Ohren wie Luchse haben, die wussten immer alles.

»Und jetzt ist Ihr Vater krank?«, fuhr Herr Böttcher fort.

»Da können Sie Ihre Neueröffnung ja gleich vergessen.« Mit diesen Worten wandte er sich um und stolzierte erhobenen Hauptes an ihr vorbei.

Karin hatte plötzlich ein ungutes Gefühl. Ob er vielleicht recht hatte? Hätten sie den Laden von Frau Winterhuber nicht mieten sollen? War der Preis, den sie für die Buchhandlung bezahlten, zu hoch?

Sie war an der Reihe, und als sie die Stahlröhre einwarf, spürte sie, wie ihre Bluse feucht wurde.

Innerhalb weniger Tage spielte sich der Tagesablauf ein. Vormittags kümmerte Karin sich um Caroline und den Haushalt und wusch die Windeln. Nachmittags löste sie ihre Mutter ab, die dann ihren Vater im Krankenhaus besuchte und mit ihm durch den Park spazierte. Danach fuhr ihre Mutter nach Hause und ruhte sich aus, das brauchte sie nach all der Aufregung. Auch an ihrer Kraft hatten die letzten Jahre gezehrt, Justus an der Westfront, Leipzig unter Bomben und natürlich die Hungerjahre und der Wiederaufbau in Frankfurt. Und nie einen Tag frei.

Abends übernahm Fräulein Ruppert die verantwortungsvolle Aufgabe, das Geld einzuzahlen, damit Karin früher zum Stillen nach Hause konnte.

Als ihr Vater entlassen wurde, waren seine Wangen rot, und er machte Scherze und spielte bei jeder Gelegenheit seinen Zusammenbruch herunter, sodass man fast schon anfing zu glauben, Vera habe ihn beim Biertrinken mit den Bauarbeitern gestört.

Arbeiten durfte er noch nicht, und um den Ansturm im Weihnachtsgeschäft bewältigen zu können, half Karin ihrer

Mutter jetzt morgens im Laden. Fräulein Ruppert konnte wegen ihrer kranken Mutter nur nachmittags. Karin war das egal, sie war glücklich, sie hatte so den Kontakt mit den Kunden vermisst.

Allerdings schonte ihr Vater sich nicht besonders und organisierte von zu Hause aus den Aufbau der neuen Buchhandlung. Neben den Terminen bei der Bank plante er die Inneneinrichtung, Tischler und Elektriker mussten gefunden und vor allem das Sortiment bestellt werden. Die Vertreter empfing er auch zu Hause, und Tante Elviras Salon entwickelte sich zu einem Büro. Natürlich war es nur ein Provisorium, mit dem Kindergeschrei im Hintergrund, aber dafür hatten alle Verständnis. Schließlich verdienten sie durch die Eröffnung der neuen Buchhandlung viel Geld.

Es graupelte, und die städtischen Mitarbeiter hängten bereits die Weihnachtsbeleuchtung an die Straßenlampen. Obwohl es im Bollerofen wohlig prasselte, war es kalt, durch die Ritzen der Bude zog eisiger Wind. Karin hatte sich in eine dicke Strickjacke gewickelt, ihre Mutter trug sogar Handschuhe, während sie den Wareneingang kontrollierte. Als Fräulein Ruppert eintraf, behielt sie den Mantel gleich an. Die magere Frau war unglaublich verfroren.

Gerade wollte Karin nach Hause gehen, als sich die Tür öffnete und ein wohlbekanntes Krähen Caroline ankündigte. Sofort eilte sie zur Tür und ließ Friedel mit der Kleinen auf dem Arm in die Bude.

»Sie ist schon den ganzen Tag so unleidlich. Aber an der frischen Luft schläft sie immer ein«, sagte Friedel. Sie sah erschöpft aus. »Sie ist erst aufgewacht, als ich sie aus dem Wagen gehoben habe, aber ich konnte sie unmöglich in dem Trubel da draußen auf dem engen Bürgersteig alleine lassen …«

»Hallo, Line!« Karin nahm Friedel ihre Tochter ab und wiegte sie hin und her. Caroline war mittlerweile fünfeinhalb Monate alt und ein wahrer Wonneproppen. Ständig wuchs sie aus ihren Stramplern raus, aber Vera trennte die Selbstgestrickten einfach auf und nähte aus der aufgeribbelten Wolle neue. Ihre Schwester hatte einfach mehr Zeit zum Handarbeiten als Karin.

»Wenn Sie die Kleine nicht wecken wollen, kann ich das nächste Mal auch gerne draußen auf sie aufpassen«, bot sich Siggi an.

»Danke, das ist nett von dir.« Besorgt schaute Karin sich um, ob sich die Kunden möglicherweise durch das Geschrei gestört fühlten. Aber der junge Mann in dem ehemaligen Wehrmachtsmantel las ungerührt weiter in Wolfgang Borcherts *Draußen vor der Tür*. Das hatte er gestern auch schon getan. Wieder einer, der kein Geld für Bücher hatte und sie bei ihnen im Laden las, aber Karin und ihrer Mutter machte das nichts aus. Nur Fräulein Ruppert hatte etwas gegen Kunden, die sich am Bollerofen wärmen wollten.

Langsam beruhigte sich Caroline und schaute sich um.

Fräulein Ruppert streckte die Arme aus. »Darf ich sie mal halten? Ich liebe Kinder. Hoffentlich habe ich später auch ein so süßes Mädchen.«

Kurz zögerte Karin, dann reichte sie sie ihr. Caroline riss erschrocken die Augen auf, aber Fräulein Ruppert strahlte sie an und kitzelte sie, und Caroline zog neugierig an dem kleinen goldenen Kreuz, das Fräulein Ruppert an einer Kette um den Hals trug.

»Loslassen.« Fräulein Ruppert befreite das Schmuckstück aus den Fingerchen. »Wie können Sie nur Ihr kleines Püppchen so lange allein lassen … ein Kind braucht seine Mutter, Ihre Zugehfrau ist ja völlig überfordert.«

Friedel hob die Augenbrauen. Offensichtlich wurde sie nicht gerne als Zugehfrau bezeichnet. »Die Kleine zahnt.«

»Oh, wie schön, das erste Zähnchen!«

Für einen Moment befürchtete Karin, Fräulein Ruppert wollte Caroline in den Mund greifen und nachsehen.

»Eine richtige Mutter bleibt zu Hause und gibt ihren Ehrgeiz auf«, setzte Fräulein Ruppert ihren Vortrag fort. »Und auf keinen Fall sollte man mit einem Kleinkind bei so schlechtem Wetter draußen sein.«

»Wie viele Kinder haben Sie denn schon großgezogen?«, fragte Friedel.

»Das weiß man auch so, das ist Mutterinstinkt. Aber das kommt eben davon, wenn man keinen Mann hat. Mir wird das auf gar keinen Fall passieren.«

Caroline griff sich an den Kopf und zog sich das Mützchen halb runter. Fräulein Ruppert versuchte, es ihr wieder anzuziehen, aber wie immer wehrte Caroline sich.

»Ihre Haare sind ja ganz weich!«, rief Fräulein Ruppert verwundert aus. »Ich dachte immer, krause Haare wären hart wie Drahtwolle.«

»Und Ihre glänzenden Haare sind hart wie Kruppstahl, oder?«, entgegnete Karin schneidend, und Fräulein Ruppert schnappte beleidigt nach Luft.

16

DAS WAR MEIN LEBEN

Seit der erste März als Termin für die Enttrümmerung der Altstadt feststand, war der Umzug der Buchhandlung in die Schillerstraße ein Wettlauf mit der Zeit. Der Schreiner hatte noch nicht mit dem Aufbau der Regale angefangen, als sie bereits die Bücher aus der Hasengasse in die Schillerstraße bringen und zunächst im Keller stapeln mussten. Dreimal vergewisserten sie sich, dass sie auch ja nichts vergessen hatten. Gemeinsam schraubten Karin und ihr Vater das Schild über der Tür ab, ein letzter Blick zurück, dann war die Bude Geschichte.

Unzählige Bagger rissen die verkohlten Reste der mittelalterlichen Altstadt, historisch bedeutsamer Bauten wie der Weißfrauenkirche und provisorische Kellerwohnungen und Bretterbuden ab.

Am Sonntag standen Karin und die gesamte Familie erschüttert am oberen Ende der Hasengasse und konnten ungehindert bis zum dunkel emporragenden Kaiserdom sehen. Da war gar nichts mehr, keine Kleinmarkthalle, keine Buden, nichts. Alles war nur noch flach, leer und staubig. Kahlschlag für den Aufbau. Die Modernisten mit ihren breiten Straßen und Sozialbauwohnungen hatten gesiegt.

Karin freute sich, dass es weiterging, der Wohnungsmangel war erschreckend. Noch immer lebten in Frankfurt Menschen in Bunkern, und das sieben Jahre nach Ende des Krieges.

Passanten beschrieben, wo welches Haus gestanden hatte, zeigten sich Fotos und wischten sich die Tränen aus den Augenwinkeln. Auch Tante Elvira weinte, sie hatte bis zuletzt gehofft, die Frankfurter Altstadtfreunde könnten einen Wiederaufbau durchsetzen.

Langsam gingen sie zu der Stelle, wo sich die Bude befunden hatte.

»Hier wird jetzt eine Filiale der Sparkasse gebaut«, sagte ihre Mutter. »Es wird Zeit, dass aufgeräumt wird. Es sind schon genügend Menschen in den Trümmern gestorben, erst letztens ist wieder eine Wand umgestürzt und hat ein Kind unter sich begraben.«

Karin suchte den Fensterbogen aus Sandstein vom Schuttberg hinter der Bude, den Billy fotografiert hatte. Aber auch er war mit all den anderen Resten zur Trümmerverwertungsgesellschaft gefahren worden, um zermahlen und zu neuen Steinen verarbeitet zu werden, denn in Frankfurt wurden die Trümmer nicht zu Bergen aufgeschüttet oder in irgendeinem See versenkt. Findige Ingenieure hatten das Frankfurter Verfahren entwickelt, mit dem man aus den Trümmern neue Steine herstellen konnte. Baumaterialien für das neue Frankfurt.

Nach einer arbeitsreichen Woche war er endlich da, der große Tag, dem sie alle so entgegengefiebert hatten: die Eröffnung der neuen Buchhandlung. Voller Stolz stand Karin in der Schillerstraße, hinter sich den wuchtigen und dunklen Kuppelbau der Börse und vor sich das cremefarbene Haus von Frau Winterhuber mit den weißen Flügelfenstern, fünf Stockwerke hoch.

»Euch kann niemand mehr übersehen«, sagte ihre Freundin Gerda und deutete auf das beleuchtete Schild über den vier großen Schaufenstern, auf dem in schlichter schwarzer Schrift *Buchhandlung Wünsche* stand. Sie umfasste Karins Schulter und zog sie an sich. »Das habt ihr wirklich verdient.«

Karin musste auf einmal tief Luft holen. Eine schwere Zeit lag hinter ihnen, allein die Sorgen um die Gesundheit ihres Vaters, sie war so froh, dass alles gut gegangen war.

»Im Keller sind der Packraum und ein großes Lager«, erklärte sie aufgeregt, »und über dem Laden Mutters Buchhaltung und eine Teeküche. Der Rest gehört einem Steuerberaterbüro. Dann kommen Wohnungen, und ganz oben, mit der besten Aussicht und gut mit einem Lift zu erreichen, residiert Frau Winterhuber. Pass auf, ich zeig dir alles.«

»Musst du nicht bei den Vorbereitungen helfen?«

»Wir sind so gut wie fertig.« Schwungvoll öffnete Karin die Glastür. Vor ihnen lag der lange Raum der Buchhandlung, wo Siggi im vorderen Bereich gerade im Konfirmationsanzug die Stühle für den Empfang zurechtrückte.

»Hier stehen normalerweise zwei runde Tische mit den Neuerscheinungen und anderen Empfehlungen und dort, wo jetzt das Rednerpult ist, ein Regal. Hinten sind die Regale fest montiert, aber das hier vorne ist auf Rollen und beweglich«, sagte Karin zu Gerda. »Dort stehen sonst zwei Sessel und laden zum Schmökern ein.«

Sie deutete auf einen langen Tisch, an dem Tante Elvira

und Friedel die Sektgläser polierten. Wenn sie doch nur eine Kamera dabeihätte! Ihre Großtante mit Nerzstola um den Hals und Trockentuch in der Hand war ein Bild für die Götter.

»Mann, das ist gigantisch!« Gerda schaute sich staunend um. »Und eure Theke ist gleich hier an der Seite, das ist praktisch.« Neugierig betrachtete sie die chromblitzende, neue Registrierkasse und das Regal mit den wichtigsten Auskunftsmitteln. »Nicht wie bei meinem Onkel, wo die Theke wie eine Schranke gleich hinter der Eingangstür ist. Bei euch ist alles offen wie in einem Kaufhaus. Und wie kommt ihr an die obersten Regalbretter? Euer Verkaufsraum ist doch bestimmt drei Meter hoch.«

»Mit einer Leiter. Siehst du die Schiene?« Karin wies auf ein Stahlrohr, das rund um die Regale führte. »Da kann man die Leiter entlangschieben, sie kann nicht umfallen.«

»Das nenne ich einfallsreich«, meinte Gerda.

Karin ging einmal mit ihr durch die ganze Buchhandlung, während Fräulein Ruppert mit dem Staubsauger die letzten Flusen vom dunkelgrauen Teppich saugte.

Karin mochte sie immer noch nicht, aber sie musste zugeben, dass Fräulein Ruppert fleißig und hilfsbereit war. Zudem hatte sie sich mit einem städtischen Beamten verlobt, der häufig in der Bude gewesen war, um seine durch den Krieg verlorene Karl-May-Sammlung zu ersetzen. Lange würde sie also nicht mehr bleiben und Karin mit ihren Ansichten über Kindererziehung nerven.

»Bestellungen holen die Kunden im hinteren Bereich ab. Die Bücher lagern dort in großen Schränken.«

»Und ihr verlangt von euren Kunden, dass sie durch den

ganzen Laden gehen, um ihre Bücher abzuholen?«, fragte Gerda ungläubig.

»Und auf dem Weg dorthin nehmen sie unser gesamtes Angebot wahr und kaufen vielleicht noch etwas zusätzlich.«

»Raffiniert!« Gerda hob die Augenbrauen. »Das hört sich nach amerikanischen Verkaufsmethoden an. Davon haben sie uns in der Buchhändlerschule in Köln ja eine Menge erzählt.«

»Und wann ist deine Gehilfenprüfung?« Karin blieb am extra für heute aufgestellten Garderobenständer stehen und nahm Gerda den braunen Wintermantel ab.

»In zwei Wochen.« Ihre Freundin trug ein neues, grün-blau kariertes Baumwollkleid mit engem Oberteil und weitem Rock.

Alle waren heute so festlich angezogen. Ihre Mutter rückte gerade in ihrem dunkelblauen Kostüm mit den weißen Paspeln die Bücher in den Regalen gerade, und Vera brachte Tante Elvira einige Sektflaschen. Sie trug ein selbst genähtes hellblaues Organza-Kleid mit weißem Gürtel und angeschnittenen Ärmeln. Sogar Fräulein Ruppert in ihrer neuen weißen Schlaufenbluse und dem grauen Wollrock hatte sich schick gemacht.

Karin stellte Gerda ihrer Mutter vor und wollte ihr noch die Leihbücherei zeigen, als ihre Mutter sie aufhielt. »Wieso trägst du eigentlich den falschen Ring nicht mehr?« Sie wies auf Karins nackte Hand.

»Aber wieso denn? Diejenigen, die wissen, dass ich ein Kind habe, wissen doch auch, dass ich nicht verheiratet bin.«

»Und die neuen Kunden?« Ihre Stimme zitterte.

»Mutti, das ist wirklich kein Problem. Wir haben in der Bude nicht einen einzigen Kunden deswegen verloren«, erwiderte Karin.

»Sagt dein Vater, aber so genau kann er es doch gar nicht wissen.«

»Frankfurt ist eine liberale Stadt. Und die richtigen Konservativen gehörten noch nie zu unseren Kunden, die gingen in keine Bretterbude.«

»Und jetzt?« Ihre Mutter klang immer nervös. »Ich bin dagegen, dass du weiterhin arbeitest.«

»Finanziell ist es für alle von Vorteil. Und es ist ja nur halbtags, Caroline verkraftet das schon.«

»Aber heute Abend hältst du dich im Hintergrund. Man muss die Leute ja nicht mit der Nase drauf stoßen.«

»Soll ich mich nicht um die Bewirtung kümmern? Vielleicht lerne ich ja einen netten unverheirateten Buchhändler kennen.« Sie grinste ihre Mutter verschmitzt an.

»Dann hättest du dir ruhig was Auffälligeres anziehen können«, verstand diese den Scherz nicht.

Karin seufzte. Ihrer Mutter konnte sie es einfach nicht recht machen. Ihr Vater zahlte ihr zwar das branchenübliche Gehalt von einhundertfünfundzwanzig D-Mark, aber sie gab zu Hause fast alles an Tante Elvira für Kost und Logis ab. Zudem brauchte sie Geld für die Anschaffungen für Caroline, und dann sparte sie auch noch etwas für Notfälle, man wusste ja nie. Das alte grüne Kleid war für den heutigen Abend völlig ausreichend.

»Müssen diese Bücher direkt neben dem Rednerpult stehen?« Ihr Vater wies auf den hierher verschobenen Empfehlungstisch, auf dem hohe Stapel von *Das war mein*

Leben, Ferdinand Sauerbruchs erfolgreicher Autobiografie, lagen.

»Wie sieht das denn aus – als ob ich ein alter Mann kurz vor dem Tod wäre!«

Karin musste lächeln. In seinem neuen dunkelblauen Einreiher, der hervorragend zu seinen noch immer blonden Haaren passte, sah er überhaupt nicht wie ein alter Mann aus. Die neue Buchhandlung war die beste Verjüngungskur für ihn.

Als sie den Tisch etwas weiter nach hinten schob, strömten bereits die ersten Gäste herein.

Alle kamen. Marie und Waltraud, Frau Winterhuber, sogar der junge Herr Krüger. Die meisten Gäste waren natürlich Buchhändler, Verleger und vor allem: die ersten Stammkunden und Nachbarn der alten Bude in der Hasengasse. Auch der kleine, untersetzte Herr Grimm vom Börsenverein war eingeladen. Ihr Vater hatte ihn gebeten, ein paar Worte zu sagen.

Zu ihrem Erstaunen entdeckte Karin Herrn Böttcher in der letzten Reihe. Gerade begrüßte er den Vorsitzenden der Hessischen Buchhändlervereinigung. Vielleicht war er ja gekommen, weil er wichtige Verbindungen pflegen wollte.

Als Herr Grimm ans Rednerpult trat, verstummten die Gespräche.

»*Habent sua fata libelli.*« Er räusperte sich und ergriff das Wasserglas. »Bücher haben ihre Schicksale«, erklärte er das lateinische Sprichwort, obwohl es alle Buchhändler kannten – schließlich war es das Motto des Börsenvereins. »Und nicht nur Bücher – Buchhändler und ihre Buchhandlungen ebenfalls. Die Buchhandlung Wünsche wurde 1857 am Leipziger Marktplatz gegründet. 1905 erblickte Justus Wünsche in diesem Haus das Licht der Welt, er blieb trotz des Studiums in Berlin der Stadt und der elterlichen Buchhandlung treu, und ich denke gerne an unsere gemeinsame Zeit in der Deutschen Buchhändlerschule in Leipzig zurück. Doch diese Zeit ist leider vorbei.« Er erzählte von der Bombardierung des Graphischen Viertels in Leipzig. All die wichtigen Männer im Raum nickten und seufzten, und manch einer holte verstohlen ein Taschentuch heraus, vor allem bei der Erwähnung der Millionen von verbrannten Büchern. Aber kaum sprach Herr Grimm von der Chance, die die Amerikaner ihnen durch die Flucht ermöglicht hätten, und von dem Wiederaufbau in Wiesbaden und Frankfurt, stieg die Stimmung wieder. Besonders lag ihm das neue Buchhändlerhaus im Großen Hirschgraben neben dem Goethehaus am Herzen.

»Schicksalswege können unergründlich sein, aber dass wir hier in fünf Jahren gemeinsam das hundertjährige Bestehen der Buchhandlung Wünsche feiern können, steht für mich außer Frage!« Herr Grimm schlug die schwarze Mappe mit seinem Redemanuskript zu, verbeugte sich, und alle applaudierten.

Ihr Vater dankte ihm ergriffen mit Handschlag, ehe er sich an die Gäste wandte. »›Gegründet 1857 in Leipzig‹ steht hier auf unserem Firmenschild, obwohl es die alte Buchhandlung in Leipzig noch gibt. Sie heißt jetzt Volksbuchhandlung. Das Haus wurde wieder aufgebaut, die alten Mitarbeiter sind auch noch da, nur wir nicht. Ich gebe sie nicht auf, niemals. Doch die Zeiten haben sich geändert, und wir werden unseren Neuanfang in Frankfurt nie vergessen.«

Er nickte Vera zu, und sie hielt wie verabredet das weiße Holzschild mit der roten Schrift, das über der Tür der alten Buchhandlung gehangen hatte, über ihren Kopf.

»Wir werden es immer in Ehren halten und hier im Laden aufhängen. Die Zeit in meiner Bude hat mich Bescheidenheit und Dankbarkeit gelehrt. Aufklärung ist wichtig und Bildung. Und deshalb feiern wir heute gemeinsam – eine kleine Erweiterung.«

Alle schauten sich lächelnd um.

Es folgten Grußworte der benachbarten Buchhandlungen, des Vertriebschefs der Frankfurter Verlagsanstalt und eines Vertreters der Handelskammer. Dann ploppten die Sektkorken, Vera half Friedel beim Einschenken der Gläser, und sie stießen gemeinsam an.

Karin hob Tante Elviras Damasttischdecke von den Schnittchen, die sie unter der Anleitung von Friedel auf etlichen geliehenen Platten angerichtet hatten. Sofort griffen die ersten Gäste zu.

»Darf ich auch?« Siggi streckte verstohlen die Hand aus.

»Nur ein Brot!« Ihr Vater war zwar großzügig im Verteilen der Einladungen gewesen, aber sparsam bei der Bewirtung.

Vorsichtig nahm Siggi sich ein halbes Toastbrot mit Lachsersatz und Ei, zwei Bissen, dann war es verschwunden, und er schaute sie wieder mit hungrigen Augen an.

»Na gut, noch ein zweites.« Das ließ sich der Junge nicht zweimal sagen, und kaum dass Karin sichs versah, war er mit zwei weiteren Kanapees verschwunden.

»Ach, eure Buchhandlung ist so schön geworden!« Gerda wies auf die modernen Lampen mit den kelchartig angeordneten Neonröhren.

»Wieso ist denn dein Onkel da?«, fragte Karin ihre Freundin.

»Wahrscheinlich um zu sehen, was die Konkurrenz treibt.«

»Hoffentlich macht er keinen Ärger!«

Gerda zuckte mit den Schultern und nahm sich ebenfalls ein Lachs-Ei-Schnittchen.

»Guten Abend, Fräulein Wünsche«, vernahm Karin Herrn Krügers Stimme. Sofort stupste Gerda sie an, und sie beobachteten, wie ihre Schwester rot wurde, während sie ihm ein Glas Sekt reichte.

»Sie sehen bezaubernd aus.« Er lächelte sie charmant an.

»Danke«, hauchte sie.

»Wie schön, dass Ihr Vater wieder vollständig genesen ist.«

Zum Glück gesellte sich Waltraud zu ihnen, denn Karin war es peinlich, Veras Gespräch mit ihrem Chef zu belauschen. Sie wusste auch so, dass ihre Schwester sich in ihn verknallt hatte. Doch Gerda schien neugierig zu sein. Sie blieb in der Nähe der beiden stehen und gab vor, in ein Buch zu schauen.

Karin bot Waltraud ein Kanapee an.

»Wusstest du, dass Herr Krüger bereits Witwer ist?«, fragte Waltraud und probierte vorsichtig.

»Ehrlich? Der ist doch noch so jung!« Karin schaute überrascht zu Veras Chef. »Oder meinst du seinen Vater?«

»Nein, Junior. Er war als Soldat in Paris und hat dort geheiratet.«

»Eine Französin?«

»Nein, eine Wehrmachtshelferin.«

»Ein Blitzmädel!« Karin erinnerte sich an die Geschichten über die Frauen mit dem Blitz auf der Uniform, die als Funkerin oder Flakhelferin wie die Männer dienten.

»Sie war schwanger und ist nach der Hochzeit zu ihren Eltern nach Bayern gegangen. Bei der Geburt des Sohnes ist sie gestorben, der Bub hat nur ein paar Wochen überlebt. Herr Krüger hat ihn nie gesehen.«

»O Gott, wie traurig! Das muss ich Vera erzählen«, erwiderte Karin.

Aber jetzt musste sie erst mal für Nachschub sorgen und holte eine weitere Platte aus der Teeküche. Erst als alles aufgegessen war, schlenderte sie mit einem Glas Sekt durch die Buchhandlung.

Ihr Vater war mit den anderen Buchhändlern ins Gespräch vertieft. In der kleinen Bude war er anscheinend nie so richtig ernst genommen worden, aber nun sah das ganz anders aus.

Die einzige Ausnahme bildete Herr Böttcher.

»Wieso um alles in der Welt haben Sie eine Leihbücherei aufgemacht?« Er deutete mürrisch auf das glänzende schwarze Schild über dem kleinen offenen Raum neben dem Büro ihres Vaters.

»Weil es Menschen gibt, die sich keine Bücher leisten und nur ein paar Pfennige zum Ausleihen aufbringen können«, entgegnete Karin.

»Aber dieser Schmutz und Schund. Schauen Sie sich doch die Titelbilder an!« Herr Böttcher fuchtelte mit einem Band vor Karins Nase herum, auf dem ein Mann eine leicht bekleidete Dame anstarrte. »Das gehört doch alles verboten.«

»Finde ich nicht. Hauptsache, es wird überhaupt gelesen. Wir bieten auch Ratgeber, Lehr- und Ausbildungsbücher und Klassiker in der Leihbücherei an. Außerdem locken die Unterhaltungsromane die einfachen Leute in die Buchhandlung, die sonst vor lauter Bildungsbeflissenheit Angst haben, überhaupt die Tür zu öffnen! Zu uns in die Bude kamen ganz andere Kunden als zu Ihnen, einfachere Leute. Die staatlichen Büchereien können den Lese- und Bildungshunger gar nicht alleine stillen.«

»Ah, Herr Böttcher.« Ihr Vater und Herr Grimm stießen zu ihnen. »Gefällt es Ihnen?«

»Dass Sie solchen Schund anbieten?« Herr Böttcher wies wieder auf die Leihbücherei.

»Leihbuchhandlungen sind genauso wichtig wie Buchhandlungen«, sagte Herr Grimm.

Herr Böttcher zuckte zusammen. »Guten Abend, Herr Grimm«, entgegnete er und verbeugte sich leicht. »Finden Sie etwa nicht, dass solche moralisch verwerflichen Schriften unsere Jugend verderben?« Demonstrativ blickte er zu Karin.

»Es gibt so viele unglückliche Frauen in der Literatur – Anna Karenina, Effie Briest oder auch das liebe Gretchen.« Herr Grimm deutete auf eine Faust-Ausgabe der Leihbücherei. »Wer ein richtiger Buchliebhaber und nicht nur ein Händler ist, der sollte ein Herz für gestrandete Seelen haben.«

Da blieb Herrn Böttcher der Mund offen stehen.

17

TOXI

August 1952

Regenschirme, nichts als Regenschirme. Betrübt schaute Karin durch das beschlagene Fenster der Tram und sehnte die Sonne herbei. Vom Sommer merkte man nicht viel in Frankfurt.

Die *Constanze* und der *Stern* schwärmten vom Urlaub im Süden. Mit der Isetta über die Alpen und im Liegestuhl Chianti trinken … davon konnte Karin nur träumen. Ihr Geld hatte nur für ein verlängertes Wochenende mit Waltraud und Caroline in einer kleinen Pension im Odenwald gereicht. Wenigstens hatte ihre Tochter ein Schaf streicheln, Milch direkt von der Kuh trinken und auf einer grünen Wiese ihre ersten Schritte machen können.

Ob sie sich irgendwann auch mal in Rimini am Strand rekeln würden? Die Zukunft sah rosig aus, die neue Buchhandlung hatte vom ersten Tag an floriert. Durch die anderen Geschäfte der Schillerstraße, allen voran das Haushaltswarengeschäft Lorey, gab es viel Laufkundschaft, und sie hatten neue Stammkunden dazugewinnen können.

Die Tram hielt klingelnd an der Ruine der Hauptwache,

und Karin stieg aus. Auf dem Weg zur Schillerstraße fiel ihr am Bieberbau das Kinoplakat von *Toxi* ins Auge: ein weinendes Mädchen mit schwarzen Locken, brauner Haut und einem fein gezeichneten Gesicht. So könnte Caroline aussehen, wenn sie älter war. Der Anblick des weinenden Schwarzen Mädchens ging ihr nahe, dabei hatte Caroline sich sehr gut daran gewöhnt, dass ihre Mutter während ihres Mittagsschläfchens arbeiten ging und erst abends zum Abendessen wieder zurückkehrte. *Hiedel*, wie sie Friedel nannte, war schon eine richtige Ersatz-Mama für sie geworden.

Der Regen wurde stärker, und Karin schloss schnell die Hauseingangstür auf und ging durchs hell erleuchtete Treppenhaus in den Keller. Hier stolperte niemand mehr mit schweren Paketen im Zwielicht einer funzeligen Glühbirne eine enge Treppe hinunter. Hier war alles sicher und modern. Auch der Keller mit den weiß gestrichenen Wänden wurde von zahlreichen Neonröhren ausgeleuchtet. Und es stank nicht so penetrant nach Zigaretten wie bei Herrn Böttcher.

Direkt nach der Eröffnung hatte ihr Vater zu Ostern ein Lehrmädchen eingestellt. Mit der siebzehnjährigen Gudrun Mai verstand Karin sich viel besser als mit dem steifen Fräulein Ruppert und ihren Vorurteilen. Gudrun strahlte nur so vor guter Laune, sang den ganzen Tag vergnügt vor sich hin, und außerhalb der Verkaufsräume duzten sie sich bereits.

Gudrun packte früh um acht gemeinsam mit Herrn Pfeffer, dem neuen Packer, die Lieferungen aus, damit um neun Uhr bereits der erste Schwung zum Bearbeiten bereitlag. So lernte sie sämtliche Lieferwege kennen: die Post, den Bücherwagendienst des Zwischenbuchhandels und die

Lieferboten der Frankfurter Verlage. Außerdem bekam sie einen Überblick über die wichtigsten Autoren. Karin hatte in Leipzig auch in der Packstube angefangen, und ihr Vater hatte ihr die Aufgabe zugeteilt, Gudrun anzuleiten und im Auge zu behalten.

Kaum dass sie die Tür geöffnet hatte, schmetterte Gudrun ihr lauthals »Die süßesten Früchte …« entgegen, einen neuen Schlager, den man ständig im Radio hörte. Fröhlich hakte sie die gelieferten Bücher auf dem Lieferzettel ab.

Karin spannte den Regenschirm zum Trocknen auf und prüfte im Spiegel über dem Waschbecken ihre Haare.

»Die süßesten Früchte …«, wiederholte Gudrun den Refrain. »Das ist bestimmt das Lieblingslied deiner Tochter. Weil Leila Negra mitsingt.« Sie wischte sich den Bücherstaub von ihrer Schürze.

»Meine Tochter ist vierzehn Monate alt, die interessiert sich noch nicht für Schlagersängerinnen.«

Karin nahm ihr den Lieferschein ab, überprüfte ihn anhand des Bücherstapels, alles war in Ordnung.

Gudrun summte weiter. »Die Laila Negra singt auch das Titellied von *Toxi*.«

Da öffnete sich die Tür, und Vera trat ein. »Klingt hier wie bei uns im Geschäft.« Sie strich sich über ihr weißes Baumwollkleid mit den hellblauen Punkten. »Die neue Platte von Peter Alexander und Leila Negra verkauft sich sehr gut. Unsere Kunden lieben ihre exotische Ausstrahlung.«

»Sie stammt aus Hamburg, was ist denn daran exotisch?«, fragte Karin, obwohl sie die Antwort bereits wusste.

»Sie ist Schwarz, da ist es völlig egal, wo sie geboren wurde«, erklärte Vera. »Das süße schwarze Mädchen neben

Peter Alexander mit seinem Wiener-Sängerknaben-Charme – natürlich sieht das exotisch aus.«

»Ja, jetzt sind auf einmal alle so weltoffen, niemand hatte jemals etwas gegen Juden oder Schwarze …«, erwiderte Karin.

Vera räusperte sich und ging nicht weiter darauf ein. »Ich soll was für Herrn Krüger abholen.«

Sie reichte Gudrun einen Zettel. »Ist das schon geliefert worden?«

»*Rimlock* und *Pica*… was soll das denn sein?« Gudrun schaute ratlos auf den Zettel.

»*Picaröhren.* Das ist ein Heft der *Radio-Praktiker-Bücherei*«, erklärte Vera.

Gudrun ging mit dem Zettel zu Herrn Pfeffer hinüber.

»Das hätte euch doch Siggi vorbeibringen können«, sagte Karin zu Vera. »Oder ist es für den Juniorchef?« Sie lächelte verschmitzt.

»Nein! Was du schon wieder denkst. Der ist auf Norderney.« Vera ergriff eines der Bücher, die Gudrun bereits ausgezeichnet hatte, einen schmalen dunkelblauen Band.

»*Die weiße Rose* von Inge Scholl. Darf ich mir das ausleihen?« Sie strich über die stilisierte weiße Rose auf dem Umschlag. Karin nickte. Gudrun kam schon wieder zurück und gab Vera das Technik-Heft.

»Aber nicht während der Arbeitszeit lesen«, scherzte Karin.

*

Als Vera wieder bei *Radio Krüger* eintraf, war der Vorhang vor den neu dekorierten Schaufenstern verschwunden, und die ersten Fernsehgeräte erstrahlten im Scheinwerferlicht.

In den Prospekten hatte sie sie schon bewundert, aber sie in echt vor sich zu sehen, war viel beeindruckender. Am besten gefiel ihr der Blaupunkt V52, ein Tischgerät aus edlem Holz, das ähnlich wie ein Radio aussah, nur dass anstelle des großen stoffbespannten Lautsprechers die kleine Bildröhre eingebaut worden war. Der Klang kam anscheinend aus den kleinen Schlitzen an der Seite.

An Weihnachten wurde aus dem Versuchsfernsehen endlich ein offizielles, vom NWDR in Hamburg und Berlin ausgestrahltes, tägliches Programm. Die Signalübertragung war zwar noch nicht überall möglich – auch in Frankfurt konnte man bisher kein Fernsehen empfangen –, aber das war alles nur noch eine Frage der Zeit. Vera konnte es kaum erwarten. Es war nicht wie im Kino, wo man sich Filme von der Rolle anschaute, sondern man sah vom eigenen Sofa aus, was im gleichen Moment an einem anderen Ort geschah.

Im Büro herrschte Stille, Fräulein Wenzel hatte sich einen Tag freigenommen. Vera brachte das Heft über die Röhren zum Senior, dessen Büro auch verwaist war. Aus dem Laden hörte sie Stimmen. Vera lauschte, ob sie gebraucht wurde, aber es ging nur um technische Details von Antennenanschlüssen.

Sie genehmigte sich einen sauren Drops und wünschte sich, ein Radio im Büro zu haben. Beschwingte Musik wäre jetzt genau das Richtige.

Fast anderthalb Jahre war sie jetzt bei *Radio Krüger* und hatte es nicht eine Sekunde bereut. Die reine Büroarbeit sah auf den ersten Blick aus wie überall, aber bei der Berechnung vom Ein- und Verkauf neuester Technik handelte es sich doch um etwas ganz anderes, als wenn sie in der Brandversicherung gelandet wäre.

Mit Fräulein Wenzel verstand sie sich bestens, und da außer Vera keine Bürokraft Englisch und Französisch konnte, war sie für die gesamte ausländische Korrespondenz zuständig. Meistens diktierte ihr der Senior die Briefe in Deutsch, und sie übersetzte sie dann, aber manchmal übernahm das auch Thomas Krüger, was bei Vera immer zu Herzrasen und einer Fehleranfälligkeit führte, die sie nur schwer verbergen konnte. Eigentlich fand sie ihre Schwärmerei für ihn kindisch und dumm, da er sie ja sowieso nie beachtete, aber ändern konnte sie das Kribbeln im Bauch doch nicht. Aber im Moment war er sowieso im Urlaub.

Laut ratternd zählte sie mit der Rechenmaschine die Einnahmen des Vortages zusammen.

»Fräulein Wünsche!«

Sie schreckte auf, und ihr Atem stockte. Was machte Thomas Krüger hier? Er trug eine legere sandfarbene Hose, ein hellblaues Hemd und keine Krawatte. Sein Gesicht hatte Farbe bekommen, und er wirkte nicht mehr so verschlossen wie sonst. Duftete er nicht sogar nach frischer Seeluft?

»Guten Tag, Herr Krüger.« Vera stand auf und strich sich den Rock glatt. Sofort fiel ihr ein, dass Karin ihr gesagt hatte, sie solle sich das abgewöhnen. Das mache sie immer, wenn sie nervös sei. Besser, sie versteckte ihre Hände hinter ihrem Rücken und atmete tief durch.

»Lesen in der Arbeitszeit ist verboten!« Er wies auf das Buch über die Weiße Rose, das sie auf den Tisch gelegt hatte.

»Ich lese doch gar nicht, das Buch ist nur zu groß für meine Handtasche, und ich wusste nicht, wohin damit«, erwiderte sie. Warum kam er mit so einer schlechten Laune aus dem Urlaub zurück? Er nahm das Buch und schlug es auf.

»Sie lesen Inge Scholl?«

»Wieso nicht?«, sagte Vera irritiert. Was dachte er denn von ihr?

»Entschuldigen Sie«, sagte er. »Ich wollte Sie nicht beleidigen. Ich hätte nicht erwartet, dass sich ein junges und hübsches Mädchen wie Sie für die düstere Vergangenheit interessiert.«

Hatte er wirklich hübsch gesagt? Ihre Wangen begannen zu glühen, und sie starrte beschämt auf die Zahlenkolonnen vor sich.

Seit Karin ihr erzählt hatte, dass Thomas Krüger Witwer war, interessierte sie sich noch mehr für ihn. Ob er wegen seiner ersten Frau nicht wieder heiraten wollte? Seine Hochzeit in Paris klang so romantisch. Liebe unterm Eiffelturm …

Aber vielleicht war er ja auch ein überzeugter Nazi gewesen. Die Blitzmädels waren es auf jeden Fall, die waren ja freiwillig in den Krieg gegangen. Und wie stand er jetzt dazu? Der Krieg hatte ihm ja Frau und Kind genommen. Zu gerne hätte sie ihn gefragt, aber das ging natürlich nicht.

»Sie sind so jung, Vera«, sagte er plötzlich. »So jung und unschuldig. Warum belasten Sie sich mit dieser schrecklichen Zeit?«

»Weil ich sie verstehen will.«

»Wie alt waren Sie, als der Krieg endete?«

»Dreizehn.«

»Sage ich doch. Jung und unschuldig.« Seine Stimme bekam wieder diesen traurigen Klang. Auf einmal fiel ihr eine

Narbe an seiner Wange auf. Ein haarfeiner Strich vom Wangenknochen zum Ohr. Sie betonte sein längliches Gesicht.

Vera schluckte ihre Nervosität hinunter. »Darf ich Sie etwas Persönliches fragen?«

»Fragen? Ja. Aber eine Antwort kann ich Ihnen nicht versprechen.«

Sie wusste, dass sie schon wieder viel zu neugierig war. Aber seine Widersprüchlichkeit reizte sie – auf der einen Seite flirtete er mit der Sekretärin, auf der anderen Seite hatte er ihr und ihrer Familie beigestanden, als ihr Vater einen Schwächeanfall erlitten hatte. Er liebte moderne Musik und Technik, und trotzdem schaute er sich das Goethehaus an.

»Wie alt waren Sie, als der Krieg endete?«, fragte sie.

Er schmunzelte. »Na gut, ich bin Jahrgang 1923, den Rest können Sie sich selber ausrechnen.«

Also war er zweiundzwanzig gewesen, und jetzt war er neunundzwanzig. In seinem Jahrgang war jeder dritte Soldat gefallen, eine Zahl, die ihre Mutter immer nannte, wenn sie über den Frauenüberschuss lamentierte.

»Mein Vater war auch in Frankreich stationiert.« Sie schielte zu ihm hinüber. Vielleicht konnte sie Herrn Krüger ja dazu bewegen, noch mehr über seine Zeit dort zu erzählen. Aber seine Miene versteinerte, er klappte das Buch zu und legte es zurück. Sie hielt den Atem an. War sie zu weit gegangen?

»Er konnte zu Frau und Kindern zurückkehren«, flüsterte er, räusperte sich und griff sich an den Hals, als ob er seine Krawatte richten wollte, dabei trug er gar keine.

»Es tut mir sehr leid«, sagte sie.

»Sie wissen …?« Er trat einen Schritt zurück.

Sie nickte. »Das muss hart sein.«

Sein Blick verdunkelte sich, und er sank etwas in sich zusammen. Scheu trat sie auf ihn zu, wollte ihm zeigen, dass er nicht alleine war.

Er wich nicht zurück, und einen Augenblick lang standen sie sich gegenüber und füllten die Stille mit ihren Gedanken. Als er sich aufrichtete, hatte er sich wieder gefasst.

»Danke«, sagte sie.

Er hob überrascht die Augenbrauen. »Wofür denn?«

Eigentlich wusste sie es gar nicht so genau. »Für Ihr Vertrauen.«

»Oh, liebes Fräulein Wünsche, Sie sind wirklich noch sehr jung. Jung und – erstaunlich.« Mit einem Mal zeichnete sich ein Lächeln auf seinem Gesicht ab, und sie fühlte sich, als ob er sie zu der Musik von Glenn Miller durch die Luft wirbeln würde.

*

»Das ist ein Vogel.« Karin deutete auf das Bild einer Taube in einem kleinen Pappbilderbuch.

»Da!«, sagte Caroline und tapste mit ihren Fingerchen auf das Bild.

»Meinst du nicht, dass sie noch viel zu klein für ein Bilderbuch ist?« Ihre Mutter stand kopfschüttelnd neben Karins Bett. »Ihr fallen schon die Augen zu!«

»Nur noch ein bisschen.« Gleich würde Caroline ihr Mittagsschläfchen halten und Karin mit Vera ins Kino gehen.

»Und setz sie vorher noch mal auf den Topf, damit ich hinterher kein Malheur erlebe.«

»War sie eben schon, ich bin ja auch froh über jede Windel, die ich nicht waschen muss.«

Carolines Köpfchen sank gegen Karins Schulter, und ihr Körper wurde schwer. Sanft hob sie sie hoch und legte sie in ihr Gitterbettchen.

Wie friedlich sie dalag. Caroline schlief viel, nur als sie ihre ersten Zähne bekommen hatte, war sie unleidlich gewesen. Wenn sie wach war, musste man allerdings die ganze Zeit auf der Hut sein. Seit sie laufen konnte, war kein Schrank mehr vor ihr sicher.

Im Salon saß die Familie beim Kaffee und las, wie immer nach Friedels Sonntagsbraten. Karin nahm sich ebenfalls eine Tasse Muckefuck und setzte sich zu Vera aufs Sofa. Die durchstöberte gerade die Zeitung nach dem Kinoprogramm.

»Was hältst du von *Toxi*? Das ist der Film über das Schwarze Mädchen.«

Karin trank einen Schluck. »Ich weiß. Gerda war am Freitag auf der Terrasse des Hauptwache-Cafés und hat gesehen, wie die Presse die Kinderschauspieler beim Mohrenkopfwettessen fotografiert hat. Die Schauspielerin, die die Toxi spielt, muss total süß sein.«

»Ist sie denn echt?«

»Wie meinst du das?« Karin runzelte die Stirn.

»Na, ob sie wirklich braune Haut hat. Oft malen die im Film die Leute einfach nur an.«

Was für eine schreckliche Vorstellung. »Natürlich ist sie echt.«

»In der Zeitung stand, dass es ein Aufklärungsfilm sein soll, damit man lernt, mit Schwarzen Kindern umzugehen. Die ersten Besatzungskinder sind doch gerade in die Schule gekommen. Dabei ist Caroline so süß, die findet später bestimmt Freunde.«

»Unterschätz die Vorurteile nicht, die es noch immer gibt«, sagte Karin und hoffte inständig, dass der Film die Leute zum Nachdenken bringen würde.

»Ihr solltet bald gehen, sonst ist Caroline wach, bevor ihr wieder da seid«, mahnte ihre Mutter.

Vera legte die Zeitung zur Seite. »Stell dir vor, wenn es erst mal Fernsehen gibt, braucht man niemanden mehr für die Betreuung der Kinder, dann bleibt man einfach zu Hause. Und es gibt sogar Fernsehen für Kinder!«

»Fernsehen für Kinder?«, rief ihr Vater. »Das ist ja grauenhaft. Das kann für die Entwicklung des kindlichen Gehirns auf gar keinen Fall gesund sein. Wo bleibt denn da die Fantasie?«

»Das werden wir dann ja sehen. Ist wahrscheinlich auch nicht viel anders als ein Bilderbuch.«

»Vera! Wenn du glaubst, dass wir jemals so ein Gerät haben werden, dann täuschst du dich aber. In deiner eigenen Familie vielleicht, aber hier? Niemals!«, sagte ihr Vater.

Vera wurde flammend rot. Zum Glück schien es den Eltern nicht aufzufallen.

Karin schnappte sich die Zeitung. *Rommel, der Wüstenfuchs*, mehrere Musketier-Filme, nichts, was sie reizte.

»Wieso haben sie dem Mädchen in dem Film eigentlich so einen fürchterlichen Namen gegeben?«, fragte Vera. »Toxic heißt im Englischen giftig.«

»Klingt wie die kleine Topsy aus *Onkel Toms Hütte*.«

Typisch Buchhändler, ihr Vater suchte gleich einen Vergleich aus der Literaturgeschichte. Aber Karin hatte eine andere Vermutung. »Das soll bestimmt exotisch klingen. Im Krankenhaus meinten die anderen Mütter, ich könnte

Caroline keinen deutschen Namen geben, er solle amerikanisch sein. Ich kenne gar keine Namen, die es nur in Amerika gibt.«

»Jimmy oder Harry«, schlug Vera vor.

»Nein, ich meine Mädchennamen. Ob Elisabeth oder Elizabeth, das ist doch nur eine Frage der Aussprache.«

»Scarlett«, sagte Vera.

Karin lachte laut los. »Na, wunderbar. Scarlett Wünsche.«

»Also abgemacht? Gehen wir in *Toxi*?«

»Nein«, sagte Karin. »Schau mal, die Sonne kommt raus. Lass uns lieber mit Caroline spazieren gehen, wenn sie aufwacht.« Sie beugte sich vor und flüsterte Vera ins Ohr. »Und du erzählst mir, wie es zwischen dir und deinem Junior steht.«

»Da ist nichts!«, wehrte Vera ab, aber Karin glaubte ihr kein Wort.

18

DIE KRÖNUNG

Juni 1953

Ein Jahr voller Arbeit und Freude ging ins Land. Obwohl Karin noch immer halbtags arbeitete, war Caroline zu einem fröhlichen und gesunden Mädchen herangewachsen. Sie war selten krank, liebte Bilderbücher und Kinderreime, und sogar Frau Liebig musste feststellen, wie gut sie schon sprechen konnte, und ihren Halbsatz, der mit »obwohl …« anfing, erstickte Karin im Handumdrehen.

Heute feierten sie nun ihren zweiten Geburtstag, und Caroline strahlte übers ganze Gesicht, als Karin ihr ein Stück von dem dick mit Zuckerguss verzierten Zitronenkuchen abschnitt und Friedel noch einen Löffel Sahne auf den Teller kleckste.

Wenn man es genau nahm, wurde Caroline erst morgen, am Montag, zwei Jahre alt. Da hatte aber keiner Zeit für einen gemütlichen Kaffeeplausch, sodass sie kurzerhand gemeinsam mit Marie und ihrem Sohn Peter am Sonntag vorfeierten. Angeblich sollte das zwar Unglück bringen, aber daran glaubte niemand.

Der mittlerweile zehnjährige Peter spielte immer mit

Caroline, als wäre er ihr großer Bruder. Am liebsten mit Peters alten Bauklötzen. Sollten Marie und Peter irgendwann eine richtige Wohnung zugewiesen bekommen, würde Karin sie sehr vermissen.

»Schau mal, Caroline, ein Geschenk von Uroma und Uropa Buschke aus Leipzig!« Ihre Mutter reichte ihr ein himmelblaues Paket über den Tisch. Erfreut nahm Caroline es in beide Hände und packte ein Malbuch und Buntstifte aus.

Karins Mutter hielt einen Brief in der Hand. »Meine Mutter schreibt, dass es allen gut geht. Mein Bruder ist Parteisekretär geworden. Sein Sohn hat das Baugeschäft meines Vaters übernommen.« Sie ließ den Brief sinken. »Nie steht drin, wie sie sich wirklich fühlt.«

»Da!«, rief Caroline. Sie zog ein Blatt Papier aus dem Malbuch und gab es Karin.

»Liebe Alma – noch ein Brief für dich. Meint ihr, die Pakete werden kontrolliert?«

Ihr Vater zuckte mit den Schultern. »Da hätten sie ja viel zu tun. Was steht denn drin?«

»›Vielen Dank für die Schokolade, bei uns kostet sie acht Mark, wenn es überhaupt welche gibt. Noch immer sind Lebensmittel nur auf Karten zu bekommen, und der Hunger ist unser ständiger Begleiter. Dein Vater musste den Betrieb abgeben, weil er die neuen Arbeitsnormen ohne gleichzeitige Lohnsteigerung nicht unterstützen wollte. Die Bauarbeiter verdienen sowieso viel zu wenig.‹« Karin sah ihre Eltern an.

»Die sind verrückt«, sagte ihr Vater.

Ihre Mutter schüttelte den Kopf. »Und wir dachten, nach Stalins Tod würde sich etwas ändern.«

Alle schwiegen betreten. Wenn sogar ein so überzeugter Sozialist wie Opa Buschke Schwierigkeiten bekam …

»Lasst uns von was Schönerem reden«, sagte Vera und strahlte auf einmal. »Die Krönung der Queen am Dienstag ist die erste Fernsehübertragung in Frankfurt, und als ich dem Junior vorgeschlagen habe, eine kleine Feier für gute Kunden zu veranstalten, war er völlig begeistert. Und ich darf sie organisieren!«

»Super!«, rief Karin. Sie wusste, wie sehr Vera sich das gewünscht hatte. »Da kannst du zeigen, was in dir steckt.«

»Ich verstehe das Getue um diese Krönung überhaupt nicht.« Ihr Vater löffelte Zucker in seinen Bohnenkaffee.

»Aber ist es nicht toll, dass so eine junge Frau Königin wird?«, fragte Karin. »Wir haben den ollen Adenauer, und die?«

»Die Queen hat doch gar nichts zu entscheiden, genauso wenig wie Bundespräsident Theodor Heuss«, entgegnete ihr Vater.

»Der ist auch ein alter Mann. Eine Frau als Bundespräsidentin, das wäre was«, sagte sie. »Die Welt ändert sich, Vati!«

»Da wäre ich mir nicht so sicher. Was ist, wenn die Queen wieder schwanger wird? In Wirklichkeit wird ihr Mann das Königreich repräsentieren.«

»Das glaube ich nicht«, sagte Karin.

»Beim Kranzler kann man sich die Krönung ansehen«, warf Tante Elvira ein. »Ich habe schon einen Tisch reserviert. Wollt ihr mitkommen?«

»Gerne«, sagte ihre Mutter.

»Ich finde es bewundernswert, dass sie eine Frau krönen«,

meinte Friedel. »Bei den Hohenzollern hat es das nie gegeben.«

»Ich kann gerne auf Caroline aufpassen«, bot sich Marie an. »Ich habe am Dienstag frei.«

Und so entschieden Tante Elvira, ihre Mutter und Friedel, sich im Café Kranzler an der Hauptwache das Spektakel anzusehen.

»Seid ihr alle verrückt geworden?« Ihr Vater blickte sie fassungslos an. »Wir sind doch alle überzeugte Demokraten, und dann schaut ihr einer verwöhnten Frau zu, wie sie in einer goldenen Kutsche durch London fährt?«

»Ich bleibe bei dir.« Karin legte ihm die Hand auf den Arm. »Ich finde die Krönung zwar wichtig, aber stundenlang in so einen kleinen Kasten zu schauen, das ist nichts für mich. Wer weiß, ob es überhaupt funktioniert.«

*

»Guten Morgen …«, erscholl am nächsten Morgen die Erkennungsmelodie des *Frankfurter Weckers* aus dem Radio, und Vera sang lauthals mit. Sogar Vater wippte mit dem Kopf im Takt, dabei war er anfangs streng dagegen gewesen, morgens früh bereits Radio zu hören. Nur dem Humor von Peter Frankenfeld war es zu verdanken, dass sie jetzt viel beschwingter in den Tag starteten.

Vera stopfte sich schnell das restliche Marmeladenbrot in den Mund, winkte allen zum Abschied zu, und schon war sie weg und rannte zur Tram. Bloß nicht zu spät kommen! Heute begannen die Vorbereitungen für das große Ereignis, und sie war schon sehr aufgeregt.

Als Erstes tippte sie für die Gäste den zeitlichen Ablauf der Krönung, wie er in der Zeitung gestanden hatte, auf DIN-A5-Zettel.

»Vater, misch dich nicht in mein Leben ein«, erklang die Stimme von Thomas Krüger laut aus seinem Büro. Dass die beiden Chefs sich stritten, hatte Vera noch nie erlebt. Musste das ausgerechnet heute sein?

»Fräulein Wünsche, schließen Sie doch bitte die Bürotür, das geht uns nichts an«, sagte Fräulein Wenzel.

»Werde du erst mal erwachsen«, ging das Geschrei weiter.

»Ach, das soll die Korngräber machen«, murmelte Vera und überprüfte erneut die Anzahl der Gäste. Standen da nicht mehr Namen als gestern darauf? Sie musste unbedingt noch Stühle besorgen.

»Fräulein Korngräber hat gekündigt.«

»Ehrlich?« Vera sah erstaunt auf.

»Sie hat lange durchgehalten, aber, wie gesagt: Er heiratet nicht. Sie hat sich mit einem Abteilungsleiter der Frankfurter Bank verlobt.«

Unfassbar, davon hatte Vera gar nichts mitbekommen. Sie war mit ihr nie warm geworden. Fräulein Korngräber hatte sich nur für ihr Aussehen interessiert und sonst gar nichts. Außerdem musste Vera zugeben, dass sie eifersüchtig auf die bewundernden Blicke gewesen war, mit denen Thomas Krüger die Sekretärin immer bedacht hatte.

»Sie war nicht die Erste, die es probiert hat«, fuhr Fräulein Wenzel fort, »und bestimmt sitzt bald wieder eine hübsche Blondine dort und macht sich falsche Hoffnungen. Er hat gerne hübsche Gesichter um sich, aber heiraten? Der nicht.«

»Denk daran, dass deine Mutter sich Enkel wünscht«, rief der Senior in diesem Augenblick erbost.

Schnell stand Vera auf und schloss die Tür. Hoffentlich vertrugen sich Vater und Sohn bald wieder.

Kurze Zeit später wies sie gerade den Hausmeister an, weitere Stühle zu organisieren, als Thomas Krüger die Treppe herunterkam. Die Falten in seinem Gesicht schienen sich vertieft zu haben.

Noch immer hatte er nicht entschieden, welches Fernsehgerät aufgestellt werden sollte. Im Schaufenster stand bereits ein Weltfunk von Krefft, auf dem täglich von zehn bis zwölf Uhr Versuchsfilme der Bundespost gezeigt wurden, anhand derer sie die Übertragung vom Feldberg testeten. Testbilder oder Auszüge von Wochenschauen.

Ab heute startete der Betrieb der Sendeanlagen auf dem Feldberg im Taunus, und endlich konnte man auch in Frankfurt das Programm des NWDR empfangen. Sogar ein eigenes Programm des Hessischen Rundfunks war in Vorbereitung.

»Herr Krüger, entschuldigen Sie bitte, ich möchte Sie gar nicht lange belästigen, aber welches Gerät soll denn aufgestellt werden?«, fragte Vera freundlich. Wer wusste schon, wie nah ihm der Streit mit seinem Vater ging.

»Was?«, fuhr er sie an und rückte die Reihe der kleinen Boy-Kofferradios von Grundig gerade.

»Es geht um die Krönung morgen.«

Er wich ihrem Blick aus, war noch immer mit den Radios beschäftigt. »Der Weltfunk im Fenster bleibt, der kann die Passanten anlocken. Wir nehmen hier im Verkaufsraum den Starenkasten.«

So wurde der Fernseher von Telefunken genannt, einer niederländischen Firma, die seit Neuestem auch in Krefeld Fernseher herstellte. Das Luxusgerät kostete zwar tausendfünfhundert D-Mark, aber im Vorfeld der Krönung hatten sie tatsächlich schon fünf Exemplare verkauft.

»Wir sollten ihn etwas erhöht stellen«, schlug Vera vor, »damit jeder die gleiche Sicht hat. Wie im Kino. Außerdem können sich die Kunden das Gerät von allen Seiten anschauen, das Holz ist so wunderschön.« Oje, bestimmt hatte sie viel zu viel geplappert, und er würde sie gleich genauso unfreundlich wie seinen Vater anherrschen.

»Eigentlich dachte ich …« Erstaunt und erfreut zugleich musterte er sie. »Ja, das ist eine gute Idee, Fräulein Wünsche. Probieren Sie alles mit Herrn Wegener aus, ich sage ihm Bescheid, dass er sich Zeit für Sie nimmt. Der morgige Tag soll ein voller Erfolg werden.«

»Und … wann kommen die Kanapees?«

»Ich weiß nicht, Fräulein Korngräber …« Er fuhr sich mit den Händen durch die Haare. »Auf ihrem Tisch müsste die Bestellung liegen.«

»Ich schaue nach«, sagte Vera und lief schnell nach oben. Das konnte ja heiter werden – so ein wichtiger Tag, und er war völlig durcheinander.

Auf dem Schreibtisch fand sie nichts. Daraufhin rief sie alle infrage kommenden Feinkostläden, Metzgereien und Konditoreien an. Keiner hatte einen Auftrag von ihnen erhalten. Offensichtlich hatte Fräulein Korngräber gar nichts mehr in den letzten Tagen erledigt.

Sofort machte Vera sich auf die Suche nach Thomas Krüger, konnte ihn aber nirgends finden. Kurzerhand informierte sie den Senior darüber und bot an, den Fehler auszubügeln. Der war mit allem einverstanden, und tatsächlich: Ein Feinkostladen in der Fressgass war in der Lage, bis morgen die gewünschte Menge an Getränken und Schnittchen zu liefern.

Dann richtete sie gemeinsam mit Herrn Wegener, dem Monteur, den Starenkasten auf einem Tisch ein, organisierte weitere Stühle und stellte alle so hin, dass die Gäste einen guten Blick auf das Geschehen hatten. Der Seniorchef war ganz begeistert, nur sein Sohn tauchte den ganzen Tag nicht mehr im Geschäft auf.

Wenn das morgen mal gut ging.

Am nächsten Tag legte Marie ihr bereits früh am Morgen die gleiche Frisur, die Elizabeth Taylor in *Vater der Braut* getragen hatte. Vera zog ihr schönstes Kleid an, es war blau und aus schimmerndem Taft. Und zwei Petticoats, aber natürlich so, dass man die Unterröcke nicht sehen konnte, alles andere wäre zu gewagt gewesen. Trotzdem fühlte sie sich, als wäre sie selbst eine Prinzessin, als sie mit den knisternden Röcken die geschwungene Treppe in den Verkaufsraum hinunterging.

Unten stand Thomas Krüger, dem Anlass entsprechend im dunklen Anzug, und betrachtete sie mit einem überraschten und zugleich bewundernden Gesichtsausdruck. Als wäre ihm erst jetzt aufgefallen, dass Vera sich zu einer attraktiven jungen Frau entwickelt hatte.

Sie musste tief durchatmen, um ihn im gemessenen Ton begrüßen zu können, und auch er schien etwas durcheinander zu sein.

Während sie die Lieferungen des Feinkostgeschäfts annahm

und sich um das kalte Büfett kümmerte, testeten die Chefs und die Monteure die beiden Fernsehgeräte. Alles funktionierte zum Glück einwandfrei. Nichts wäre peinlicher, als wenn angesichts des ganzen Aufwands der Bildschirm dunkel blieb!

Die ersten Gäste trafen ein. Vera reichte ihnen die Programmzettel, und als um halb elf die Übertragung begann, waren alle vom beinahe ruckelfreien Bild direkt aus London begeistert.

»Stellen Sie sich vor, zwanzig Millionen Zuschauer in fünf europäischen Ländern: neben England in Holland, Belgien, Frankreich und Deutschland!« Thomas Krüger hatte die Moderation übernommen und zählte einen technischen Superlativ nach dem anderen auf. Seine Wangen glühten vor Begeisterung, die schlechte Laune von gestern war wie weggeblasen.

Was für ein Ereignis! Vera wurde bei der Vorstellung, dass das, was sie sah, im gleichen Moment wirklich passierte, ganz schwummerig. Sogar Bundeskanzler Adenauer verfolgte in Bonn die Krönungsfeierlichkeiten. Angeblich hatte die Vorbereitung der Zeremonie zwei Monate gedauert.

»Das Bild ist so milchig, weil die übertragenden Länder unterschiedliche Bildaufzeichnungssysteme haben«, erklärte Thomas Krüger gerade. »Heute erleben wir die erste Ausstrahlung, bei der dieses Problem über vier Länder hinweg gelöst wurde, eine technische Meisterleistung! Von den Olympischen Spielen letztes Jahr wurden keine direkten Bilder, sondern Filme gezeigt, die schnellstmöglich mit Düsenflugzeugen von Helsinki nach New York, Sydney oder Hamburg gebracht werden mussten.«

Auf einmal hielt er inne und suchte Veras Blick. Ihr wurde

ganz heiß, die Zeit schien stehenzubleiben. Dann nickte er ihr fast unmerklich zu und setzte seine technischen Erklärungen fort.

Vera bekam nur wenig mit, aber sie hörte ihm so gerne zu. Seine Stimme war voller Wärme, und sie spürte, wie seine Leidenschaft sich auf sie übertrug. Ging es wirklich nur noch um Technik?

Sie senkte den Blick und schenkte Sekt nach. Es war aber auch faszinierend. Noch vor acht Jahren hatte Krieg geherrscht, und jetzt arbeiteten die ehemals verfeindeten Länder friedlich zusammen. Das Fernsehen als völkerverbindende Technik, was für ein Fortschritt! So etwas sollte es häufiger geben, nicht nur bei Krönungen.

Vera reichte die Platten mit den Schnittchen herum. Neben den Stammkunden standen viele wichtige Persönlichkeiten der Stadt auf der Gästeliste. Dank Vera waren sie alle entspannt und beteuerten immer wieder, wie gut sie den Bildschirm sehen könnten.

Im Gegensatz zu der großen Gruppe Schaulustiger draußen vor dem Schaufenster. Vorne standen ein paar kleine Jungs und drückten sich die Nase an der Scheibe platt. Hausfrauen schauten genauso zu wie Handwerker oder Anzugträger mit Hut. Die Traube wurde immer größer, und auf einmal fragte Vera sich, ob so viele Menschen ein Fenster eindrücken konnten.

Das Innere von Westminster Abbey und der leere Thron waren zu sehen. Fanfaren erklangen. Vera wartete auf die Queen, doch zunächst zogen lauter Lords, Priester und Herolde in die Kirche ein. Plötzlich setzte sich Thomas Krüger auf den freien Stuhl neben ihr.

»Ist das Bild nicht unglaublich gut?«, flüsterte er.

»Grandios!«

»Sogar Nahaufnahmen vom Altar, schauen Sie nur!«

Doch Vera schaute nur ihn an und er sie. Sekunden, Minuten, die Musik schwieg, sie versank in seinen Augen. Auf einmal räusperte er sich, wandte den Blick ab, und auch Vera schaute wie ertappt zum Fernseher.

Noch immer schritten Männer in hermelinbesetzten Mänteln in die Kirche.

»Sie sehen wie Pinguine aus, oder?«, versuchte sie, die angespannte Stimmung zu entschärfen.

Thomas Krüger grinste. »Und das ist nicht der Lordsiegelbewahrer, sondern der Frankfurter Zoodirektor, wie heißt er noch mal …«

»Professor Grzimek.«

»Genau! Zootiere im Fernsehen, das wäre es doch. Dann kann endlich jeder die Elefanten und Giraffen ansehen.«

Vera konnte keinen klaren Gedanken mehr fassen, nahm nur noch ihn wahr. Wie gut er aussah. Und er saß hier mit ihr und nicht neben Fräulein Korngräber.

»Da ist sie ja!«, rief ein Mann. Die Fanfaren schienen sich zu überschlagen, die Queen erschien.

Thomas Krüger ergriff Veras Hand. »Mein Vater hat mir erzählt, was Sie gestern alles geleistet haben. Vielen Dank, Fräulein Wünsche. Was würden wir nur ohne Sie machen?«

Er hob die Hand, führte sie langsam an seine Lippen und berührte sie sanft.

19

DIE ZUKUNFT HAT SCHON BEGONNEN

Karin hatte eindeutig etwas verpasst, die Fernsehübertragung der Krönung war noch lange in aller Munde. Die Frauen schwärmten von der langen Schleppe der Queen, die Männer von der Technik. Auch zwei Wochen später noch, so wie der junge Mann mit der Hornbrille und dem beigen Kurzarmhemd vor ihr.

»Diese Möglichkeiten, die sich durch die Fernsehübertragung bieten …«, begeisterte er sich. »Vielleicht sollte ich doch nicht alte Sprachen studieren, wie es mein Vater wünscht. Wenn ich mich nur besser auskennen würde, um ihn davon überzeugen zu können, was Technik alles bewirken kann.«

»Vielleicht hilft Ihnen dieses Buch dabei.« Karin reichte ihm einen gelben Leinenband. »*Die Zukunft hat schon begonnen* von Robert Jungk. Eine Analyse des technischen Fortschritts der USA.«

»Geht es dort auch ums Fernsehen?« Begierig nahm er das Buch und schlug es auf. »Oh, ja, und um Elektronengehirne! Ob es wirklich einmal Roboter geben wird?«

Das Telefon klingelte. Der Kunde blätterte weiter, und Karin entschuldigte sich. Sie eilte zum Tresen und hob den Hörer ab. Bevor sie sich mit Namen melden konnte, rief

Vera: »Du musst sofort das Radio einschalten, in Berlin gehen die Arbeiter auf die Straße.«

»Wie bitte?« Karin musste sich verhört haben.

»In Ostberlin wird demonstriert! Unten im Laden lief gerade RIAS aus Berlin. Die berichten darüber.«

»Aber wer und warum?«

»Die Bauarbeiter wehren sich gegen die Normerhöhung, von der Oma Buschke geschrieben hat.«

Der Kunde legte das Buch auf den Tresen. »Faszinierend. Wie viel kostet es?«

Karin beendete das Telefonat, kassierte und brachte ihn zur Tür. Am Empfehlungstisch begegnete sie ihrem Vater und erzählte ihm von den Demonstrationen. Aufgeregt liefen sie in den Packraum. Herrn Pfeffer war Gudruns ständiger Gesang auf die Nerven gegangen, weshalb er jetzt auf einem kleinen Kofferradio *richtige* Musik hörte. Solange die Arbeitsqualität nicht darunter litt …

»RIAS, Herr Pfeffer, bitte, sofort«, rief Karins Vater und drehte am Knöpfchen. Mit sich überschlagender Stimme berichtete ein Sprecher von dreitausend Bauarbeitern, die von der Stalinallee zum Haus der Ministerien marschierten, gegen die zehnprozentige Erhöhung der Norm demonstrierten und »Wir sind freie Arbeiter und wollen keine Sklaven sein« schrien.

Karin wusste nicht, ob sie sich freuen oder ängstigen sollte. Die erste Demonstration gegen die SED-Regierung war natürlich etwas Positives, aber wie würden die Sowjets reagieren?

*

»Tschüss, Karin.« Vera legte den Hörer auf, als Thomas Krüger die Buchhaltung betrat. Sofort schlug ihr Herz höher. Hoffentlich hatte er nicht gehört, dass es ein Privatgespräch gewesen war! Die waren eigentlich nicht erlaubt. Hastig ergriff sie einen Bleistift und senkte den Kopf, als ob sie die ganze Zeit konzentriert gearbeitet hätte.

»Guten Tag, Fräulein Wünsche«, sagte Herr Krüger.

Sie grüßte höflich zurück und berührte ihre Haare. Vielleicht fiel ihm ja auf, dass sie die ganze Nacht auf piksenden Lockenwicklern gelegen hatte, damit sie besonders hübsch aussah.

Seit der Fernsehübertragung der Krönungsfeierlichkeiten verstanden sie sich gut. Er fand Zeit, sich mit ihr über die neuesten Schlager und Kinofilme zu unterhalten, über Hörspiele im Radio und natürlich die allerneuesten Fernsehsendungen, die Vera zwar nicht sehen konnte, aber durch seine Erzählungen zu kennen glaubte.

Auch ihn glaubte sie zu kennen. Wie er zum Lachen immer Anlauf nahm. Wie er mit dem Fuß wippte, wenn ihm beim Diktieren nicht der nächste Satz einfiel. Und wie er fein nach Pfeifentabak duftete.

Er trug wie immer einen hellen Sommeranzug, dazu eine graublaue Krawatte, die die Farbe seiner Augen betonte. Sein Blick war rätselhaft, eine Mischung aus Interesse und Unruhe, und auf seiner Stirn standen Sorgenfalten. Wie oft schon hatte sie sich gewünscht, sie ihm einfach mit der Hand wegstreichen zu können.

»Haben Sie immer noch Verwandte in Leipzig?«, fragte er unerwartet und blieb so nah vor ihr stehen, dass sie sein Rasierwasser riechen konnte.

»Die Familie meiner Mutter.« Vera war sich sicher, dass sie ihm noch nie etwas über Leipzig erzählt hatte. Ob er doch ihre Bewerbungsunterlagen gelesen hatte?

»Wird dort auch demonstriert?«, fragte er. »Weiß Ihr Vater etwas? Hat er drüben angerufen?«

»Er hat eben erst davon erfahren.«

»Entschuldigen Sie, ich wollte Sie nicht bedrängen, ich bin nur so froh, dass die Menschen endlich ihrem Unmut Luft machen und sich etwas ändern wird. Ich habe einen Freund in Ostberlin, und was der mir bei meinem letzten Besuch erzählt hat …«

»Die Russen werden sich das nicht gefallen lassen.« Zum Glück war Fräulein Wenzel nicht da. Die schimpfte immer, wenn Vera ihre Meinung äußerte. Man verbesserte seinen Vorgesetzten nicht.

Doch er sah ihr in die Augen, bis ihr ganz warm wurde und sie den Blick niederschlug.

»Das glaube ich auch«, sagte er. »Trotzdem sind die Demonstrationen wichtig. Immer mehr und schneller zu arbeiten, ohne dafür gerecht bezahlt zu werden oder wenigstens genügend zu essen zu haben, ist unerträglich.«

»Man darf die Hoffnung nicht aufgeben. Aber seit Stalins Tod ist die Sowjetunion unberechenbar geworden«, sagte Vera.

»Wie gut Sie sich in der Politik auskennen. Sie sind doch immer für eine Überraschung gut, Fräulein Wünsche.« Ein Lächeln spielte um seinen Mund, und der traurige Ausdruck in seinen Augen war verschwunden. Vera überlief ein wohliger Schauer.

*

Nach all den Radioberichten schlief Karin schlecht. Noch immer wurde demonstriert. Die Polizei hatte eingegriffen, aber noch schien alles ein friedliches Ende zu nehmen.

Am nächsten Morgen rannte Herr Pfeffer in den Verkaufsraum. »Die Sowjets haben den Ausnahmezustand über Ostberlin verhängt«, rief er und wedelte mit dem Kofferradio in der Hand. Karin bat ihn, es auf der Verkaufstheke abzustellen. Sofort schaltete ihr Vater es ein. Die Kunden blickten auf, doch keiner beschwerte sich.

Und dann hörten sie alle das Schreckliche.

Kaufhäuser gingen in Flammen auf, sowjetische Panzer richteten ihre Waffen gegen die Demonstranten, es wurde geschossen.

Menschen starben.

Sie waren fassungslos. Karins Mutter weinte und versuchte, ihre Eltern in Leipzig zu erreichen, vergeblich. Karins Vater debattierte den ganzen Tag mit den Kunden. Sie lasen sich die Analysen der Zeitungen vor, erzählten, was sie von Verwandten aus der Ostzone gehört hatten. Sie hatten viele ehemalige Leipziger als Kunden, die sich jetzt besorgt ums Radio scharten.

Am späten Nachmittag tauchte Vera auf, genauso aufgeregt wie die anderen. »Ein Filmteam vom NWDR ist in Ostberlin. Gesendet wird ab zwanzig Uhr.«

»Das muss ich sehen«, rief ihr Vater.

»Dann komm zu uns in den Laden. Der Senior lässt für alle Angestellten und andere Interessenten nicht nur das Gerät im Fenster laufen, sondern auch das im Laden. Wie bei der Krönung.«

Und zu ihrer aller Erstaunen sagte ihr Vater sofort zu.

So lernte Karin auch Herrn Krüger senior kennen. Er begrüßte Wünsches sehr herzlich, bot der Mutter einen Stuhl und ein Glas Wasser an und erläuterte ihrem Vater die Funktionsweise des Fernsehgerätes. Und Vera stellte Karin Frau Kurzeck vor, die neue Sekretärin – eine resolute Mittvierzigerin im grauen Kostüm. Dann verschwand Vera hinter einer versteckten Tür gleich neben der Ladentheke.

Als sie mit Krüger junior zurückkam, himmelte sie ihn förmlich an. Aber was Karin noch viel mehr erstaunte: Dieser lächelte zurück.

Auf einmal rief der alte Herr Krüger: »Es fängt an.« Die kleine Pausen-Zeichnung auf dem Bildschirm verschwand, und das freundliche Gesicht der Fernsehansagerin Irene Koss erschien. Sie erklärte, dass der Ablauf des Programms aufgrund der aktuellen Ereignisse in Berlin geändert worden sei. Dann erklang die Erkennungsmelodie der Tagesschau.

Für Karin war es eine Premiere. Zum ersten Mal schaute sie Fernsehen, und sie wusste sofort, dass sie sich ewig daran erinnern würde. Denn als Erstes wurde ein Bild von den Toten in der Berliner Stalinallee am 17. Juni 1953 gezeigt.

Um halb zehn gingen sie schließlich nach all den schrecklichen Ereignissen und langen Gesprächen tieftraurig nach Hause.

»Was ist, wenn die Russen mit den Panzern weiterfahren?«, überlegte Karin. »Durchs Brandenburger Tor bis zum Kurfürstendamm oder über die Grenze nach Fulda und zu uns nach Frankfurt?«

»Um das zu verhindern, muss man den Ostdeutschen helfen«, meinte ihr Vater. »Wo war Adenauer? Warum ist er nicht nach Berlin gereist? Wo bleibt die Hilfe der Amerikaner? Vielleicht ist Fernsehen doch nicht schlecht.«

Vera, Karin und die Mutter sahen ihn überrascht an.

»Da können die Mächtigen nicht mehr so viel vertuschen. Durch die direkte und ungefilterte Übertragung ist die ganze Welt Augenzeuge von dem, was in der Ostzone geschieht.«

»Hoffentlich dürfen sie morgen auch noch drehen«, wandte Karin ein. »Ich bin mir da nicht so sicher.«

»Wir gehen auf jeden Fall wieder zu Krügers«, sagte er.

»Möchtest du dir nicht lieber ein Gerät kaufen?«, fragte Vera und hängte sich bei ihm ein.

»Die geborene Verkäuferin«, scherzte ihre Mutter. »Du verstehst dich mit dem Junior, oder?«

»Er ist mein Chef.«

»Du solltest langsam anfangen, auf deine Aussteuer zu sparen.«

»Mutti, hör auf. Herr Krüger will nicht wieder heiraten, da sind sich alle im Büro einig. Wir arbeiten nur gut zusammen.«

20

DÉSIRÉE

Karin zog die Nähte ihrer Seidenstrümpfe gerade, bevor sie durch den Hausflur und das Treppenhaus ihren Eltern hinterherlief. Der Rock ihres rosafarbenen Taftkleides flatterte um ihre Beine. Erst an der Treppe zum Grüneburgweg mäßigte sie ihre Schritte und versuchte, so damenhaft wie möglich die Stufen hinabzuschreiten.

Sie war so aufgeregt.

Zum vierten Mal bereits fand in Frankfurt die Buchmesse statt, doch dieses Jahr gab es für Karin und Vera einen besonderen Höhepunkt: Ihr Vater hatte ihnen Karten für den Messeball und sogar neue Kleider spendiert!

»Wisst ihr eigentlich, was für ein Glück ich habe, mit gleich drei schönen Frauen zum Ball gehen zu können?« Ihr Vater wartete schon und breitete die Arme aus. Wahrscheinlich hätte er seine Töchter und seine Frau am liebsten auf einmal umarmt. »Und du, Alma, bist die Schönste von allen.« Die Mutter trug ein nachtblaues, ärmelloses Kleid mit einem schwarzen Bolero und Tante Elviras Perlenkette.

»Oh, ich bin schon so aufgeregt.« Vera im flaschengrünen Kleid mit U-Boot-Ausschnitt und weißen Petticoats hakte sich bei ihm ein.

»Und ich erst«, ergänzte Karin und ergriff den Arm ihrer Mutter, worauf sie zu viert nebeneinander Richtung Palmengarten liefen. »Das ist mein erster Ball.«

»Wer weiß, Karin, vielleicht findest du ja heute einen netten Ehemann.« Ihre Mutter drückte ihr die Hand. »Ein Buchhändler wäre perfekt.«

»Habt ihr uns deshalb Kleider spendiert? Weil ihr uns verkuppeln wollt?« Das wäre mal wieder so typisch! Hoffentlich hatten die Eltern nicht schon einen Buchhändler ins Auge gefasst.

»Dafür waren Bälle schon immer da, denk nur an Scarlett O'Hara. Oder Désirée!« Vera seufzte.

»Was du nur immer an diesen Schnulzen findest, Vera«, sagte ihr Vater. »Du solltest mal was Gescheites lesen.«

»Ich lese nicht nur Liebesgeschichten. Außerdem ist *Désirée* keine Schnulze, die Geschichte ist wirklich passiert! Désirée Clary war eine arme Seidenhändlerstochter die die Verlobte von Napoleon und später schwedische Königin wurde.«

»Wie bei Aschenputtel«, sagte ihre Mutter.

»Ich habe nur die erste Seite gelesen, das hat mir gereicht. Sie stopft sich dort ihr Dekolleté mit Taschentüchern aus, um irgendwelchen Männern den Kopf zu verdrehen!«

»Sie macht das, weil sie ihren Vater aus dem Gefängnis holen will«, sagte Vera. »Für dich hätte ich das auch getan. Désirées Vater ist ein großer Verfechter der Menschenrechte, genauso wie du. Im Roman geht es immer wieder darum, wie wichtig sie sind und dass man sie niemandem wegnehmen kann.«

»In einem Liebesroman?«, wunderte er sich.

»Annemarie Selinko hat Geschichte studiert, war Widerstandskämpferin und in Schweden im Exil«, warf Karin ein.

»Ach.« Er wirkte erstaunt. »Vielleicht sollte ich doch mal reinschauen. Wobei sich das Buch ja eigentlich von alleine verkauft.«

»Es soll mit Marlon Brando verfilmt werden«, schwärmte Vera. Sie gingen durch den Seiteneingang vom Palmengarten und am Palmenhaus mit seinem großen Gewächshaus voller tropischer Pflanzen vorbei. Und dann lag das weiße Gesellschaftshaus im schlichten Bauhaus-Stil vor ihnen.

Diesen Sommer hatten die Amerikaner es endlich an die Stadt zurückgegeben, und es wurde bereits wieder eifrig von Frankfurter Vereinen zum Feiern genutzt, obwohl es noch renoviert werden sollte. Im großen Saal fand dort heute das erste Mal der *Gesellige Abend* der Buchmesse statt. Letztes Jahr noch hatte die Gaststätte auf dem Messegelände ausgereicht.

Ihr Vater reckte ständig den Hals und suchte Bekannte aus alten Zeiten. Aus der Ostzone durften dieses Jahr keine Aussteller zur Messe anreisen, wahrscheinlich eine Folge des siebzehnten Juni.

Den Arbeiteraufstand hatte man blutig niedergeschlagen, während im Westen nur Reden geschwungen worden waren. Aber von den ehemaligen Leipziger Kunden und Bekannten hatten sie erfahren, dass auch in Leipzig Zehntausende gestreikt und demonstriert hatten. In der ganzen Zone musste es Aufstände gegeben haben.

Von Buschkes hatten sie eine harmlose Ansichtskarte mit vermeintlichen Urlaubsgrüßen bekommen. *Uns geht es allen sehr gut.* Erst da waren sie endlich beruhigt gewesen.

Doch ihr Vater traf auch so genügend Kollegen, er grüßte nach rechts und links, stellte *seine Frauen* vor, und Karin fühlte sich ein bisschen wie ein Ausstellungsstück. Aber sie merkte, wie stolz und glücklich er war. »Tanzt ihr denn auch mal mit mir?«, fragte er, als sie den Saal betraten.

»Aber natürlich, Vati«. Karin küsste ihn auf die Wange. »Du bist doch der Beste.«

Schnell fanden sie einen Tisch, an dem sie alle Platz hatten. Einige Gäste saßen dort bereits, Buchhändler aus Würzburg, die von einem Kinderbuchillustrator aus Jerusalem begleitet wurden. Sofort entwickelte sich ein angeregtes Gespräch über die literarische Szene in Israel.

Karin schaute sich neugierig um. Der Saal sah schmucklos aus. Tante Elvira hatte von der einstigen Pracht erzählt – den großen Kronleuchtern, den Gemälden und der Stuckverzierung. Das einzige Mal, als Karin mit Billy im *Palmgarden Club* gewesen war, hatte sie nicht darauf geachtet.

Das Tanzorchester des Palmengartens spielte einen Walzer. Ihre Eltern begaben sich als eines der ersten Paare auf die Tanzfläche und bewegten sich gewandt übers Parkett. Wie gut sie zusammenpassten.

»Mein Mann muss gut tanzen können«, flüsterte Vera ihr zu. Ja, das wollte Karin auch. Denn beim Tanzen zeigte sich, ob man füreinander geschaffen war.

Zu den Würzburger Buchhändlern setzte sich ein junger, sehr hagerer Mann mit Nickelbrille. Er begrüßte alle freundlich, und Karin nickte ihm zu. Offensichtlich kannten die anderen ihn. Ohne sich mit Plaudern aufzuhalten, fragte er, ob sie den neuen Roman von Heinrich Böll gelesen hätten.

»Natürlich«, sagte Karin nur. In ihren Augen war *Und sagte kein einziges Wort* einer der wichtigsten Romane der letzten Jahre. Der Kölner Autor war Mitglied der Gruppe 47 und setzte sich in seinen Büchern nicht nur mit den Erfahrungen der Soldaten auseinander, wie es viele Autoren machten, sein Roman handelte von den Schwierigkeiten einer Nachkriegsehe in beengten Wohnverhältnissen.

Erst als das Orchester endete und alle Beifall klatschten, blickte Karin wieder auf. Ihre Eltern setzten sich gerade, und ein dunkelhaariger Mann kam vom Ende des Saales direkt auf ihren Tisch zu.

War das nicht der junge Krüger?

*

Veras Herz trommelte in ihrer Brust, als sie Thomas Krüger erkannte. Was machte er hier – ausgerechnet auf dem Buchmessenball? Und steuerte er nicht direkt auf sie zu? Sie wandte sich um, ob hinter ihr an einem der Tische ein Kunde oder Fräulein Korngräber saß, aber da war niemand, den sie kannte.

Wie gut er im Smoking mit weißem Hemd und schwarzer Fliege aussah. Lächelnd blieb er an ihrem Tisch stehen, grüßte und verbeugte sich vor Veras Vater und bat ihn, mit ihr tanzen zu dürfen. Vor Aufregung blieb Vera die Luft weg. War er wegen ihr hier? Was bedeutete das?

Ihr Vater musterte Thomas Krüger, bevor er die Frage an Vera weitergab.

»Ja«, hauchte sie, ergriff die ausgestreckte Hand und erhob sich.

Sein Blick glitt an ihr hinab.

»Sie sind wunderschön, Fräulein Wünsche«, sagte er voller Bewunderung in der Stimme. Das Tanzorchester spielte einen Foxtrott. Thomas Krüger führte sie so sicher und schwungvoll übers Parkett wie damals, als sie Tango getanzt hatten. Aber Vera war so nervös, dass sie ihm nicht ins Gesicht zu sehen wagte.

»Ich hoffe, Sie sind nicht allzu überrascht«, sagte er so nah an ihrem Ohr, dass sie seinen Atem an ihrem Hals spürte und ein erregendes Gefühl ihren Körper erfasste.

»Ja, aber wieso … warum …«, stotterte sie.

»Ich wollte so gerne wieder mit Ihnen tanzen.« Er drückte sie sanft an sich.

Die Musik, die Bewegung und Berührungen beschwingten sie so sehr, dass sie sich einbildete, er wäre nur wegen ihr gekommen. Aber das war doch albern. Bestimmt war er mit Freunden hier verabredet.

Als Nächstes kam ein Walzer. Er brachte sie nicht an den Tisch zurück, sondern hielt sie weiterhin im Arm, als wollte er sie nie mehr loslassen, und blickte ihr dabei tief in die Augen. Vera konnte es nicht fassen, es war wie im Märchen.

Am Ende des Liedes näherten sich seine Lippen, und sie wich erschrocken zurück.

Dabei wollte sie ihn küssen, und so hob sie ihm ihre Lippen entgegen, die er erst zart berührte, bevor er den Druck verstärkte. Eine ungewohnte Wärme breitete sich in ihrem Schoß aus, als er seine Lippen öffnete und sie kurz seine Zunge spürte. Im nächsten Augenblick löste er sich von ihr.

Vera war ganz durcheinander – hatte er wirklich Gefühle für sie? Oder war sie für ihn nur eine weitere Frau, der er schöne Augen machte, um sie dann fallen zu lassen? Wieso wollte sie ihn überhaupt küssen, obwohl sie seinen Ruf kannte? Und dann ausgerechnet hier, vor allen Leuten.

»Entschuldigen Sie, ich bin zu weit gegangen …«

»Thomas …«, schob sie alle Bedenken zur Seite, und als sie seinen Vornamen aussprach, leuchteten seine Augen auf.

»Vera«, flüsterte er.

Sie ging einen Schritt auf ihn zu, und er führte sie an den Rand der Tanzfläche, wo die Eltern sie nicht sehen konnten. Mit ernstem Gesichtsausdruck nahm er ihre Hände in seine. »Vera«, flüsterte er wieder, und ihre innere Erregung steigerte sich.

»Sie sind eine wunderbare Frau. Hinreißend schön und klug und jung, viel zu jung. Trotzdem wollte ich Sie fragen, ob Sie vielleicht auch etwas für mich empfinden. Denn ich empfinde etwas für Sie. Vera …« Er machte eine Pause, und sie hielt den Atem an.

»Können Sie sich vorstellen, meine Frau zu werden?«

Passierte das wirklich? Machte Thomas ihr einen Heiratsantrag? Ihr, der kleinen, unscheinbaren Buchhalterin?

Obwohl er noch immer lächelte, wurde sein Blick traurig. Als ob er befürchtete, sie könnte den Antrag ablehnen.

»Vera, ich … ich liebe dich«, sagte er endlich, und Vera flüsterte nur: »Ja«, ohne nachzudenken, denn sie liebte ihn ja auch, schon so lange.

Er hob ihr Kinn und strich ihr sanft eine Strähne aus dem Gesicht, küsste sie erneut, stärker, leidenschaftlicher.

Auf einmal spielte das Orchester die *Moonlight Serenade* von Glenn Miller, und Vera war im siebten Himmel.

Als sie zum Tisch zurückgingen, sahen ihre Eltern sie neugierig an. Vera wurde vor Schreck siedend heiß. Hatten sie etwa gesehen, wie sie sich geküsst hatten?

»Ihr habt lange getanzt«, sagte ihre Mutter erwartungsvoll.

»Herr Wünsche, hätten Sie wohl einen Moment für mich?«, fragte Thomas, und Vera zitterte auf einmal am ganzen Körper. Üblicherweise machte der Schwiegersohn in spe einen offiziellen Antrittsbesuch, bei dem er sich vorstellte und den Vater um die Hand der Tochter bat. Was, wenn ein Antrag auf dem Ball ihrem Vater zu salopp war, wenn er Thomas nicht als Schwiegersohn akzeptierte?

»Gerne, was ist denn?«, erwiderte Veras Vater arglos.

»Herr Wünsche, ich möchte Sie um die Hand Ihrer Tochter Vera bitten.«

»Wie? Was?« Ihr Vater schaute fragend zu Vera. Sie nickte und strahlte übers ganze Gesicht. Sie konnte es noch immer nicht fassen, dass Thomas sich ausgerechnet für sie entschieden hatte.

»Natürlich! Mit Freuden!«, antwortete er ohne Umschweife.

Vera atmete erleichtert auf. Es war wirklich wahr, sie würde heiraten und eine Familie gründen, so, wie sie es sich immer gewünscht hatte! Mit Thomas, in den sie doch schon so lange verliebt war.

Sie konnte ihr Glück nicht fassen.

»Oh, wie wunderbar!«, rief ihre Mutter, winkte Karin herbei und erzählte ihr schnell die Neuigkeit.

»Herzlichen Glückwunsch.« Karin umarmte ihre Schwester stürmisch. »Wer hätte das gedacht! Alles, alles Gute für euch beide.«

»Eine Verlobung auf der Buchmesse!«, rief der Würzburger Buchhändler, und auf einmal sah Vera, dass die Gäste an den Nachbartischen gratulierend die Gläser hoben.

»Dabei bin ich gar kein Buchhändler«, wehrte Thomas lachend ab, ergriff wieder Veras Hände und küsste sie. Die Band hielt inne und spielte einen Tusch.

Es wurde mit Sekt angestoßen, und Thomas küsste sie vor allen Leuten. Vera schmolz in seinen Armen dahin. Sie konnte ihre Augen nicht von ihm wenden. Eine glückliche Zukunft lag vor ihr. Thomas, ihr Prinz. Konnte sich das Leben von einem Moment zum anderen dermaßen ändern? Nie hatte sie das zu hoffen gewagt … nur nachts davon geträumt.

Erneut tanzten sie, seine Lippen streichelten ihre Haare, ihr Ohr, ihren Nacken. Schauer liefen Vera über den Rücken und versetzten sie in eine ungeduldige Stimmung, die nur ein Kuss erlösen konnte, und er küsste sie an diesem Abend noch unzählige Male.

Am Schluss bat ihr Vater Vera um einen Tanz. Sie drehten sich im Walzertakt, und Vera fühlte sich so geborgen in seinen Armen.

»Was für eine Freude, Vera«, sagte er. »Auch wenn er Fernsehgeräte verkauft. Aber es kommt alles sehr überraschend, das sehe ich dir doch an. Überstürz nichts, sei dir sicher! Ich rate dir zu einer langen Verlobungszeit, und wenn du dir dann immer noch sicher bist, dann freue ich mich darauf, mit dir auf deiner Hochzeit zu tanzen.«

Und sie versprach es ihm.

21

DIE IDEALSTE UND VOLLKOMMENSTE EHE

Keine vier Monate später trat Vera mit klopfendem Herzen vor den Traualtar, und ihre einzige Sorge bestand darin, ob der Schleier halten würde. Der Haarreif, an dem er befestigt war, saß zu locker. Aber ansonsten war alles überwältigend. Thomas neben ihr im schwarzen Frack mit vor Aufregung geröteten Wangen, der salbungsvoll redende Pfarrer, ihr eng anliegendes Spitzenkleid.

Der Pfarrer stellte die Frage aller Fragen, Thomas sagte Ja, und als er ihr dabei in die Augen sah und sie sanft anlächelte, erfüllten sich all ihre Träume.

Draußen schneite es dicke Flocken, als sie sich für das Foto unter den roten Sandsteinbogen der Gnadenkirche stellten und in den unter einer Schneedecke verborgenen Günthersburgpark blickten. Vera mochte die kleine rote Steinkirche, die wieder aufgebaute, ehemalige Rothschildsche Orangerie, sehr und bald würde sie hier in der Nähe wohnen: bei ihren Schwiegereltern in der Wetteraustraße am anderen Ende des Parks.

Kurz darauf eilte die Familie zu den wartenden Taxis und fuhr zum Platz der Republik, um im Hessischen Hof zu feiern.

Bertha Krüger, Thomas' Mutter, hatte der Frankfurter Hof vorgeschwebt, Frankfurts mondänstes und teuerstes Hotel mit der berühmten historischen Fassade, aber dafür war das Portemonnaie ihrer Eltern zu klein, und Vera wollte auch nicht das mühsam verdiente Geld ihrer Eltern aus dem Fenster werfen.

Unerwarteterweise hatte Thomas sie darin unterstützt, wenn er auch andere Gründe hatte. Er wollte einfach nur so schnell wie möglich zum Traualtar schreiten und brachte nicht die Geduld für langwierige Vorbereitungen auf. Am liebsten hätte er schon im November geheiratet, vor dem Weihnachtsgeschäft. Doch das erschien Vera zu früh. Sah das nicht aus, als wäre es eine *Muss-Ehe* – sprich, als wäre sie schwanger? Sogar ihre Eltern hatten das geglaubt! Auch dass sie in der kurzen Zeit keine Wohnung finden würden, störte ihn nicht, Thomas' Eltern hatten viel Platz.

Nachdem es ihrem Vater durch die Beziehungen von Frau Winterhuber gelungen war, gute Konditionen im neu eröffneten Hessischen Hof auszuhandeln, war auch Frau Krüger zufrieden, schließlich gehörte das Hotel der Landgräfin von Hessen. Als würde das auf die Hochzeitsgäste abfärben.

Der achtstöckige cremefarbene Bau gegenüber dem Messegelände am Platz der Republik wirkte schlicht. Umso überraschter war Vera, als sie eintrat und sah, wie opulent und geschmackvoll das Hotel mit Möbeln und Kunstwerken der landgräflichen Familie eingerichtet war. Und sie durfte hier ihre Hochzeit feiern?

»Wie mondän«, sagte sie. »Ein als Bürogebäude getarntes Schloss.«

»Und du bist die Prinzessin«, flüsterte Thomas und zog sie an sich. Sie küssten sich, in aller Öffentlichkeit, und es fühlte sich so gut an. »Du bist so wunderschön«, sagte er. »Ich habe dich gar nicht verdient.«

»Was redest du da für einen Unsinn.« Vera stupste ihn in die Seite.

Der Fotograf rief die gesamte Familie in den lindgrünen Festsaal. Leider waren sie nicht vollständig, die Anträge der Buschkes auf Interzonenpässe waren nicht genehmigt worden. Den Grund nannten sie in ihren Briefen nicht. Immer mehr erhärtete sich der Verdacht, dass die Post überwacht wurde, und ihre Mutter hatte schon mehrmals gesagt, dass sie im Sommer nach Leipzig fahren wolle.

Als sie dann endlich alle beisammenstanden, schob der Fotograf Caroline in ihrem bezaubernden weißen Kleidchen ganz nach vorne.

»Aber das geht nicht, wir können doch nicht diese … dieses uneheliche Kind in die erste Reihe stellen!«, zischte Frau Krüger, zu der Vera ab heute *Mutter* sagen sollte.

»Caroline bleibt, wo sie ist«, sagte Thomas. Er hatte noch nie ein böses Wort gegenüber seiner zukünftigen Nichte fallen lassen, auch Karin behandelte er mit der gleichen Höflichkeit wie alle, und dafür liebte Vera ihn umso mehr.

In diesem Augenblick blitzte es schon, und die Glühbirnen fielen klirrend auf den Boden, ein zweites, drittes Mal, fertig. Als Vera sich zu Caroline beugte und ihr einen Kuss auf die Wange gab, streute diese ihr zum Dank Rosenblätter auf die Haare.

»Wie sie aussieht mit diesen krausen Haaren, ganz unordentlich!« Frau Krügers Stimme überschlug sich beinahe.

Ungehalten flüsterte Thomas ihr etwas ins Ohr, was Vera nicht verstand, bis auf »deine Idee«. Was meinte er damit?

Doch dann kamen Annegret und ihr Verlobter, den sie in der Schweiz kennengelernt hatte, auf sie zu, und Vera vergaß die Frage wieder.

Sie war so aufgeregt, dass sie von dem köstlichen Essen kaum einen Bissen herunterbekam, und konnte an nichts anderes als ihre Hochzeitsnacht denken. Und wie dumm es war, ein Zimmer hier im Hotel zu nehmen, sie kam sich ja jetzt schon beobachtet vor.

Wie es wohl sein würde? Bislang hatte sie seinem Drängen nicht nachgegeben, weil sie nicht schwanger werden wollte. Nicht vor dem Jawort, nicht ohne Absicherung. Sie wollte ein anderes Leben als Karin führen.

Wie machten das nur all die Frauen, von denen in dem neuen Buch *Das sexuelle Verhalten der Frau*, dem sogenannten Kinsey-Report, die Rede war, über den sich alle Welt gerade so aufregte? Angeblich hatte die Hälfte aller Amerikanerinnen vorehelichen Geschlechtsverkehr. Und ein Viertel war in der Ehe nicht treu. Kannten die sich alle mit Verhütung aus?

Zwar wusste Vera mittlerweile, dass es Präservative gab, aber sie hatte sich nicht getraut, Thomas darauf anzusprechen. Er hatte respektiert, dass sie warten wollte, obwohl sie ihm angesehen hatte, wie schwer es ihm gefallen war. Aber sie sah es als gutes Zeichen für ihre Ehe an, dass er seine Bedürfnisse anderen zuliebe hintanstellte.

Aber was, wenn sie ihn enttäuschte?

Doch sobald Vera seine Blicke auf sich spürte, beruhigte sie sich wieder. Das spitzenbesetzte, enge Oberteil betonte ihre Brüste, und jedes Mal, wenn er sie küsste, raunte er ihr Komplimente ins Ohr, die ihren ganzen Körper zum Beben brachten. Oder lag es am Sekt, von dem sie viel mehr trank, als sie gewöhnt war?

Ihre Ängste schwanden, während ihre Vorfreude wuchs. Das Essen dauerte ewig. Reden von Vater und Herrn Krüger, von Thomas' Trauzeugen, der mit ihm in Paris gewesen war und in seiner Rede an Thomas' erste Frau und seinen Sohn erinnerte. Aber er schwelgte nicht wehmütig in alten Zeiten, sondern gratulierte seinem Freund, weil er gemeinsam mit Vera eine neue Zukunft wagte.

»Du hast es verdient!« Er hob sein Glas, und sie stießen an.

Auf einmal war am Ende des Saals Musik zu hören, eine Combo spielte, es gab keinen Plattenspieler.

Der Mann am Kontrabass, war das nicht Harry, der Trompeter? Was für ein Zufall, dass sie sich ausgerechnet auf ihrer Hochzeit wiedersahen! Früher hatte ihr seine unangepasste Art gefallen, aber mit Thomas konnte er unmöglich mithalten.

Sie bedankte sich bei Thomas mit einem Kuss, der dem Bandleader zunickte. Ein langsamer Walzer erklang, und beim Hochzeitswalzer führte Thomas sie so sicher und schwungvoll übers Parkett, dass jede Angst und Aufgeregtheit von Vera abfielen.

Danach tanzte sie mit ihrem Vater und Herrn Krüger senior und wieder mit Thomas, sogar die *Moonlight Serenade* wurde gespielt und ein Jazzstück, mit dem Harry ihr in einer kurzen Ansprache Glück wünschte.

Am späteren Abend verließen Vera und Thomas Hand

in Hand die Hochzeitsgesellschaft und stiegen die Treppe hoch in ihr Zimmer.

Vor Aufregung war sie völlig außer Atem, als sie vor der Tür standen, er sie schwungvoll hochhob und über die Schwelle trug.

»Das ist doch nur ein Hotel und nicht unser Zuhause!«, versuchte sie zu protestieren, aber er ließ sich nicht beirren, stieß dic Tür mit dem Fuß von innen zu und legte sie auf das große Bett.

Veras Herz drohte zu zerspringen.

»Ich liebe dich, Vera Krüger«, sagte Thomas und küsste sie stürmisch. Als er ihr unters Kleid greifen wollte, schob sie ihn von sich.

Er wirkte enttäuscht. Vera drehte ihm den Rücken zu. Da erst begriff er und öffnete langsam die Knöpfe, streifte das enge Spitzenoberteil von ihren Schultern, küsste sie so lange und leidenschaftlich, dass ihr Körper in Flammen stand.

Sie wandte sich um und zog ihm das Jackett aus. Hastig riss er sich die Fliege vom Hals und ließ die restlichen Kleidungsstücke auf den Boden fallen, bevor er Vera aufs Bett warf, ihr ungeduldig die Unterhose abstreifte und sich auf sie legte.

Vera war darauf gefasst, dass es wehtun würde. Aber dass Thomas ihre Beine kraftvoll auseinanderdrückte, ohne sie zu küssen oder zärtlich zu sein, nicht. Er spuckte auf seinen Zeigefinger, berührte sie an ihrer intimsten Stelle, ohne dass es ihr Lust bereitete, ehe er schnell in sie eindrang.

Einige Stöße, Vera riss entsetzt die Augen auf, krallte sich in seinen Rücken, und schon sank er auf sie und schlief ein.

Als sie nachts erwachte, rieb er seinen Körper an ihrem

Rücken, und sie spürte seine Erektion. Es erregte sie, sie stöhnte leise, und er drehte sie zu sich um. Sie erwartete, dass er sich jetzt, nachdem der größte Druck nachgelassen hatte, mehr Zeit nahm, auf ihre Bedürfnisse einging.

Aber sie täuschte sich.

Am nächsten Morgen fuhren sie in die Flitterwochen. Sonne, Schnee und ein schönes Hotel in der Schweiz, Vera freute sich darauf. Sie war noch nie in den Alpen gewesen.

Auch in Frankfurt fiel weiterhin Schnee. Ihre Mutter erzählte ihr am Telefon, dass Eisschollen auf dem Main trieben und die Schifffahrt zum Erliegen gekommen sei. Die Frankfurter liefen auf den niedrigen Seen der Parks Schlittschuhe.

Doch die winterliche Schönheit konnte auch trügerisch sein. Und so gab es eine traurige Nachricht: Frau Winterhuber hatte sich mit ihren sechsundsechzig Jahren nicht zu alt dafür gefühlt, auf dem See im Palmengarten gemeinsam mit einem Freund Schlittschuh zu laufen. Doch das Eis war zu dünn, und sie brach ein. Ihr Herz hielt der Kälte nicht stand, sie konnte nur noch tot geborgen werden.

Die Frankfurter Theaterszene feierte gebührend Abschied, der Friedhof war voller Menschen und die Abschiedsreden anekdotenreich.

Veras Eltern machten sich Sorgen um den Mietvertrag. Wer würde das Haus erben? Frau Winterhuber hatte keine Kinder gehabt.

Braun gebrannt und erholt kamen Vera und Thomas aus den Flitterwochen zurück. Die ersten Versuche, auf Skiern zu stehen, und die vielen Spaziergänge im Schnee hatten ihnen gutgetan. Beide redeten sie viel von der Zukunft, überlegten, wo sie wohnen wollten, sie küssten sich, alles war, wie es sein sollte – sie fühlten sich wohl und vertraut miteinander. Nur das, was im Ehebett geschah, machte Vera überhaupt keinen Spaß.

Mit Thomas darüber zu reden brachte sie nicht fertig. Wenn sie mit ihm über ihre intimsten Geheimnisse sprechen würde, käme das einem Verrat gleich. Als ob sie ihn nicht lieben würde. Aber hatte Karin ihr nicht einmal von Aufklärungsbüchern erzählt?

Unauffällig sah sie sich in der Buchhandlung um, fand aber nichts. Dann fasste sie sich ein Herz. Es ging um ihre Ehe, da durfte sie nicht so mutlos sein. Und Karin fand doch für jedes Problem das passende Buch.

»Verkauft ihr Eheratgeber?«, sagte sie leise zu ihrer Schwester.

Erstaunt schaute Karin sie an. »So schlimm?«

»Nein«, wiegelte Vera sofort ab. »Es … ich denke nur … es könnte mehr Spaß machen.«

Karin nickte. »Komm mit.«

Sie führte sie in die Fachbuchabteilung zu den Schränken mit den wertvollen Büchern. Dann schaute sie sich um, ob sie ungestört waren, und schloss einen Schrank auf.

Neben dem dicken Kinsey-Report stand *Die idealste und vollkommenste Ehe*, ein schmales, unauffälliges Büchlein.

»Nimm das«, sagte Karin. »Vertrau mir.«

Jetzt musste Vera nur noch die passende Gelegenheit finden, um das Buch zu lesen. Sie und Thomas lebten ja bei seinen Eltern in einer noblen Doppelhausvilla aus der Zeit der Jahrhundertwende, die ohne nennenswerte Beschädigung den Krieg überstanden hatte. Auf zwei Stockwerken wohnte die Familie und wie in alten Zeiten im Dachgeschoss die Köchin und das Dienstmädchen. Vera und Thomas schliefen im ersten Stock in seinem alten Kinderzimmer, das mit modernen Möbeln und einem großen Bett ausgestattet worden war. Das Schlafzimmer der Schwiegereltern lag direkt daneben.

Vom ersten Tag an fühlte Vera sich unwohl bei Krügers. Obwohl sie dort viel mehr Platz und Luxus als bei Tante Elvira im Grüneburgweg hatte, fühlte sie sich in der elterlichen Villa von Thomas ständig kontrolliert. Ihre Schwiegermutter war stets auf der Suche nach dem Haar in der Suppe. Vor allem war es ihr ein Dorn im Auge, dass Vera nach der Eheschließung weiterarbeiten wollte. Zum Glück brauchte Thomas sie im Geschäft, und auch der Senior meinte, so schnell keinen Ersatz für sie finden zu können.

Dauernd wollte Bertha Krüger Vera erziehen. »Deine Aufgabe ist es, dafür zu sorgen, dass Thomas im besten Licht dasteht«, sagte sie stets und erklärte ihr, welches Besteck zu welchem Essen benutzt wurde, wen sie wann grüßen oder wann sie welches Kleid anziehen sollte, dabei wusste Vera das alles und war von Thomas mit den allerschönsten Kleidern beschenkt worden. »Er ist der Mittelpunkt deines Lebens«, war ein weiterer von Berthas Lieblingssprüchen. Das empfand Vera eigentlich auch so, aber ihrer Schwiegermutter konnte sie einfach nichts recht machen.

Thomas hingegen fühlte sich wohl. Er liebte das Essen der Köchin, bemerkte gar nicht, dass das Dienstmädchen für ihn putzte und wusch, und vom Einkaufen verstand er sogar noch weniger als Veras Vater.

Um in Ruhe den Eheratgeber lesen zu können, schloss Vera sich abends im Bad ein.

Das Buch war gut geschrieben, es klang nicht peinlich oder reißerisch, und entgegen Veras Erwartung ging es darin nicht nur ums Kinderkriegen und die Pflichten einer Ehefrau, sondern um Achtung, Rücksichtnahme und Harmonie. Und wie man sich gegenseitig Lust bereiten konnte. Es war erregend, all das zu lesen, und sie freute sich schon darauf, es mit Thomas auszuprobieren.

22

HAUS OHNE HÜTER

Juli 1954

Bereits ein halbes Jahr später fand eine weitere Feier statt – die Silberhochzeit der Eltern am vierzehnten Juli, mitten im Hochsommer. Die Vorbereitungen liefen bereits auf Hochtouren, als Karin schnell noch in den dunklen und muffigen Keller lief, um den Sekt zu holen. Vorher schaute sie kurz in die Waschküche und bewunderte die neue Constructa, den Wäschevollautomaten, den Tante Elvira gekauft hatte. Langsam zog der Fortschritt bei ihnen ein.

Sie strich mit der Hand über das glänzend weiße Metall und nahm dann zwei Flaschen Henkell Trocken aus Tante Elviras Vorrat. Gerade als sie die enge Treppe wieder nach oben gehen wollte, kam ihr Herr Liebig entgegen.

Hoffentlich ließ er sie in Ruhe. Aber er hakte die Daumen unter seine Hosenträger und baute sich bedrohlich vor ihr auf.

»Was soll denn der Krach im Haus, ziehen Sie etwa endlich mit Ihrem Schandfleck aus?« Er lachte dröhnend, wobei sein Bauch vor ihr auf und ab hüpfte.

»Meine Tochter ist kein Schandfleck«, gab sie empört zurück und wollte weitergehen.

Plötzlich stellte er sich ihr in den Weg. »Der Wieland hat ein sauberes Mädel gefunden, Frankfurterin, nichts Dahergelaufenes, und rumgetrieben hat sie sich auch nicht.«

Wieder stieß er ein widerliches Lachen aus. Warum zog er eigentlich nicht aus? Oder Wieland, der verhielt sich ihr gegenüber auch nicht viel besser.

»Na, dann will ich mal nicht so sein«, sagte Herr Liebig gönnerhaft und trat ein Stück zur Seite.

Als Karin sich an ihm vorbeizwängen wollte, drückte er sich wie zufällig an sie und hechelte ihr seinen abgestandenen Atem ins Ohr. Sie rannte die Treppe hoch.

Oben vor der Wohnungstür atmete sie tief durch. Der Mann war Oberstudienrat! Unglaublich. Sie wischte den Staub von ihrem honiggelben Kleid und richtete sich auf, bevor sie die Flaschen in die Küche brachte. Als Karin den Duft von frisch gebackenem Kuchen und Bohnenkaffee wahrnahm, ging es ihr sofort wieder besser.

Schnell schaute sie in die Bibliothek. Doch hier blitzte bereits alles, und sämtliche Indizien, die dafür sprachen, dass der Raum als Schlafzimmer genutzt wurde, waren beseitigt worden.

Im Esszimmer räumte Karins Vater das letzte Kissen weg. Jetzt deutete nichts mehr darauf hin, dass seit Veras Auszug Tante Elvira hier schlief. Am Esstisch saß Caroline und malte.

»Mach dich bloß nicht dreckig, Line«, ermahnte sie Karin.

Sie hatte ihr für den feierlichen Tag ein neues weißes Baumwollkleid mit Puffärmelchen und einer hellblauen Rüschenschürze gekauft. Die Haare hatte sie mit viel Geduld zu einem Zopf mit einer großen, ebenfalls weißen Schleife gebunden. Caroline sah sehr niedlich aus.

»Hast du einen Moment Zeit?«, fragte Karin ihren Vater. »Du musst noch die Anmeldung für den Kindergarten unterschreiben.«

Sie war froh, deswegen nicht jedes Mal zum Jugendamt gehen zu müssen, aber wenn sie ihn um eine Unterschrift bat, kam sie sich vor, als wäre sie dreizehn und nicht dreiundzwanzig. Es ärgerte sie, dass sie nicht selbst entscheiden durfte. Und verheimlichen konnte sie es auch nicht – durch die unterschiedlichen Namen von Carolines Eltern wusste jeder sofort, dass sie ein uneheliches Kind war. Zum Glück war ihr Vater immer mit allem einverstanden.

Schnell ging sie mit ihm in ihr Zimmer, wo die Formulare lagen. Zwischen all den dort gestapelten Betten und Matratzen suchte ihre Mutter gerade verzweifelt Platz, um sich umziehen zu können. Nachdem ihr Vater unterschrieben hatte, blieb er ebenfalls in Karins Zimmer.

»Opa!«, rief Caroline und rannte mit dem Bild in der Hand hinter ihm her.

»Bleib hier!«, wollte Karin sie aufhalten, doch sie hatte die Tür bereits aufgerissen. Drinnen fuhren ihre Eltern auseinander, als hätte man sie bei etwas Verbotenem erwischt.

»Line!« Karin erwischte sie am Kragen und zog sie weg.

Noch nie hatte Karin erlebt, dass sich ihre Eltern so intim küssten. Man tauschte keine Zärtlichkeiten vor anderen aus, das war angeblich unschicklich, aber sie freute sich darüber, dass die beiden sich nach so langer Zeit immer noch so gut verstanden.

»Komm, wir legen dein Bild im Salon zu den Geschenken.« Sie lehnte es an die Vase mit den fünfundzwanzig roten Rosen. Die beiden Strichmännchen sollten unverkennbar Oma und Opa sein – das eine Männchen hatte gelbe Haare, das andere schwarze und ein Kleid aus blauen Kritzelstrichen an, wie ihre Mutter es sehr oft trug.

Aber als das Jubelpaar den Salon betrat, trug ihre Mutter ein schmal geschnittenes Kleid aus weinrotem Taft.

»Ist es nicht zu gewagt?«, fragte sie unsicher. »Rot? In meinem Alter?«

»Auf gar keinen Fall, Mutti! Du siehst umwerfend aus!«, antwortete Karin.

»Sag ich doch!«, betonte ihr Vater. »Früher hast du dich auch nicht um die Meinung der anderen geschert, Alma, und stolz deinen Bubikopf getragen und Hosen! Und jetzt machst du dir Gedanken über eine Farbe?«

»Ich bin ja auch bald zweifache Großmutter.«

»Aber deine sechsundvierzig Jahre sieht man dir überhaupt nicht an.« Er ergriff ihre Hand und schaute ihr in die Augen, als wollte er sie schon wieder küssen.

»Da fehlen nur noch meine Perlen«, sagte Tante Elvira und holte aus einer Schublade ihre zweireihige Kette.

»Perfekt.« Er legte ihr sorgfältig die Kette um.

Wie enttäuscht ihre Mutter aussah. Ob sie sich erhofft hatte, dass sie Schmuck geschenkt bekam? Sie besaß kaum welchen. Beim Einzug der Russen hatte Oma Wünsche den Versuch, den Familienschmuck im Kompost zu vergraben, mit dem Leben bezahlt. Aber Karin wusste, dass ihre Mutter auf allen Schmuck freiwillig verzichtet hätte, wenn sie dadurch das Leben ihrer Schwiegermutter hätte retten können.

In ihrem dunkelblauen Kostüm wirkte Frau Krüger wie eine altbackene Matrone. Seit der Hochzeit von Vera und Thomas sollte Karin sie mit *Tante Bertha* anreden, aber sie blieb bei Frau Krüger. Sie war Karin von Anfang an unsympathisch gewesen. Onkel Oswald hingegen war sehr nett.

Frau Krügers Blick streifte durchs Zimmer, taxierte die Porzellanfiguren, die Teakholzmöbel, das Goldrandgeschirr. Hoffentlich bemerkte sie nicht noch irgendwelche Spuren des nächtlichen Bettenlagers!

Thomas überreichte seiner Schwiegermutter einen eleganten Blumenstrauß zartrosafarbener Rosen, Vera ein kleines buntes Päckchen. In ihrem hellgrünen Umstandskleid aus leichter Baumwolle war ihr Sechsmonatsbauch nicht zu übersehen. Ihre Wangen waren gerötet, ihre Augen strahlten. Vera hatte das Glück gefunden, das Karin verwehrt geblieben war, aber Karin freute sich für sie.

»Wie geht es dir?«, fragte sie. »Habt ihr noch immer keine eigene Wohnung in Aussicht?«

Vera schüttelte den Kopf. »Thomas will gar nicht ausziehen. Er hat Angst, dass etwas passiert. Du weißt ja, seine erste Frau …«

Karin nickte.

»Er will noch nicht mal, dass ich allein das Haus verlasse. Dabei bin ich gesund, und bis zum nächsten Krankenhaus ist es nicht weit.«

»Geh trotzdem raus, es passiert dir schon nichts«, sagte Karin. »Du brauchst doch Bewegung an der frischen Luft. Und vergiss nicht, wir sind immer für dich da.«

»Danke, Schwesterherz.« Vera schaute hinüber zu Thomas und seiner Mutter, die sich über irgendetwas stritten.

»… nicht neben ihr …«, konnte Karin verstehen und wurde hellhörig.

»Mutter, reiß dich zusammen.«

»Sie hausen noch immer wie die Flüchtlinge, und der Vater hat noch nicht mal seine Tochter vor die Tür gesetzt, als sie ihm solch eine Schande bereitet hat!«

Von einer Sekunde zur anderen wurde Karin unglaublich wütend. Erst Herr Liebig, dann Frau Krüger. Wenn heute nicht die Silberhochzeit gewesen wäre, hätte sie sich das nicht gefallen lassen.

Doch Frau Krüger war noch nicht fertig. »Als ob er das, was sie getan hat, gutheißen würde. Und dann herzt er auch noch die ganze Zeit das Kind, also, ich setze mich nicht neben deine Schwägerin und auch nicht neben den Neger-Bastard!« Sie schaute sich hochnäsig um.

»Sie verlassen sofort mein Haus«, sagte Karins Vater plötzlich und baute sich vor Frau Krüger auf. »Ich verbitte mir solche Beleidigungen meiner Familie.«

»Bertha«, rief Herr Krüger. »Bitte entschuldige dich.«

»Kommt gar nicht infrage.« Sie zog ihre Kostümjacke gerade und reckte ihr Kinn. »Ich wollte sowieso gerade gehen.«

Karin überlegte, ob sie auch etwas sagen sollte, aber sie wollte nicht noch mehr Öl ins Feuer gießen. Friedel öffnete bereits die Wohnzimmertür und reichte Frau Krüger den Hut.

Herr Krüger gab jedem mit dem Ausdruck des Bedauerns die Hand und entschuldigte sich für seine Frau. Er wirkte aufrichtig.

»Sollen wir auch gehen?«, fragte Vera mit zitternder Stimme. Thomas stützte sie am Arm und wirkte erschüttert.

»Nein, natürlich nicht.« Ihr Vater breitete die Arme aus

und hakte die beiden unter. »Ihr bleibt hier und hört, was ich euch zu sagen habe. Aber erst mal gibt es Kaffee und Kuchen, eine kleine Stärkung haben wir uns verdient.«

Caroline kuschelte sich an Karin. Ob sie wusste, was ein Bastard war, ob sie verstanden hatte, worum es eben gegangen war? Sie wollte die schreckliche Wahrheit so lange wie möglich vor ihrer Tochter geheim halten, ihr eine glückliche Kindheit bescheren. Es reichte schon, dass sie auf der Straße immer angestarrt wurde oder dass die Leute sie ungefragt anfassten, um zu prüfen, ob die Farbe abging. Sie hob Caroline auf den Arm, dann setzten sich alle, Thomas demonstrativ auf die Seite von Caroline. Karin mochte ihn.

Ihr Vater ließ sich die Stimmung nicht vermiesen. »Frankfurt und Leipzig haben eine Menge gemeinsam«, erklärte er strahlend und bot Thomas *Leipziger Lerchen* an, kleine Törtchen aus Marzipan, »sehr ähnlich zu den Frankfurter Bethmännchen, aber natürlich viel besser.« Er lachte über seinen eigenen Witz, seine Augen blitzten, dann erhob er sich mit dem Sektglas in der Hand.

»Alma, liebste Alma, ich möchte dir ein ganz besonderes Hochzeitsgeschenk überreichen. Es ist klein, und es ist aus Metall, aber es ist kein Schmuck, tut mir leid.« Er zog einen Schlüssel aus der Hosentasche und reichte ihn ihr. »Du wirst ihn erkennen. Es ist der Haustürschlüssel zur Buchhandlung. Ich schenke dir heute ein Haus.« Er atmete tief durch, sie schaute ihn ratlos an.

»Ich habe das Haus in der Schillerstraße von Frau Winterhubers Großneffen gekauft. Er will mit dem Erlös sein Hotel in Baden-Baden renovieren. Es gehört uns, und später unseren Kindern und Enkeln.«

»Justus!« Sie wurde aschfahl. »Aber … wie … und … womit hast du das bezahlt? Alles auf Kredit?«

Er nickte. »Außerdem habe ich die Entschädigungszahlungen nach dem Lastenausgleichsgesetz dafür verwandt.« Diese Zahlungen gewährte die Bundesrepublik unter bestimmten Voraussetzungen allen, die durch den Krieg und seine Folgen finanzielle Verluste erlitten hatten.

»So macht man das als Geschäftsmann«, sagte Thomas. »Respekt, lieber Schwiegervater, so eine Chance muss man ergreifen. Vor allem jetzt, wo die Häuser in der Innenstadt wie Pilze aus dem Boden schießen und endlich auch die Hauptwache wieder aufgebaut ist. Da werden die Preise bald steigen. Von der Bretterbude zum eigenen Geschäftshaus in fünf Jahren, das ist das Wirtschaftswunder!«

»Justus, wie wunderbar«, rief Tante Elvira. »Dann habt ihr ja endlich eine eigene Wohnung!«

»Ja. Das ist das Schönste: Wir beide, Alma, wir werden in Frau Winterhubers Wohnung ziehen.«

Endlich lächelte seine Frau. »Nur wir zwei, allein und über der Buchhandlung, das ist ja, als wären wir frisch verheiratet, Justus!«

Die Wohnung wurde immer leerer. Nicht nur die Eltern zogen aus, auch der gebrechliche Herr Frowald, der bis jetzt im Gästezimmer gewohnt hatte. Er hatte einen Platz im Altenheim gefunden. Mittlerweile lebten nur noch Tante Elvira, Friedel, Marie und Peter sowie Karin und Caroline hier. Und jeder hatte ein Zimmer mit einer abschließbaren Tür – wenn die Mütter auch mit ihren Kindern gemeinsam in einem Zimmer schliefen. Aber es war herrlich, nur noch zu sechst zu sein. Tante Elvira ließ alle Räume tapezieren und kaufte sich ein neues Bett.

Sie nahmen wieder im Esszimmer ihre Mahlzeiten ein, in der Bibliothek lud ein alter Ohrensessel vom Speicher zum Lesen ein, und im Salon gab es eine neue Sitzecke, sogar mit Nierentisch!

Eine Tapete mit zarten Rosen zierte die Wände in Karins Zimmer. Es roch neu und frisch und fühlte sich fremdartig und erwachsen an – das erste Mal in ihrem Leben lebte sie nicht mehr mit ihren Eltern unter einem Dach.

Im September fieberte Karin der Buchmesse entgegen. Mit jedem Mal wurde sie größer, kamen mehr Besucher. Und dieses Jahr veranstalteten sie während der Messe eine Lesung in der Buchhandlung – mit Heinrich Böll und seiner Neuerscheinung *Haus ohne Hüter*.

Sein neuer Roman handelte von zwei Kriegerwitwen und ihren Kindern. Von zwei Müttern, die ihre Einsamkeit mit anderen Männern oder ihren Erinnerungen zu vertreiben versuchten, und ihren Söhnen, die verzweifelt auf der Suche nach Verständnis und Anerkennung waren. Dieser Blick auf die verbliebenen Familien war in Karins Augen unermesslich wichtig.

Am Abend der Lesung war die Buchhandlung bis auf den letzten Platz gefüllt. Waltraud, Gerda und sogar Marie waren gekommen.

Während Karin Eintrittskarten kontrollierte, kümmerte ihre Mutter sich um den Autor. Ihr Vater war bei einer Veranstaltung des Börsenvereins im Kaiserkeller.

Zu gerne hätte Karin sich vor der Lesung mit Heinrich

Böll unterhalten und hatte sich deshalb extra ihre schwarzweiß karierte Caprihose, einen schwarzen Rollkragenpullover und schwarze Ballerinas angezogen, aber ihre Mutter wollte nicht, dass ein verheirateter Schriftsteller von einer unverheirateten und völlig unpassend gekleideten jungen Frau betreut wurde.

Dann plauderte Karin eben mit ihren Freundinnen. Gerda hieß mittlerweile Frau Hackenberger. Sie hatte den rothaarigen Günter geheiratet und arbeitete immer noch bei ihrem Onkel in der Buchhandlung. Waltraud bereitete sich aufs erste juristische Staatsexamen vor. Und Marie?

»Beim Lesen habe ich gedacht, Heinrich Böll würde über mich schreiben«, gestand sie.

Waltraud schob die Brille hoch, die sie seit Neuestem brauchte. Ein echt schickes Modell, bei dem der obere Rand aus dunklem Horn, der untere Rand aus hellem Kunststoff bestand. »Aber dein Albert lebt bestimmt noch«, erwiderte Karin.

»Der Suchdienst vom Roten Kreuz hat ihn nicht finden können. Er ist tot, das spüre ich. Nur Peter will es nicht glauben.«

»Es ist schwer für ihn. Er redet über ihn, als würde er noch leben«, sagte Karin und zupfte an ihrer Hose herum. Noch hatte sie sich nicht so richtig an das enge Tragegefühl gewöhnt.

»Das ist ja das Problem«, sagte Marie. »Weißt du … ich habe jemanden kennengelernt. Helmut, er ist Journalist bei der *Frankfurter Rundschau*. Ich wollte ihn Peter vorstellen, aber der ist einfach davongerannt.« Seufzend schlug sie die Beine übereinander. »Seitdem ist es noch schlimmer geworden.

Wenn wir essen, stellt Peter auf einmal für Albert einen Teller hin und erzählt ihm abends im Bett, wie viele Tore die Eintracht geschossen hat.«

»Und was sagt dein Freund dazu?«, fragte Gerda.

»Ich soll Peter Zeit geben. Aber ich kann nicht mehr warten. Ich bin seit unserer Hochzeitsnacht Witwe, als Albert morgens einrücken musste und nicht wiederkam.«

»Wie bei *Haus ohne Hüter*«, sagte Waltraud.

»Ganz genau. Ich habe noch nie ein Buch gelesen, in dem ich vorkomme.« Beeindruckt betrachtete Marie den roten Band mit dem schwarzen Kreuz.

»Es ist acht, es geht los«, sagte Karin und ging zu ihrer Mutter, die ihr zunickte.

Heinrich Böll trank noch einen Schluck Wasser. Dann wollte Karin das Licht löschen, als sich die Tür erneut öffnete. Unverkennbar Vera mit ihrem Neunmonatsbauch.

»Was machst du denn hier? Komm, setz dich!« Schnell holte sie einen weiteren Stuhl und stellte ihn an den Rand.

Veras Kopf war hochrot, sie wirkte erschöpft. »Ich habe die Tram verpasst und wollte nicht unpünktlich sein …«

»Weiß Thomas, dass du hier bist?«, fragte Karin.

»Ich habe es zu Hause partout nicht mehr ausgehalten, meine Schwiegermutter macht mich noch wahnsinnig!«, sagte Vera verärgert.

Das glaubte Karin sofort. Sie bat Gudrun, für Vera etwas zu trinken zu holen, dann ging sie nach vorne ans Mikrofon. Denn die Moderation hatte ihre Mutter nicht übernehmen wollen. Es war Karins Premiere. Sie war nervös, aber sie hatte sich vorbereitet. Sie begrüßte das Publikum und stellte den Autor vor. Während die Leute applaudierten, kam

Heinrich Böll auf die Bühne. Seine Kölner Heimat hörte man ihm an, aber Karin mochte seine leise, unaufdringliche Vortragsweise.

Besonders nachdenklich stimmte sie eine Szene, in der einer der Jungs das Foto seines Vaters betrachtet, auf dem dieser *viel zu jung ist, um der Vater eines elfjährigen Jungen zu sein.*

Ob Caroline auch irgendwann so denkt?, überlegte Karin. Sie hatte ihr noch nie ein Bild von Billy gezeigt. Warum eigentlich nicht? Sie musste das unbedingt nachholen. Heinrich Bölls eindringlicher Vortrag erinnerte sie daran, wie wichtig auch abwesende Väter für Kinder waren.

Vera hatte es so gut. Sie trug den richtigen Ring am Finger, ihr Kind würde den Namen seines Vaters tragen und ihn kennenlernen.

Am Ende der Lesung verbeugte Heinrich Böll sich zurückhaltend. Als Karin das Mikrofon ergreifen wollte, um eine kleine Fragerunde zu starten, stöhnte Vera plötzlich laut auf und krümmte sich vor Schmerzen. Karin drückte Herrn Böll das Mikro wortlos in die Hand und eilte zu ihrer Schwester.

»Hast du Wehen?«, fragte sie.

»Das sind nur Vorwehen. Thomas fährt mich bei jedem Mucks ins Krankenhaus, aber die schicken mich immer wieder zurück.« Vera stöhnte erneut.

»Das hört sich nicht nach Vorwehen an«, meinte ihre Mutter. »Ich rufe bei dir zu Hause an.«

»Nein, bitte nicht, ich will nicht schon wieder umsonst ins Krankenhaus.«

Doch ihre Mutter eilte ins Büro, und Heinrich Böll hatte kaum zwei Fragen beantwortet, als Thomas in die Buchhandlung stürmte.

»Wo ist sie?«, rief er laut in die versammelte Runde der neugierigen Besucher.

»Im Büro«, sagte Karin in normaler Lautstärke, damit er sich ein wenig zusammenriss, aber Thomas rief noch lauter: »Vera! Warum bist du nicht zu Hause geblieben?«, und die ersten Gäste kicherten.

»Na, dann machen wir mal weiter«, sagte Heinrich Böll trocken und sprach über die vaterlose Gesellschaft, während Thomas Vera vorsichtig durch den Laden zu seinem geparkten Auto brachte.

Nach der Lesung fuhr Karin ins Krankenhaus. So durcheinander, wie Thomas vorhin gewesen war … besser, sie leistete ihm Gesellschaft. Manchmal zog sich eine Geburt stundenlang hin.

Kaum saß sie bei ihm im Wartezimmer, hagelte es Vorwürfe. »Wieso war sie bei euch in der Buchhandlung, was, wenn etwas passiert wäre?«, sagte Thomas aufgebracht.

»Es wird schon alles gut gehen.«

»Wie kannst du dir da so sicher sein?«

Er bot ihr eine Zigarette an und trommelte mit dem Fuß auf den Linoleumboden. Beruhigend legte Karin ihm die Hand auf den Rücken, doch er schüttelte sie ab, redete auf einmal über die Fußballweltmeisterschaft und wie viele Radio- und Fernsehgeräte sie dadurch zusätzlich verkauft hätten, erklärte ihr, was ein Transistor war, sie verstand kein Wort. Dann verfiel er endgültig in Schweigen, bis endlich die Hebamme erschien.

»Herzlichen Glückwunsch, Herr Krüger, sie sind Vater einer Tochter geworden.«

»Leben sie?«, fragte er bang.

»Ja, alles ist in Ordnung, Mutter und Kind geht es sehr gut. Wir waschen sie noch, dann können Sie sie kurz sehen, bevor wir sie auf die Station bringen.«

Thomas fiel Karin um den Hals und weinte seine ganzen aufgestauten Gefühle hinaus.

»Entschuldige.« Er wischte sich die Tränen aus dem Gesicht.

»Ist schon in Ordnung. Ich verrate es keinem«, erwiderte sie scherzhaft, und er lächelte.

Vera und ihre kleine Tochter wurden in ihren Betten vorbeigeschoben. Thomas küsste sie sanft auf die Stirn und stammelte Liebes- und Dankesworte.

»Wollen wir sie Ute nennen?«, brachte er schließlich hervor.

»Einverstanden«, sagte Vera. »Versprich mir nur eins – dass wir so schnell wie möglich bei deinen Eltern ausziehen. Ich will mein Kind ohne ständige Überwachung großziehen.«

Thomas nickte.

Caroline war völlig begeistert, dass sie nun eine Cousine hatte, und stellte sich bereits vor, mit ihr Vater Mutter Kind zu spielen. Deshalb war sie umso enttäuschter, weil Kinder nicht auf die Wöchnerinnenstation durften.

»Weißt du, wir müssen aufpassen, dass die kleine Ute nicht krank wird. Aber wenn sie zu Hause ist, dann besuchen wir sie«, versprach Karin.

Dann zeigte sie ihr die Fotos von Billy. Caroline schaute sie lange an, und auf einmal hob sie eines an ihre Lippen und küsste es.

»Wo ist er?«, fragte sie. Vor dieser Frage hatte Karin sich am meisten gefürchtet.

»In Amerika«, antwortete sie.

»Warum?«

»Er ist Soldat.« Karin deutete auf die Uniform, und Caroline nickte.

»Der Papa von Peter ist auch Soldat. Tust du ihn vermissen?«

»Natürlich. Sehr sogar!«

»Ich auch. Ich will ihm auch einen Teller beim Essen hinstellen. Und Fußball spielen.«

»Billy spielte kein Fußball.« Karin musste lächeln. Sie war stolz, dass Caroline die Parallelen zwischen Peters und ihrem eigenen Vater erkannte. Allerdings glaubte Karin, dass der arme Albert Stalingrad nicht überlebt hatte, Billy aber sehr wohl irgendwo in Amerika lebte und sie vergessen hatte. Aber das brauchte Caroline nicht zu wissen.

»Er hat gerne fotografiert. Und gelesen!«

»Ich will auch lesen lernen«, sagte Caroline und nickte eifrig.

23

DAS EINMALEINS DES GUTEN TONS

März 1955

Sehnsüchtig schaute Karin durch die Glastür nach draußen, während sie den schwer bepackten Bücherwagen zu den Empfehlungstischen schob. Endlich schien nach den viel zu langen und grauen Wintermonaten die Sonne, zu gerne hätte sie einen Spaziergang gemacht. Nicht ein Flöckchen Schnee war die ganzen Monate gefallen, ein trüber Tag hatte sich an den nächsten gereiht, nur Weihnachten war eine helle und bunte Abwechslung gewesen. Heiligabend hatten sie gemeinsam im Grüneburgweg gefeiert, nur Vera und Thomas waren mit der kleinen Ute bei Krügers geblieben.

Ihr Vater brachte gerade einen Vertreter zur Tür. Seit wann ging er denn so gebeugt? Direkt über der Buchhandlung zu wohnen, sparte den Weg zur Arbeit, aber anstatt die gewonnene Zeit für einen Spaziergang zu nutzen, arbeitete er noch mehr als früher.

»Na, das ist ja mal eine heiße Mischung.« Er deutete auf die beiden großen Stapel auf dem Wagen: einen schwarzen und einen rosafarbenen, die sich nicht nur durch die Einbandfarbe deutlich voneinander unterschieden.

Auf das erste Buch hatten Waltraud und Karin sehnsüchtig gewartet, und jetzt, zehn Jahre nach Kriegsende, war es endlich so weit. *Das Tagebuch der Anne Frank* erschien in einer preiswerten Taschenbuch-Ausgabe im Frankfurter Fischer Verlag. Die gebundene Ausgabe war viel zu teuer gewesen, um viele Leser zu finden.

Das andere Buch auf dem Wagen war Gertrud Oheims *Das Einmaleins des guten Tons.* Ein Benimmbuch, keines von Karins Lieblingsbüchern, aber erstaunlich beliebt bei allen, die in der aufwärtsstrebenden Wirtschaftswunderwelt angenehm auffallen wollten. Gerade wurde das Fernmeldehochhaus gebaut, mit neunundsechzig Metern das höchste Gebäude der Stadt. Vom Frankfurter Flughafen starteten Düsenflugzeuge in die ganze Welt, die sich ständig veränderte. Trotzdem fuhr ab und an der alte Pferdewagen von Eis-Günther durch die Schillerstraße und lieferte wie in alten Zeiten Blockeis zum Kühlen aus.

»Edel sei der Mensch, hilfreich und gut«, zitierte er seinen geliebten Goethe und blätterte in dem Benimmbuch.

»Gut zu allen Menschen, egal, an wen sie glauben, wie sie aussehen oder wo sie herkommen. Alle Menschen sind gleich«, brachte Karin es mithilfe der Menschenrechte auf den Punkt und ergriff Anne Franks Tagebuch. Auf dem düsteren Umschlag erkannte man schemenhaft das Foto des Amsterdamer Hauses, in dem sie sich verstecken musste, darüber in einem Heftetikett in kindlicher Schreibschrift der Titel und auf dem bedrohlich roten Himmel: *Ich glaube an das Gute im Menschen.*

Das hatte Anne Frank geschrieben, während sie sich vor den Nazis verstecken musste. Karin schnürte es die Kehle zu.

Sie schob Ernest Hemingways gesammelte Werke zur Seite. Der Gewinn des Nobelpreises war ein halbes Jahr her, er musste nun Platz für Neues machen.

»Komm, ich helfe dir«, sagte ihr Vater und reichte ihr die Bücher an. »Aber sind drei Partien nicht viel zu viel? Taschenbücher verkaufen sich zwar gut, aber dreiunddreißig Exemplare?«

»Die kommen aber nicht alle hier auf den Tisch. Ich stelle auch ein Exemplar jeweils zu den Geschichts- und den Jugendbüchern und in die allgemeine Belletristik.«

»Ob es wirklich so viel gelesen werden wird?«, meinte ihr Vater.

»Dafür werde ich schon sorgen.«

Zwei Mädchen mit den Schulranzen unterm Arm betraten die Buchhandlung. Sie suchten nach einem Buch für ein Referat. Autor und Titel waren ihnen freigestellt worden. Karin empfahl Anne Frank, und nachdem die beiden die ersten Seiten gelesen hatten, entschieden sie sich sofort, es zu nehmen.

Auf dem Nachhauseweg machte Karin einen Abstecher in die Freiherr-vom-Stein-Straße und verharrte im stillen Gedenken an die Opfer des Nationalsozialismus vor der Westend-Synagoge.

*

Vera hielt die Augen hinter dem dunklen Schal geschlossen und lauschte auf die Geräusche der Stadt. Thomas hatte ihr eine Überraschung versprochen und ihr im Auto die Augen verbunden. Wie aufregend! Er bereitete ihr gerne

Überraschungen, brachte Karten für Louis Armstrong oder das Deutsche Jazzfestival mit. Sie liebte die tollen Konzerte in Frankfurt. Und sie liebte ihn, von ganzem Herzen.

Hoffentlich wachte Ute nicht zu früh vom Mittagsschlaf auf. Sie hatten sie bei Bertha gelassen, die immer so ungeduldig und lieblos mit ihr umging. Sie machte keinen Hehl daraus, dass sie sich einen Enkel gewünscht hatte. Aber Vera wollte nicht über ihre Schwiegermutter nachdenken, sondern lauschen, wo sie langfuhren.

Gerade knirschten die Reifen, als ob sie über Straßenbahnschienen fahren würden, dann vernahm sie das Tuten eines Schiffes. Wo er sie wohl hinbrachte? Und was die Leute dachten, wenn sie sie mit verbundenen Augen im Auto sahen?

Plötzlich stoppte der Wagen, und Thomas schaltete den Motor aus.

»Noch nicht gucken!«, rief er.

Die Wagentür wurde geöffnet, er ergriff ihre Hand, und sie stieg aus. Dann nahm er ihr die Binde von den Augen, und sie erblickte ein neu gebautes Zweifamilienhaus, weiße Fassade, ein rotes Dach und eine kleine Silbertanne im Vorgarten.

»Willkommen in unserem neuen Zuhause!« Er deutete auf die Fenster im ersten Stock. Wie schön es hier war! Keine Ruinen, keine Provisorien, alles neu und sauber.

»Oh, Thomas!« Sie flog in seine Arme und küsste ihn stürmisch.

»Wir sind hier in Sachsenhausen. Und die Bäume dort hinten, das ist der Stadtwald.« Thomas klang aufgeregt, umfasste ihre Taille und hob sie hoch. Als wäre sie leicht wie eine Feder, trug er sie bis in den ersten Stock über die Schwelle in ihre neue Wohnung.

»Herzlich willkommen, Frau Krüger.« Er strahlte und setzte sie vorsichtig ab. »Und, wie gefällt es dir?«

Schwungvoll drehte Vera sich im Kreis, ihr Rock schwang weit wie ihre Gedanken, während er sein Kofferradio einschaltete und die Sängerinnen der Chordettes *Mr. Sandman* um einen Traum baten.

Veras Traum war wahr geworden, und sie stand mittendrin: in der eigenen Wohnung. Thomas streckte die Hand aus, und sie liefen zum Klang der Musik von Zimmer zu Zimmer.

Das Wohnzimmer hatte eine Essecke und eine Durchreiche zur Küche, vom Balkon aus konnte man in den Garten sehen. Die Zimmer waren hell und in Pastellfarben tapeziert.

Vera sah die neue Einrichtung schon vor sich, hell und filigran, keine klobigen Eichenmöbel, sondern moderne mit schmalen Füßen, fließenden Linien, bunten Stoffen.

»Hier kommt das Sofa hin und dort der Fernseher, was meinst du?«, wandte sie sich an Thomas.

»Du kannst dir aussuchen, was immer dir gefällt«, sagte er. »Wir haben hier alle Möglichkeiten der Welt.«

Die Krönung war die Küche, in die bereits eine moderne, cremefarbene Schwedenküche aus pflegeleichtem Resopal eingebaut worden war. Mit einer Edelstahlspüle und – einem Elektroherd!

»Ich bin schon auf deine Kochkünste gespannt!«

»Eine Einbauküche und vier Zimmer, Thomas, nur für uns! Wie hast du das nur geschafft?«

»Na ja.« Er schmunzelte. »Mein Vater kennt eben die richtigen Leute.«

»Aber … der Wohnungsmarkt wird doch noch immer zwangsbewirtschaftet, und es gibt so viele Großfamilien auf der Suche ….«

»Zerbrich dir darüber nicht dein hübsches Köpfchen.« Er umfasste ihre Taille. »Außerdem werden wir auch bald eine Großfamilie sein. Hier ist genug Platz für vier Kinder.«

Sie war so froh, dass er sich auch viele Kinder wünschte, und bestimmt würden sie bald wieder Zuwachs bekommen. Dank des Eheratgebers hatte sie Spaß an der Sache gefunden. Natürlich hatte Vera Thomas nicht davon erzählt, aber sie hatte von Mal zu Mal einige der Ideen aufgegriffen und ihn sanft gelenkt, und er hatte es zum Glück nie als Kritik, sondern immer als Bereicherung aufgefasst. Wenn nur ihre Schwiegereltern nicht auf der anderen Seite der Wand schlafen würden. Aber diese Zeiten waren ja jetzt vorbei.

»Wir müssen, so schnell es geht, hier einziehen. Bei meinen Eltern fühle ich mich wie ein Schuljunge, dem die Mutter die Nase putzen will«, sagte Thomas.

Vera wäre mit ihm auch in eine kleine Bude gezogen, so wie damals ihr Vater mit der Buchhandlung. Hauptsache, sie war das Gemecker ihrer Schwiegermutter los.

»Endlich frei«, rief sie erleichtert, zog Thomas an sich und gab ihm einen innigen Kuss.

*

Caroline saß auf der niedrigen Bank in der Kindergartengarderobe und zog sich die rote Schleife aus ihren Haaren. Seit Ostern ging sie in den Kindergarten in Bockenheim. Karin hatte das neue Gebäude mit den großen Fenstern, den hellen Möbeln und den bunten Kinderzeichnungen sofort gefallen.

Mittlerweile arbeitete sie den ganzen Tag. Friedel oder Tante Elvira holten Caroline dann mittags vom Kindergarten ab und kümmerten sich liebevoll um sie.

»Lass doch die Schleife bitte, sonst müssen wir die Haare wieder kämmen«, sagte Karin, ordnete die Schleife und versuchte, ihrer Tochter den Schnürschuh über den kleinen Fuß zu streifen. Vergebens.

Deshalb hatte sie sich heute Nachmittag freigenommen. Sie mussten zusammen Schuhe kaufen gehen. Auch die Strumpfhose hatte schon wieder ein Loch am Knie, aber die konnte Karin stopfen. Sie nähte oder kaufte Caroline gerne neue Kleidung. Ihre Tochter wurde sowieso immer angestarrt, da sollte sie wenigstens korrekt und ordentlich aussehen. Aber ständig neue Strumpfhosen, nur weil ihr kleines Mädchen so gerne auf dem Hof herumtobte, konnte sie sich nicht leisten.

Neben Caroline saß ein blondes Mädchen, das ihrer Mutter im adretten Kostüm erzählte, welche Lieder sie heute gesungen hatten. Schon war sie fertig angezogen, und die beiden verabschiedeten sich.

Auf einmal stellte sich ein pausbäckiger Junge in Lederhosen vor Caroline hin und streckte ihr die Zunge raus. »Dich holt die Hex!«, rief er und rannte durch die offen stehende Tür hinaus.

»He, du, bleib hier«, schrie Karin. Doch er war verschwunden, und niemand schien sich für ihn verantwortlich zu fühlen.

»Wer war das?« Mittlerweile hatte sie Caroline einen Schuh angezogen.

»Bernd«, flüsterte ihre Tochter. »Mama, ich will nicht, dass mich die Hexe holt.«

»Das sind doch alles nur Märchen, Line.« Beim zweiten Schuh riss Karin auch noch der Schnürsenkel. Was für ein Tag!

»Aber sie sieht aus wie ich.«

»Wer?«

»Das Mädchen in dem Buch.«

Carolines Kindergartentante kam mit einem Stapel Bilderbücher unterm Arm um die Ecke. Sie trug eine fleckenfreie weiße Schürze und die blonden Haare in einer strengen Hochsteckfrisur.

»Was war denn heute los?« Karin stand auf. »Meine Tochter ist ganz verstört. Dieser Junge, dieser Bernd, hat sie beschimpft und ihr die Zunge rausgestreckt.«

»Schon wieder? Na, der wird morgen was erleben.« Tante Bärbel legte die Bücher auf die Sitzbank. »Hör einfach nicht mehr hin.« Sie strich Caroline über die Haare. Die wandte sich ab und schmiegte sich an Karins Bein.

Sie hob sie hoch. »Und was ist das für ein Märchenbuch, vor dem sie Angst hat?«

»Märchen? Wir haben heute keine Märchen gelesen. Wir haben heute ganz viel gesungen. Das macht Spaß, oder, Caroline?«

Doch die schüttelte den Kopf. »Die sind alle gestorben.«

»Wie bitte?«, fragte Karin misstrauisch.

»Die Kinder. Die sind alle tot. Hat der Bernd gesagt.«

Tante Bärbel lachte. »Aber das ist nur ein Lied, um Zählen zu lernen. Ich hätte erwartet, dass dir *Zehn kleine Negerlein* gefällt. Du hast doch nach einem Buch gefragt, in dem ein Mädchen mit brauner Haut vorkommt.«

Karin schaute ungläubig zu, wie die Kindergärtnerin ein buntes Pappbilderbuch aus dem Stapel zog. Das einzige Bilderbuch mit Schwarzen Kindern, das Karin kannte. Natürlich, das Lied hatte eine eingängige Melodie, die Bilder waren fröhlich, aber wie Caroline schon sagte – alle Kinder hatten braune Haut und mussten sterben.

»Ist sie nicht noch zu klein dafür?«, fragte sie.

»Die Kinder lieben das Lied«, widersprach die Kindergärtnerin. »Sie bekommen einen spielerischen Zugang zum Zählen und lernen, wie wichtig es ist, sich an Regeln zu halten. Wie beim *Struwwelpeter*.« Sie schlug das Buch mittendrin bei dem Vers auf, wo ein Kind zu viele frische Rüben isst – und zur Strafe von der Hexe geholt wird.

»Ich will nicht sterben«, schluchzte Caroline und deutete auf die Zeichnung des Schwarzen Mädchens, das ebenfalls eine rote Schleife im Haar trug.

»Das wirst du auch nicht, Line.« Karin drückte sie fest an sich. »Das ist nur eine Geschichte. Ein Märchen! Nichts davon ist wahr!«

Caroline zupfte schon wieder an ihrer Schleife, und Tante Bärbel kniff die Lippen zusammen.

»Ich möchte, dass Sie das Buch nicht mehr vorlesen«, verlangte Karin. »Sie sehen ja, wie verstörend das für Caroline ist.«

»Manche Kinder weinen, wenn bei *Hänsel und Gretel* der Junge im Ofen verbrannt wird, und Caroline eben bei dieser Geschichte. Darauf können wir keine Rücksicht nehmen«, erwiderte die Kindergärtnerin verärgert. »Extrawürste gibt es nicht. Sie muss lernen, sich in die Gruppe einzufügen.«

»Nein, ich denke, Sie müssen lernen, Rücksicht zu nehmen. Das gebietet schon allein die Höflichkeit. Zu welchen

Idealen erziehen Sie die Kinder eigentlich?«, fragte Karin aufgebracht.

Sie zog ein Exemplar von *Einmaleins des guten Tons* aus ihrer Tasche, das sie Wieland Liebig zur Hochzeit schenken wollte. »Vielleicht sollten Sie das als Leitfaden für Ihre Erziehungsmethoden nehmen.«

Die Kindergärtnerin machte entsetzt einen Schritt zurück. »Was erlauben Sie sich! Ich glaube eher, dass Caroline einen Vater braucht. Dann lösen sich die meisten Erziehungsprobleme von ganz allein.«

»Lenken Sie nicht ab«, sagte Karin und steckte das Benimmbuch wieder ein. »Caroline ist ein braves und verständiges Mädchen. Das Einzige, was hier Probleme macht, ist dieses Buch.« Sie deutete auf das Bilderbuch.

»Halten Sie sich da raus. Wir wissen, wie wir die Kinder erziehen müssen, wir haben langjährige Erfahrung.«

»Dann wird es Zeit für neue Erfahrungen«, gab Karin zurück.

Und am nächsten Tag brachte sie *Zehn kleine Miezekatzen* mit in den Kindergarten, von denen kein einziges sterben musste, sondern Mäuse jagen oder im Körbchen einschlafen durfte. Als sie es der Kindergärtnerin schenkte, schien diese zwar immer noch verärgert, aber die Kinder waren von den süßen Kätzchen begeistert, und auch Caroline hatte keine Angst mehr.

Trotzdem fragte Karin sich, ob ihrer Tochter der Vater fehlte.

24
ADIEU TRISTESSE

September 1955

Beim Sonntagsausflug auf den Lohrberg fielen Karin die Stare auf, die sich auf den Überlandleitungen sammelten, bevor sie gemeinsam in den Süden flogen. Sie freute sich schon auf den Tag, an dem sie wieder heimkehrten, sie mochte den Frühling viel lieber als den Herbst, trotz des farbenprächtigen Laubs an den Bäumen. Doch dieses Jahr brachte der Herbst nicht nur bunte Blätter, sondern auch bunte Briefe. Den ersten fand Karin eines Tages im Briefkasten.

Kurz stolperte ihr Herz, aber die kyrillischen Buchstaben auf der Marke machten sofort ihre Hoffnung zunichte, dass sie Post von Billy erhalten hatte.

Der Brief war für Marie. Und als diese ihn öffnete, brach sie weinend zusammen.

Albert war am Leben!

Seit Chruschtschow die Geschicke der Sowjetunion bestimmte, herrschte Tauwetter im Kalten Krieg. Adenauer hatte die günstige Gelegenheit ergriffen und war nach Moskau gereist, um die letzten Kriegsgefangenen nach Hause zu holen, darunter auch Maries Ehemann.

Albert lebte in einem Schweigelager und durfte wie zehntausend andere nach Hause kommen. Marie schrieb eine Antwort, und Peter suchte im Schulatlas, wo Swerdlowsk war. Das große Warten begann. Marie war ziellos, nervös, aufgedreht. Von Helmut trennte sie sich sofort, und dieser nahm es erstaunlich gelassen, als er das nächste Mal bei Karin Bücher kaufte.

»Ich war nur ein Trostpflaster auf einer nie verheilenden Wunde«, sagte er. »Aber ich freue mich so für Marie und Peter. Hoffentlich kommt nicht noch irgendwas dazwischen, die Sowjets sind unberechenbar.«

Ein Satz, der Karin nachhing. Konnte noch etwas schiefgehen? Würde Marie das verkraften? Und Peter?

Sie sagte ihr nichts von ihren Zweifeln. Täglich wurden die Transporte im Durchgangslager Friedland erwartet, wo auch Wünsches nach ihrer Flucht aufgenommen worden waren. Die Notversorgung Tausender Menschen wurde organisiert, Ärzte standen bereit, die ersten Angehörigen trafen ein.

Im Grüneburgweg wurde mal wieder umgeräumt. Karin zog mit Caroline ins Esszimmer. Albert würde Ruhe brauchen, zudem war das Zimmer von Marie und Peter zu klein für die Familie. Zwar versprachen die Frankfurter Sozialpolitiker Geld und Kuraufenthalte für die Spätheimkehrer, aber von zusätzlichem Wohnraum war bisher nicht die Rede gewesen.

Karin machte das nichts aus. Sie wollte, dass Caroline lernte, auf andere Rücksicht zu nehmen und Opfer zu bringen.

Friedel überlegte, was sie für kräftigende Mahlzeiten für

Albert zubereiten konnte, obwohl Marie normalerweise für sich und Peter kochte und sie in ihrem Zimmer aßen.

Und Peter kaufte von seinem Taschengeld einen neuen Ball für seinen fußballverrückten Vater.

Wenige Tage später begutachtete Karin gemeinsam mit Gudrun deren herbstlich dekoriertes Messe-Schaufenster mit den Neuerscheinungen, das Gudrun mit Herbstblättern aus Tonpapier und Kastanien dekoriert hatte. Im Frühling hatte sie ihre Prüfung erfolgreich abgelegt und war eine zuverlässige Kollegin geworden, auf die alle zählen konnten. Nur manchmal, wenn es leer war, summte sie noch immer die neuesten Schlager vor sich hin.

Mit einem Mal fuhr ein schwarzer Opel Kapitän an ihnen vorbei. Die blonde Frau am Steuer fiel Karin sofort auf. Normalerweise kutschierte ein Chauffeur in Livree seinen Chef vorsichtig durch den hektischen Innenstadtverkehr. Der luxuriöse, aber sehr konservative Wagen wurde sonst nur von Fabrikdirektoren gefahren.

»Die ist vom horizontalen Gewerbe«, sagte Gudrun.

»Die Frau in dem Kapitän?«, fragte Karin erstaunt.

»Erzählen jedenfalls die anderen Geschäftsleute.«

»Pass auf, dass du keine Gerüchte verbreitest. Vielleicht ist sie auch die Tochter eines Fabrikanten und hat sich den Wagen nur ausgeliehen.«

Da hörten sie einen Pfiff, und zwei Bauarbeiter winkten dem Wagen. Die junge Frau hielt an, kurbelte das Fenster herunter, die Männer beugten sich vor und redeten mit ihr.

»Sag ich doch.« Gudrun grinste triumphierend. »Skandalös! Genauso wie das hier …« Sie deutete auf *Bonjour Tristesse* von Françoise Sagan im Schaufenster, über das sich die Frankfurter Hausfrauen mit ihren Kaufhof-Tüten bereits im schönsten Dialekt und voller Wollust aufregten.

»Vielleicht sollten wir es lieber nur drinnen anbieten«, überlegte Karin. »Es ist wirklich sehr offenherzig geschrieben, wenn es um geschlechtliche Dinge geht.«

»Und die Autorin ist erst achtzehn!«

»Ja. Sie schreibt, als wäre sie eine abgeklärte Vierzigjährige, die zu viel von der Welt gesehen hat und sich an ihre desaströse erste Liebe erinnert. Und es ist so verdammt traurig.« Karin seufzte.

»Du brauchst einen Mann.«

»Gudrun! Nur weil du verlobt bist.« Der Glückliche war ein Musiklehrer, den Gudrun im Gesangsverein kennengelernt hatte.

»Doch, genau deshalb. Wir alle brauchen jemanden, der uns im Arm hält.«

Karin konnte es kaum glauben – was weder die Queen noch der Fußball geschafft hatten, gelang den Spätheimkehrern. Als Anfang Oktober die Heimkehr der Zehntausend feststand, kaufte Tante Elvira bei Krügers einen Fernseher. Auf Raten natürlich, trotz Verwandtenrabatt.

Marie überlegte, selbst nach Friedland zu fahren. Die Zugfahrt in das Dorf zwischen Kassel und Göttingen dauerte nur wenige Stunden. Als dann aber bekannt wurde, dass die Stadt Frankfurt ihre Heimkehrer mit dem Bus abholen und sicher und wohlbehalten in ihre alte Heimat zurückbringen würde, blieb sie zu Hause.

Sogar Vera und die Eltern kamen, um Marie und Peter

beizustehen. Wie gebannt saß Peter vor dem Fernseher und suchte auf dem Bildschirm nach seinem Vater. Aber wie hätte er ihn erkennen sollen?

Alle waren erschüttert, als sie im Fernsehen die vielen wartenden Frauen und Kinder mit ihren Schildern sahen und die Ankunft der ausgemergelten Männer verfolgten. Wie die Familien sich fanden, umarmten, weinten, schwiegen. Tausende sangen *Nun danket alle Gott*, und auch Wünsches stimmten vor dem Fernseher ein.

Am Abend sollte der Bus in Frankfurt eintreffen. Karin begleitete Marie und Peter zum Römer. Obwohl es bereits Nacht war, drängelten sich auf dem Platz vor dem historischen Rathaus die Menschen. Schweigend warteten sie, voller Angst und Hoffnung. Die Ankunft verzögerte sich. Ein Polizist teilte durch ein Megafon mit, dass der Busfahrer noch einmal eine Pause eingelegt hätte, weil die Männer so erschöpft seien.

Und dann fuhr der Bus auf den Platz.

Als die zehn Männer aus dem Bus stiegen, wurden sie von unzähligen jubelnden Menschen begrüßt. Noch nie in ihrem Leben hatte Karin solch eine Begeisterung erlebt.

Marie drängte sich vor, Peter an der Hand, da: Albert! Sie sanken sich in die Arme. Die wie das blühende Leben aussehende Marie und ein magerer, gebeugter Mann mit geschorenem Kopf.

Als sie im Taxi nach Hause fuhren, starrte Albert schweigend in die wiederaufgebaute und hell leuchtende Stadt voller Autos, Menschen und bunter Reklame. Seine Heimkehr war ein Wunder, aber Karin ahnte, dass es schwer für ihn werden würde, sich im Wirtschaftswunderland zurechtzufinden.

Am nächsten Morgen duftete es nach Bohnenkaffee. Friedel deckte für alle den Tisch im Salon, stellte Butter und Marmelade auf den Tisch, dazu frische Brötchen. Sogar Bananen hatte sie gekauft, für fünfzig Pfennig das Pfund, wie sie stolz berichtete. Die Talers sollten heute verwöhnt werden. Karin hoffte, dass es dem armen Albert nicht zu viel wurde.

Er wirkte älter als ihr Vater, dabei war er erst dreißig. Seine Hand zitterte, als er die Tasse zum Mund führte.

»Danke«, flüsterte er und schaute scheu unter seinen buschigen Augenbrauen nach oben, bevor er mit dem Finger Brösel für Brösel in den Mund steckte. Friedel wollte ihm den Brotkorb reichen, aber Marie schüttelte leicht den Kopf. Am besten, sie ließen ihn in Ruhe. Wer so lange hungern musste, der brachte es nicht übers Herz, Brotbrösel wegzuwerfen, das hatten sie in den Hungerjahren nach dem Krieg doch selbst erlebt.

Die ganze Zeit wich Peter seinem Vater nicht von der Seite. Als er den Fußball auf den Esstisch legte, lächelte Albert zaghaft.

Karin erhob sich. Es wurde Zeit, Caroline zu wecken.

»Ist Peters Vater wirklich da?«, fragte ihre Tochter.

»Ja, zieh dich an, dann darfst du ihn kennenlernen.«

Sofort sprang sie aus dem Bett und streifte ihr Nachthemd über den Kopf.

»Mama, ist mein Papa auch wieder zu Hause?«

»Nein«, sagte Karin gedehnt und wunderte sich über Carolines Frage. »Wieso?«

»Aber er wird vermisst, genauso wie Peters Papa. Und er war Soldat.«

Mein Gott, dachte Karin. Was sollte sie nur sagen?

»Das ist etwas anderes«, erwiderte sie schließlich.

»Aber der Mann im Fernseher hat gesagt, alle Vermissten kommen jetzt nach Hause.«

Sie war erst vier Jahre alt, und trotzdem begriff sie logische Zusammenhänge. Was sollte sie sagen? Sollte sie eine Hoffnung zerstören oder sie aufbauen?

Wortlos griff Karin nach dem Kamm. Caroline verzog ihr Gesicht. Ihre Haare waren so dünn und lockig, dass es beim Kämmen immer ziepte. Sie wurden auch nicht glatt, sondern kräuselten sich immer mehr.

»Vielleicht kommt er ja später«, sagte Caroline.

Karin ließ den Kamm sinken und strich einfach mit den Fingern die vom Schlafen verfilzten Haare auseinander.

»Man soll die Hoffnung nie aufgeben«, wiederholte die Kleine altklug den Satz, der seit Wochen im Haus die Runde machte.

»Genau. Aber jetzt müssen wir uns beeilen, sonst kommen wir zu spät.« Schnell band sie die Haare zu einem Zopf. Das sah doch immer ganz manierlich aus.

»Der Peter darf heute zu Hause bleiben«, sagte Caroline plötzlich.

»Aber du nicht.«

»Aber wenn mein Papa heimkommt, darf ich das dann auch?«

Karin glaubte nicht, dass Billy irgendwann zurückkam. Er war ja nicht in einem sowjetischen Kriegsgefangenenlager gewesen, sondern zu Hause in South Carolina. Er wollte von Karin nichts mehr wissen. Nein, sie suchte nicht. Sie wartete nicht. Sie liebte ihn auch nicht mehr, er hatte sie im Stich gelassen. Sie brauchte keine Hoffnung.

Aber Caroline hoffte. So wie Karin damals, als ihr Vater im Krieg gewesen war. Jedes Kind sehnte sich nach seinem Vater.

Wie könnte sie ihr die Hoffnung nehmen?

25

FAHRENHEIT 451

Der erste Adventssamstag, und die Ladenglocke klingelte in Karins Ohren süßer als jedes Weihnachtslied. Die Innenstadt brummte nur so vor Kunden! Vier Jahre nach der Eröffnung der großen Buchhandlung in der Schillerstraße beschäftigte ihr Vater bereits fünf ausgebildete Buchhändler, einige davon ehemalige Lehrmädchen. Ihre Mutter leitete die Buchhaltung, und Herr Pfeffer und die Lieferboten werkelten in der Packstube.

Es war eine schöne, aber auch anstrengende und vor allem zeitintensive Arbeit, denn nach Ladenschluss warteten all die guten Bücher darauf, gelesen zu werden.

Die Gewerkschaften verlangten seit diesem Jahr *Samstags gehört Vati mir* und die Vierzigstundenwoche, aber wie das umgesetzt werden sollte, war Karin schleierhaft. Außerdem klang das mal wieder so, als ob Frauen nicht arbeiten würden. Warum hieß es nicht *Samstags gehören Vati und Mutti mir*? Aber im Handel funktionierte das nicht, selbst wenn sie durch das neue Ladenschlussgesetz im kommenden Jahr samstags nur noch bis um zwei Uhr aufhaben durften. Immerhin konnten dann die Büroangestellten einkaufen gehen.

Das Weihnachtsgeschäft verlief wie immer turbulent. Gerade hatte Karin eine ältere Dame beraten, die Geschenke für ihre elf Enkel im Alter zwischen fünf und fünfundzwanzig suchte. Als sie sie zur Tür brachte, knatterte ein Motorrad durch die Schillerstraße und hielt direkt vor der Buchhandlung.

Ein junger Mann in Jeans und schwarzer Lederjacke stieg ab, zog seinen Halbschalenhelm aus und fuhr sich mit den Händen durch seine blonden Haare. Sein Pony fiel ihm in die Stirn, und auf einmal spürte Karin ein Kribbeln im Bauch. Dabei sah er wie ein Halbstarker aus. So nannte die Presse die Jugendlichen, die Nietenhosen und Lederjacken trugen, Rock 'n' Roll hörten und sich vor allem gerne prügelten. Der Mann vor ihr aber war in ihrem Alter.

»Guten Tag, kann ich Ihnen helfen?«, fragte sie und strich sich eine Haarsträhne hinters Ohr.

»Guten Tag«, erwiderte er mit tiefer, melodischer Stimme. »Ich suche ein Geschenk für meinen Neffen. Er ist siebzehn und findet Lesen langweilig, dafür hängt er den ganzen Tag mit seinen Freunden draußen rum und macht Unsinn.«

»Verstehe.«

Gegen den falschen Umgang konnte sie nichts machen, nur etwas gegen langweilige Bücher. Oft war ein Western- oder ein Piratenroman die Rettung. Viele Jungen fragten auch nach Landser-Geschichten, aber kriegsverherrlichende Bücher boten sie nicht an.

»Was las Ihr Neffe denn gerne, als er noch jünger war? Karl May?« Karin führte ihn zur Belletristik.

»Eher Jules Verne. Bücher sind doch das Wichtigste, um

zu lernen, oder? Mein Neffe rebelliert, aber ich glaube, er weiß gar nicht, wogegen oder wofür.«

Also brauchte er einen Schubs, um wieder einen Sinn in seinem Leben zu finden. Das ging vielen so. »Wie wäre es dann damit?«

Sie reichte ihm *Fahrenheit 451* von Ray Bradbury. »Ein utopischer Roman, passt zu seiner früheren Vorliebe für Jules Verne. Ray Bradbury schildert eine Gesellschaft, in der Bücher verboten sind und verbrannt werden, um selbstständiges Denken zu verhindern.« Eine erschreckende Vorstellung – eine Welt ohne Bücher war für Karin undenkbar.

»Das ist ja wie 1933.« Der Mann nahm das Buch. »Ich war zwar noch ein Kind, aber den Scheiterhaufen auf dem Römerberg werde ich nie vergessen. Damit fing doch alles an, oder?«

Karin nickte. »Tucholsky sagte, wer Bücher verbrennt, der verbrennt am Ende auch Menschen.«

Der junge Mann schlug das Buch auf und las die ersten Zeilen.

Wie gut er aussah. So ähnlich wie James Dean, der berühmte Schauspieler, der im Vorjahr so tragisch gestorben war. Und dass er so offen mit ihr über seine Kindheitserinnerungen sprach – erstaunlich.

Sie atmete kurz durch, genoss die Pause in dem ganzen Weihnachtstrubel. Auf einmal hatte sie den Geruch von Maschinenöl und Zigaretten in der Nase und musste an Billy denken.

»Es beginnt ja sogar gleich mit dem Verbrennen der Bücher«, sagte der Mann. »Das gefällt meinem Neffen bestimmt.

Als wäre es ein Abenteuerroman – und dann geht es um die wirklich wichtigen Fragen. Danke für den Tipp!«

Sie lächelte ihn an und fragte ihn nach weiteren Bücherwünschen, doch er verneinte.

»Hatten Sie nicht früher die Buchhandlung in dieser Bude in der Nähe der Kleinmarkthalle?«, fragte er unvermittelt.

Karin nickte und tippte den Preis in die Registrierkasse.

»Da habe ich mir meinen ersten Sartre gekauft. Ihr Chef hat ihn mir empfohlen. Das hat mein Weltbild ganz schön auf den Kopf gestellt. Vielleicht geht es meinem Neffen mit diesem Buch auch so. Robert Leyendecker ist mein Name, vielleicht erinnert sich Ihr Chef an mich.«

Über den *Chef* musste Karin lächeln. »Ich werde meinem Vater gerne Grüße ausrichten, Herr Leyendecker.«

»Oh, entschuldigen Sie.« Er wurde rot, und sein Blick huschte über ihre Hände. »Fräulein Wünsche.«

Karin konnte nicht anders, als ihn weiter anzulächeln. Als er ihr Lächeln erwiderte, sah er James Dean noch ähnlicher. Vor allem, als er sie mit seinen hellen blauen Augen ansah.

Verlegen senkte sie den Blick. »Es muss ja nicht gleich die Welt Ihres Neffen auf den Kopf stellen. Wenn es ihn wieder dazu bringt zu lesen, reicht das doch schon.«

Sie brachte Herrn Leyendecker zur Tür, sog noch einmal den Geruch nach Maschinenöl und Zigaretten ein und seufzte innerlich.

Ihr Vater stieg gerade auf die Leiter. Nachdem er mit einem dicken, in Leder gebundenen Band wieder heruntergeklettert war, richtete sie ihm die Grüße von Herrn Leyendecker aus.

»Du hast sein Leben verändert«, sagte sie.

»Na, das war wohl eher Sartre.« Er lächelte sie an. »Ach, Karin, es ist so schön, mit dir hier zu arbeiten. Du bist so eine kompetente Buchhändlerin geworden, ich bin stolz auf dich.«

»Danke, Vati!« Wurde sie rot? Er lobte sie sehr selten. Karin berührte ihn an der Schulter. Ihr Vater wirkte erschöpft, sein Gesicht war kalkweiß, und sein Atem ging flach. »Ruh dich aus, du hast noch gar keine Pause gemacht.«

»Nein, es ist zu viel los.« Er wies auf eine Familie mit zwei Schulkindern, die gerade eingetreten waren.

»Ich mach das schon. Wir haben kein Geschenkpapier mehr. Wie wäre es, wenn du eine neue Rolle holst?«, sagte Karin.

Das würde ihm bestimmt guttun. Das neue Lehrmädchen, das im Packraum half, war so schüchtern und schweigsam, dass Herr Pfeffer mit jedem, der nach unten kam, sofort ein Schwätzchen anfing, obwohl das Radio den ganzen Tag lief.

Kurz nach sechs hatten sie endlich den letzten Kunden verabschiedet, und Karin konnte tief durchatmen. Was für ein Tag!

Wo steckte nur ihr Vater? Samstags schickte er immer alle sofort nach Hause, die Abrechnung und Aufräumarbeiten erledigte sie mit ihm abends selbst.

»Vielen Dank euch allen für euren Einsatz«, rief sie.

»Der Empfehlungstisch ist richtig geplündert worden.« Gudrun verabschiedete sich als Erste, weil sie sich mit ihrem Verlobten treffen wollte, und lief nach unten zu den Mitarbeiterspinden.

»Hilfe«, schrie sie auf einmal gellend und rannte die Treppe wieder hoch.

»Du musst sofort kommen, Karin. Dein Vater! Er atmet nicht mehr!«

Und für Karin brach eine Welt zusammen.

Sie hielt die eiskalte Hand ihrer Mutter und vermochte nicht, sie zu wärmen. Die Kälte war in ihr Leben gezogen. Sie mussten zusammenhalten, um sie zu besiegen, aber Karin fühlte keine Kraft, um ihrer Mutter zu helfen. Sie spürte gar nichts mehr. Nicht, seitdem sie den leblosen Körper ihres Vaters im Arm gehalten hatte.

Hoffnungslos hatte sie nach Hilfe gerufen und kaum ein Wort herausgebracht, als sie Vera und Tante Elvira anrufen musste. Kurz darauf war der Rettungswagen eingetroffen. Gerade bedeckte der Sanitäter das Gesicht ihres Vaters mit einem Tuch. Ihre Mutter stürzte hemmungslos weinend zur Trage. Auch Vera, die kurz darauf in die Buchhandlung stürmte, konnte sich kaum beruhigen.

Thomas war jetzt der einzige Mann in der Familie, und Karin spürte sofort, wie sich sein Verhalten änderte und er die Verantwortung von ihrem Vater übernahm. Er telefonierte mit dem Bestatter, fragte nach dem Ladenschlüssel und führte ihre Mutter zu seinem Opel.

Ihre Mutter wollte nicht allein in der Wohnung über der Buchhandlung bleiben, sondern im Grüneburgweg schlafen. Durch den Auszug von Talers, die vor Kurzem eine Wohnung am Schaumainkai zugewiesen bekommen hatten, schliefen Karin und Caroline mittlerweile in zwei Zimmern, aber sie machte gerne Platz für ihre Mutter.

Karin zitterte am ganzen Körper, als sie die Haustür in der oberen Wohnung öffnete, um für ihre Mutter Sachen zum Übernachten herauszusuchen. Seine Strickjacke lag noch auf dem Sofa, Bücherstapel überall. Die Titel vermochte sie sich nicht anzusehen. Hastig raffte sie ein paar Kleidungsstücke für die nächsten Tage zusammen, Nachthemd und Zahnbürste. Da, sein Rasierpinsel. Nie mehr würde er seine Haut berühren. Wann hatte sie ihn das letzte Mal umarmt? Das war lange her, viel zu lange. Wie aus dem Nichts hatte er sie am Nachmittag gelobt. Das durfte sie nie vergessen.

Thomas hatte den Motor bereits gestartet, die Heizung bullerte, Vera hatte sich mit der schlafenden Ute auf den Beifahrersitz gesetzt. Mutter saß zusammengesunken auf dem Rücksitz. Karin griff nach ihrer Hand, versuchte wieder, ihr Kraft zu geben.

Tante Elvira öffnete bleich die Wohnungstür, sie fielen sich in die Arme, keiner sprach, alle weinten. Caroline wich nicht von Karins Seite. Ob sie mit ihren fünf Jahren verstand, was es bedeutete, dass der Opa tot war? Keine Bilderbuchnachmittage am Sonntag mehr, kein Huckepack und keine Abzählreime, von denen er unzählige kannte? Gekannt hatte. Karin nahm sie auf den Arm, spürte ihre Wärme. Endlich löste sich ihre Erstarrung, und auf einmal rannen ihr die Tränen über die Wangen.

*

Vera legte die schlafende Ute in Karins Bett und eilte in den Salon zurück. Am liebsten hätte sie irgendwo draufgehauen, das Geschirr zerschlagen, Blumentöpfe aus dem Fenster geworfen. Ihr Vater war gestorben. Wenn sie nicht irgendetwas tat, dann zerplatzte sie vor lauter Gefühlen, die sie nicht zuordnen konnte. Also nahm sie Friedel das Tablett ab und verteilte Kaffeetassen.

Normalerweise bildete Tante Elvira immer die Mitte jeder Gesellschaft, heute jedoch saß sie abseits auf einem alten Stuhl, murmelte unverständlich etwas vor sich hin, während sie sich hin und her wiegte.

Vera setzte sich zu ihr, nahm sie in den Arm, spürte ihre knochigen Schultern, ihren faltigen Hals.

»Warum er? Warum er und nicht ich? Ich bin so alt und nutzlos. Warum er?«, sagte die Tante. Sie war völlig aufgelöst. Kaffee wollte sie nicht, und Thomas brachte ihr Weinbrand, von dem sie zwei Gläser trank. Vera nippte auch mal, er brannte ihr ein Loch in den Magen.

»Sein Herz«, flüsterte ihre Mutter tonlos.

»Wir haben ihm zu viel zugemutet«, murmelte Karin.

Vera schwieg. Sie brachte kein Wort über die Lippen. Wieder musste sie daran denken, wie sie ihn leblos auf der Baustelle gefunden hatte.

»Was ist mit der Buchhandlung?«, fragte sie. »Macht ihr am Montag auf? Ich kann gerne für dich arbeiten, Mutti.«

»Kannst du das denn?« Ihre Mutter hob skeptisch die Augenbrauen.

»Natürlich«, beruhigte Vera sie. »Buchhaltung ist Buchhaltung. Ich schaffe das schon.«

»Und Ute?«

»Die bringe ich zu Bertha.«

»Danke, Vera. Ich kann nicht, ich …«

Vera setzte sich zu ihr, legte ihr den Arm um den zitternden

Körper. Karin auf der anderen Seite umschlang sie beide. »Wir drei. Wir müssen jetzt zusammenhalten.«

Am Montagmorgen suchte Vera ein schwarzes Kleid und fand keins. Der ganze Kleiderschrank war voll, Kleider in allen Farben, aber nicht ein einziges in Schwarz. Thomas rief, dass er endlich losfahren wolle. Ute weinte, weil es ihr in der Winterjacke zu warm wurde. Vera riss ein Kleid nach dem anderen aus dem Schrank. Auf alles war sie vorbereitet, auf Kälte und Hitze, auf Sandkastenbesuche und Opernabende.

Aber nicht auf den Tod ihres Vaters.

»Zieh irgendwas an und kauf dir was Neues«, sagte Thomas mit lauter Stimme. »Wir müssen los, ich will nicht zu spät kommen.«

Vera wollte nichts Neues. Sie hielt das Dunkelblaue mit dem weißen Gürtel in der Hand, auf dem ein Kakaofleck vom letzten Sonntag war. Kaffee und Kuchen an einem harmlosen Sonntagnachmittag im Grüneburgweg. Ute hatte ihren Kakao umgeworfen, Thomas hatte mit ihr geschimpft, und ihr Vater hatte Ute daraufhin mit den Worten getröstet, so etwas passiere nun mal.

Zärtlich strich sie über den Fleck und dachte daran, wie er gelacht hatte, an sein unglaubliches Vati-Lachen. Mit einem Mal schien alles in ihr nachzugeben, und die Tränen bahnten sich ihren Weg. Nicht jetzt! Sie schluckte die Tränen hinunter und streifte das dunkelblaue Kleid über ihr Unterkleid. Dann noch die passenden Schuhe, Hut und Mantel. Im Auto nahm sie Ute auf den Arm, damit sie beide nicht mehr weinen mussten.

Thomas meckerte über den Stau und den Umweg zur Wetteraustraße. Aber als ihre Schwiegermutter Vera ihr Beileid aussprach, da musste er sich die Nase putzen, obwohl er keinen Schnupfen hatte. Thomas hatte sich immer gut mit ihrem Vater verstanden. Er trauerte genauso wie sie, und seine schlechte Laune diente nur als Schutzschild.

*

Die Angestellten waren verstört, und Karin beschloss, den Laden erst mittags zu öffnen. Alle trafen sich im Büro ihrer Mutter im ersten Stock, das erinnerte sie am wenigsten an Justus Wünsche. Vor allem den Packraum mieden alle, obwohl er sonst der Treffpunkt war. Sie redeten kaum und besprachen nur das Nötigste.

Karin stellte ein Foto ihres Vaters in den Laden und hängte Trauerflor darüber, in Streifen geschnittenen schwarzen Stoff, den Tante Elvira ihr mitgegeben hatte. Sie verteilte ihn auch an die Lehrmädchen, die keine schwarze Trauerkleidung besaßen, damit sie ihn sich um den Arm banden. Auch Karin hatte sich ein Kleid von Tante Elvira ausleihen müssen. Die Erwachsenen trugen alle Schwarz.

Bis auf Vera.

»Ich will noch zum Kaufhaus Schneider, bevor wir aufmachen, kommst du mit?«, fragte sie.

»Ich habe zu viel zu tun.« Karin fühlte sich hilflos, wenn sie an die kommenden Aufgaben dachte.

»Karin, bitte, lass uns zusammen gehen.« Ihre Schwester legte ihr die Hand auf den Unterarm. »Ich will ja auch nicht, aber es muss sein.«

Tante Elviras Kleid scheuerte unter Karins Armen, obwohl es sonst zu weit war. Dieses unangenehme Gefühl hielt sie aufrecht und wach. Aber als sie dann mit Veras Hilfe eine bequeme schwarze Bluse und einen unauffälligen schwarzen Rock anprobierte, atmete sie auf einmal durch. Sie kauften sich jede zwei Blusen und den gleichen Rock, es war egal, Hauptsache, wieder ein Problem gelöst.

Karin war erleichtert, dass Vera wie selbstverständlich den Platz der Mutter in der Buchhaltung einnahm, das hätte sie nicht auch noch geschafft. Sie musste sich um die Kunden kümmern, immer wieder kondolierte jemand, der Tag zog sich unendlich in die Länge. Ständig musste sie an Samstag denken, als ihr Vater wie üblich fröhlich umhereilte, wenn auch kurzatmig, aber das war er doch schon so lange gewesen. Sein zufriedenes Lächeln, wenn er die Kunden beriet, das würde sie nie vergessen.

Auf einmal betrat Herr Leyendecker in seiner Lederjacke den Laden. Sein Blick blieb an Vaters Foto hängen.

»Mein herzliches Beileid«, sagte er und stockte, als wäre es falsch, über Bücher zu reden, dabei war es doch das Einzige, das allem einen Sinn gab.

»Ich suche den *Österreichischen Reiseführer für Kraftfahrer*«, gab er sich einen Ruck und reichte ihr einen Zeitungsausschnitt.

»Das haben wir bestimmt nicht am Lager. Soll ich es bestellen? Wir liefern Ihnen das Buch per Boten, sobald es eingetroffen ist.«

»Vielen Dank, Fräulein Wünsche.«

Als sie an ihm vorbei zur Theke ging, duftete er wieder vertraut nach Maschinenöl und Zigaretten.

Aller Trauer zum Trotz kümmerte sich ihre Mutter um die Beerdigungsvorbereitungen. Gemeinsam mit Tante Elvira verschickte sie unzählige Trauerkarten an Verwandte, Freunde und ehemalige Kollegen. Zum Leichenschmaus lud sie sogar Veras Schwiegereltern ein, dabei hatten sie kaum Kontakt zueinander.

»An so einem Tag ruht jeder Streit, Karin«, sagte sie, und Karin war einverstanden.

Am folgenreichsten war ein Telefonat nach Leipzig. Oma Buschke erhielt wegen der Beerdigung eine Ausreisegenehmigung. Opa Buschke musste allerdings zu Hause bleiben. Karin war gespannt, warum.

Als ihre Oma am Abend vor der Beisetzung aus dem grünen D-Zug stieg, kamen Karin die Tränen. Wie alt sie in den acht Jahren geworden war. Tiefe Falten hatten sich in ihre hängenden Mundwinkel gegraben, und der Rücken war noch gebeugter als vorher. Aber als Karin sie umarmte und den heimischen Geruch des Kohleofens ihrer Küche wahrnahm, fühlte sie sich mit einem Mal in ihre Kindheit zurückversetzt. Bei Tante Elvira kochten sie mit Gas.

Beim allgemeinen Wiedersehen im Grüneburgweg flossen viele Tränen, aber es wurde auch gelacht, Weinbrand und sehr viel Bohnenkaffee getrunken. Karin hatte so viele Fragen: wie es den Verwandten und Bekannten ging, wie man mit der neuen Regierung klarkam und was der Bruder ihrer Mutter für eine Parteikarriere hingelegt hatte. Opa Buschke hatte sich die Ausreisegenehmigung offensichtlich durch Kritik an seinem Sohn verscherzt.

Caroline fremdelte, seit ihr Opa gestorben war, und wollte Uroma Buschke nicht begrüßen. Diese hatte umgekehrt genauso ihre Schwierigkeiten mit der Urenkelin. In der Zone lebten keine Schwarzen Soldaten wie hier, sie war den Anblick nicht gewöhnt und strich Caroline nur kurz über die Wange.

Abends fuhr Thomas Mutter und Oma Buschke in die Schillerstraße. Sie wollten Tante Elviras Gastfreundschaft nicht länger strapazieren und wohl auch in Ruhe reden. Karin war erleichtert, dass ihre Mutter die erste Nacht dort nicht alleine verbringen musste. Der nächste Tag würde schwer genug werden.

Als Karin am nächsten Morgen die kleine Trauerhalle des Frankfurter Hauptfriedhofs betrat und den mit weißen Chrysanthemen geschmückten Sarg sah, durchfuhr sie ein tiefer Schmerz, und sie zitterte am ganzen Körper. Dort lag ihr Vater, nur wenige Schritte entfernt, und doch für immer von ihr getrennt. Zu gerne hätte sie Caroline bei sich gehabt, ihr Händchen hätte sie gewärmt, aber sie war noch viel zu klein für eine Beerdigung und daher bei Marie und Peter.

Während des Gottesdienstes hielt Karin sich mit dem Gedanken aufrecht, dass ihrem Vater die Beisetzung gefallen hätte. Nicht, weil die Trauerhalle bis auf den letzten Platz gefüllt oder die Rede so gelungen war, sondern weil der neoklassizistische Bau mit den feinen Jugendstilornamenten ganz nach seinem Geschmack gewesen wäre.

Dann ging es schon hinaus ins graue Leben, Pferde zogen den Sarg einen kleinen Berg hinauf. Der Weg schien nicht enden zu wollen, doch schließlich erreichten sie den mit weißem Frost überzuckerten Erdhügel. Der Pfarrer sprach

Gebete, bevor mit quietschenden Seilen der Sarg tief hinuntergelassen wurde. Plötzlich hatte Karin den Gedanken, dass durch den harten Aufprall der Erde auf den Sarg ihr Vater wieder aufwachen würde.

Hinterher gab es Kaffee und Streuselkuchen für die engeren Freunde und Verwandten in einem benachbarten Gasthaus. Herr Krüger orderte Schnaps für alle, um die Kälte zu vertreiben, und zu Karins großer Verwunderung stieg die Stimmung. Tante Elvira erzählte auf einmal Anekdoten aus der Zeit, als ihr Bruder Justus noch ein kleiner Junge gewesen war, und Herr Grimm vom Börsenverein gab Geschichten aus der Buchhändlerzeit in Leipzig zum Besten.

»Das Leipzig von damals gibt es nicht mehr«, sagte Oma Buschke und wurde auf einmal ernst. »Freut euch, dass ihr gegangen seid. Ihr hättet die Buchhandlung sowieso nie zurückbekommen.«

»Wieso ist mein Bruder bloß enteignet worden?«, begann Tante Elvira ihr übliches Lamento vom erlittenen Unrecht.

»Da ist er selber dran schuld gewesen«, antwortete Oma Buschke.

»Wie meinst du das?«

»Er hätte es wie die anderen machen und die Sieger als Sieger akzeptieren und sie nicht beschimpfen sollen.«

»Aber, wieso, ich verstehe nicht …« Karin rückte näher heran.

»Alma, dir hat es der Drucker doch damals erzählt, du weißt es besser als ich«, sagte Oma Buschke.

Karin sah, wie ihre Mutter zögerte. Doch dann räusperte sie sich und sagte: »Jetzt ist es sowieso egal. Ich wollte nicht, dass Justus erfährt, wie sein Vater durch seine eigene Dummheit alles verloren hat.« Sie holte tief Luft. »Richards Druckerei war als eine der wenigen noch halbwegs betriebsfähig, und die sowjetischen Offiziere und Politfunktionäre verlangten, dass er Flugblätter, Formulare und Lebensmittelkarten druckte, alles, was sie eben gleich am Anfang brauchten. Als er ihnen den Preis nannte, spuckten sie vor ihm aus. Offensichtlich wollten sie nichts zahlen. Da hat er sie als raffgierige Untermenschen beschimpft.«

Karin konnte sich das gut vorstellen. Ihr Großvater war ein stolzer und leicht aufbrausender Mann gewesen. Dabei hätte er froh sein sollen, dass sie die Druckerei nicht demontieren wollten. So viele Fabriken wurden ausgeschlachtet und die Maschinen in die Sowjetunion gebracht.

»Haben die Amerikaner auch bei ihm drucken lassen?«, fragte sie.

Ihre Mutter schüttelte den Kopf. »Soweit ich weiß, nicht.«

»Richard konnte unglaublich verbohrt und stur sein.« Tante Elvira schenkte sich noch einen Schnaps ein. »Und ein überzeugter Nationalsozialist war er auch.« Sie kippte den Schnaps hinunter.

Bevor Oma Buschke am nächsten Tag wieder nach Hause fuhr, zeigte Karin ihr noch die neue Buchhandlung. Sie bestaunte die deckenhohen Regale mit den glänzenden bunten Büchern und der hohen Leiter und blätterte durch die Zeitschriften, nahm aber nichts mit, damit sie keine Probleme bei der Grenzkontrolle bekam.

»Weißt du, es gibt noch immer Leipziger, die *beim Wünsche* ihre Bücher kaufen, wenn sie in die Volksbuchhandlung gehen«, sagte sie zum Abschied und umarmte Karin lange. »Sie haben deinen Vater noch immer nicht vergessen.«

Dann stieg sie wieder in den D-Zug, der sie nach drüben brachte, ausgestattet mit einem üppig gefüllten Fresskorb und vielen Briefen für den Rest der Familie. Schnaufend verließ die Dampflok den Bahnhof und hüllte alle in einen weißen Nebel.

26

MUSCHELN IN MEINER HAND

Trotz des turbulenten Weihnachtsgeschäfts schien die Buchhandlung auf einmal so leer. Karin fühlte sich merkwürdig gefühllos. Hinter jedem Buch lauerten Erinnerungen, sie verlor sogar die Lust am Lesen, etwas, das noch nie vorgekommen war. Am liebsten wäre sie morgens im Bett liegen geblieben, aber sie würde nie ihre Mutter, die Mitarbeiter und Kunden im Stich lassen.

Ihre Mutter wurde offizielle Inhaberin der Buchhandlung und kümmerte sich um die Kontobücher. Die Leitung der Buchhandlung, die Pflege und den weiteren Aufbau des Sortiments übertrug sie Karin. Jetzt sollte sie anhand der Rezensionen in Tageszeitungen, der Literaturzeitschriften und Verlagsprogramme entscheiden, welche Bücher sie in Zukunft anbieten wollten.

Aber Karin fühlte sich dem überhaupt nicht gewachsen. Wie sollte sie so schwerwiegende Entscheidungen treffen, wenn sie sich noch nicht einmal auf ihre normale Lektüre konzentrieren konnte? Auf ihrem Nachttisch stapelten sich die Bücher, die sie lesen musste, ständig kamen neue dazu. Oft kam sie übers erste Kapitel nicht hinaus, blätterte, las den Schluss, machte sich Notizen, wo es in der aktuellen

Literatur einzuordnen und für welchen Leser dieses Buch am besten geeignet war – und konnte sich am nächsten Tag kaum an ein Wort erinnern. Zum Glück kamen vor Weihnachten keine Vertreter, erst im Februar wurden die Neuerscheinungen des Frühjahrsprogramms vorgestellt.

Sie beneidete Vera, die wieder den lieben langen Tag nur mit Ute basteln und spielen konnte. Natürlich erledigte Vera ihren Haushalt, aber das tat Karin auch. Friedels Knie machten nicht mehr mit, auch die Arthrose in ihren Fingern wurde immer schlimmer. Man merkte ihr an, dass ihr sechzigster Geburtstag bevorstand. Karin war so froh über die Waschmaschine, und auch der neue Staubsauger, den sie gekauft hatte, war Gold wert.

Zum Glück kochte Friedel immer noch, darin war sie eine wahre Meisterin.

Aber Vera schien es in der einen Woche, in der sie ausgeholfen hatte, gut bei ihnen gefallen zu haben. Jeden Morgen kam sie mit Ute in die Buchhandlung, versorgte die Zweijährige mit Bilderbüchern und blieb auf ein Schwätzchen mit ihrer Mutter.

Karin hatte keine Zeit dazu.

Kurz vor Weihnachten wusste Karin überhaupt nicht mehr, wo ihr der Kopf stand. Wie jeden Tag schob Vera den Wagen mit der dick eingemummelten Ute durch den Laden. Mit einem Buch in der Hand blieb sie vor Karin stehen und wartete, bis sie einen Weltatlas als Geschenk eingepackt und der Kundin freundlich lächelnd überreicht hatte.

»Du siehst nicht gut aus«, sagte Vera und hob die Wollmütze auf, die Ute sich vom Kopf gerissen hatte.

Wie bitte? Sprachlos starrte Karin ihre kleine Schwester an. Hatte sie denn überhaupt kein Herz? Ihr Vater war vor drei Wochen gestorben! Vera trug zwar noch Schwarz, war aber offensichtlich ausgeschlafen und guter Laune. Karin war froh, wenn sie morgens die Kraft zum Zähneputzen hatte.

»Das ist der Stress«, benutzte sie die Ausrede, die gerade so modern war. Stress, die allerneueste Modekrankheit.

»Du musst auch mal an dich denken! Du klappst uns sonst noch zusammen. Wann hast du das letzte Mal richtig geschlafen?«

Karin zuckte mit den Schultern.

»So geht es nicht weiter. Ich habe schon alles geklärt. Du bleibst morgen zu Hause und ruhst dich aus.«

»Im Weihnachtsgeschäft? Du siehst doch, was hier los ist!«

»Ich werde die Kasse übernehmen, Mutti wird beraten, die kann das. Dafür erledige ich heute Abend die Abrechnung. Wenn du krank wirst, ist uns allen nicht geholfen. Du sollst nur einen Tag ausspannen, Karin. Nicht putzen, waschen oder sonst was, sondern einfach nur für dich sein.«

Was für eine absurde Idee. »Wie kommst du denn darauf?«, wehrte sie ab.

»Für jedes Problem das passende Buch, oder?« Vera streckte ihr einen sandfarbenen Band entgegen. *Muscheln in meiner Hand* von Anne Morrow Lindbergh. Ein Ratgeber? Karin hatte ihn schon häufiger verkauft, aber nicht selbst gelesen. Ratgeber waren nicht so ihre Sache.

»Es geht darum, wie man es als berufstätige Mutter in der hektischen, modernen Welt schafft, die Ruhe zu bewahren, seine Lebensmitte zu finden. Ich glaube, genau das brauchst du im Augenblick.«

Ute war unterdessen aus dem Wagen geklettert und räumte die anderen Ratgeber aus dem Regal – Kochbücher, Pflanzenratgeber, das *Einmaleins des guten Tons.* Vera nahm sie hoch, setzte sie in den Wagen und schnallte sie mit dem Ledergurt fest, während Ute sich nach Leibeskräften wehrte.

»Raus«, verlangte sie lautstark.

»Später, wenn du brav bist.«

Karin betrachtete die zierlich gezeichneten Muscheln auf dem Umschlag.

»Meine Mitarbeiter lasse ich auf keinen Fall im Stich, und zu Hause liegt noch ein großer Stapel Bücher, die ich lesen muss. Ich kann mich im Moment gar nicht darauf konzentrieren.«

»Ich weiß«, sagte Vera. »Das zeigt, wie schlecht es dir geht.« Seufzend legte sie Karin die Hand auf die Schulter, und sofort kamen Karin die Tränen. Sie wandte sich ab, wollte nicht vor den Kunden weinen.

»Ich vermisse Vati auch«, flüsterte Vera und blieb hinter ihr stehen. »Ich mache mir solche Vorwürfe, weil ich nicht da war, als er starb. Und das letzte Mal, als ich ihn sah, beim Sonntagskaffee, hat mich Ute so auf Trab gehalten, dass ich mich kaum mit ihm unterhalten konnte. Ich weiß noch nicht mal, was ich als Letztes zu ihm gesagt habe …« Sie räusperte sich. »Aber das Leben geht weiter, Karin. Lies das Buch. Dann geht es dir besser.« Sie hob Ute aus dem Wagen und setzte sich mit ihr in einen Lesesessel.

»Vielleicht hättest du doch Buchhändlerin werden sollen.«

»Das hätte Vati jetzt auch gesagt.« Vera lächelte.

Abends, als Caroline endlich schlief, das Geschirr gespült und die Strumpfhosen gestopft waren, schlug Karin die erste Seite von *Muscheln in meiner Hand* auf.

Es war eigenartig, denn obwohl sonst die Worte vor ihren Augen verschwammen, hatte das Buch vom ersten Moment an eine magische Wirkung. Sie las, wie die Autorin versuchte, dem Leben wieder einen Sinn zu geben, und fühlte sich merkwürdig verwandt mit ihr. Anne Morrow Lindbergh sprach es zwar nie aus, aber Karin spürte, dass auch sie einen großen Verlust erlitten haben musste.

Eines jedenfalls lernte sie daraus: dass Trauer ein normaler Prozess war, dass die Freude aber nur dann zurückkam, wenn sie ihr einen Platz in ihrem Leben einräumte.

Anne Morrow Lindbergh fehlte Zeit für sich selbst. Aber obwohl Karin auch kaum eine Sekunde für sich hatte, spürte sie, dass das nicht ihr Problem war. Ihr fehlte etwas ganz anderes.

Am letzten Tag vor Weihnachten ließ einer der Lieferjungen das Päckchen für Robert Leyendecker liegen. Kurz entschlossen fuhr Karin nach Feierabend selbst in den Gallus, das Arbeiterviertel hinterm Hauptbahnhof. Vielleicht war der österreichische Reiseführer ja ein Geschenk. Als sie in die Tram einstieg, hielt sie das Päckchen für eine ganz normale Auslieferung, für Überstunden, für nichts Besonderes.

Aber als sie sein Motorrad auf der Straße stehen sah, fragte sie sich, wieso sie manchmal an ihn hatte denken müssen.

Robert Leyendecker wohnte in einem Mietshaus mit Einschusslöchern und weißem Luftschutzkellerpfeil. Sie klingelte.

Oben öffnete sich ein Fenster, und ein blonder Schopf schaute heraus.

»Hallo?«, rief er unwirsch.

»Buchhandlung Wünsche«, antwortete sie. Sie trug noch immer ihren schwarzen Mantel, dazu eine graue Strickmütze, und erst in diesem Moment fiel ihr ein, dass er sie vielleicht gar nicht erkannte.

Da rief er: »Ich komme runter!«

Kurz darauf öffnete sich die alte Holztür.

»Hallo«, sagte er und strich sich die Haare aus dem Gesicht. Die Ärmel seines weißen Hemdes waren hochgekrempelt, die Hände krebsrot, er roch nach Seife. Bestimmt war er gerade von der Arbeit nach Hause gekommen.

»Bitte schön!« Sie reichte ihm das in Packpapier eingeschlagene Buch. »Jetzt kann es losgehen.«

»Danke.« Er hob erstaunt die Augenbrauen und nahm es ihr ab. Und als sein Blick sie traf, wusste Karin, was ihr gefehlt hatte.

Ein Mann, der sie bewundernd ansah.

»Ich … ich …«, stotterte er und verschränkte frierend die Arme vor der muskulösen Brust.

»Hier war ich noch nie.« Sie schaute sich um. Das funzelige Licht der Straßenlaternen erhellte gerade mal den Bürgersteig.

»Das ist auch keine Gegend für wohlbehütete junge Damen«, sagte er. »Aber man wohnt billig. Und ich habe es nicht weit zur Arbeit.«

Karin war bereits aufgefallen, dass er eine Adler fuhr, und wies in die Richtung, in der sie die Adlerwerke vermutete. »Arbeiten Sie in der Motorradfabrik?«

»Nein.« Er grinste. »Ich bin Ingenieur bei Braun. Sie wissen schon, Elektrorasierer, Küchenmaschinen.« Er zeigte in die entgegengesetzte Richtung und lächelte so breit, dass sich Grübchen auf seinen Wangen bildeten. Karin konnte gar nicht anders, sie musste zurücklächeln, und plötzlich ließ der Druck in ihrer Brust nach, und sie konnte wieder freier atmen.

»Sind Sie schon mal Motorrad gefahren?«, fragte Robert Leyendecker.

Karin schüttelte den Kopf.

»Möchten Sie es ausprobieren?« Er holte den Schlüssel aus seiner Hosentasche. »Nur kurz um den Block. Einen Moment, ich muss mir was anziehen.« Und schon lief er ins Haus.

Wie elektrisiert schaute sie ihm nach. Eine Motorradspritztour mit einem Fremden – was für eine waghalsige Idee, und genau das, worauf sie Lust hatte. Es erinnerte sie an Billys Jeep. Sie vermisste den Fahrtwind in ihren Haaren, dieses grenzenlose Gefühl von Freiheit. Hinfahren, wohin man wollte.

Robert Leyendecker kam mit seiner Lederjacke und dem Helm wieder.

»Das ist eine Adler M 200«, erklärte er stolz und reichte ihr den Helm. »Hier, ich klappe noch die Fußstützen aus, dann haben Sie es auf dem Gepäckträger ganz bequem.«

»Na gut, überredet!«

Er setzte sich auf das Motorrad. Karins Herz klopfte vor Begeisterung. Sie stützte sich kurz auf seine Schulter, schwang ihr Bein über den Sitz und nahm auf dem Gepäckträger Platz. Der Damensitz erschien ihr auf so einem schnellen

Gefährt zu unsicher. Dann stellte sie ihre Stiefeletten auf die schmalen Stützen. Als er den Motor startete, vibrierte es zwischen ihren Beinen, und sie legte ihre Hände vorsichtig an seine Taille.

Schon fuhr er los. Der Fahrtwind wehte ihr die Haare aus dem Gesicht und den Rock nach hinten, als sie die schnurgerade Frankenallee stadtauswärts fuhren. Er beschleunigte etwas, bei einem kleinen Schlagloch wurde ihr Griff fester. Als er sich im nächsten Augenblick in die Kurve legte, lehnte sie sich an ihn, fühlte seine Muskeln und wusste instinktiv, wann sie sich wie in die Kurve legen musste.

Endlich spürte sie wieder etwas.

Weihnachten verlief angenehmer, als Karin befürchtet hatte. Thomas brachte ihnen einen großen Baum in den Grüneburgweg, Friedel briet eine köstliche Gans, und abends gingen sie gemeinsam mit Vera und ihrer Familie in die Kirche. Sie weinten viel an den Feiertagen. Aber die Tränen brannten nicht mehr wie Feuer, sondern fühlten sich wie Löschwasser an.

Zwischen den Jahren lud Vera Karin und ihre Mutter ins Kino ein – *Sissi, die junge Kaiserin* mit Romy Schneider. Typisch Vera, sie liebte diese Filme, in denen die Frauen Krinolinen trugen. In den ersten Teil und die Verfilmungen von *Désirée* und *Vom Winde verweht* war sie gleich mehrmals gegangen, aber Karin hatte sich jedes Mal geweigert mitzugehen. Bei Sissi ging das nicht, denn sie wollten ihre Mutter mit dem Kinobesuch aufheitern. Doch am Schluss mussten sie weinen, vor allem, als Sissi ihre Tochter weggenommen wurde.

Als ihre Mutter den Jahresabschluss erledigt hatte, schaute Karin sich erstmalig die Zahlen an. Ihr wurde flau.

»Die Schulden fürs Haus sind höher, als ich gedacht habe«, sagte sie.

»Ich weiß«, gab ihre Mutter zu. »Ich habe auch schon überlegt, ob ich oben die Wohnung aufgebe und wieder zurück zu Tante Elvira ziehe, dann hätten wir zusätzliche Mieteinnahmen.«

Erstaunt blickte Karin von den Rechnungsbüchern auf. Ihre Mutter kniff die Lippen zusammen.

»Willst du das denn?«

»Was ich möchte, ist nicht wichtig, es geht um die Buchhandlung«, antwortete sie.

»Ich weiß nicht. Endlich hat jede von uns ein eigenes Zimmer.«

»Ich könnte natürlich im Esszimmer schlafen, so wie Vera und du früher.«

»Kommt nicht infrage. So schlimm ist es auch nicht. Wir schaffen das schon.«

Sie lächelte ihre Mutter aufmunternd an und gab ihr die Rechnungsbücher zurück.

Doch nachdem ihre Mutter wieder in ihr Büro gegangen war, grübelte Karin darüber nach, wieso die Eltern ihr nie davon erzählt hatten. Ob die Geldsorgen zu schwer auf dem schwachen Herzen ihres Vaters gelastet hatten?

Aber diese Grübeleien brachten sie nicht weiter. Sie brauchte einen Plan, wie sie aus den Schulden herauskamen. Was ihnen fehlte, waren Großkunden – Behörden, Firmen, die Universität. Vielleicht konnte Karin in der Hinsicht etwas erreichen.

Als sie Vera darauf ansprach, war diese sofort bereit, das Frankfurter Adressbuch durchzuarbeiten und allen infrage kommenden Institutionen in einem Brief ihre Buchhandlung anzupreisen. Das konnte sie auch gut zu Hause erledigen, eine Reiseschreibmaschine besaß sie schließlich.

Hoffentlich reichte das. Dann müsste ihre Mutter nicht wieder auf dem schmalen Holzbett im Esszimmer schlafen.

Karin schmiegte sich an Roberts Rücken und genoss den Ausflug mit dem Motorrad. Ein silbernes Flugzeug startete über sie hinweg in den dunklen Himmel, während sie von Wiesbaden auf der Autobahn am Flughafen vorbei zurück nach Frankfurt fuhren. Aber das Ziel war gar nicht so wichtig gewesen, sie hatten sich in den Kuranlagen bei einem Kaffee aufgewärmt, auf dem Motorrad wurde es im Winter ganz schön kalt. Karin hatte sich eine Hose aus dickem Wollstoff gekauft, die sie nur zum Motorradfahren anzog.

Sie liebte es. Nicht nur die Geschwindigkeit, sondern auch das Gefühl, wie ihre beiden Körper auf der Maschine zu einem verschmolzen. Sie konnte sich Robert grenzenlos anvertrauen, und bis jetzt war sie noch nie enttäuscht worden. Und mit diesem berauschenden Gefühl dem Alltag entfliehen zu können, war einfach wunderbar.

In Wiesbaden hatten sie amerikanische Soldaten gesehen. Aber ihr Herz schlug schon lange nicht mehr höher, wenn ein Schwarzer Soldat unter ihnen war. Sie dachte kaum noch an Billy. Die Enttäuschung darüber, dass er sie einfach so im Stich gelassen hatte, hatte sich tief in ihr Herz gegraben. Sie könnte ihm nie mehr trauen. Und Vertrauen war für sie das Wichtigste.

Ob sie Robert vertrauen konnte?

Sie wollte nicht darüber nachdenken und schmiegte sich noch enger an seinen Rücken.

In Frankfurt gingen sie in eine Kellerbar, hörten Bill Haleys *Rock around the clock* und probierten sogar selbst, Rock 'n' Roll zu tanzen, doch mit ihren siebenundzwanzig Jahren kam Karin sich auf einmal alt vor. Vera würde sich bestimmt durch die Luft wirbeln lassen, aber Karin erzählte Robert lieber von *Muscheln in meiner Hand.*

»Anne Morrow Lindbergh – ist das die Frau von Charles Lindbergh?«, fragte er. »Dem Piloten, der als Erster den Atlantik überquert hat? Ihr Sohn wurde als Kleinkind entführt und getötet.«

»Sein Kind zu verlieren … wie schrecklich«, sagte Karin erschüttert. »Das wusste ich nicht. Aber selbst wenn man von dieser Tragödie nichts weiß, spürt man es zwischen den Zeilen.«

Erneut forderte Robert sie zum Tanzen auf, und obwohl sie sich nicht so verausgabten wie die Backfische, die jetzt alle Teenager nannten, hatten sie viel Spaß.

Am späten Abend brachte er sie mit dem Motorrad nach Hause. Sie schmiegte sich erschöpft an ihn, wollte nie mehr hier weg. Viel zu schnell waren sie im Grüneburgweg angekommen. Robert hielt vor dem Nachbarhaus. Alles war still.

Karin stieg ab, nahm ihren Helm ab und hängte ihn an den Lenker. Dann strich sie sich mit den Fingern durch die Haare. Seine Augen blitzten vor Freude auf, als sie sich endlich zu ihm beugte. Lange hatte sie gezögert, war sich nicht sicher gewesen, ob die Treffen mit Robert nur eine Ablenkung von der Trauer waren, ob es klug war, aber sie wollte nicht mehr klug sein, sie wollte sich spüren.

Dieser Abend heute – sie empfand mehr für ihn, so viel mehr. Als sie sanft die vom Fahrtwind kalten Lippen berührte, durchfuhr sie ein wohliger Schauer. Vorsichtig öffnete sie ihren Mund, und seine warme Zunge berührte ihre, ihr Körper stand in Flammen, verlangte nach mehr. Sie schloss die Augen. Bill Haley sang in ihrem Kopf vom nie endenden Rock 'n' Roll, und sie wollte nicht nur Roberts Lederjacke, sondern seine Haut mit ihren Händen berühren.

»Könne Sie sisch net benehme?« Eine Frau mit grauem Dutt, dickem Mantel und Dackel an der Leine stand plötzlich neben ihnen. »Lungern hier im Dunkeln rum. Immer diese Halbstarken, und so was in der Öffentlichkeit, schäme sollte Sie sisch!«

Sofort trat Karin zwei Schritte zurück. Wie hatte sie sich nur zu so etwas hinreißen lassen können! Aber wer rechnete auch schon mitten in der Nacht mit neugierigen Nachbarn.

»Hoffentlich macht das nicht die Runde, sonst ist dein guter Ruf zerstört«, sagte Robert.

»Mein guter Ruf?« Vielleicht war das die Gelegenheit, ihm zu erzählen, was ihr schon die ganze Zeit auf der Seele gelegen hatte. Denn vielleicht war dann schon wieder alles vorbei, das Kribbeln, die Schmetterlinge im Bauch, seine Küsse.

»Ich habe keinen guten Ruf.« Karin atmete tief durch. »Ich habe eine Tochter. Sie ist fünf Jahre alt und – ihr Vater ist ein amerikanischer Soldat.« Roberts Gesicht blieb regungslos.

»Sie ist ein uneheliches Kind, er hat mich sitzen gelassen. Und sie ist Schwarz.«

Noch immer schaute er sie unverwandt an. War bestimmt ein ganz schöner Schock für ihn.

»Liebst du ihn noch?«, fragte er und wischte einen imaginären Fleck auf dem Tank weg.

»Nein.« Da war sie sich sicher.

Ein Lächeln huschte über sein Gesicht. »Dann ist es ja gut.«

»Aber … was ist mit Caroline? Macht dir das nichts?«, erwiderte sie.

»Ich mag Kinder«, sagte er. »Vielleicht darf ich sie ja irgendwann mal kennenlernen?«

Am liebsten wäre Karin ihm um den Hals gefallen, aber sie wagte es nicht.

»Vielleicht«, antwortete sie und lächelte ihn erleichtert an.

27

DENN SIE WISSEN NICHT, WAS SIE TUN

Karin wollte gerade den Laden abschließen, als ein schwarzer Mercedes Sportwagen mit roten Ledersitzen vorbeifuhr.

»Das geht die ganze Nacht so.« Ihre Mutter deutete auf die blonde Fahrerin. »Ich glaube, sie wohnt am Ende der Schillerstraße am Eschenheimer Tor. Die Leute sagen, dass sie Rosemarie heißt und sich Mannequin nennt, dabei ist sie einfach nur ein Flittchen. Das ist schlecht für unser Geschäft, wenn sie immer hier entlangfährt, was sollen denn die Leute denken?«

Die Frau musste auf dem Platz an der Hauptwache gedreht haben, denn sie fuhr schon wieder die Schillerstraße entlang, hielt direkt vor ihnen und stieg aus.

War das nicht die Frau, die früher diesen großen Opel Kapitän gefahren hatte? Zum cremefarbenen Kostüm trug sie einen Seidenschal mit Leopardenmuster, dazu einen braunen Hut. Karin öffnete ihr die Tür und gab ihrer verdutzt dreinschauenden Mutter den Ladenschlüssel. Als ob es moralisch verwerflich wäre, einer Prostituierten ein Buch zu verkaufen!

»Wie kann ich Ihnen helfen?«, fragte sie.

»Ich brauche ein Notizbuch.«

»Schreibwaren führen wir leider nicht.«

Die Blondine schaute sich um, als ob sie sich vergewissern wollte.

»Aber möchten Sie vielleicht etwas lesen? Einen Krimi oder eine Liebesgeschichte?« Karin wies auf den Ständer mit den Taschenbüchern.

»Nein, nein, ich habe keine Zeit zum Lesen.« Sie drehte sich auf dem Absatz um und ging zur Tür. Karin folgte ihr und schloss wieder auf. Zurück blieb der zarte Duft eines sehr teuren Parfüms.

Abends, als alle im Grüneburgweg schon schliefen, holte Robert Karin noch für eine kurze Spritztour ab. Nur spätabends konnten sie ungestört zusammen sein. Leider begann es zu regnen, und er brachte sie schnell wieder zurück. Wieso war morgen Mittwoch, und sie mussten früh aufstehen?

Sie küssten sich immer leidenschaftlicher, schon lange gelang es ihnen kaum noch, sich zurückzuhalten. Karin würde so gerne eine Nacht mit ihm verbringen. Seine Haut auf ihrer, o ja, danach sehnte sie sich immer stärker. Vielleicht sollten sie es so wie die anderen machen und in ein Landgasthaus fahren, wo man sich nicht groß um Ausweispapiere kümmerte. Wo sie Herr und Frau Leyendecker sein konnten, für eine Nacht oder zwei.

Vor Karins Haus angekommen, nahm Robert sie in seine Arme und küsste sie. Er küsste einfach himmlisch, und Karins Fantasie ging mit ihr durch. Plötzlich fiel ihr ein, dass die Mansardenwohnung seit dem Wochenende leer stand. Der

Mieter war ausgezogen. Und ihre Bettlaken auf der Leine im Dachboden mussten trocken sein.

»Komm mit«, flüsterte sie, zog die Schuhe aus und schlich mit ihm durchs stille Treppenhaus.

Die Wohnung stand offen, die Möbel warteten auf den nächsten Mieter. Sie breiteten ein Laken über dem Bett aus und standen sich schweigend für einen Moment gegenüber. Dann zog Karin ihren Mantel aus, Robert tat es ihr nach und entledigte sich seiner Lederjacke. Langsam, eins nach dem anderen, fielen die Kleidungsstücke zu Boden.

Wie schön er war. Breite Schultern, schmale Hüften, muskulöse Beine und eine dunkel behaarte Brust. Seine Unterhose verbarg seine Erregung nicht. Karin zog ihren BH aus, und dann war auch er nackt.

Sie gingen aufeinander zu, berührten sich sanft, küssten sich, bis sie sich nicht mehr beherrschen konnten und auf das Laken sanken. Er liebkoste ihre vom Stillen erschlafften Brüste. Karin fühlte sich so lebendig. Er war als Liebhaber ganz anders als Billy oder sie war eine andere als damals, probierte mehr aus, traute sich mehr, empfand mehr; wie gut, dass Robert Präservative benutzte, die er verstohlen aus seiner Lederjacke gezogen hatte.

Gerade als Karin einzuschlafen drohte, läutete eine Kirchenglocke. Sie weckte ihn, er durfte auf keinen Fall bleiben. Leise zogen sie sich an, räumten das Laken weg, alles sah wie vorher aus, nur in ihren Herzen war etwas Wunderbares eingekehrt. Auf Zehenspitzen gingen sie die Treppe hinunter, doch mit einem Mal öffnete sich die Tür im ersten Stock, und Herr Liebig schrie: »Erwischt! Sie Flittchen, Sie, das wird Konsequenzen haben!«

Karin erstarrte vor Schreck, Robert stellte sich vor sie.

»Was für eine Lotterwirtschaft«, sagte Herr Liebig empört. »Wenn Ihr Vater noch leben würde, wäre das bestimmt nicht passiert.« Triumphierend hob er den Zeigefinger.

»Friedrich-Wilhelm, was ist denn?«, sagte Frau Liebig verschlafen hinter ihm.

»Ich hab das Flittchen endlich erwischt, die mit dem Negerbalg. War mir doch klar, dass die sich weiter rumtreibt, aber sie wird sich noch wundern.«

Lautstark warf er die Tür zu.

»O Gott!« Karin setzte sich auf die Stufen und barg das Gesicht in ihren Händen.

Robert hockte sich neben sie und strich ihr über den Rücken. »Komm, Karin, geh schlafen. Ich rufe dich morgen früh an.«

Sie nickte, und als sie die Treppe hinunterging, fühlte sie sich wieder etwas besser. Was sollte auch schon passieren? Das Schlimmste war eigentlich nur, dass ihre Affäre mit Robert jetzt öffentlich wurde und sie Caroline davon erzählen musste. Sie hatte Angst, dass ihre Tochter enttäuscht sein würde. Line wartete doch noch immer auf Billy.

Nach einer kurzen Nacht trank Karin gerade die zweite Tasse Kaffee, als es an der Tür klingelte. Friedel besuchte eine kranke Verwandte, und Tante Elvira war im Bad. Karin stellte die Tasse ab und öffnete die Tür.

Eine Frau mit streng zurückgekämmten Haaren rückte ihre Brille zurecht und schaute auf ein Klemmbrett. Neben ihr stand ein bulliger Mann im weißen Drillich.

»Sind Sie Fräulein Karin Wünsche?«

Karin nickte.

»Zenker, Städtisches Jugendamt. Dürfen wir reinkommen?«

Ihr wurde ganz flau. Das Jugendamt, das konnte nichts Gutes bedeuten. Sie trat zur Seite, und die beiden gingen in die Wohnung und taxierten alles mit ihren neugierigen Blicken.

Schnell schloss Karin die Tür hinter ihnen, damit die Nachbarn nichts mitbekamen, und bat die beiden in den Salon.

»Worum geht es denn?«

Frau Zenker holte einen Aktendeckel aus ihrer Tasche.

»Gegen Sie liegt eine Anzeige wegen Unzucht und Vernachlässigung des Kindeswohls vor.«

»Wegen Unzucht?«

»Fräulein Wünsche, Sie wurden beobachtet, wie Sie mit einem fremden Mann Geschlechtsverkehr hatten! Und da seit dem Tode Ihres Vaters das Jugendamt wieder Vormund von Caroline ist …«

Die Vormundschaft! Wie hatte sie die nur vergessen können!

»Gerade bei Mischlingskindern muss man von Anfang an höchste moralische Ansprüche an die Erziehung stellen, sie sind durch ihre Erbanlagen gefährdeter als andere, und zwar sowohl durch den Vater als auch durch Sie.«

»Wieso, das stimmt doch gar nicht, ich …« Karin versuchte, sich Gehör zu verschaffen, aber die Beamtin sprach erbarmungslos weiter.

»Ihr unsittlicher Charakter ist durch die Geburt eines unehelichen Kindes für jeden offensichtlich geworden, der erneute Vorfall gefährdet dauerhaft das Wohl Ihres Kindes.

Und in Afrika, die Eingeborenen, die wissen doch gar nichts von christlichen Werten, da muss man ganz besonders aufpassen, wir hatten schon viele …«

Da öffnete Caroline die Tür. Sie hatte sich bereits ihr blau-weiß kariertes Kleidchen und die Kniestrümpfe mit den Troddeln an der Seite angezogen, nur die Haare standen wie üblich ab.

»Guten Morgen«, sagte sie höflich und knickste.

»Guten Morgen, Caroline.« Frau Zenker konnte ja sogar nett sein. »Wie geht es dir, meine Kleine?«

»Sehr gut, danke, und Ihnen?«

Noch nie war Karin so froh über den Benimm-Unterricht von Tante Elvira gewesen wie in diesem Moment. Sie legte ihrer Tochter beruhigend die Hand auf die Schulter.

»Wie alt bist du, mein Kind?«, fragte Frau Zenker.

»Fünfeinhalb, ich muss nur noch bis zum Sommer warten, dann bin ich sechs.«

Frau Zenker notierte etwas.

»Zeig mal deine Hände.«

Caroline streckte sie brav aus, und die Beamtin betrachtete sie von allen Seiten. Dann zupfte sie an den störrischen Locken. »Du hast dich nicht gekämmt.«

»Mama sagt, die kann man nicht kämmen.«

Frau Zenker runzelte missbilligend die Stirn und notierte sich erneut etwas. »Eindeutige Anzeichen von Verwahrlosung.« Sie nickte dem bulligen Mann zu, der Caroline daraufhin hochhob.

»Nein!« Karin packte den Mann am Arm.

»Mama? Mama!«, schrie Caroline herzzerreißend.

»Lassen Sie sie los, was erlauben Sie sich!« Erfolglos versuchte Karin, ihm ihre Tochter zu entreißen, der Mann hatte mehr Kraft als sie.

»Packen Sie bitte ihre Sachen ein«, sagte Frau Zenker und notierte schon wieder etwas.

»Sie können sie mir doch nicht wegnehmen, sie ist meine Tochter!«, schrie Karin voller Angst. Plötzlich stand Tante Elvira im Morgenrock neben ihr.

»Was ist hier los?«

»Wer sind Sie?«, fragte Frau Zenker.

»Elvira Schmitt, die Hausherrin.«

»Gegen Sie liegt eine Anzeige wegen Kuppelei vor. Wir gehen jetzt, Sie können die Sachen ja auch später bringen.«

Caroline schrie immer schriller und streckte ihre Ärmchen nach Karin aus. Völlig unbeirrt stiegen die beiden die Treppe hinunter. Eine Aktennotiz lag auf dem Tisch, auf der die Adresse des Kinderheims stand.

28

NESTHÄKCHEN IM KINDERHEIM

»Mama! Mama!«, rief Caroline immer wieder. Da hielt der Mann ihr den Mund zu. Sie bekam kaum noch Luft, wand sich, wollte sich befreien. Aber der Mann war zu stark.

Er setzte sie in ein Auto.

»Sei still, oder …« Er drohte mit der Hand, sie nickte, wagte nicht, noch einen Laut von sich zu geben. Die Frau stieg ein, er fuhr los. Caroline drehte sich um. Mama stand auf der Treppe, winkte, wurde kleiner und kleiner, bevor sie ganz verschwand. Häuser zogen vorbei, eine Tram, ein Baum, eine dürre Wiese. Sie wusste nicht, wo sie war, wischte sich die Tränen weg. Die grimmige Frau drehte sich ständig zu ihr um, sagte aber kein Wort.

Der Mann hielt vor einem großen Haus mit vergitterten Fenstern, öffnete die Wagentür, streckte seine dicken Pranken nach ihr aus, hielt sie fest und ließ sie erst hinunter, nachdem die Tür laut ins Schloss gefallen war.

Es roch wie im Kindergarten, aber es sah anders aus. Keine bunten Bilder, keine Garderobenhaken. Nur ein grauer Flur. Eine dicke Frau kam auf sie zu. Sie trug ein langes schwarzes Kleid und einen weißen Hut aus gefaltetem Stoff. Sie nahm sie an die Hand. Die Hand war kalt und glitschig,

Caroline mochte sie nicht und wehrte sich. Ruppig ergriff die Frau ihren Arm und brachte sie in ein Zimmer, in dem lauter Mädchen auf Stühlen saßen.

Also doch ein Kindergarten? Dort gefiel es ihr eigentlich. Lieder singen, malen, basteln.

Eine andere Frau im gleichen Kleid und mit hängenden Mundwinkeln sprach sie an. »Ich bin Schwester Adelheid. Wie heißt du?«

»Caroline Wünsche, gnädige Frau.« Sie knickste, das mochten die Erwachsenen gerne.

»Mädchen, hört mal alle zu«, rief Schwester Adelheid. »Das ist Caroline.« Sie deutete auf ein Stühlchen. Caroline setzte sich, legte die Hände in den Schoß und schaute sich um.

Die anderen Mädchen trugen alle graue Trägerröcke und weiße Blusen, dazu schwarze Strümpfe und Schuhe. In ihrem blau-weiß karierten Kleidchen fühlte sie sich ganz fehl am Platz. Im alten Kindergarten durfte man anziehen, was man wollte.

Schwester Adelheid las eine Geschichte über die Arche Noah vor. Als zwei Affen in das Schiff gebracht wurden, drehten sich einige der Mädchen zu ihr um, kratzten sich wie die Affen unter den Armen und machte deren Geräusche nach.

Alle lachten, und Caroline hätte ihnen am liebsten die Zunge rausgestreckt. Sie war kein Affe, nur weil sie braune Haut hatte. Aber sie hatte Angst vor der neuen Kindergartentante, die guckte so streng. Besser, sie schaute auf den Boden, als ob sie nichts hören würde. Hoffentlich kam Mama bald und holte sie ab.

Als die Märchenstunde zu Ende war, rief die Frau: »Aufstellung!« Stühle scharrten, die Mädchen bildeten eine Zweierreihe, und ehe Caroline wusste, wie ihr geschah, nahm Schwester Adelheid sie an die Hand und ging mit ihr voran.

Gingen sie jetzt in die Garderobe, zogen sich die Mäntel an, wurden abgeholt? Caroline freute sich, aber die Schwester führte sie in einen großen Saal mit langen Tischen voller leerer Teller. Sie deutete auf einen Stuhl.

»Das ist dein Platz. Beim Essen wird geschwiegen. Herumlaufen ist nicht gestattet. Wenn du austreten musst, hebe bitte die Hand.«

Caroline nickte. Schwester Adelheid ging ans andere Ende des Saales und nahm mit den anderen Schwestern auf einem Podest Platz.

Sie setzte sich wie befohlen auf ihren Stuhl neben ein großes, rothaariges Mädchen mit Sommersprossen auf der weißen Haut.

»Wie heißt du?«, fragte sie sie.

Anstelle einer Antwort strich ihr das Mädchen über die Wange und steckte sich den Finger in den Mund. »Du schmeckst ja gar nicht nach Schokolade«, flüsterte sie.

»Du bist vielleicht dumm«, sagte Caroline und lachte laut. »Das ist meine Haut.«

»Schweig, Caroline!«, rief Schwester Adelheid, stand auf, nahm ihr den Teller weg und schickte sie in die Zimmerecke.

*

Karin blieb das Herz stehen, als der grobe Mann Caroline in das Auto setzte und davonfuhr. Sie rannte zum Telefon, rief Waltraud an, hoffentlich konnte sie ihr helfen. Waltraud versprach, sofort vorbeizukommen.

Währenddessen zog Tante Elvira sich an und fluchte, wie Karin es bei ihr noch nie gehört hatte.

Ihre Mutter konnte so einen Schock kurz nach Vaters Tod bestimmt nur schwer verkraften, Karin rief lieber Vera an. Diese war entsetzt und versprach, in die Buchhandlung zu fahren, ihrer Mutter alles persönlich zu sagen und den ganzen Tag dort zu bleiben und mit anzupacken.

Robert konnte Karin nicht anrufen, seine Wirtin hatte kein Telefon.

Angst schnürte ihr die Kehle zu, während sie Carolines Zahnbürste, ein Nachthemd und ihr geliebtes Bärchen einpackte, dazu Mantel und Mütze, sie hatte ja nur das Kleidchen angehabt.

Endlich kam Waltraud. Tante Elvira brachte Kaffee, und sie setzten sich zu dritt in den Salon.

Karin sprach sich alles von der Seele, egal, was Tante Elvira dazu sagen würde. Wie sie Robert kennengelernt hatte, wie sehr sie ihn mochte und dass Herr Liebig sie erwischt hatte. Und dass das Jugendamt ihr deshalb Caroline weggenommen habe.

»Aber dürfen die das überhaupt?«, wandte Karin sich an Waltraud.

»Du hast leider versäumt, dir für Caroline einen neuen Vormund zu suchen.« Waltraud blätterte in einem graugrünen Gesetzeskommentar zum Familienrecht, den Karin aus der Buchhandlung kannte.

»›Hier: Den Tod des Vormundes hat dessen Erbe dem Vormundschaftsgericht unverzüglich anzuzeigen.‹«

»Diese Beamtin hat das aber bereits gewusst«, entgegnete Karin.

»Das wird Herr Liebig bestimmt für dich erledigt haben.« Waltraud seufzte. »Ich hätte dich daran erinnern sollen.«

»Nein, dich trifft keine Schuld, es wäre meine Aufgabe gewesen.« Karin war vollkommen verzweifelt.

»Das Problem ist, dass du als Mutter keine elterliche Gewalt über dein Kind hast. Im geplanten Gleichberechtigungsgesetz soll das wenigstens den Müttern ehelicher Kinder zugestanden werden, aber als ledige Mutter hast du dann leider immer noch keine Rechte.«

Sie blätterte weiter, las hier und dort, und Karin wurde vor Angst und Sorge ganz übel. Wieso hatte sie nicht über die Vormundschaft von Caroline nachgedacht und sie neu geregelt? Was für eine schlechte Mutter sie doch war.

»Aber hier«, unterbrach Waltraud ihre Selbstanklage, »in den Anmerkungen zu § 1666 steht ›das Einschreiten des Vormundschaftsgerichts darf nicht übermäßig sein, und als zulässig gilt: Ermahnungen, Gebote, Verbote und danach erst eine Entziehung oder Beschränkung der Personensorge.‹ Bist du jemals vom Jugendamt ermahnt worden?«

»Nein, noch nie!«

»Das ist schon mal ein Ansatzpunkt. Außerdem steht hier noch, dass ein Liebesverhältnis der Mutter nicht unter allen Umständen eine Gefährdung bedeutet. Das Verhalten des Jugendamts ist völlig unverhältnismäßig.«

»Und was machen wir jetzt?«, fragte Karin.

»Ich lege in deinem Namen Beschwerde ein.«

»Und wie lange wird das dauern?«

»Das weiß ich nicht. Aber im Interesse des Kindes dürfen solche Entscheidungen nicht allzu lange hinausgezögert werden. Ich brauche noch einige Angaben von dir, und dann erledige ich das sofort.«

»Danke, Waltraud, was würde ich nur ohne dich machen.« Auf einmal zitterte Karin am ganzen Körper.

Da legte Elvira ihr die Hand auf die Schulter und drückte ihr ein Glas Weinbrand in die Hand. »Für die Nerven.«

Alkohol am Morgen und kein Kommentar zu Karins Verhalten? Was war nur mit Tante Elvira los?

»Und den Liebigs kündige ich, das ist ja wohl klar«, fügte ihre Tante hinzu.

»Das wird schwierig, Frau Schmitt, das Mieterschutzgesetz …«, warf Waltraud ein.

»Ich muss die loswerden, egal wie. Er war so ein Obernazi, und jetzt führt er sich als Moralwächter auf. Was für ein Heuchler.«

»Das ist leider kein anerkannter Kündigungsgrund. Aber dass Karin und Robert ausgerechnet bei Ihnen im Haus … das ist verboten, das wissen Sie doch!«

Tante Elvira grummelte vor sich hin.

»Eine Strafe müssen Sie zum Glück aber nicht befürchten. Das war das erste Mal, oder?«

Karin nickte.

»Und Geld haben Sie damit auch nicht verdient, Frau Schmitt.«

»Ich bin keine Zuhälterin!« Tante Elvira schnappte nach Luft. Dieser Vorwurf schien dann doch zu viel für ihre Nerven zu sein.

»Richtig. Zudem ist Karin volljährig. Zahlt Karin Miete?«, fragte Waltraud.

»Ja. Sie hat immer darauf bestanden.«

»Das ist gut. Für eine Mieterin sind Sie nicht in der gleichen Weise verantwortlich wie für eine Verwandte. Also, ich glaube, die Anzeige wegen Kuppelei ist am schnellsten aus der Welt geschafft.«

»Was für eine Strafe droht denn Tante Elvira?« Karin wurde schlecht, als ihr die Folgen ihres nächtlichen Vergnügens bewusst wurden.

»Höchststrafe sind fünf Jahre. Wenn deine Eltern noch hier wohnen würden – dann sähe es echt schlecht aus«, antwortete Waltraud.

»Fünf Jahre Haft?« Tante Elvira wurde bleich.

»Meistens kommt es beim ersten Mal aber nicht so weit.«

»Können die einen nicht in Ruhe lassen?«, meinte Karin. Wie machten das denn die Landgasthöfe, die anscheinend bei der Anmeldung nicht so genau hinsahen? Sie standen doch immer mit einem Bein im Kittchen! Oder diese Rosemarie, die holte sich die Männer angeblich in ihre Wohnung, und keiner unternahm was dagegen.

Aber Karin wurde ihre Tochter weggenommen.

Das Telefon klingelte, und hastig ergriff Karin den Hörer.

»Wisst ihr schon was Neues?«, fragte ihre Mutter. Auf einmal klang wieder das Sächsisch durch, wie immer, wenn sie aufgeregt war. »Kann ich irgendetwas tun? Oder Vera?«

»Waltraud will vor dem Vormundschaftsgericht Beschwerde gegen das Jugendamt einlegen«, sagte Karin. »Und ich gehe ins Heim und bringe Caroline ihre Sachen. Hoffentlich geht es ihr gut!«

Um die Mittagszeit klingelte Karin an der vergitterten Tür eines trutzigen Hauses. Was für dicke Wände und kleine

Fenster es hatte und wie still es hier war! Man konnte in einen Garten mit einer verwaisten Schaukel sehen. Knarzend öffnete sich die Tür, und eine Ordensschwester schaute heraus, begleitet von einem Schwall abgestandener Luft, die nach Bohnerwachs, Schweiß und Staub roch.

»Guten Tag, ich bin die Mutter von Caroline Wünsche und möchte sie besuchen.«

»Ist der Koffer für das Kind?« Die Nonne streckte die Hand aus, aber Karin versteckte ihn hinter ihrem Rücken.

»Kann ich sie sehen?«

»Nein. Und wenn Sie mir den Koffer nicht geben wollen, wirft das kein gutes Licht auf Sie.«

Sofort streckte Karin ihren Arm aus und knickste sogar. »Entschuldigung, ich mache mir nur solche Sorgen.«

»Daran hätten Sie früher denken sollen«, entgegnete die Nonne.

Und schon war die Tür wieder verschlossen.

Am liebsten hätte Karin dagegengetrommelt, gerufen, erneut geklingelt. Hinter dieser Tür war ihre Tochter, und sie durfte nicht zu ihr! Aber sie hielt sich besser zurück, sonst schadete sie ihr noch. Die Schwester hatte wie eine Gefängniswärterin gewirkt.

Durchs Fenster hörte Karin Tellerklappern, es roch nach Erbsensuppe. Die mochte Caroline zum Glück.

*

Nach dem Essen wurden alle Kinder in einen Schlafsaal gebracht. Auch für Caroline stand ein Bett bereit, darauf die gleiche Kleidung, die die anderen Mädchen trugen, und ihr

Bärchen. Wo kam das denn her? Als sie fragen wollte, ermahnte Schwester Adelheid alle, still zu sein.

Hungrig, wie sie war, konnte Caroline nicht einschlafen. Wieso war Bärchen hier und Mama nicht? Oder Friedel, Tante Elvira, Oma, Tante Vera. Es gab so viele, die sie abholen konnten. Aber keiner tat es.

Nach dem Mittagsschläfchen musste sie die fremde Kleidung anziehen. Sie bekamen warme Milch mit Haut zu trinken, aber Caroline hatte keinen Hunger mehr, nur Kopfschmerzen. Sie ließ sie stehen. Das rothaarige Mädchen trank sie aus. Sie hieß Ellen, hatte Caroline mitbekommen, aber die anderen Mädchen schimpften sie wegen ihrer roten Haare *Karotte*.

Als sie sich wieder in Zweierreihen aufstellen mussten, suchte Caroline sich Ellen aus. Sie wollte nicht wieder an der Spitze neben der Schwester gehen. Auch in der Malstunde setzte sie sich neben Ellen.

Caroline malte ein Bild ihrer Familie, das wollte sie ihrer Mama schenken, wenn sie sie abholte. Ellen malte gar nicht. Nur wenn die Schwester Ellen ansah, kritzelte sie Striche aufs Papier.

»Malst du nicht gerne?«, fragte Caroline.

»Wozu, die werfen die Bilder weg.«

»Was?«

»Du brauchst dich gar nicht anstrengen, du bist denen völlig egal.«

»Mein Bild ist für meine Mama. Schau, das ist sie, und das ist Friedel.« Caroline deutete auf die Figuren. Mama mit rosafarbener Haut, gelben Haaren und einem grünen Kleid und Friedel mit grauer Haut, grauen Haaren und schwarzem Kleid. »Tante Elvira fehlt noch.«

»Deine Mama sieht gar nicht aus wie du«, sagte Ellen. »Bist du ein Pflegekind? Bestimmt hat sie dich zurückgebracht, weil sie ein eigenes bekommt.«

»Ich sehe wie mein Papa aus, der ist Soldat und wird vermisst. Und meine Mama holt mich auf jeden Fall ab.«

»Du glaubst ja noch an Märchen. Hier holt dich niemand ab.«

Caroline begann zu weinen.

»Heulsuse«, zischte Ellen, und Caroline presste den Mund zusammen und wischte sich die Tränen weg.

*

Den ganzen Tag klingelte das Telefon, oder jemand stand vor der Tür: wohlmeinende neugierige Nachbarn, Carolines Kindergärtnerin, die dachte, ihr Schützling sei krank, Nachbarskinder, die mit Caroline spielen wollten, Hausierer und natürlich Tante Elviras Freundinnen. Karin hatte sich in ihr Zimmer zurückgezogen. Der Anblick von Carolines Zeichnungen an der Wand schnürte ihr die Kehle zu.

Doch sie wollte nicht weinen. Sie musste stark bleiben, nachdenken, Entschlüsse fassen.

Schon wieder klingelte es. Müde schleppte sie sich zur Tür. Konnte sie nicht mal fünf Minuten Ruhe haben?

»Hallo Karin.«

Robert lächelte sie zaghaft an. Seine Haare waren verwuschelt, und er trug ungewohnterweise einen grauen Anzug.

»Es tut mir alles so leid«, sagte er zerknirscht. »Als ich in der Buchhandlung angerufen habe, hat mir deine Schwester erzählt, was passiert ist.«

Da brach der Damm, Karin sank auf ihr Bett und weinte hemmungslos. Robert ließ die Tür offen und setzte sich zu ihr, reichte ihr ein Taschentuch und hielt sie fest, und auf einmal sprudelte aus ihr heraus, was sie die ganze Zeit nur mühsam zurückgehalten hatte.

»Wie konnte ich nur so egoistisch sein, ich habe alles falsch gemacht, mein eigenes Glück über das meiner Tochter gestellt. Ich war ein dummes und lüsternes Weib und werde Caroline nie wiedersehen. Wieso konnte ich mich nur nicht beherrschen, schon damals bei Billy ….«

»Halt, Karin, halt«, unterbrach sie Robert, »ich bin doch genauso schuld wie du! Ich habe die Situation schamlos ausgenutzt und alles kaputt gemacht, alles.« Er nahm ihre Hand. »Ich verstehe, wenn du mir das nie verzeihen kannst.«

»Dich trifft gar keine Schuld.«

Er küsste ihre Hand. »Was kann ich tun, wie kann ich helfen?«

»Meine Freundin Waltraud ist Anwältin und legt Beschwerde für mich am Familiengericht ein«, sagte Karin. »Aber als ledige Mutter hat man einfach keine Rechte. Ich darf Caroline pflegen und füttern, aber mehr nicht. Ob sie getauft wird, in den Kindergarten kommt oder wo sie wohnt, das alles musste mein Vater entscheiden. Er hätte sie sogar schlagen dürfen. Wie jeder andere Vater auch. Er war der Vormund. Und jetzt ist das Jugendamt der Vormund und sagt, ich sei eine Gefahr für das Kindeswohl! Der Liebig hat uns angezeigt, du weißt schon, der von heute Nacht …« Sie schluchzte auf.

»Ganz ruhig«, sagte Robert. »Solche Leute muss man ignorieren. Aber es gibt eine Lösung für dich. Für uns.«

Er legte den Zeigefinger unter ihr Kinn und hob ihr Gesicht leicht an, damit sie ihn ansah. Dann kniete er sich hin.

Was sollte das? Was machte er da?

»Karin, möchtest du meine Frau werden?«

Ihr Herz blieb stehen. Karin war fassungslos. Heiraten? Sie kannten sich doch kaum!

»Ich will nicht schon wieder einen Fehler machen, Robert«, entgegnete sie.

»Das ist kein Fehler! Als meine Ehefrau hast du ganz andere Rechte.«

»Das muss ich erst mit Waltraud besprechen.«

»Natürlich, mach das. Denn hier geht es in erster Linie um Caroline.« Er erhob sich und küsste sie sanft auf die Wange.

»Willst du mich nur wegen Caroline heiraten?«, fragte Karin.

»Nein. Ich liebe dich und möchte mein Leben mit dir teilen. Was macht es da schon, ob ich dich vier Wochen oder vier Jahre kenne. Aber ich will dir und deinem Kind nicht schaden.«

Plötzlich knarzte das Parkett, und Tante Elvira trat in Karins Zimmer.

»Junger Mann, was erlauben Sie sich? Sie sind schuld, dass Caroline ins Heim gekommen ist, und jetzt erdreisten Sie sich, hier aufzutauchen? Ist Ihnen die Ehre unserer Familie völlig egal?«

»Nein, auf gar keinen Fall.« Robert verbeugte sich vor ihr. »Wenn ich mich vorstellen darf, mein Name ist Robert Leyendecker.«

»Meine Großtante Frau Schmitt«, sagte Karin.

»Wo kommen Sie her, was arbeiten Sie? Was macht Ihr Vater?«

Tante Elvira war wie immer unerbittlich neugierig.

»Ich stamme aus Frankfurt«, erklärte Robert. »Mein Vater war Finanzbeamter, meine Eltern sind bereits verstorben. Ich bin Diplom-Ingenieur beim Elektrogerätehersteller Braun in der Idsteiner Straße.«

»Ingenieur«, wiederholte sie anerkennend. »Und ein Beamtensohn.«

»Herr Leyendecker wollte gerade gehen, Tante Elvira«, sagte Karin.

»Ja, ja, natürlich.« Als sie ihm die Hand reichte, deutete er einen Handkuss an. »Auf Wiedersehen, gnädige Frau!«

Karin brachte Robert zur Tür, er küsste auch ihr feierlich die Hand und wirkte gar nicht mehr wie ein rebellischer Motorradfahrer. Aber sie war erleichtert, als er gegangen war. Sein Antrag hatte sie völlig durcheinandergebracht.

Sie musste raus hier und zog ihren Mantel an. Ein Spaziergang würde ihr helfen, die Gedanken zu ordnen.

Es graupelte, und Karin zog die Mütze tiefer ins Gesicht und stiefelte los zum Grüneburgpark. Aber sie konnte nicht über Robert nachdenken, immer wieder sah sie Carolines verzweifeltes Gesicht vor sich.

»Fräulein Wünsche!«, hörte sie plötzlich Frau Liebigs Stimme hinter sich. »Es tut mir so leid!« Die kleine und zierliche Frau schien außer Atem. War sie ihr etwa hinterhergerannt? Anstatt Karin ins Gesicht zu sehen, musterte sie ihre durch den Kiesweg verschmutzten Schuhe. »Wenn ich das geahnt hätte. Die arme Kleine, sie ist so ein braves Mädchen, und sie kann doch auch gar nichts dafür, dass sie eine braune Haut hat.«

Oh, wie Karin diese Floskel hasste – wenn sie nichts für

ihre Hautfarbe konnte, hieß das doch gleichzeitig, dass sie falsch war. Ein Fehler. Etwas Schlechtes. Aber das stimmte nicht.

»Wenn ich doch irgendetwas für Sie tun könnte!« Frau Liebig hob verzweifelt die Hände, aber Karin fiel auf, dass sie ihr noch immer nicht in die Augen sehen konnte.

»Es gibt etwas, das Sie tun können«, sagte sie.

»Ja?«

»Hauen Sie ab. Packen Sie Ihren Mann mit seinen schmierigen Fingern ein und verschwinden Sie von hier. Ich kann Ihren Anblick nicht mehr ertragen!«

*

Caroline brummte der Kopf. Der Mond schien in den großen Saal, ein Mädchen schnarchte, ein anderes bewegte sich im Schlaf, sodass sein Bett quietschte, eine Glocke läutete. Sie warf sich auf die andere Seite. Ob der Schatten dort ein Gespenst war? Peter hatte ihr von Gespenstern erzählt, sie kamen in der Nacht und fraßen kleine Kinder auf.

Da bewegte der Schatten sich! Schnell rutschte sie unter die Decke, versteckte sich, zitterte am ganzen Körper.

»Aufwachen«, rief eine fremde Stimme und rüttelte an Carolines Schulter. Sie riss die Augen auf. Schwester Adelheid rümpfte die Nase. »Sofort aufstehen und Bett abziehen.«

»In Afrika gibt es wohl keine Toiletten«, rief eines der Mädchen, die anderen brachen in schallendes Gelächter aus.

Da erst bemerkte Caroline die nasse Matratze unter sich.

»Ich bin nicht aus Afrika!«

Klatsch, Schwester Adelheid verpasste ihr eine Ohrfeige, Caroline hielt sich die Backe. Das tat ganz schön weh. Sie war noch nie geschlagen worden. Sie wollte etwas sagen, aber als sie Schwester Adelheids verkniffenes Gesicht und die drohende Hand in der Luft sah, schwieg sie.

Ob heute Mama kam und sie abholte?

29

VATER SEIN DAGEGEN SEHR

Voller Elan öffnete Vera die Tür zur Buchhandlung. Sie war so froh, wenigstens hier helfen zu können, wenn sie schon nicht ins Kinderheim rennen und Caroline einfach nach Hause holen konnte. Sie wollte sich gar nicht vorstellen, was für Sorgen Karin gerade plagten. Sie machte sich ja schon Gedanken um Ute, wenn sie wie heute bei Bertha in der Wetteraustraße war.

Gudrun und die Lehrmädchen schauten sie bedrückt an. Herr Mühlenhof, der neue Buchhändler, schimpfte über die Behörden. Er hatte gestern angedeutet, dass er als Kind einige Zeit in einem Heim habe verbringen müssen und wie schlimm das gewesen sei. Aber natürlich hoffte Vera, dass sich die Zustände seitdem geändert hatten.

Vielleicht wusste ihre Mutter etwas Neues. Der Laden öffnete erst in einer Stunde. Doch auf dem Weg nach oben bemerkte sie, dass sie ihre Handtasche bei Thomas im Auto vergessen hatte. Schnell lief sie ins Geschäft von *Radio Krüger*.

Draußen herrschte Eiseskälte, ein Ende des Winters war nicht absehbar. Schnee lag keiner, aber die Regenpfützen waren gefroren. Wenigstens schien heute die Sonne.

Ob Karin überhaupt schlafen konnte? Wenn man ihr Ute wegnehmen würde … in Vera zog sich alles zusammen, es fühlte sich an, als ob man ihr das Herz herausreißen würde.

Als sie in die Hochstraße einbog, stand ein schwarzer Sportwagen mit Weißwandreifen vor dem Radiogeschäft. Sehr schick, sehr teuer. Trotz der Kälte war das Verdeck offen. Thomas sprach sehr vertraut mit dem Fahrer. Vera hatte gar nicht gewusst, dass er Freunde mit so teuren Autos hatte. War das nicht sogar ein Mercedes? Sie winkte ihm. Neue Freunde wollte sie gerne kennenlernen.

Ruckartig richtete Thomas sich auf, winkte ebenfalls, in diesem Moment fuhr der Sportwagen los.

Als er Vera passierte, warf sie einen neugierigen Blick hinein und stellte erstaunt fest, dass kein Mann am Steuer saß, sondern eine stark geschminkte Frau mit hochtoupierten blonden Haaren.

»Wer war das?«, fragte sie Thomas.

»Eine Kundin«, sagte er. »Sie hat eine Musiktruhe von uns gekauft, eine Dubarry von den Ilse-Werken für tausendfünfhundert D-Mark. Mit eingebautem Radio, Plattenspieler und Tonbandgerät.«

»Eine gute Kundin.« Vera schaute dem Auto nach, doch der Mercedes war schon längst Richtung Taunusanlage verschwunden.

»Ich habe meine Handtasche vergessen«, sagte sie. »Holst du sie mir bitte?«

»Natürlich.« Und schon verschwand er im Seiteneingang. Ob sie noch kurz hineingehen und die ehemaligen Kollegen begrüßen sollte? Lust hätte sie schon. Aber sie wurde in der Buchhandlung gebraucht.

Als sie wenig später in der Schillerstraße ankam, streute Karin Tausalz auf eine gefrorene Pfütze.

»Was machst du denn hier?«, fragte Vera.

»Ich habe es zu Hause nicht mehr ausgehalten. Friedel ist wieder da und jammert und weint die ganze Zeit, ich konnte keinen klaren Gedanken mehr fassen.«

Auf einmal fuhr der schwarze Mercedes vorbei.

»Ach, die schon wieder«, sagte Karin.

»Wieso, wer ist das?«, fragte Vera und wunderte sich über die aufdringlich roten Ledersitze.

»Eine Prostituierte. Sie wohnt da vorne am Eschenheimer Tor.«

»Sie hat bei uns eine teure Musiktruhe gekauft«, sagte sie nachdenklich.

»Es ist wirklich unglaublich, wie viel Geld sie zu verdienen scheint«, meinte Karin. »Und keiner sagt was! Aber wenn ich ein Mal ... du weißt schon ... dann wird mir sofort mein Kind weggenommen.«

*

Karin war wieder zur Arbeit gegangen, damit sie nicht zu viel über Caroline nachdachte, und im Gegensatz zur ersten Zeit nach dem Tod ihres Vaters war es ihr bislang auch meist gelungen. Zu Hause lauerte die Erinnerung an Caroline in jeder Ecke, aber hier, in der Buchhandlung, war das anders. Die Bücher, die verständnisvollen Mitarbeiterinnen, sie hatte sofort aufgeatmet, als sie den Laden morgens betreten hatte.

Aber als dann der hagere Vertreter mit dem abgewetzten

Stock und dem steifen Bein vor ihr stand, befürchtete sie das Schlimmste. Sie brauchte Ablenkung und keine traurigen Kriegsgeschichten! Doch er begrüßte sie fröhlich mit einem hessischen »Morsche« und nahm Karin mit seinen Erläuterungen zu den neuen Büchern so gefangen, dass sie für einen Moment alles um sich herum vergaß.

Zum Schluss empfahl er ihr, einen älteren Titel einzukaufen.

»*Vater sein dagegen sehr* von Horst Biernath wird verfilmt. Mit Heinz Rühmann! Wenn Sie eine Partie bestellen, liefern wir Filmplakate, die Sie für die Fenster-Reklame nutzen können. Wie gesagt, Heinz Rühmann. Der zieht immer.«

Der Vertreter schaute sie erwartungsvoll an.

Ging es in dem Roman nicht um einen Mann, dem die Pflegekinder vom Jugendamt weggenommen und ins Heim gebracht werden? Und am Schluss muss er heiraten, damit er die Kinder adoptieren kann?

Dass dieser heitere Roman einmal so meinem eigenen Leben ähneln würde, dachte Karin.

»Natürlich, wir nehmen eine Partie«, sagte sie.

»Gute Wahl, Fräulein Wünsche«, erwiderte er und notierte sich etwas.

Nachdem er gegangen war, kam Karin ins Grübeln. Sie mochte Robert, sehr sogar. Aber reichte es, um für immer Frau Leyendecker zu werden?

Kurz darauf stürmte Waltraud mit vor Kälte geröteten Wangen in ihr Büro.

»Ich habe einen Anhörungstermin am Vormundschaftsgericht bekommen«, jubelte sie und stellte ihre Aktentasche auf den Schreibtisch.

Karin fiel ein Stein vom Herzen. Die erste Hürde war genommen. Am liebsten wäre sie sofort zum Gericht gerannt. »Und wann?«

»Heute ist Donnerstag, diese Woche wird das nichts mehr, aber gleich am Montag haben wir einen Termin.« Waltraud zog ihren Mantel aus und setzte sich.

»Und was machen wir bis dahin?«

Die Freundin drückte ihr die Hand. »Wir schaffen das, das verspreche ich dir! Aber eine schlechte Nachricht habe ich leider noch.«

Karin hielt vor lauter Angst die Luft an.

»Das Kinderheim hat einen Verwandtenbesuch abgelehnt, das bringe zu viel Unruhe ins Heim, die anderen Kinder könnten neidisch werden. Du musst bis zum nächsten Familientag warten – und der ist leider erst an Ostern.«

»Ostern?« Karin schlug den Taschenkalender auf. »Das sind ja noch zehn Wochen! Bis dahin ist Caroline doch hoffentlich wieder zu Hause.«

»Ich hoffe inständig, dass es nicht so lange dauern wird.«

Karin nickte resigniert. »Robert hat mir einen Antrag gemacht.«

»Karin! Kann man gratulieren … oder … willst du nicht?«

»Ich weiß nicht. Wäre das denn gut? Also, wegen Caroline.«

»Rein juristisch bleibt Caroline ein uneheliches Kind, wenn du heiratest. Sie würde weiterhin Caroline Wünsche heißen, und sie bräuchte einen Vormund. Aber du könntest Robert zum Vormund ernennen. Oder …« Waltraud zögerte und holte wieder den Gesetzeskommentar aus ihrer Aktentasche.

»Ja?«

»Robert adoptiert Caroline.«

»Eine Adoption? Und was ist mit Billy?«

»Natürlich, er steht in der Geburtsurkunde, aber ob er noch lebt … Hast du nicht gesagt, er könnte in Korea gefallen sein?« Sie suchte eine bestimmte Seite. »Nach § 1746 Abs. 2 ist eine Einwilligung nicht erforderlich, wenn der Aufenthalt des Kindsvaters dauernd unbekannt ist. Wenn du Robert heiratest und ihr beide Caroline adoptiert, dann ist sie ein eheliches Kind, und ihr seid das Jugendamt los.«

»Und ich habe die elterliche Gewalt.«

»Nicht so richtig. Laut geltendem Familienrecht kann nur der Vater der Erziehungsberechtigte sein, aber das Verfassungsgericht hat das als grundgesetzwidrig anerkannt und eine neue gesetzliche Regelung verlangt. Die gibt es aber noch nicht. Das Problem haben alle Mütter, auch die, die ganz brav während der Ehe ihr Kind bekommen haben.«

»Was für ein Unfug. Als ob man als Mutter nichts taugen würde.«

»Da hast du völlig recht.« Waltraud schlug den Gesetzeskommentar wieder zu.

»Und – was ist, wenn ich Robert nicht heiraten würde? Ich meine, wir kennen uns ja kaum, und er soll der Erziehungsberechtigte für mein Kind werden?«

»Dann brauchst du einen neuen Vormund für Caroline. Deine Mutter zum Beispiel. Aber es wird wahrscheinlich schwieriger, sie überhaupt aus dem Kinderheim rauszubekommen. Wenn die ein Kind erst mal unter Schutzaufsicht gestellt haben …«

»Schutzaufsicht, wenn ich das schon höre. Klingt wie

Schutzhaft.« Karin wurde angst und bange. Was nutzte ein Termin vor Gericht, wenn sich das Gesetz gegen uneheliche Mütter verschworen hatte?

»Kennen Robert und Caroline sich?«, fragte Waltraud.

»Nein. Das ist es ja.«

»Weiß er, dass sie Schwarz ist?«

»Ja, das habe ich ihm gleich am Anfang erzählt.«

»Das spricht ja dann schon mal für ihn, wenn er dich trotzdem heiraten will.«

»Waltraud!«

»Na, du kennst doch die Leute. Jeder wird immer wissen, dass er nicht der Vater von Caroline ist.«

»Meinst du, er würde sie nicht so mögen wie seine eigenen Kinder?«

»Keine Ahnung. Ich kenne ihn ja nicht. Wenn deine Mutter Vormund wird, bestimmst wahrscheinlich du über Caroline. Wenn du heiratest und dein Mann sie adoptiert, ist er derjenige, der über alles entscheiden kann. Welche Schule sie besucht, welche Berufsausbildung, ob sie geschlagen wird …«

Karin wurde ganz anders zumute. Ob Robert etwa auch glaubte, Schwarze wären dumm und könnten später nur im Zirkus arbeiten, wie es die Kindergärtnerin einmal zu ihr gesagt hatte?

»Aber lass dich durch mich nicht verunsichern. Sprich mit ihm«, sagte Waltraud.

Karin nickte. »Am besten, ich lade ihn zum Essen zu uns ein, und er soll nicht nur mir, sondern auch den anderen erklären, wie er sich das vorstellt. Ich will nicht aus lauter Angst eine falsche Entscheidung treffen.«

»Eine gute Idee! Und – von allen Sorgen abgesehen – liebst du ihn denn? Kannst du dir eine Zukunft mit ihm vorstellen?«

Karin musste daran denken, wie harmonisch ihr Zusammensein war, beim Tanzen, beim Motorradfahren, in der Liebe. Dass sie die gleichen Bücher mochten. Wie aufgeregt sie immer war, wenn sie ihn sah, wie sie sich von Anfang an zu ihm hingezogen gefühlt hatte.

»Von ganzem Herzen.«

*

Das alte Haus in der Wetteraustraße sah düster und bedrohlich wie immer aus. Thomas und Vera seufzten gleichzeitig und schauten sich belustigt an, bevor sie aus dem Auto ausstiegen.

Kaum wurde die Haustür geöffnet, lief ihnen Ute mit ausgestreckten Armen entgegen.

Sie war groß für ihre zweieinhalb Jahre und so mager, dass Bertha sie am liebsten mit Sahnetorte fütterte. Aber der Kinderarzt hatte gesagt, das liege nur am Wachstum und gebe sich ganz schnell wieder.

»Mama!«, rief sie laut. »Opa hat Haus debaut!«

Krüger senior streckte Vera die Hand entgegen. Seit letztem Jahr war er in Rente, tüftelte aber immer noch gerne an Radios und anderen Dingen herum.

»Na ja, Haus«, wehrte er sichtlich gerührt ab. »Aus einem Schuhkarton.«

»Und Wäschetlammern.«

Ute fasste ihre Eltern an der Hand und zog sie ins Wohnzimmer, wo eine kleine Puppenstube auf dem pistaziengrünen Nierentisch Platz gefunden hatte.

»Nehmt es ruhig mit, es steht hier bloß im Weg rum. Ist denn der Bankert noch im Heim?«, rief Bertha.

»Mutter!«, sagte Thomas. »Hast du überhaupt kein Verständnis für die Lage, in der Karin sich befindet?«

Bertha zuckte mit den Schultern. »Wie man sich bettet, so liegt man.«

»Papa, was ist Bankert?«, fragte Ute.

»Ein böses Wort, das du nicht sagen darfst!« Er setzte sich auf den neuen Sessel und hob sie auf seinen Schoß.

Gerührt beobachtete Vera, wie er sich von Ute genau erklären ließ, wie sie die Puppenstube gebastelt hatten, und vor allem, wer die einzelnen Püppchen waren und warum sie alle schon schlafen mussten. Ute war immer so fürsorglich zu ihren Puppen.

»Komm, Vera, leiste mir Gesellschaft.« Bertha deutete auf den Esstisch, auf dem zwei Gläser und eine Flasche Frauengold standen. »Du hast bestimmt eine Stärkung nötig, bevor du zu Hause kochst.«

»Vera braucht heute nicht kochen«, sagte Thomas. »Wir holen uns an der Trinkhalle Bratwurst und Pommes, das reicht mir.«

»Junge, du musst was Richtiges essen!«, rief seine Mutter.

Vera setzte sich erleichtert. Von der ungewohnten Arbeit war sie viel zu erschöpft, um jetzt noch in der Küche zu stehen, doch in Krisenzeiten war auf Thomas Verlass.

Gerade knuddelte er Ute und kitzelte sie, bis sie vor Lachen quietschte. »Wenn ich mir vorstelle, was Karin gerade durchmachen muss«, sagte er, ohne vor Ute über Details zu sprechen. Ihre Tochter wusste nichts vom Schicksal der Cousine, das würde sie sowieso noch nicht verstehen.

Bertha schenkte Frauengold ein, ein Stärkungsmittel aus der Apotheke. Vera hatte es noch nie probiert.

»Igitt, schmeckt das nach Alkohol«, rief sie nach dem ersten Schluck.

»Da ist doch kein Alkohol drin, das ist reine Natur«, entgegnete Bertha und gönnte sich ein weiteres Gläschen.

»Thomas, lass uns gehen.« Vera stand auf. »Ute, deine Püppchen schlafen nun alle, da wollen wir sie nicht wecken. Morgen kannst du mit dem Puppenhaus weiterspielen.«

»Gehst du morgen wieder arbeiten?«, fragte Bertha entsetzt.

»Solange Karin sie braucht, Mutter«, sagte Thomas. »Es geht um ihr Kind, vergiss das nicht!«

*

Karin lud Robert für Sonntag um fünf Uhr ein, wie es das *Einmaleins des guten Tons* bei einem Heiratsantrag vorschlug.

Die gesamte Familie kam. Vera brachte Ute vorher zu ihren Schwiegereltern, die mit ihr in den Zoo wollten, um sich Prof. Grzimeks neues Exotarium und die Eselspinguine anzusehen. So hatten sie mehr Ruhe.

Schon vor der Zeit sah Karin Robert vor dem Haus auf und ab gehen, bevor er endlich klingelte. Er trug einen dunklen Anzug, ein weißes Hemd und eine gestreifte Krawatte und brachte ihrer Mutter und Tante Elvira jeweils einen Nelkenstrauß mit.

Sie setzten sich an den Esstisch. Karin hielt sich zurück, sie wollte die Fragen der Familie überlassen.

Robert meisterte das Kreuzverhör mit Bravour, anders konnte es Karin nicht bezeichnen. Die Fragen prasselten auf ihn ein, aber er ärgerte sich nicht darüber, sondern beantwortete sie ruhig und gewissenhaft, selbst als es um seine Vermögensverhältnisse und überstandenen Kinderkrankheiten ging. Karin war erstaunt, als sie erfuhr, dass er im Ruderverein war, als Ingenieur sehr gut verdiente, das kleine Zimmer aus Sparsamkeit bewohnte und durch eine Erbschaft genügend Geld auf der Bank hatte, um ihnen einen angenehmen Start ins Familienleben ermöglichen zu können.

»Ich war gestern auf der Post und habe auf dem Rathaus in Bethlehem, South Carolina, angerufen«, erklärte er am Schluss. »Ein William Cape wohnt dort nicht, und ob er dort einmal gelebt hat, konnten sie mir nicht sagen. In Amerika gibt es kein Einwohnermeldewesen, so wie bei uns. Aber mir war es wichtig, Carolines Vater zu finden, doch er bleibt verschollen.«

Robert stand auf. »Ich verspreche Ihnen, dass ich Caroline ein guter und gerechter Vater sein werde und sie behandeln werde wie mein eigenes Kind. Ich werde sie nie schlagen oder auf andere Weise schlecht behandeln. Sie kann Buchhändlerin oder Ingenieurin werden, was immer sie will. Ich will sie behüten und beschützen und ihr beistehen, so wie dir, Karin. Ich liebe dich, und deshalb liebe ich auch deine Tochter.«

»Karin, meinen Segen hast du«, sagte ihre Mutter. »Ich glaube, ich spreche für alle, wenn ich mit deiner Wahl einverstanden bin.«

Mit klopfendem Herzen schaute Karin von einem zum anderen, alle nickten. Robert eilte zu ihr, zog sie an sich, und sie sagte Ja.

Das große Gerichtsgebäude mit seinen roten Sandsteinsäulen, dem ausgetretenen Parkett und dem eindringlichen Geruch nach Bohnerwachs und Zigaretten schüchterte Karin ziemlich ein. Doch Waltraud kannte den Pförtner mit Namen und fand sofort das richtige Dienstzimmer. Karin war ihr so dankbar für alles.

Robert begleitete sie. Er hatte es selbst vorgeschlagen, und Karin war sehr froh darüber.

Als Waltraud dem Vormundschaftsrichter von Karins Verlobung und der geplanten Adoption von Caroline berichtete und Robert vorstellte, war dieser sichtlich angetan.

»Sie ordnen Ihre Verhältnisse, Fräulein Wünsche, das ist gut so. Ich gratuliere herzlich.«

Nur Frau Zenker, die ebenfalls bei der Anhörung anwesend war, war nicht zufrieden. »Carolines Verhalten im Kinderheim lässt darauf schließen, dass die innere Verwahrlosung größer ist als angenommen. Sie ist trotzig, weigert sich, Anordnungen zu befolgen, und ist körperlich verwahrlost.«

»Körperlich – wie bitte?«, rief Karin.

»Gerade bei Mischlingskindern …«

»Hören Sie auf«, unterbrach sie der Richter. »Das sind Kinder wie alle anderen auch. Dieses alte Denken hat in der heutigen Gesellschaft keinen Platz mehr. Ich erinnere Sie an Artikel 3 Grundgesetz: Niemand darf wegen seiner Rasse benachteiligt werden. Ist das Kind anwesend?«

»Aber …«, fing Frau Zenker an.

Der Richter sah fragend zum Gerichtsdiener, der nickte. »Einen kleinen Moment bitte.«

Caroline war hier? Ungläubig reckte Karin den Kopf, ihr Herz trommelte, ihre Hände zitterten.

»Könnten Sie dann bitte so lange ins Nebenzimmer gehen?«, forderte der Richter Robert und sie auf.

»Ich … kann ich nicht …?«, stotterte Karin.

»Nein, es ist besser so.«

Mit einer Kopfbewegung bat Waltraud, der Bitte Folge zu leisten.

Draußen konnte sie Carolines Stimme durch die Holztür hören und sehnte sich danach, sie im Arm zu halten und nie mehr loszulassen. Robert ergriff ihre Hand, sodass sie sich ein wenig beruhigte. Dann wurden sie wieder ins Büro gebeten, und Caroline war fort. Wenigstens war Waltraud dabei gewesen, die konnte ihr später alles berichten.

»Die Dinge klären sich«, sagte der Richter und warf Frau Zenker einen missbilligenden Blick zu. Dann wandte er sich wieder an Karin.

»Ich kann Ihnen mitteilen, dass Ihre Tochter ein intelligentes Kind ist, dem zwar etwas Disziplin fehlt, aber das entspricht dem Alter. Meiner Meinung nach handelt es sich um ein Missverständnis. Caroline macht einen reinlichen und wohlgenährten Eindruck. Die Nonnen haben ihr allerdings die Haare abgeschnitten.«

»Hat sie Läuse?«, fragte Karin.

»Nein. Offensichtlich waren die Schwestern nicht in der Lage, ihr die Haare so zu kämmen, dass es nicht in Kampf und Geschrei ausartete, und da haben sie zur Schere gegriffen. Aber das wächst ja wieder nach. Also …« Er schaute auf seine Papiere.

»Wenn all diese Versprechungen umgesetzt sind, Fräulein Wünsche, dann, aber nur dann, steht einer Heimkehr Ihrer Tochter nichts mehr im Wege. Die Reaktion der zuständigen

Sachbearbeiterin war völlig überzogen. In Zukunft bitte ich Sie, sich zu mäßigen, Frau Zenker, und zuerst das Gespräch zu suchen. Das sind doch sonst alles nur Machtspiele auf dem Rücken der Kinder.«

Karin hätte ihm vor Glück um den Hals fallen können. Stattdessen umarmte sie weinend zuerst Waltraud und dann Robert. Aber dieses Mal waren es Freudentränen. Caroline würde nach Hause kommen.

»Dafür werde ich dir immer dankbar sein, Robert«, flüsterte sie.

»Ich werde Vater«, sagte er und küsste sie mitten im ehrwürdigen Amtsgericht.

30

PIPPI LANGSTRUMPF

Was es auf einmal alles zu erledigen gab: Sie mussten die Hochzeit organisieren, das Aufgebot bestellen und eine Wohnung suchen. Und Karin lernte Roberts Freunde und Familie kennen. Da es so schnell gehen musste, verzichteten sie auf eine offizielle Verlobungsfeier, besuchten stattdessen Roberts Schwester und ihre Familie in Sigmaringen. Roberts Neffe war begeistert von *Fahrenheit 451* gewesen und las gerade *1984* von George Orwell.

Auch in der Buchhandlung war viel zu tun. Karin bekam mehrere Bestellungen von neuen Großkunden, die Vera an Land gezogen hatte. Universitätsinstitute, Anwaltskanzleien, Banken. Die Zukunft der Buchhandlung war gesichert!

Hoffentlich hinderte die zusätzliche Arbeit sie nicht daran, etwas weniger zu arbeiten, wenn Caroline aus dem Heim kam. Die Kleine brauchte bestimmt mehr Betreuung als vorher.

Mitte Februar kündigten Liebigs ihre Wohnung. Zum ersten März würden sie nach Friedberg ins Grüne ziehen. »Das wollten wir schon immer, hier in der Stadt, das ist doch kein Leben!«, sagte Frau Liebig.

Auch Wieland und seine junge Frau zogen aus. Er war nach Offenbach versetzt worden.

Hochnäsig, wie sie waren, verabschiedeten sich Herr und Frau Liebig nicht, als die Möbelpacker die letzte Kiste hinaustrugen. Da hatte sich Karins Auseinandersetzung mit Frau Liebig tatsächlich gelohnt.

»Früher wollte ich unbedingt aus diesem Haus ausziehen.« Karin sah sich in Liebigs alter Wohnung um und konnte nicht glauben, dass das nun ihr neues Zuhause sein würde.

»Mir war es zu eng, zu laut, nie konnte man unbemerkt etwas machen.«

»Willst du hier nur vorübergehend wohnen?«, fragte Robert.

»Nein. Hier ist Carolines Zuhause.« Karin deutete auf die spielenden Kinder im Hof. »Auch wenn einige der Nachbarn nicht mehr mit mir reden – hier hat sie Freunde, hier kennt sie sich aus. Tante Elvira und vor allem Friedel sind da, die beiden hängen sehr an ihr. Nach so langer Trennung mit einem fremden Vater überrascht zu werden, wird schon schwer genug für sie.«

»Hauptsache, sie ist endlich wieder bei dir.« Er umfasste von hinten ihre Taille und küsste sie sanft auf den Nacken.

»Jede Nacht habe ich Albträume, dass sie im Heim bleiben muss.«

»Hab Vertrauen, Karin. Es wird schon alles gut werden.« Robert drehte sie zu sich um und küsste sie so leidenschaftlich, dass Tante Elvira sich räusperte und vom Abschleifen der Böden und neuen Tapeten zu sprechen begann.

Anfang März machte Karin sich zusammen mit Vera auf die Suche nach einem Hochzeitskleid. So richtig wusste sie nicht, was sie wollte. Nichts Auffälliges oder Teures, aber doch etwas, das sie immer an diesen Tag erinnern würde. Die Kaufhäuser an der Zeil mit ihrem Gedränge und dem übervollen Warenangebot schreckten sie eher ab. Rein gewohnheitsmäßig bogen sie beide in die Hasengasse ab, die so völlig anders aussah als früher. Moderne fünfstöckige Bauten reihten sich aneinander, im Erdgeschoss Geschäfte, darüber Wohnungen. Und auf dem Grundstück ihrer alten Bücherbude stand jetzt der breite Häuserriegel einer Filiale der Stadtsparkasse.

Aber die Schwestern wurden nicht sentimental, sondern fanden in einer kleinen Boutique neben der Sparkasse ein wahres Traumkleid: ein cremefarbenes Kleid aus Taft, in den weiße Blumenornamente eingewebt waren. Mit enger Taille, sehr weit ausgestelltem Rock und einem weißen Bolero, dazu weiße Handschuhe und einen kleinen Hut, der sich in Karins blonde wellige Haare schmiegte. Dass sie ausgerechnet hier fündig geworden waren, konnte nur ein Wink des Schicksals sein.

Die Hochzeit verlief sehr schlicht. Vom Standesamt im altehrwürdigen Römer gingen sie kurz in die Gnadenkirche, in der bereits Vera geheiratet hatte. Danach wollte Karins Mutter sie in den Hessischen Hof oder den Kaiserkeller einladen, aber Karin und Robert stand nicht der Sinn nach einer konventionellen und vor allem teuren Feier.

Robert hatte ein italienisches Restaurant in der Mainzer Landstraße vorgeschlagen. Neben der engsten Familie lud Karin natürlich Waltraud ein, die ihr so sehr geholfen hatte, und Robert die Familie seiner Schwester. Ganz modern stießen sie mit Asti Spumante auf ihr Glück an. Sie verstanden sich alle bestens, vor allem Robert und Thomas. Roberts Schwester war acht Jahre älter als er und ihr Mann noch älter. Er hielt sich abseits und rümpfte die Nase über die rot-weiß karierten Tischdecken. Dabei gefiel es sogar Tante Elvira! Wenn sie auch drei Gläser Asti dafür benötigte.

Karin aß das erste Mal Pizza und trank Lambrusco dazu, das Leben fühlte sich so leicht an. Da ihre Wohnung noch nicht fertig renoviert war, verbrachte das Brautpaar seine Hochzeitsnacht im Hotel. Aber Karin hätte auch in Roberts kleiner, enger Kammer geschlafen, ihr war alles recht, solange es nur legal war.

Diese Nacht übertraf sogar noch ihr erstes Beisammensein. Es fühlte sich wie eine Erlösung von all den Sorgen und Qualen der letzten Tage und Wochen an. Wenn ihre Ehe so werden würde wie diese Nacht … Karin wagte es kaum zu hoffen.

Nach der Hochzeit beantragte Robert die Adoption, und wieder hieß es warten. Karin musste sich zusammenreißen, damit sie nicht kopflos zum Kinderheim rannte. Zum Glück gab es noch viel zu erledigen. Und am Wochenende luden Vera und Thomas sie zur Fernsehübertragung des *Grand Prix Eurovision De La Chanson Européenne* ein. Seit Wochen wurde darüber berichtet, dass der Wettbewerb dieses Jahr vom Großen Sendesaal des Hessischen Rundfunks in Frankfurt aus in zehn europäische Länder ausgestrahlt wurde, von England über Dänemark bis nach Italien. Was für eine technische Meisterleistung!

Krügers hatten Vera und Thomas zum Einzug einen *Kuba-Komet* geschenkt, eine Kombitruhe aus tropischen Edelhölzern mit einer pfeilartigen Form, in der der Fernsehbildschirm auf Augenhöhe eingebaut war. Der allerletzte Schrei. Karin war er zwar zu auffällig, aber der Klang und das Bild beeindruckten sehr.

Während die Fanfare aus Charpentiers *Te Deum* erklang, erklärte Thomas die technischen Details der Zusammenschaltung der verschiedenen Sendeanstalten. Karin verstand nichts, aber Robert fragte interessiert nach. Bei Braun wurden ebenfalls Radios und Fernseher hergestellt, wenn auch in einer anderen Abteilung. Er überlegte schon, ebenfalls einen Fernseher zu kaufen.

Dann begrüßte eine Moderatorin das internationale Publikum, und sie tanzten unbeschwert zur Schlagermusik.

Am Schluss wurden die Ergebnisse der Länderjurys per Telefon durchgegeben, von Paris bis Rom. Eine knifflige Sache, weil nicht jede Verbindung sofort zustande kam, manchmal die Tonqualität schlecht war und dann natürlich die Sprachbarrieren zu überwinden waren.

Margot Hielscher, die deutsche Sängerin, wurde Vierte. Siegerin wurde die Sängerin aus den Niederlanden, die das Lied ein weiteres Mal singen durfte, und kaum dass der letzte Ton verklungen war, erschien bereits das Testbild.

Und Karin träumte davon, auch bald in ihrer eigenen Wohnung Gäste empfangen zu können. Gemeinsam mit Robert.

Am fünfundzwanzigsten März war es endlich so weit, ein Datum, das Karin nie vergessen würde. Die schwere Eichentür des Kinderheims öffnete sich, und ihr kleiner Engel flog in ihre Arme.

Sie umschlangen sich, als ob sie sich nie mehr loslassen

wollten. Endlich war sie wieder bei ihr, auch wenn sie anders roch, irgendwie muffig und nach Schweiß, und – war sie nicht auch dünner geworden? Die Nonne mit dem verkniffenen Gesicht stellte Carolines Köfferchen neben sie und war sogleich wieder verschwunden. Ein frostiger Abschied.

»Friedel!«, rief Caroline und warf sich in die Arme der alten Frau. Über Friedels Gesicht rannen die Tränen, als sie Caroline umarmte.

»Was bin ich froh, dass ich dich wiederhabe. Meine liebe Kleine, geht es dir gut?«, sagte Karin.

Auf einmal wanderte der Daumen in Carolines Mund, etwas, das sie nie zuvor getan hatte. Karin strich ihr über den Kopf. Unter der Mütze lugten keine braunen Haare mehr hervor. Caroline zitterte, dabei schien doch die wärmende Frühlingssonne, und sie trug ihren dicken Wintermantel. Sie sollten sich beeilen, nach Hause zu kommen.

»Lust auf Apfelkuchen mit Schlagsahne?«, fragte sie und nahm Caroline an die Hand. »Schau mal, da ist Onkel Thomas und holt uns mit dem Auto ab.«

Kaum dass Thomas ihr die Tür öffnete, kletterte Caroline hinein. Als Karin sich zu ihr setzte, schmiegte sie sich eng und zitternd an sie.

»Alles ist gut, Line.«

Aber Caroline sah nicht so aus, als ob es ihr gut ginge.

Als Karin ihr zu Hause die Mütze auszog, schreckte sie kurz zurück. Die Haare hatte man ihr unregelmäßig bis auf wenige Millimeter geschoren. Aber so schlimm war das nicht, sie würden nachwachsen.

Caroline trug das Kleidchen, mit dem sie damals abgeholt worden war. Kurz überlegte Karin, sie umzuziehen, unterließ es dann aber. Besser, sie tranken erst mal Kakao und aßen Kuchen. Caroline hatte bestimmt Hunger.

Im Wohnzimmer warteten Tante Elvira, Vera, Ute und Karins Mutter. Alle freuten sich sehr, und Caroline schien sich auch zu freuen, aber sobald die Sprache auf das Heim kam, wanderte der Daumen in den Mund. Tante Elvira wollte schon protestieren, doch Karin schüttelte den Kopf und sagte: »Lass ihr Zeit, bitte.«

Als sie am Kaffeetisch saßen, verputzte Caroline in null Komma nichts das erste Stück Kuchen und deutete dann auf die Sahne. »Krieg isch noch mehr?«

»Wie bitte?«, fragte Tante Elvira.

»Darf ich bitte noch etwas Schlagsahne haben?«

»Ja, aber schling nicht so, Kind!«

Caroline, den Mund so voll, dass die Sahne im Mundwinkel klebte, reagierte nicht, sondern aß in einem Tempo weiter, als ob sie Angst hätte, dass man ihr den Kuchen gleich wieder wegnehmen würde.

Ute kicherte und versuchte, es ihr nachzutun, wurde aber sofort von Vera zurechtgewiesen.

»Es ist genug da, keine Sorge«, versuchte Karin, ihre Tochter zu beruhigen. Die anderen ließen sie endlich in Ruhe, tranken ihren Kaffee und redeten über das bevorstehende Osterfest, als wäre es ein ganz normaler Sonntag.

Als Caroline fertig war, stand sie, ohne zu fragen, auf, schnappte sich eines der Bilderbücher aus dem Regal und zog Karin mit sich aufs Sofa. Sie kuschelte sich auf ihren Schoß, als wäre sie noch ein Kleinkind, aber wenn Karin sie streicheln wollte, zuckte sie zusammen.

Abends wollte Caroline sich allein ausziehen und waschen.

In der Nacht aber schlüpfte sie zu Karin ins Bett, was sie schon seit langer Zeit nicht mehr getan hatte. Und sie wollte partout nicht wieder zurück in ihr Zimmer. Wie gut, dass Robert heute noch nicht dabei gewesen war, sondern sie erst in ein paar Tagen kennenlernte und die neue Wohnung noch nicht bezugsfertig war. Ob Caroline so viele Neuerungen auf einmal überhaupt verkraftet hätte?

Am Morgen wollte Caroline wieder allein im Bad sein, aber Karin hatte es eilig und schlüpfte schnell mit hinein.

Obwohl blaue Flecke unter der braunen Haut nur schwer zu erkennen sind, fielen sie ihr sofort auf. Sie brauchte nicht zu fragen, wer ihr das angetan hatte, sondern drückte sie nur an sich und sagte ein ums andere Mal: »Es tut mir so leid, meine Kleine. Es tut mir so leid.«

Am Sonntag stand Roberts Besuch bevor. Am liebsten hätte Karin noch gewartet, so verstört, wie Caroline war, aber Robert überzeugte sie davon, dass Caroline besser von ihnen erfuhr, dass sie geheiratet hatten, als von den Nachbarskindern. Wie gut, dass Robert so ein besonnener Mensch war.

Tante Elvira und Friedel gingen ins Café an der Hauptwache, damit Karin und Robert mit Caroline allein sein konnten. Karin war unglaublich nervös. Was, wenn Caroline Robert nicht leiden konnte?

Caroline saß am Esstisch und malte mit Hingabe ein Bild. Ihre Bilder waren düsterer geworden, keine strahlende Sonne mehr, sondern schwarze Schatten und dunkle Ecken. Als es klingelte, schaute sie ängstlich auf.

Karin atmete tief durch, ging in den Flur und öffnete Robert. Er trug eine helle Hose und ein buntes Hemd, ganz modern. Und ein Geschenk unter dem Arm. Sie nickten sich aufmunternd zu, und Karin ging voraus.

»Schau mal, Caroline, wir haben Besuch. Das ist Robert.«

Caroline sah auf, runzelte die Stirn und malte weiter.

»Guten Tag, Caroline«, sagte Robert. »Darf ich mich neben dich setzen?«

»Mm.«

Es klang nicht unfreundlich, und er setzte sich neben sie. »Was malst du denn da?« Robert deutete auf das Mädchen mit der braunen Haut und dem grauen Trägerrock. »Bist du das?«

»Mm.«

»Schau mal, ich habe dir etwas mitgebracht.« Er reichte ihr das Geschenk.

Sofort warf Caroline den Stift zur Seite und griff zu. »Danke, Onkel …«

»Robert«, antwortete er.

Sollte Karin es ihr jetzt schon sagen? Dass er nicht Onkel Robert, sondern ihr zukünftiger Vater war? Aber sie sollte selbst entscheiden, wie sie ihn nennen wollte.

Caroline hatte inzwischen das Geschenk ausgepackt und fragte: »Was ist das?« Sie drehte den silbernen Metallkasten hin und her.

»Hier macht man ihn auf.« Robert zeigte ihr, wie sie auf eine Ecke drücken musste, damit der Kasten aufsprang.

»Farbe!«, rief sie und riss vor Freude die Augen auf. »Und ein Pinsel?«

»Das sind Wasserfarben. Deine Mama hat mir erzählt, wie gerne du malst. Wenn du willst, zeige ich dir, wie das geht.«

Caroline nickte. Karin holte Wasser und einen Zeichenblock, und Robert erklärte geduldig, wie man die Farbe anrührte und mit dem Pinsel auftrug. Gemeinsam malten sie ein kunterbuntes Bild, einfach nur Kleckse, die sie verrührten und verbanden, und lachten viel dabei. Karin lehnte sich beruhigt zurück.

Als die beiden fertig waren, gab es wieder Kuchen und Kakao. Es gefiel Karin, wie freundlich und interessiert Robert sich gegenüber Caroline verhielt.

Gerade erzählte er ihr, dass er den Motor für eine Maschine gebaut habe, mit der man Kuchenteig kneten und Sahne schlagen könne.

»Au fein!«, rief Caroline. »Friedel tun danach immer die Finger weh.«

»Dann wäre unsere Küchenmaschine genau das Richtige für sie!«

Sie lächelte. »Kennst du Friedel?«

»Natürlich. Und Tante Elvira und deine Oma und Vera und Thomas und die kleine Ute!«

»Hast du Kinder?«, fragte sie.

Vielleicht war jetzt der richtige Zeitpunkt gekommen. Karin streckte ihre Hand auf dem Tisch aus, sodass ihr Ehering funkelte.

»Weißt du, Caroline, ich kenne Robert schon eine ganze Weile.« Sie schluckte, bevor sie fortfuhr: »Dieser Ring hier ist mein Trauring, Caroline. Robert und ich haben geheiratet. Schau, er trägt den gleichen Ring.«

Auch er zeigte ihr seine Hand.

»Muss ich wieder ins Heim?«, fragte Caroline unerwartet.

»Nein, auf gar keinen Fall.«

»Kriegst du ein Baby, Mama?«

»Nein, wie kommst du denn darauf?« Alles hatte sie erwartet, weinen und schreien, aber nicht diese merkwürdigen Fragen.

»Wieso hast du mich nicht abgeholt?«, fragte Caroline.

Karin sank das Herz in die Hose.

»Schatz, ich durfte nicht. Ich wollte, ich war schon am gleichen Tag da, hast du Bärchen nicht bekommen? Aber ich durfte dich nicht mitnehmen. Ich habe dich so sehr vermisst.«

»Ellen hat gesagt, dass du mich nicht mehr willst.«

»Aber das stimmt nicht. Ich bin deine Mama, ich liebe dich, und ich will, dass du immer bei mir bist. Bei mir und Robert.«

»Ich habe dich adoptiert, Caroline«, warf er mit besorgter Stimme ein. »Weißt du, was das bedeutet?«

Caroline nickte. »Ich will nicht wieder weg.«

»Das musst du auch nicht, du bleibst bei mir und Robert.«

»Wer adoptiert wird, kriegt neue Eltern.«

»Du hast keine neuen Eltern bekommen«, sagte er. »Nur einen neuen Papa.«

»Und das bist du?«

»Ich möchte es sehr gerne sein.«

Caroline sah ihn lange an. Wie ernst sie auf einmal war. Was sie jetzt wohl dachte? Bisher hatte sie nicht gesagt, ob sie sich freute oder Robert mochte.

»Wohnst du dann bei uns?«, fragte sie auf einmal.

»Ja. Wir werden eine ganz normale Familie sein, mit einer eigenen Wohnung. Mama, Papa, Kind.«

»Oben im ersten Stock, in Liebigs alter Wohnung«, warf Karin ein. »Die sind ausgezogen.«

»Herr Liebig ist weg?« Ihre Stimme klang plötzlich fröhlicher.

»Ja, mein Schatz.«

»Und wir bleiben hier, du und ich und Friedel und Tante Elvira und – Onkel Robert?«

»Ja.«

Caroline seufzte, und auf einmal lächelte sie.

»Malen wir weiter?«, fragte sie.

Karin hatte den Eindruck, dass Caroline mit der neuen Situation einverstanden war. Robert blieb Onkel Robert, er durfte mit ihr malen und ihr vorlesen, sie saß abends neben ihm am Esstisch. Morgens war er nicht da, denn er schlief noch in seinem alten Zimmer, doch bald würden sie in die neue Wohnung ziehen.

In den Kindergarten ging Caroline noch nicht, sondern blieb morgens bei Friedel, und zum Mittagessen kam Karin nach Hause. Sie spielten viel und holten die Zeit nach, die ihnen durch die Wochen im Heim genommen worden war.

Aber ihre Tochter redete nie über das Heim. Wenn Karin fragte, ob sie dort Lieder oder Spiele gelernt habe, wenn Friedel nach dem Essen fragte oder Tante Elvira wissen wollte, ob die Schwestern nett gewesen seien oder sie Freundinnen gefunden habe, steckte Caroline jedes Mal den Daumen in den Mund und schwieg.

Vera schleppte schon wieder Ratgeber an, in denen es jedoch nur um körperlich kranke Kinder ging. Caroline hatte aber keine Windpocken, sondern schwieg einfach nur. Sie aß gut, spielte wieder Ball und Hüpfspiele mit den Nachbarskindern und mit Ute und ihren Puppen.

Vielleicht half eine Geschichte, und so brachte Karin einen ganzen Stapel neuer Kinderbücher mit nach Hause. Caroline schaute sie sich sofort neugierig an, und *Pippi Langstrumpf* interessierte sie offensichtlich am meisten.

»Soll ich es dir vorlesen?«, fragte Karin. Sie mochte das freche Mädchen, das immer so stark und mutig war. Es war ein Waisenkind, und vielleicht brachte das ja Caroline zum Reden. Ein bisschen Mut konnte sie bestimmt gut gebrauchen.

Caroline legte den Kopf schräg. »Sie sieht wie Ellen aus.«

Ellen! Das war das Mädchen aus dem Heim.

»Ist Ellen deine Freundin?«, fragte sie beiläufig.

Caroline fuhr mit dem Finger über das Bild des kleinen Äffchens, das neben Pippi Langstrumpf auf einem Koffer saß.

Das machte sie gerne, als ob sie sich merken wollte, wie etwas gezeichnet wurde. Aber zu Ellen sagte sie kein Wort.

Dann schlug Karin die erste Seite auf. Und während sie ihr von Pippi und Thomas und Annika vorlas, lutschte Caroline wieder am Daumen.

»Mama, wieso bin ich nicht weiß?«, fragte sie mit einem Mal.

»Warum? Na, weil dein Vater auch braune Haut hat.«

»Aber Pippis Papa hat auch braune Haut, und sie ist rosa mit Sommersprossen, so wie Ellen.« Sie klappte das Buch zu und deutete auf das Bild.

»Pippis Papa ist ganz bestimmt auch weiß.«

»Aber er ist ein Negerkönig. Also ist er braun wie ich, oder?«

Karin stutzte. »Nein, Pippis Papa war ein Kapitän auf einem Schiff und ist ertrunken. Pippi wünscht sich nur, dass er ganz weit weg auf einer Insel lebt und dort König ist.«

Karin erinnerte sich, dass in einer späteren Geschichte der Vater auftauchte, aber das würde Caroline nur verwirren.

»Ich will auch, dass mein Papa König auf einer Insel ist«, sagte Caroline. »Und ich will weiß sein und nicht wie ein Affe aussehen.«

»Du siehst nicht wie ein Affe aus!« Karin starrte sie entsetzt an. »Haben das die anderen Kinder zu dir gesagt?«

Caroline hatte schon wieder den Daumen im Mund und nickte zaghaft. »Aber sag das nicht Schwester Adelheid«, flüsterte sie. »Petzen ist verboten, dann muss ich wieder ins Heim, und ich will doch nicht.«

Da ahnte Karin, warum Caroline nichts erzählte. Und auch, wer sie geschlagen hatte.

»Liebes, du darfst mir alles erzählen, ich sage es Schwester Adelheid ganz bestimmt nicht weiter.«

»Versprochen?«

»Versprochen.«

Caroline seufzte und kuschelte sich noch enger an Karin.

»Außerdem bist du wunderschön! Ich mag deine braune Haut, sie erinnert mich immer an deinen Papa.«

»Und du hast ihn nicht vergessen?«

»Nein, Caroline. Billy werde ich nie vergessen.«

Die arme Kleine! Karin fühlte sich elend. Was ihre Tochter alles hatte ertragen müssen! Wenn sie Herrn Liebig jemals in die Finger kriegte …

Aber endlich wusste sie, wieso sie nichts sagte. Es war ihr verboten worden, und wer nicht gehorchte, wurde geschlagen.

Zum Trost kochte sie in der Küche eine Tasse Kakao für Caroline, als Tante Elvira sie zur Seite nahm.

»Lob dein Mädchen besser nicht für ihr Aussehen, dann wird sie noch eitel. Sie sollte besser lernen, dass es nicht darauf ankommt, wie sie aussieht.«

»Aber sie war ganz verzweifelt! Hast du gehört, was sie vom Heim erzählt hat?«

»So sind Kinder eben. Caroline wird immer auffallen. Besser, sie legt sich ein dickes Fell zu.«

»Sie haben im Heim Affe zu ihr gesagt, Tante Elvira!«, erwiderte Karin. »So was kann ich nicht akzeptieren. Irgendjemand muss ihr doch sagen, dass sie ganz normal und wunderschön ist.«

»Deine Eltern haben dir als Kind bestimmt auch nicht gesagt, dass du hübsch bist. Das verdirbt den Charakter. Eitle junge Frauen geraten viel zu schnell auf die schiefe Bahn.«

Karin konnte nur den Kopf schütteln. Aber es stimmte, sie hatte von ihren Eltern früher auch keine Komplimente bekommen.

Das Frühjahr ging ins Land. Da bei Tante Elvira jetzt gleich zwei Zimmer leer standen, zog Karins Mutter doch wieder in den Grüneburgweg. Sie hatte es nicht mehr mit ihrem Gewissen vereinbaren können, für sich allein den Luxus einer Dreizimmerwohnung zu beanspruchen. Und sie hatte sich wohl auch einsam gefühlt, würde das jedoch nie zugeben. Die Wohnung war schnell vermietet, und besonders Caroline freute sich, dass die Oma nun in ihrem alten Kinderzimmer wohnte.

Die Mieteinnahmen verringerten die finanzielle Belastung für die Buchhandlung, und voller Elan begann Karin mit der Planung zur Feier des hundertjährigen Jubiläums der Buchhandlung im Herbst.

Robert tauschte das Motorrad gegen einen VW Käfer, und sie machten viele Ausflüge in die nähere Umgebung, bewunderten die Obstbaumblüte an der Bergstraße und Schloss Mespelbrunn im Spessart. Am Pfingstdienstag ließen sie das Auto stehen und fuhren mit der Tram in den Stadtwald, wo in Frankfurt traditionell der *Wäldchestag* gefeiert wurde, ein Volksfest am Oberforsthaus. Nachmittags schlossen sogar die Behörden, Geschäfte und Fabriken, alle hatten ab zwölf Uhr frei, und ein wahrer Menschenauftrieb machte sich auf den Weg ins *Wäldche*.

Bratwurstbuden und Schießstände waren um das Oberforsthaus aufgebaut worden, Blasmusik lud zum Tanzen im Freien ein, und mittendrin stand ein großes Karussell.

Stolz beobachtete Karin, wie Robert und Caroline lachend auf zwei Karussellpferdchen saßen. Die meisten Väter tranken lieber auf den Bänken unter den Bäumen ihren Gespritzten, Apfelwein mit Limonade oder Selterswasser.

Sie bewunderte es, wie oft Robert mit Caroline bastelte und *Memory* spielte. So viel Zeit hatte ihr eigener Vater nie mit ihr verbracht. Immer hatten die Bücher und die Buchhandlung an erster Stelle gestanden. Robert brachte keine Arbeit mit nach Hause, allenfalls mal eine Fachzeitschrift. Aber er beobachtete alles immer genau. Da Caroline das Zähneputzen hasste und sehr schludrig war, kam ihm die Idee einer elektrischen Zahnbürste. Um die technische Entwicklung kümmerte er sich im Betrieb.

Wie Caroline lachte, während das Pferdchen sich auf und nieder bewegte! Sie sah so glücklich aus in ihrem blau karierten Kleidchen und mit dem weißen Kopftuch über den noch immer sehr kurzen Haaren. Allmählich kam sie wieder zu sich, anders konnte Karin es nicht beschreiben.

»Noch mal!«, rief Caroline, und Robert bezahlte eine weitere Fahrt. Die Musik erklang, das Karussell setzte sich langsam wieder in Bewegung, und Karin winkte den beiden zu.

»Und wohin jetzt?«, fragte sie, als die beiden endlich wieder bei ihr waren.

»Guten Tag, Fräulein Wünsche«, grüßte sie auf einmal eine Frau mit einem Mädchen in Carolines Alter an der Hand. Sie trug eine türkisfarbene Caprihose und eine weiße Bluse, das blonde Mädchen ein gelbes Kleidchen. In der Hand hielt es eine riesige Zuckerwatte.

Karin erkannte die beiden nicht sofort wieder, aber Caroline lachte das Mädchen fröhlich an.

»Wie schön, dich wiederzusehen, Caroline«, sagte die Frau.

»Entschuldigen Sie, ich habe Ihren Namen vergessen«, sagte Karin.

»Frau Ortner, unsere Mädchen gingen eine Zeit lang zusammen in den Kindergarten.« Sie streckte ihr die Hand entgegen.

»Guten Tag, Frau Ortner. Darf ich Ihnen meinen Mann vorstellen, Herrn Leyendecker?«

»Sie haben geheiratet! Ich war mir nicht sicher, ob die Gerüchte stimmen. Herzlichen Glückwunsch.« Offen und herzlich lächelnd gab sie auch Robert die Hand.

»Ich freue mich so, Sie zu treffen. Doris hat Caroline vermisst. Auch die anderen Kinder fragen immer wieder nach ihr. Ist sie denn wieder gesund?«

Besorgt schaute sie zu Caroline, die gerade laut lachend eine große Wolke Zuckerwatte von Doris stibitzte.

Das also hatten sie im Kindergarten den anderen Eltern erzählt. Karin hatte um Stillschweigen gebeten.

»Alles ist in Ordnung.«

»Ich bin Schiffschaukel gefahren«, sagte Doris.

»Und ich Karussell! Zweimal!«, rief Caroline.

»Willst du uns mal besuchen kommen?«, fragte Frau Ortner. »Selbstverständlich nur, wenn Sie damit einverstanden sind. Kommt sie dann auch wieder in den Kindergarten oder arbeiten Sie nicht mehr? Die Mädchen haben eine neue Kindergärtnerin, die ist viel netter als die alte.«

Robert beugte sich zu Caroline und strich ihr sanft über die kurzen Locken.

»Möchtest du denn Doris zu Hause besuchen?«, fragte er.

»Nein. Die bohren mir in den Zähnen.«

Karin guckte betroffen zu Frau Ortner, die lachte laut. »Mein Mann ist Zahnarzt. Die meisten Kinder haben Angst vor ihm.«

»Aber ich will mit Doris im Kindergarten spielen, Papa.«

Plötzlich durchströmte Karin ein tiefes Glücksgefühl. Ihr war fast ein wenig schwindlig, als wäre *sie* gerade Karussell gefahren.

Caroline hatte das erste Mal Papa zu Robert gesagt.

31

STRIDE TOWARD FREEDOM

Oktober 1959

Beschwingt lief Karin den Grüneburgweg entlang, als sie ein Jeep überholte. Ein Soldat drehte sich pfeifend zu ihr um, und sie lächelte zurück. Offensichtlich sah man ihr nicht an, dass sie in wenigen Wochen dreißig werden würde.

Die Zeit raste nur so dahin. Gerade hatte eine russische Raumstation Fotos von der Rückseite des Mondes auf die Erde gefunkt, weltweit wurde für die atomare Abrüstung demonstriert. Der amerikanische Vizepräsident Nixon hatte die Sowjetunion besucht, Chruschtschow die USA. Alle hoffen auf ein Ende des Kalten Krieges, doch Deutschland war noch immer geteilt.

Auf der Buchmesse hatte es Streit gegeben, weil die Deutsche Buchexport und Import GmbH aus Leipzig *Bücher aus der Deutschen Demokratischen Republik* statt wie in den Jahren zuvor *Bücher aus dem Interzonenhandel* über ihren Stand geschrieben hatte.

Karin glaubte auch, die DDR anzuerkennen, hieße, die Wiedervereinigung aufzugeben. Und das wollte sie auf keinen Fall. Aber zum Glück war es nicht nur um Schilder, sondern vor allem um Bücher wie *Die Blechtrommel* von Günter Grass gegangen.

Da war sie endlich zu Hause angekommen. Doch kaum dass sie den Schlüssel in Tante Elviras Wohnungstür stecken wollte, wurde die Tür aufgerissen.

»Mami!«, rief Caroline lachend. Sie war jetzt acht Jahre alt, ein großes, schlankes Mädchen mit einer Vorliebe für karierte Latzröcke und einem ungewöhnlichen Zeichentalent.

»Hallo, Line!« Karin bückte sich, Caroline umschlang ihren Hals und gab ihr ein klebriges Küsschen auf die Wange. In der Küche klapperte es, die Wohnung duftete nach frischen Waffeln.

Sie behielt den Mantel an und ging in die Küche. Friedel war alt geworden. Der Dutt war mittlerweile komplett weiß, die Haut von papierartigen Falten durchzogen. Sie trug noch immer die gleiche braun gemusterte Kittelschürze, obwohl jeder in der Familie ihr schon eine neue geschenkt hatte, aber solange die alte noch gut war, zog sie sie an. Auch in Rente wollte sie nicht, obwohl ihre Odenwälder Nichte sie zu sich eingeladen hatte. Aber allen war klar, dass Friedel Caroline nicht verlassen wollte.

»Mutti kommt später, sie bringt noch die Einnahmen zur Sparkasse«, sagte Karin. »Alles in Ordnung?«

»Caroline ist noch nicht mit den Hausaufgaben fertig, sie muss noch ein Gedicht auswendig lernen.«

»Das kann ich schon.« Caroline stibitzte sich ein Waffelstück.

»Nicht vor dem Essen!«, ermahnte Friedel sie und nahm es ihr wieder weg. »Sag deiner Tante noch mal das Gedicht auf, deine Mutter muss sich erst mal ausruhen.«

Sie schaute Karin merkwürdig an. Normalerweise waren Friedel und Tante Elvira doch froh, wenn sie Caroline sofort mit nach oben nahm, das Kinderhüten strengte sie an. Aber irgendetwas war anders heute.

»Geh nur, Karin«, schickte Friedel sie förmlich weg. »Du musst doch bestimmt das Essen für Robert vorbereiten.«

Karin verstand nicht, abends gab es bei ihnen doch nur kalte Küche. Caroline wurde von Friedel bekocht, Robert aß mittags in der Werkskantine, und Karin versuchte, auf ihre schlanke Linie zu achten.

Nachdenklich ging sie zu Tante Elvira. Sie saß im grauen Mohairpullover und mit Perlenkette auf dem grünen Sofa im Erker und hielt Carolines Deutschbuch in der Hand. Siebenundsiebzig war sie mittlerweile, hielt sich aber noch immer aufrecht und war eitel genug, sich auch zu Hause die Lippen rosafarben zu schminken.

Nach einer kurzen Begrüßung ging Karin nach oben und öffnete stolz die Tür zu ihrer eigenen Wohnung. Es war die gleiche Tür wie die von Tante Elvira, aber wie anders sah es dahinter aus. Karin freute sich jeden Tag aufs Neue auf den Anblick, sobald sie die verdeckten Neonröhren einschaltete. Robert und sie hatten die Wohnung hell und licht eingerichtet, filigrane, moderne Möbel anstelle dunkler Eiche, cremefarbene Tapeten, helle und pflegeleichte Sisalteppiche und pastellfarbene Vorhänge. Selbst an einem regnerischen Herbsttag wie heute strahlte ihre Wohnung freundlich und einladend, während sie den Gang entlang zum hinteren Eckzimmer ging, dem ehemaligen Kinderzimmer von Wieland Liebig.

Jetzt war es ihr Arbeitszimmer. Robert wollte daraus gerne

ein weiteres Kinderzimmer und aus dem Ess- ein Arbeitszimmer machen. Aber bis jetzt war Karin leider noch nicht schwanger geworden. Eine Fehlgeburt hatte sie gehabt, aber davon wusste niemand etwas. Natürlich hoffte sie, dass es bald klappte. Die Möbel, eine Regalwand aus hellem Buchenholz und einen kleinen Schreibtisch, konnten sie jederzeit umräumen …

Sie seufzte, stellte die schwere Tasche auf den Stuhl und schaltete die gelbe Tütenlampe über dem Tisch ein.

Halt, was war das?

Zuoberst auf den Messekatalogen lag ein Päckchen mit vielen bunten Briefmarken, auf denen die Freiheitsstatue die Fackel hochhielt. Dabei bestellten sie amerikanische Bücher über Petersen, einen Importbuchhändler aus Hamburg, der natürlich an die Schillerstraße lieferte.

Ein Blick auf den Absender, ihr blieb das Herz stehen.

William Cape.

Billy? Konnte das sein?

Auf einmal wurde ihr schwummerig. Mit einer raschen Bewegung schob sie die Büchertasche vom Stuhl und setzte sich. Als sie sich wieder etwas gefangen hatte, richtete sie sich auf.

Post von Billy an *Fräulein Karin Wünsche*.

So viele Jahre hatte sie darauf gewartet – war es nicht viel zu spät dafür? Und warum schrieb er ihr erst jetzt? Sie schaute erneut auf die Briefmarken. Abgestempelt Ende September 1959 in Montgomery, Alabama.

Ob sie es wirklich öffnen sollte? Es kam ihr vor wie die Büchse der Pandora – als ob sie voller Übel stecken würde, voll Krankheit, Tod und – Unglück.

Deshalb hatte Friedel gewollt, dass sie allein in die Wohnung ging. Damit Caroline nichts von dem Päckchen mitbekam.

Es fühlte sich wie ein Buch an. Karin nahm die Schere aus der Schublade, zerschnitt den Bindfaden und löste den Tesafilm vom Packpapier.

Dann atmete sie tief durch und wickelte das Päckchen auf.

Von einem Buchumschlag sah sie ein Schwarzer Mann ernst an. Der Titel lautete *Stride toward freedom*, übersetzt wohl *Schritte hin zum Frieden*, von Martin Luther King, jr. *A leader of his people tells the Montgomery Story* lautete der Untertitel. Montgomery, war dort nicht das Päckchen abgeschickt worden? Was bedeutete das?

Mit klopfendem Herzen öffnete Karin den Brief.

Meine geliebte Karin,

verzeih, wenn ich dir erst nach so langer Zeit schreibe. Vielleicht hast du mich vergessen, ich hätte es verdient. Ich wage auch nur, dir zu schreiben, weil ich dir gerne das Buch schenken möchte, das mein Leben verändert hat.

Als ich 1951 von New York unterwegs zu meinen Eltern war, konnte ich mich im Süden nur schwer wieder an die Rassentrennung gewöhnen. Im Bus hinten sitzen, im Laden erst nach den Weißen bedient werden, auch wenn man zuerst hereingekommen war … und vor allem, immer mit gesenktem Blick die Straße entlanggehen. Ich konnte mich nicht mehr demütig kleinmachen, und die Weißen sahen es mir an. Es gab Ärger, einer meinte, ich sei frech, er schlug mich schon, bevor ich nur irgendetwas sagen konnte. Zu dritt prügelten sie auf mich ein, weil ich sie angeblich beleidigt hätte. Ich wehrte mich, sie riefen den Sheriff und ließen mich einsperren. Es tut mir leid, dass ich dir nie geschrieben habe. Für Briefe ins Ausland fehlte mir das Geld, und ich schämte mich, im Gefängnis zu sein.

Letztes Jahr dann schmuggelte ein Mithäftling dieses Buch in die Haftanstalt, und endlich wusste ich, was ich tun musste – gewaltfrei gegen die Rassentrennung zu kämpfen. Dieses Buch hat mich gerettet. Seit meiner Entlassung verdiene ich mein Geld als Taxifahrer und unterstütze Dr. King und die Bürgerrechtsbewegung. Meine Tage sind sehr ausgefüllt, ich lerne viel. Es muss sich etwas ändern, und ich bin überzeugt, dass der gewaltlose Widerstand der richtige Weg ist.

Liebe Karin, ich hoffe, es geht dir und deiner Familie gut, und du bist glücklich in eurer kleinen Buchhandlung. Vielen Dank für die gemeinsame Zeit in Frankfurt, die Erinnerung hat mir geholfen, die lange Haft durchzustehen.

Gott sei mit dir,
Billy

Karin ließ den Brief sinken. Billy hatte sich nicht melden können, weil er unschuldig im Gefängnis gesessen hatte! Wie schrecklich. Und sie hatte gedacht, er hätte sie vergessen.

Sie las den Brief gerade ein zweites Mal, als sie gedämpft Carolines helle Stimme hörte.

Leise klopfte es an der Tür.

»Darf ich reinkommen?«, fragte Friedel.

»Ja, bitte!«

Friedel huschte hinein und schloss sofort die Tür hinter sich ab.

»Hast du das Päckchen gefunden?«

»Natürlich! Billy hat geschrieben!«

»Das darfst du nicht zulassen!«

»Was?«

»Na, dass er Caroline zu sich nach Hause holt!«

»Davon ist überhaupt nicht die Rede, er weiß gar nicht, dass er eine Tochter hat.«

»Dann ist ja gut. Sag ihm das bloß nicht!«

»Aber … er ist ihr Vater …«

»Willst du sie ein zweites Mal verlieren?«

Das wollte Karin natürlich auch nicht, aber da hüpfte bereits Caroline durchs Zimmer, und sie konnte gerade noch Brief und Buch in ihrer Schreibtischschublade verstecken. Robert würde auch gleich nach Hause kommen, also kümmerte sie sich ums Abendessen.

Während sie Brot aufschnitt und Wurst und Käse auf einem Teller arrangierte, war sie noch immer wie betäubt. Sie konnte die Bedeutung dieses Briefes noch gar nicht richtig erfassen, merkte nur, dass ihr Herz raste und sie den fröhlichen Erzählungen ihrer Tochter überhaupt nicht folgen konnte. Plötzlich hörte sie den Schlüssel in der Tür.

»Papi!« Line rannte sofort zu Robert, und Karin folgte ihr. Sie hielt Robert lange im Arm und küsste ihn intensiver als sonst zur Begrüßung, als ob sie sich ihrer Liebe zu ihm vergewissern müsste.

Während des Abendessens überlegte Karin, ob sie Robert von Billy erzählen sollte. Sie liebte Robert. Und er war ein guter Vater für Caroline. Gerade erzählte er ihr von den Experimenten mit einem neuen, noch schnelleren Küchenmaschinenmotor und wie im Versuchslabor der Kuchenteig an die Wand gespritzt war.

Karin wollte niemanden verletzen. Wenn sie Robert sagte, dass Billy noch lebte, würde er sich Vorwürfe machen, weil er Caroline adoptiert hatte, und an sich als Vater zweifeln.

Und was würde Billy unternehmen, wenn er von seiner Tochter erfuhr? Sie nach Amerika holen, wie Friedel es befürchtete? Sich nicht mehr melden, weil er die Verantwortung scheute? Wie würde sich Caroline fühlen, wenn sie wüsste, dass ihr Vater lebte und sie nicht sehen wollte?

»Damit es nicht mehr spritzt, braucht ihr einen Deckel über der Schüssel!«, rief ihre Tochter gerade. »Friedel deckt den Handmixer immer mit einem Geschirrhandtuch zu.«

»Gute Idee, meine Große, aber wie kommt dann der Schneebesen in die Schüssel?«

Sie stützte nachdenklich die Hand auf. »Der Deckel braucht ein Loch!«

Warum sollte Karin Unruhe in ihre Familie bringen, nachdem sie so lange gebraucht hatten, das Drama mit dem Kinderheim zu verdauen? Caroline war eine gute Schülerin geworden, sie hatte Freundinnen gefunden und war gesund. Von Billy sprach sie kaum noch. Nur das Foto von ihm hing noch immer über ihrem Bett.

»Du bist so still, Karin, fehlt dir was?«, fragte Robert und legte seine Hand auf ihre.

»Nein, nein«, erwiderte sie rasch und lächelte ihn an. »Sag, Caroline, was war das für ein Gedicht, das du Tante Elvira vorgetragen hast?«

»Oh, das würde ich gerne hören!«, sagte Robert, doch Caroline verzog ihr Gesicht.

»Kann ich die Marken haben?«, fragte sie stattdessen. »Für Peter.«

Sie himmelte den sechzehnjährigen Peter Taler förmlich an. Der sammelte nicht nur Briefmarken, sondern machte mittlerweile eine Lehre zum Bankkaufmann. Und er spielte Fußball in der Nachwuchsmannschaft des amtierenden Deutschen Meisters, der SGE Eintracht Frankfurt. Marie arbeitete wieder als Friseuse, und Albert hatte Arbeit am Band der Adlerwerke gefunden.

»Was für Briefmarken, Line?«, fragte Karin und hoffte, mit ihrer Befürchtung falschzuliegen.

»Aus Amerika. Heute ist eine Lieferung bei uns statt in der Buchhandlung abgegeben worden, da waren ganz viele amerikanische Briefmarken drauf.« Caroline wirkte so unschuldig, sie hatte offensichtlich nicht mitbekommen, wer das Päckchen abgeschickt hatte.

»Komm, Line, das Gedicht!«, wiederholte Robert zum Glück seine Bitte. Schulische Leistungen waren ihm fast so wichtig wie ihrem Vater früher, und Karin war froh, dass sie nicht noch mehr über diese Marken oder das Päckchen redeten. Sie wusste einfach nicht, wie sie sich verhalten sollte.

Später schnitt sie die Marken aus und brachte sie Caroline. Den Brief versteckte sie in ihrer Schreibtischschublade, das Buch wollte sie morgen zum Lesen mit in die Buchhandlung nehmen. Eine Widmung stand zum Glück nicht drin, und es interessierte Karin natürlich sehr, warum dieses Buch so einen Eindruck auf Billy gemacht hatte.

In der Nacht konnte sie überhaupt nicht schlafen, dachte nur an Billy und wie sehr sie ihn damals geliebt und vermisst hatte. Die Erinnerung schnürte ihr die Kehle zu, und sie kuschelte sich eng an Robert, um endlich Ruhe zu finden, doch es gelang ihr nicht.

Am nächsten Morgen stellte sie erstaunt fest, dass das Buch von Rosa Parks und dem Busboykott in Montgomery berichtete, worüber sie in der Zeitung gelesen hatte. Der Verfasser war ein Pfarrer, der genau erklärte, wie sie mit gewaltfreiem Widerstand für das Recht auf Gleichberechtigung kämpften. Was für ein bewundernswerter Mann! Und wie gut für Billy, sich ihm anzuschließen.

Schließlich war er nach Deutschland gekommen, um sich das erste Mal in seinem Leben frei zu fühlen. Karin dachte an den Messerangriff des weißen Offiziers zurück … sie glaubte Billy, dass er unschuldig ins Gefängnis gekommen war.

Ob es das Buch auch schon auf Deutsch gab? Aber ein Blick in den Barsortimentskatalog genügte – leider nicht. Dann bestellte sie eben bei Petersen eine Partie der amerikanischen Ausgabe. Vielleicht fand sie dazu passende Literatur. Sie könnte einen Tisch mit Infos zum Kampf der Schwarzen in den USA gestalten und überlegte, wo sie ihn hinstellen sollte.

Plötzlich entdeckte sie Vera, die am Empfehlungstisch durch *Rosemarie* von Erich Kuby blätterte.

Im Herbst letzten Jahres war Rosemarie Nitribitt, die Prostituierte mit dem schwarzen Mercedes Sportwagen, in ihrer Wohnung am Eschenheimer Tor ermordet worden. Was für ein Skandal, nicht nur für Frankfurt, sondern für die ganze Bundesrepublik. Angeblich waren höchste Politiker ihre Kunden gewesen!

Thomas war damals verhört worden, weil er ihr die Musiktruhe mit dem Tonbandgerät verkauft hatte. Mit den Tonbändern sollte Rosemarie Nitribitt ihre Kunden erpresst haben. Im Moment lief das Gerichtsverfahren gegen den mutmaßlichen Mörder, einen Freund von Rosemarie Nitribitt, doch die Tonbänder waren unauffindbar.

»Ich muss mit dir in Ruhe reden«, sprach Karin ihre Schwester an. »Wo sind die Kinder?« Sie schaute sich nach Veras Kinderwagen um. Im letzten Jahr hatte Ute einen kleinen Bruder bekommen.

»Die sind bei Bertha. Was gibt es denn so Geheimnisvolles?« Vera folgte ihr ins Büro, öffnete ihren Mantel und setzte sich auf den Besucherstuhl. Thomas verdiente gutes Geld, Veras neuer Wollmantel im allerneuesten Schnitt saß hervorragend und passte farblich zu ihrem Kleid mit dem Bleistiftrock. Was war sie doch noch für ein Backfisch gewesen, als sie damals mit Billy im Hot Club tanzen gewesen waren.

Nervös blieb Karin vor dem Regal mit den Bibliografien stehen. »Billy hat geschrieben.«

»Nein!« Vera sprang auf, und der Stuhl fiel klappernd um. Karin zog den Brief aus ihrer Handtasche und reichte ihn ihr. Vera las ihn rasch.

»Unfassbar.« Sie ließ den Briefbogen sinken. »Er war im Gefängnis. Auf die Idee wäre ich ja nie gekommen. Was sagt denn Robert?«

»Er weiß es noch gar nicht.«

Ihre Schwester las den Brief ein zweites Mal. »Und Billy weiß nichts von Caroline.«

»Was soll ich nur tun?«

»Willst du es ihm verschweigen?«

Karin zuckte die Schultern. »Wenn ich das wüsste. Für Robert wäre es das Beste, für Caroline vielleicht auch. Sie glaubt, dass er tot ist. Robert ist ihr Papa, und sie sind glücklich. Soll ich ihnen das Glück wieder nehmen?«

Sie hielt Vera das Buch von Martin Luther King hin. »Billy will das Richtige tun und sich für die Gleichberechtigung der Schwarzen einsetzen. Und ich? Ist es richtig, ihm seine Tochter vorzuenthalten?«

»Dann schreib ihm doch und warte ab, wie er reagiert. Wenn er sich aus seiner Verantwortung stiehlt und nicht mehr meldet, dann brauchst du es Caroline nicht zu sagen, das würde die Lage nur verschlimmern.«

»Und Robert? Soll ich ihn auch im Ungewissen lassen?«

»Es ist besser für ihn, glaube mir.«

Seufzend sah Karin zu Vera und musste auf einmal wieder an die Nitribitt denken. Ob Thomas auch ihr Kunde gewesen war? Und ob Vera davon wusste? Hatte sie auch Geheimnisse, weil es für andere besser war, sie niemandem schaden und ihre Familie zusammenhalten wollte?

Zwei Wochen später musste Karin morgens zum Zahnarzt, und als sie kurz zu Hause vorbeiging, um sich eine Aspirin gegen die Schmerzen zu holen, fiel ihr durch die dünnen Schlitze am Briefkasten ein Brief mit rot-weiß-blauem Rand auf. Ein Luftpostbrief.

Sofort holte sie ihn mit zitternden Händen heraus. Tatsächlich, Billy hatte geschrieben. Das Herz schlug ihr bis zum Hals. Schnell rannte sie nach oben, riss den dünnen Umschlag mit der Nagelfeile auf und faltete ihn auseinander.

Liebe Karin,

was für aufregende Neuigkeiten! Ich kann es noch selbst kaum glauben, dass ich Vater geworden bin. Vielen Dank für das Foto von Caroline und dir. Sie ist so hübsch! Ich bin sehr froh, dass du alle Schwierigkeiten gemeistert und einen guten Mann an deiner Seite und einen liebenden Vater für Caroline gefunden hast. Es tut mir sehr leid, dass ich nicht da sein konnte, um für Caroline zu sorgen. Leider habe ich kein Geld für ein Flugticket, aber vielleicht schaffe ich es, genügend zu sparen. Ich möchte meine Tochter gerne kennenlernen.

Er schrieb noch mehr über seine Arbeit in der Bürgerrechtsbewegung und fragte sie, ob sie das Buch gelesen habe. Und endete mit: *Aus der Ferne grüßt dich und Caroline euer euch liebender Billy.*

Schluchzend ließ Karin den Brief sinken. Hatte sie wirklich Angst gehabt, er würde ihr ihre Tochter wegnehmen, wie das Jugendamt damals? So etwas würde Billy doch nie tun.

Sie konnte es kaum erwarten, ihrer Familie die frohe Botschaft zu verkünden. Sofort rief sie Robert an, obwohl er nur in Notfällen bei Braun gestört werden wollte. Aber war das nicht ein Sonderfall?

»Billy lebt!«, rief sie anstelle einer Begrüßung. »Er hat geschrieben.«

»Wie? Was? Ich komme sofort nach Hause«, unterbrach er sie. »Und sag Caroline vorerst nichts.«

Wie ernst er klang. Wieso freute er sich nicht? Ob er es Caroline nicht erzählen wollte?

Karin meldete sich bei ihrer Mutter in der Buchhandlung ab und setzte zu Hause erst einmal Kaffee auf. Dann las sie den Brief ein zweites und ein drittes Mal. Und endlich schloss Robert die Tür auf.

»Wie geht es dir?«, rief er noch im Mantel. »Das muss doch ein Schock für dich sein, wir dachten doch alle, er ist tot, und dann nach so langer Zeit …«

Darauf beichtete Karin ihm, dass es bereits der zweite Brief war.

»Aber wieso hast du mir nichts gesagt?«, fragte Robert.

»Ich weiß nicht. Jetzt komme ich mir dumm vor, aber ich wollte dich nicht beunruhigen …«

Er zog die Stirn in Falten. »Wieso beunruhigen? Liebst du ihn etwa noch?«

Und da erst verstand Karin. Robert hatte Angst, sie würde ihn für Billy verlassen.

Sie nahm sein Gesicht in beide Hände und küsste ihn zärtlich. »Ich liebe dich und niemand anderen. Billy wird mir bestimmt immer wichtig sein, aber du bist der Mann, mit dem ich mein Leben verbringen möchte.«

Stürmisch erwiderte er den Kuss. »Bist du dir wirklich sicher?«

»Natürlich.«

Auch wenn ihr Herz fast kurz stehen geblieben war, als sie Billys Namen auf dem Päckchen gelesen hatte. Natürlich hatte sie noch Gefühle für ihn, aber war das nicht normal? Er war ihre erste große Liebe gewesen. Aber das lag nun schon lange hinter ihr.

»Ich wollte abwarten, wie Billy reagiert«, sagte Karin, »wenn er erfährt, dass er Vater ist. Wenn er sich nicht gemeldet hätte … dann hätte ich euch nichts gesagt.«

Sie reichte Robert den Brief. Beim Lesen vertiefte sich seine Sorgenfalte, doch als er ihr den dünnen Papierbogen zurückgab, lächelte er.

Carolines Stimme erklang im Treppenhaus und Tante Elvira, die etwas antwortete.

»Dann lass uns nach unten gehen. Wir müssen es ihnen sagen.« Robert nahm ihre Hand.

»Vorher rufe ich Mutti an. Sie soll dabei sein. Und Vera natürlich.«

Während sie auf die anderen wartete, telefonierte Karin mit Waltraud und war einfach nur glücklich.

»Billy lebt?«, fragte Caroline ein ums andere Mal mit roten Wangen und leuchtenden Augen. »Kommt er mich besuchen?«

»Erst mal schreibst du ihm einen Brief«, antwortete Karin.

»O ja, das mache ich!« Eilig holte Caroline ihre Schulsachen aus dem Ranzen.

»Warte, ich gebe dir ein ganz spezielles Briefpapier, dann wird der Brief mit dem Flugzeug zu ihm gebracht.« Sie reichte ihr einen Block mit blauem Dünndruckpapier und dem markanten rot-weiß-blauen Rand.

»Mit dem Flugzeug?«, staunte Caroline.

»Ja, deshalb ist das Papier so dünn, und den Umschlag, schau, den faltet man so.« Karin deutete auf die Falzlinien.

»Wie bei den Bastelbögen in den Micky-Maus-Heften.«

»Ganz genau. Um Gewicht zu sparen.«

»Kinder«, sagte Tante Elvira und fächelte sich mit der Zeitung Luft zu, »vergesst doch mal den Luftpostbrief, ich muss das zunächst einmal verdauen, dass dieser Soldat sich wirklich noch gemeldet hat.«

»Wo war er denn die ganze Zeit?«, fragte ihre Mutter.

»Das wüsste ich auch gerne«, warf Friedel ein. Karin reichte ihr den ersten Brief und legte den Zeigefinger auf die Lippen, um klarzustellen, dass sie vor Caroline nicht darüber reden sollten.

»Das ist ja … das ist ja …«, rief Friedel und reichte den Brief weiter.

»O mein Gott«, stöhnte ihre Mutter. »Er saß im G…?«

»Unschuldig!«, betonte Karin.

»Friedel, einen Weinbrand bitte«, sagte Tante Elvira. »Egal, was der Arzt sagt! Das ist zu viel für meine Nerven.«

»Ich hole ihn«, sagte Vera und sprang auf.

»Na, glücklich, meine Kleine?«, fragte Robert.

»Jetzt habe ich zwei Papas!« Caroline wippte vor Freude auf dem Sofa auf und ab. Karin nahm sie in die Arme und drückte sie fest an sich.

Das Herz aller Dinge, schoss ihr durch den Kopf. Das war sie, ihre Tochter. Das Herz aller Dinge.

EPILOG

Karins Blick schweifte durch die Buchhandlung. Zehn Jahre! Sie war so stolz auf das Erreichte. In der Leihbücherei suchte sich gerade ein Bauarbeiter Lektüre für den Feierabend aus, Mütter blätterten durch Kinder- und Bilderbücher, und in der Leseecke diskutierten einige ältere Damen. Die Buchhandlung war ein Treffpunkt der unterschiedlichsten Menschen geworden, genau so, wie ihr Vater und sie es sich immer vorgestellt hatten.

»Zwei Uhr, Zeit, den Laden für dieses Jahr zu schließen«, riss ihre Mutter sie aus ihren Gedanken. Als die letzten Kunden gingen und einen guten Rutsch ins neue Jahr wünschten, kamen Vera, Thomas und die Kinder herein und brachten Stutzweck mit, eine Frankfurter Gebäckspezialität, die es nur an Silvester gab. Auch Waltraud erschien, in einer schicken schwarzen Hose, einer weißen Bluse und mit einer hochmodischen Schmetterlingsbrille. Es konnte losgehen.

»Wo bleibt der Sekt?«, rief Karin und schloss die Tür ab.

»Schon da!« Mit einem Plopp öffnete Robert eine Flasche Henkell Trocken und schenkte die sprudelnde Flüssigkeit in die bereitstehenden Gläser. Karin räusperte sich und stellte sich auf einen Hocker, damit sie jeder sehen konnte.

»Heute vor zehn Jahren zog ich mit meinem Vater und einem Bollerwagen durch die Frankfurter Trümmerlandschaft und sah die kleine Holzbude das erste Mal.«

Und sie lernte Billy kennen.

»Wir alle gemeinsam haben die Buchhandlung zu dem gemacht, was sie heute ist: zu einem Treffpunkt von Büchernarren, die über die wichtigste Neuerscheinung des Jahres diskutieren. Aber egal, ob Sie Heinrich Böll, Uwe Johnson oder Günter Grass bevorzugen, es gibt kein Buch, das für alle gleich wichtig ist. Wichtig ist doch nur, dass jeder das Buch, die Geschichte, den Ratgeber findet, der ihm in diesem Moment am meisten hilft. Und ich bin stolz darauf, dass Sie alle Ihre Kunden individuell beraten. Das ist der Grundstock unseres Erfolgs. Und natürlich die guten Ideen, die wir umsetzen. Ich denke da nur an den Kinderclub, den der Buchhändlernachwuchs sich ausgedacht hat. Vielen Dank! Mittlerweile wird jeden Mittwoch unter der Anleitung meiner Mutter eifrig gemeinsam gelesen und zu den Büchern gebastelt. Auch die Lesereihe für die Erwachsenen ist sehr beliebt.«

Karin holte tief Luft und schaute in die Runde ihrer Mitarbeiter, Freunde und Familie.

»Es geht aufwärts, im wahrsten Sinn des Wortes. Und deshalb wünsche ich uns allen ein gutes, ein gesundes, erfolgreiches und vor allem bücherreiches Jahr 1960!« Sie hob ihr Glas, und alle stießen miteinander an.

»Ich werde diese Bude niemals vergessen«, sagte Robert, als sie wieder vom Hocker gestiegen war. »Als ich dich das erste Mal sah, warst du hochschwanger und schön wie die aufgehende Sonne.«

»Eher wie ein aufgehender Hefekuchen, oder?«

»Nein, Frau Leyendecker. Wenn ich damals gewusst hätte, dass du noch frei warst, hätte ich dich sofort zum Motorradfahren eingeladen.«

»Wer weiß, ob ich dich genommen hätte.« Glücklich lehnte sich Karin an ihn.

Als ihre kleine Feier beendet war, traten sie ins Freie. Ute und Caroline rannten lachend auf dem Fußweg herum und spielten Fangen. Ein Laster fuhr rumpelnd an ihnen vorbei. Robert legte den Arm um Karin und zog sie an sich.

»Schon aufgeregt?«, fragte er.

»Und wie! Ich bin noch nie geflogen, und dann gleich so weit! Oh, Robert, du bist der beste Mann, den es auf der ganzen Welt gibt, das weißt du hoffentlich!«

»Früher oder später müssen wir den ersten Schritt wagen, also warum nicht gleich?«

Karin legte den Kopf in den Nacken und betrachtete die Sterne oben am Himmel. Da, der Polarstern. Nur noch wenige Wochen, dann würden sie dort oben in einem Flugzeug sitzen und nach Amerika zu Billy fliegen, sie, Robert und Caroline.

LIEBE LESER:INNEN,

den Grundstein für die Geschichte von Fräulein Wünsche legten die Erzählungen einer Freundin, die als Tochter einer weißen Deutschen und eines afroamerikanischen Soldaten die vielfältigsten Erfahrungen mit dem Alltagsrassismus in Deutschland gemacht hat. Sie hat mich sensibilisiert, und ich bin ihr für ihre Offenheit sehr dankbar.

Auch sie wuchs als Kind einer ledigen Mutter auf, stets unter den kritischen Augen der Gesellschaft und des Jugendamtes. Obwohl 1970 ledige Mütter zumindest das Sorgerecht für ihre Kinder erhielten, wurden sie während der gesamten Erziehungszeit von einer Amtspfleger:in begleitet. Erst 1998 wurden eheliche und außereheliche Kinder rechtlich gleichgestellt, einfach unvorstellbar.

Als ich unter dem Eindruck der Black-Lives-Matter-Bewegung die Chance bekam, einen Roman zu schreiben, der in der Nachkriegszeit spielt, war mir sofort klar, dass ich über diese beiden Themen schreiben wollte. Und über eine Buchhandlung, auch ein lang gehegter Traum von mir.

Schon gleich zu Beginn meiner Recherchen für Fräulein Wünsche stieß ich auf die Probleme der afroamerikanischen Soldaten in der US-Army. In ihrer Heimat wegen ihrer Hautfarbe verfolgt und benachteiligt, kämpften sie im Namen der Freiheit gegen den Nationalsozialismus und erlebten durch die Befreiung der Konzentrationslager die Folgen eines enthemmten Rassismus mit eigenen Augen. Es ist kein Wunder, dass viele dieser Soldaten sich in der Bürgerrechtsbewegung engagierten.

Einfühlsam und informativ erzählt die Film-Dokumentation *Ein Hauch von Freiheit* aus dem Jahre 2014 von dieser Beziehung der afroamerikanischen und deutschen Geschichte, die ich Ihnen sehr ans Herz legen möchte. Sie ist über Amazon Prime abrufbar.

Sehr lesenswert sind auch die folgenden Veröffentlichungen, die mir einen tieferen Einblick in die Schicksale von Afrodeutschen ermöglicht haben:

May Ayim, Katharina Oguntoye, Dagmar Schultz (Hg.): *Farbe bekennen – afro-deutsche Frauen auf den Spuren ihrer Geschichte.* Orlanda-Verlag, 2020.

Dieser Klassiker der afrodeutschen Bewegung schildert in bewegenden Geschichten die Entstehung und die Folgen von Rassismus.

Ika Hügel-Marschall: *Daheim unterwegs – ein deutsches Leben.* Unrast-Verlag, 2020.

Als »Besatzungskind« kam die Autorin in ein Kinderheim, in dem die Nonnen ihr den Teufel austreiben wollen. Erst mit Ende dreißig lernte sie andere Schwarze Deutsche kennen. Sehr berührend.

Gundula Bavendamm: *Amerikaner in Hessen – eine besondere Beziehung im Wandel der Zeit.* CoCon-Verlag, 2008.

Dieser Bildband erinnert an die Stationierung der amerikanischen Soldaten in Hessen und beschreibt das Zusammenleben von Deutschen und Amerikanern vom Einmarsch im April 1945 bis zum Abzug der letzten Truppen 2008.

Christian Adam: *Der Traum vom Jahre Null – Autoren, Bestseller, Leser. Die Neuordnung der Bücherwelt in Ost und West nach 1945.* Galiani, 2016.

Für alle, die sich für die Verlags- und Bücherwelt der Fünfzigerjahre interessieren. Anekdotenreich schildert der Autor die Neuerungen und Kontinuitäten in beiden Staaten. Vorsicht! Ein Buch, das Lust aufs Lesen sehr vieler anderer Bücher macht.

Und zu guter Letzt noch ein Reiseführer, um beim nächsten Besuch der Leipziger Buchmesse mehr zu sehen als die Messehallen:

Sabine Knopf: *Buchstadt Leipzig – der historische Reiseführer.* Ch. Links Verlag, 2011.

Die Autorin erzählt von der alten Größe Leipzigs und den Häusern, die noch stehen und die man anhand vieler Karten ganz einfach finden kann.

Sie wundern sich vielleicht, dass in meiner Geschichte *Schwarz* immer groß geschrieben wird, auch wenn es ein Adjektiv ist. *Schwarz* ist eine politische Selbstbezeichnung der People of Color, also von Menschen, die in unserer Gesellschaft aufgrund ihrer Hautfarbe Rassismus erleben. Dieser Begriff wurde in den Fünfzigerjahren natürlich noch nicht benutzt. Aber bevor ich diesen Roman schrieb, habe ich mir viele Gedanken über die Sprache gemacht. Zu groß ist die Gefahr, rassistische Formulierungen zu wiederholen und dadurch rassistisches Denken zu manifestieren. Ich habe mich daher dazu entschlossen, eine Mischung aus moderner und historischer Sprache zu benutzen, und ließ mich hierzu im Rahmen eines Sensitivity Reading beraten. Ich hoffe, es ist mir gelungen.

Vielleicht haben Sie Lust bekommen, das eine oder andere Lieblingsbuch von Fräulein Wünsche ebenfalls zu lesen. Man findet sie im Bücherregal von Eltern und Großeltern, in öffentlichen Bücherschränken oder auf Flohmärkten oder Sie schauen in Ihrer Lieblingsbuchhandlung vorbei. Die meisten sind noch lieferbar.

Mich haben diese Bücher durch meine Kindheit begleitet. *Désirée* mit den Kaffeeflecken meiner Mutter und *Die Zukunft hat schon begonnen* mit den Anstreichungen meines Vaters standen bei uns genauso im Bücherschrank wie das *Einmaleins des guten Tons*, obwohl ich mich nie an die Ratschläge darin gehalten habe.

Ich las vom ersten erlernten Buchstaben an ohne Unterlass, und als ich das erste Mal auf der Frankfurter Buchmesse war, glaubte ich, im Paradies gelandet zu sein. Kein Wunder, dass ich später hier in Frankfurt Bibliothekswesen studierte und schon bald anfing, mir selbst kleine Geschichten auszudenken.

Ich wünsche Ihnen alles Gute, eine gute Lesezeit und viele weitere spannende Geschichten, die Sie durch die Wunder jedweder denkbaren Zeit geleiten.

Ihre Juliane Michel

UND DANN WIRD ES ZEIT, DANKE ZU SAGEN.

Liebe Birgit, Doris, Friederike, Gisela, Henrik, Jade, Janina, Jannike, Liese, Marina, Olaf, Susanne, Uwe, liebe Mitarbeiter:innen der von mir besuchten Bibliotheken und Museen sowie liebe Freund:innen bei DELIA – ganz, ganz herzlichen Dank für die vielfältige Hilfe und Inspiration, für aufbauende Worte, ganz viel Tee und erledigte Einkäufe und vor allem dafür, dass ihr für mich da gewesen seid.

Ich danke allen Bibliothekar:innen, die Bücher über die Zeiten hinweg archivieren und ohne deren akribische Arbeit so viel Wissen verloren gehen würde. Ohne Sie hätte ich diesen Roman nie schreiben können.

Und ich danke allen Buchhändler:innen für Ihren Einsatz und Ihre Hingabe, für außergewöhnliche Lesetipps und so viele Gespräche über unsere Lieblingsbücher. Ohne Sie würde ich überhaupt keine Romane schreiben.

Dieses Buch ist Ihnen gewidmet.

QUELLENNACHWEISE

S. 59 »Freiheit ist Sklaverei« aus: George Orwell: *1984*, Ausgabe DIANA Verlag, 1950, in der Übersetzung von Kurt Wagenseil, mit freundlicher Genehmigung des Verlags.

S. 69 »Es muss das Herz bei jedem Lebensrufe …« aus: Hermann Hesse (1941); »Stufen« in *Das Glasperlenspiel. Versuch einer Lebensbeschreibung des Magister Ludi Josef Knecht samt Knechts hinterlassenen Schriften*, in: ders., *Sämtliche Werke in 20 Bänden.* Herausgegeben von Volker Michels. Band 5. © Suhrkamp Verlag Frankfurt am Main 2001. Alle Rechte bei und vorbehalten durch Suhrkamp Verlag Berlin.

S. 118 »Gleich wird etwas passieren« aus: Simone de Beauvoir: *Amerika Tag und Nacht: Reisetagebuch 1947*. Rowohlt 1988.

S. 213 »Babba'che, tätst …« Wolf Schmidt: *Familie Hesselbach. Sechzehn Folgen aus der gleichnamigen Hörspielreihe des Hessischen Rundfunks* (zitiert nach Gießen: Brühlscher Verlag, 1952).

S. 311 »viel zu jung ist, …« aus: Heinrich Böll: *Haus ohne Hüter* © 1954, Verlag Kiepenheuer & Witsch GmbH & Co. KG, Köln, mit freundlicher Genehmigung des Verlags.

S. 316 »*Ich glaube an das Gute im Menschen*« (Zitat auf Cover der Ausgabe von 1956) aus Anne Frank: *Das Tagebuch der Anne Frank*. S. Fischer 1956.

S. 376 »In den Anmerkungen …« aus: *Kommentar zum Familienrecht des Bürgerlichen Gesetzbuchs und zum Ehegesetz* von Wolfgang Siebert und Hermann Vogel, © 1955, Kohlhammer Verlag, W. Kohlhammer GmbH.

Trotz intensiver Recherche konnte der Verlag nicht alle Rechtegeber ermitteln. Bitte wenden Sie sich gegebenenfalls an das Heyne-Belletristik-Lektorat in der Penguin Random House Verlagsgruppe GmbH, Neumarkter Straße 28, 81673 München, ebenso bei weiteren Nachfragen die Rechte betreffend.